KB023921

문학의 위안

문학의 위안

— 정지창 문학 에세이

한티재

　　문학의 소임 가운데 하나는 현실에서 무시되
거나 왜곡된 진실을 찾아 드러내는 일이다. 이 때문에 작가는 진실
을 찾아 헤매는 수행자의 고통을 감내해야 한다. 그러나 그런 수행
의 결과인 작품은 세상살이의 고달픔을 완화시키고 살아갈 힘을
주는 미학적 구조물이다. 이런 점에서 문학작품은 험난한 구도의
천로역정에서 작가가 사랑과 고통의 언어로 지어놓은 간이 대피소
와 비슷하다. 앞서 간 작가의 뒤를 따라가는 독자는 일단 대피소 안
에 들어서면 따뜻하고 아늑한 난롯가에서 언 몸을 녹이며 잠시 휴
식을 취할 수 있고, 그러면서 내일의 여정을 계속할 수 있는 힘을
얻는다. 이것이 문학의 존립근거이자 위안의 원천이라고 믿기에
책의 제목을 『문학의 위안』이라고 붙였다.
　1부는 권정생, 이호철, 최인훈, 김승옥, 김원일의 소설과 고은의
일기, 백무산, 배창환의 시를 통해 한국 근현대사에서 민중의 고달

픈 삶이 어떻게 형상화되었는지를 분석한 에세이들이다. 현학적인 서구의 문학이론이나 담론에 기대지 않고 평범한 독자의 눈으로 작품을 읽고 해석하려고 노력했다. 독자들은 누구나 자기가 좋아하는 작가의 작품을 읽고 "나는 이렇게 읽었다"[如是我讀]고 당당하게 말할 자격이 있고, 이런 '여시아독(如是我讀)'의 공덕이 쌓이고 썩어 밑거름이 될수록 문학의 토양은 비옥해질 것이라고 나는 믿는다.

「『녹색평론』과 생태시」는 "모든 진정한 시인은 본질적으로 가장 심오한 생태론자"라고 믿으며 '시인의 마음'으로 병든 세상을 치유하려고 했던 김종철 형이 생전에 일구어놓은 녹색담론의 풍성함에 미치지 못하는 생태시의 빈곤을 안타까워하며 쓴 글이다. 지난 6월 25일 갑자기 세상을 떠난 친구이자 스승인 김종철 형에게 바치는 추도사로 읽어주시기 바란다. 권정생, 김원일, 백무산, 배창환 등 대구·경북 출신의 작가들을 많이 읽은 것은 인생의 후반부를 이곳에서 살아온 나로서는 지극히 자연스러운 정서적 편향성이었다.

2부는 역사적 진실을 다룬 작품들을 분석한 글들이다. 특히 대구·경북지역의 10월 항쟁과 민간인 학살 사건을 이하석의 시집 『천둥의 뿌리』와 '10월문학회' 회원들의 작품들을 통해 집중적으로 조명했다. 아울러 제주의 4·3 항쟁, 병자호란과 삼전도의 치욕, 유태인 학살 사건 등을 다룬 작품들을 읽으면서 역사적 진실을 드러내는 표현기법, 즉 재현과 리얼리즘의 문제를 짚어보았다.

3부는 서구 유토피아 사상의 계보와 유토피아 소설 및 반유토피아(디스토피아) 소설의 기원, 한만수의 농민소설 『금강』과 중국 작가 모옌(莫言)의 농민소설『티엔탕 마을 마늘종 노래』, 박태원과 최인훈이 같은 제목으로 쓴 소설『소설가 구보씨의 일일』, 시차를 두고 같은 마을을 작품 배경으로 삼은 서정인의 소설「강」과 김사인의 시「겨울 군하리」등의 작품들을 비교, 고찰한 글들이다. 이 밖에 작가의 정치적·도덕적 결함과 포용 문제, 전쟁과 평화의 의미를 브레히트의 드라마를 통해 분석한 에세이도 덤으로 붙였다.

김종철 형을 잃은 상실감으로 우울한 나날을 보내다가 문학비평이란 "편안한 마음으로 내가 읽은 작품 경험을 다른 독자와 공유하고 대화하는 것"이며 "작품을 즐겨 읽고 즐겁게 이야기하는 것이 문학비평의 본분"이라는 백낙청 선생의 말씀에 용기를 얻어 부끄러운 독서일기를 세상에 내놓는다. 그러나 다른 한편으로 이 책은 "상식적이되 알음알이의 차원을 넘어 깨달음과 감동을 인간에게 선사하는" 비평다운 비평을 향한 도전을 멈추지 않겠다는, 나 자신에 대한 다짐이기도 하다.

여기 모은 글들은 정년퇴임한 이후에 틈틈이 쓴 일종의 독서일기라고 할 수 있다. 본격적인 문학비평이나 서평도 아니고 에세이에 가까운 글들을 굳이 책으로 엮어 낼 엄두를 낸 것은 한티재 출판사 오은지 대표의 권유 때문이다. 팔리지 않을 책을 내는 것이 지역의 조그만 출판사로서는 상당한 부담이 된다는 것을 알고 있는 터라 몇번 사양했지만, 때로는 팔리지 않을 책도 내야 되는 것이 아니냐는 반문에 못 이기는 척 그동안 썼던 원고를 묶어 보냈다.

대부분의 글들은 대구 지역의 문학계간지『사람의문학』에 발표한 것들이다. 발행인인 정대호 시인이 아무런 조건 없이 글을 써달라고 부탁하는 바람에 나는 지난 8년 동안 주제와 형식에 얽매이지 않고 마음 내키는 대로 자유롭게 글을 쓸 수 있었다. 문학에 관한 글뿐만 아니라 연극과 영화, 공연, 전시에 관한 감상문과 시론(時論), 뒤늦게 시작한 동학 공부의 보고서 같은 잡다한 글들을 흔쾌하게 실어준 정대호 시인에게 다시 한 번 고맙다는 인사를 드리지 않을 수 없다. 동학 관련 에세이들과 잡문들은 따로 묶는 것이 좋겠다는 생각에서 일단 이 책에서는 제외했다.

두서없고 어수선한 원고를 추려내어 문학 에세이라는 틀로 묶어 책으로 꾸며준 영남대 국문과의 김문주 교수에게도 앞으로 두고 두고 갚아야 할 큰 빚을 졌다. 그는 교수회 일에 시달려 건강이 좋지 않은데도 불구하고 궂은일을 마다하지 않고 발문까지 써 주었다. 분에 넘치는 추천사를 써주신 염무웅 선생님은 늘 큰형님처럼 따뜻한 눈길로 보살펴주시고 선배인 박현수 교수는 언제나 부족한 후배를 너그러이 벗으로 대접해주시니 고마울 따름이다. 그리고 게으른 나로 하여금 글을 쓰도록 채근하고 격려해주면서 때로는 첫 번째 독자로서 유익한 조언을 아끼지 않은 아내에게도 고마운 마음을 전하면서 이 책을 바친다.

차례

문학의 위안

———

1부

권정생의 문학과
『한티재 하늘』

권정생을 아동문학가로만 볼 것인가

권정생(아명 권경수, 1937~2007)은 동화 작가, 수필가, 시인으로 대표작으로 『강아지똥』과 『몽실 언니』 등이 있다. 140편의 단편동화, 5편의 장편동화, 5편의 소년소설(단편 1편 포함), 100편이 넘는 동시와 동요 외에도 80여 편의 옛이야기를 재화 혹은 재창작하고, 150여 편에 이르는 산문을 남겼다. 위키 백과사전에 소개된 권정생의 작가 약력이다.

출판사 창비의 작가 소개도 이와 비슷하지만, 대표작으로 소설 『한티재 하늘』(지식산업사, 1998)을 꼽고 있는 점이 다르다.

권정생은 일본 도쿄에서 태어나 해방 직후 우리나라로 돌아왔다. 경북 안동 일직면에서 마을 교회 종지기로 일했고, 빌뱅이 언덕 작은 흙집에서 살았다. 가난 때문에 얻은 병으로 세상을 떠나면서 인세를 어린이들에게 써 달라는 유언을 남겼다. 단편동화 「강아지똥」으로 기독교아동문학상을 받았고, 「무명 저고리와 엄마」가 신춘문예에 당선되었다. 『사과나무 밭 달님』, 『몽실 언니』, 『바닷가 아이들』, 『하느님의 눈물』, 『밥데기 죽데기』 등 많은 어린이책과, 소설 『한티재 하늘』, 시집 『어머니 사시는 그 나라에는』들을 펴냈다.

대체로 권정생은 어린이나 소년을 대상으로 글을 쓴 아동문학가이고 그의 작품 가운데 일부(가령 『몽실 언니』)는 어른 문학의 기준으로 보아도 보기 드문 걸작이라는 것(위기철)이 일반적인 평가인 것 같다. 많은 작가와 교사들이 권정생의 동화나 '소년소설'을 필독서로 추천하고, 『우리들의 하느님』 같은 그의 산문집을 읽고 그의 자발적 가난과 병고, 생명과 평화에 대한 통찰에 경의를 표한다. '종지기 작가', '빌뱅이 언덕의 성자', '천국의 이야기꾼'(정지아), '영남 삼현(三賢)의 한 분'(김영현) 등 권정생을 부르는 호칭들은 그가 단순한 아동문학가의 범주를 넘어선다는 사실을 증명한다. 권정생을 기독교 사회주의자이자 반문명 자연주의자·평화주의자(원종찬), 생태론적 아나키스트, 생태론적 농본주의자로 보는 이들도 있다. 그렇지만 평론가들이 권정생을 본격적인 소설가로 인정한 적은 없는 것 같다.

권정생을 단순히 동화작가나 아동문학가, 또는 소년소설의 작가로만 보는 것은 그의 문학의 핵심을 이해하고 그의 작품들을 총체적으로 평가하는 데 장애가 되는 일종의 선입견으로 작용한다.

아동문학과 어른(성인) 문학을 나누는 기준은 무엇일까? 같은 소설도 작품의 독자가 누구인가에 따라 소년소설과 성인(어른) 소설로 나뉘는 것일까? 사전적 의미로 소년소설은 "작가가 소년들의 교육과 심성 도야를 위하여 쓰거나 소년이 쓴 소설"이다. 소년이 쓴 소설은 거의 없으니까 작가가 소년들을 교화의 대상으로 삼아 쓴 소설이라는 뜻인데, 다분히 교육관료적 발상에서 나온 용어 같다. 소년소설이란 말은 있어도 소녀소설이란 말은 없는 것을 보면 소년소설은 소년과 소녀를 아우르는 청소년을 대상으로 한 소설이라는 뜻이겠다. '소년소설'이나 '순정만화' 같은 장르는 출판사가 만들었는지도 모른다. 소년소설과 대비되는 성인소설이라는 말을 쓰지 않는 것을 보면, 어른들이 읽는 소설이 진짜 소설, 본격 소설이라는 암묵적인 합의가 문단이나 출판계에서 통용되고 있는 것은 아닐까?

그렇다면 어른들도 많이 읽는 권정생의 소설들을 굳이 소년소설이라고 분류하는 근거는 무엇인가. 소설의 구성이 단순하고, 인물의 심리묘사가 세밀하지 않고, 문장이 평이하고 간결하기 때문인가. 이런 기준에 따르면 헤밍웨이의 단편소설이나 브레히트의 소설은 어른들이 읽기에는 자격이 부족한 소년소설로 분류될 것이다. 등장인물이 청소년인 소설이 소년소설이라면 『톰 소여의 모험』과 『허클베리 핀의 모험』은 소년소설이고 마크 트웨인은 아동문학가인가. 아니다. 『허클베리 핀의 모험』은 소년소설이 아니라 미국문학의 고전적인 작품으로 세계문학전집의 한 자리를 차지하고 있다. 헤밍웨이는 미국문학이 『허클베리 핀의 모험』에서 시작되었다고 말한다.

결국 아동문학이나 소년소설 같은 장르 개념은 다분히 상업주의적 계산과 국가주의적 교육 지침에 좌우되기 마련인 출판사 기획자나 국정교과서 편수관의 시각을 반영한 것이다. 문학을 본연의 뜻에서 이해하고 즐기려는 독자는 이런 편의적이고 자의적인 기준을 과감하게 무시할 수 있어야 한다. 그리고 6·25 전쟁과 분단체제 속에서 내면화된 반공적 시각에서 벗어나 개방적이고 거시적인 관점에서 한국문학을 굽어본다면, 지금까지 '소년소설'로 분류된 권정생의 작품들은 분단극복의 의지를 담고 있는 본격적인 소설로 대접해야 마땅하다. 특히 『한티재 하늘』은 두 권만 나온 미완의 대작이지만 그 내용과 형식에서 민중문학의 한 전범으로 새롭게 평가되어야 할 것이다. 이 글은 이런 문제의식에서 출발하고 있다.

민중문학으로서의 『한티재 하늘』

권정생은 1974년 동화집 『강아지똥』을 출간한 이후 동화 대신 소설을 쓰기 시작한다. 이현주 목사에게 보낸 1975년 3월 5일자 편지에서 권정생은 당분간 동화를 접고 소설을 쓰기로 작정한 속내를 드러내고 있다. "서울 다녀와서 나도 많이 고민하고 있다. 이 이상 동화를 붙잡고 있다는 건 너무 무리한 것 같아. 당분간 소설을 쓰기로 맘먹었다. 언젠가 다시 동화를 쓸 수 있는 시절이 또 올 거야. 그걸 기다리기로 했다."

권정생 문학의 전문 연구자인 원종찬은 이 같은 전환의 동기가 조탑 마을에 자리잡은 이후 권정생이 마을 아낙네와 할머니들의 얘기를 듣고 편지를 대필해주면서 그네들의 사연들을 글로 쓰는 것이 작가의 할 일이라고 자각한 데에서 나온 것이라고 본다. 그리고 그가 쓰려고 했던 소설은 어른들을 위한 소설이 아니라 청소년을 위한 소설, 즉 소년소설이라고 말한다. "요컨대 권정생의 소년소설은 힘없고 배운 것 없는 촌로들 '편지의 대필자'에서 그들 '인생역정의 대변자'로 나오지 않을 수 없었던 작가적 고뇌의 산물"이라는 것이다. 초기의 동화와 1975년 이후에 씌어진 소설의 내용을 비교해 보면 어느 정도 수긍이 가는 주장이다. 가령 『사과나무 밭 달님』(1978)과 『초가집이 있던 마을』(1970년대 말에 완성됐지만 검열을 의식해서 출간을 미루다가 1985년 출간), 『몽실 언니』(1984), 『점득이네』(1990)에는 이전의 동화에서는 볼 수 없던 내용, 즉 조탑 마을 인근의 아이들과 농민들이 겪은 6·25 전쟁의 기막힌 사연들이 사실적으로 기록되어 있기 때문이다.

그런데 이현주 목사에게 보낸 편지의 문맥을 짚어 보면 서울 다녀온 다음 고민 끝에 지금은 동화만 쓰고 있을 때가 아니고 소설을 써야 할 때라고 판단한 것이 전환의 동기인 것으로 읽힌다. 지금은 한가하게 어린이를 대상으로 동화를 쓰기보다는 어른들을 대상으로 소설을 쓰는 것이 옳다고 작가는 생각한 듯하다. 청소년만을 염두에 두고 소설을 쓰겠다는 의도는 드러나지 않는다. 작가는 오히려 어린이를 주요 독자로 삼는 동화보다는 청소년과 어른, 노인이 다 같이 읽을 수 있는 소설을 쓰기로 작심한 것처럼 보인다. 이런 의도에서 씌어진 『몽실 언니』 같은 작품들을 굳이 소년소설의 범주로 묶어둘 필요는 없을 것이다. 이 소설들의 독자는 청소년을 넘어 어른들에게로 확산되었고, 나중에는 일반 대중을 위한 텔레비전 드라마로 제작되기에 이르렀으니까. 그는 어떤 사정 때문에, 당분간은 소설을 쓰겠지만 언젠가 좋은 시절이 오면 다시 동화를 쓰겠다는 의도를 분명히 밝히고 있다. 이런 점을 감안하면 권정생이 동화에서 소설로 전환한 동기는 당시의 시대적 상황과도 연관된 것은 아닐까 조심스럽게 짐작해본다.

그렇다면 그로 하여금 당분간 동화를 접어두고 소설을 쓰게 만든 당시의 시대적 상황은 어떠했을까? 편지를 쓴 시점이 1975년 3월이라는 점을 주목할 필요가 있다. 독재자 박정희는 1974년 1월 벽두에 긴급조치를 선포하여 1979년까지 이어지는 민주주의의 암흑기, 이른바 긴급조치 시대를 열었다. 이 시기에 김지하, 양성우 같은 작가들은 필화사건으로 감옥에 끌려가고, 이호철, 임헌영 등 문인들은 간첩으로 몰려 구속되었다. 유신에 반대하는 학생 2백여 명이 민청학련 사건으로 사형과 무기징역을 선고받았고 윤보선 전 대통령, 지학순 주교, 박형규 목사, 김찬국 교수, 장준하, 백기완 같은 민주인사들도 구속되었다. 심지어는 무지렁이 지게꾼도 막걸리 한잔 먹고 세상 욕을 했다가 '막걸리 반공법'에 의해 빨갱이로 낙인찍혀 감옥에 끌려갔다. 8월 15일 광복절 기념식에서 재일교포 문세광의 박정희 암살 기도가 실패로 끝나고 육영수 여사가 피살되자 살벌한 분위기 속에서 이른바 인혁당 재건 사건으로 대구 등지의 통일운동가들이 구속되었다. 이런 가운데 구속자가족협의회와 천

주교정의구현사제단이 결성되었고, 고은, 이문구 등 문인 101명은
성명을 발표하고 자유실천문인협의회를 만들어 민주화운동에 동
참했다. 민주화의 열기가 달아오르면서 10월 24일 『동아일보』 기
자들의 자유언론실천선언에 이어 광고 탄압이 벌어지자 시민들의
격려광고가 쇄도했다. 1975년 2월에는 유신헌법 찬반 국민투표라
는 요식행위를 통해 박정희는 유신체제를 더욱 강화했으나 민주인
사들은 민주회복국민회의를 결성하여 이에 맞섰다.

　이처럼 유신시대 한복판에서 들불처럼 번져가는 민주화의 열기
에 자극을 받은 동화작가 권정생은 이제부터라도 본격적인 소설을
써보겠다고 다짐을 한 것이 아닐까? 이렇게 해서 그가 써낸 소설들
은 기존의 소설과는 사뭇 다른 것이었다. 그는 주변에서 보고 들은
무지렁이 민초들의 이야기를 소설로 썼다. 그리고 고등교육을 받
지 않은 아주머니, 할머니도 쉽게 이해할 수 있게 평이한 문장을 사
용했다. 그가 보기에 민중소설을 표방한 작품들은 조탑 마을이나
주변 농촌에 사는 아주머니, 할머니들이 읽기에는 너무 어렵고 고
답적이었다. 그리고 그런 소설에서는 영웅적인 주인공들을 중심으
로 이야기가 전개되고 실제로 민중운동이나 저항에 참여했던 백성
들은 무시되기 일쑤였다. 그는 2005년 원종찬과의 대담에서 민중
소설에 관한 소견을 밝힌 적이 있다.*

* 권정생·원종찬, 「저것도 거름이 돼가지고 꽃을 피우는데」, 원종찬 엮음, 『권정생의 삶과 문학』,
창비, 2008.

원종찬: 선생님은 한때 동화는 쓰기 힘들다고 작품활동이 뜸하시더니 『한티재 하늘』(1998) 같은 장편소설을 내놓았지요. 그러다가 『밥데기 죽데기』(1999) 이후 다시 동화를 쓰고 계신데, 선생님 생각에 동화의 세계와 소설의 세계는 어떤 차이가 있는 것 같아요?

권정생: 글쎄요. 어른들이 『몽실 언니』를 읽고 또 이런 책 없느냐고 찾아왔더라고요. 소설책은 할머니들이 못 읽지 않습니까. 소설책은 최소한 고등학교 졸업은 해야 읽거든요. 민중소설이라 하면은 민중들이 읽어야 하는데 보통 백성들이 읽어야 하는데 왜 이렇게 될까. 우리 민중소설들도 보면 거기 같이 참여했던 백성들은 다 사라져 없고, 고통받다 죽고 그중에서 앞에 섰던 위대한 사람들만 남아버리잖아요.

이런 문제의식에서 씌어진 민중소설이 바로 『한티재 하늘』이다. 구한말 1895년부터 일제 식민지 시대인 1936년까지 한티재 인근 농촌 마을들을 중심으로 경북 북부지방 민초들의 살아온 이야기를 장편소설로 엮었는데, 삼밭골의 섶밭밑에 사는 이순이네와 서억이네, 귀돌이네, 그리고 이순의 시댁인 돌음바우골의 분들네 등 네 가족이 서사의 중심축이지만 백여 명에 이르는 등장인물 하나하나가 똑같은 비중으로 묘사된다. 문제적 인물을 주인공으로 하여 갈등 구조가 형성되고 이를 중심으로 이야기가 전개되는 기존의 소설과는 다른 짜임새다. 이야기를 서술하거나 인물과 배경을 묘사하는 문장도 작가의 어머니가 이야기를 들려줄 때처럼 단순 소박한 사투리 구어체를 사용하고 있다. 한마디로 이 소설의 문체는 민중적 내간체이고 대부분의 서사는 여성을 중심으로 전개되고 여성의 시각으로 수렴된다.

이 소설에서 작가가 특별한 관심을 가지고 묘사한 것은 동학농민전쟁에 참여했던 민초들의 행적이다. 앞의 대담에서 그는 동학전쟁에 참여했던 '빠란구이' 할아버지 얘기를 들려준다. 신돌석 장군 밑에서 의병으로도 활동하던 그 할아버지는 산골에 숨어 살다가 죽고 말았다. 동학전쟁이나 독립운동, 3·1운동에서도 주동자 몇 사람 이름은 남는데 여기에 참여했던 대다수의 민초들은 그 할아버지처럼 나중에 숨어 살다가 이름도 남기지 못하고 잊혀 버린다. 작가는 직접 보거나 들은 이런 민초들의 이야기를 소설 속에서 살려냈다.

"민중소설은 뭔가 분석하고 그러면 답답해서 안 되거든요. 쭉쭉 써나가야 된다 싶어가지고" 다섯 권 정도를 쓰려고 했는데 체력이 달려 두 권밖에 못 썼다고 권정생은 밝힌다. 민중소설이 복잡하고 장황하게 이야기를 끌고 가면 아주머니, 할머니 같은 독자들은 답답해서 책을 덮어버리니 뼈대만 추려 쭉쭉 써나가야 한다고 본 것이다. 작가가 현학적이고 고답적인 분석을 통해 독자들을 가르치려 들지 말고 그냥 이야기를 들려줌으로써 독자들이 스스로 생각하고 깨닫도록 해야 한다는 뜻으로도 들린다.

소설 속에서 '빠란구이'라고 불리는 동학농민군과 항일의병들의 행적을 살펴보자. "동학 난리부터 을미년 난리를 거치면서 산천에서 목숨을 잃은 젊은이도 많았다. 여기서도 의병을 의병이라 말하지 못하고 빠란구이(반란군)라 했다. 관군 수비대는 총포를 가지고 다니며 의병을 쏘아 죽이고 잡아갔다." 기존의 민중소설 같으면 갑오년(1894)의 동학농민전쟁과 을미년(1895)의 민비시해 사건에 대해 국내외 정세를 개괄하고 분석하면서 무기력한 조정과 탐욕스런 외세(일본)의 침탈, 이에 맞서 봉기한 의병들의 활동과 일본군과 관군의 토벌을 장황하게 설명했을 것이다. 그러나 『한티재 하늘』에서는 이런 역사적 사건들을 동학군 지도자나 조정 대신, 일본군 지휘관, 관군 토벌대장 중심으로 서술하지 않고 민초들이 겪은 고난과 그것을 이겨내는 끈질긴 생명력을 줄기 삼아 한 시대의 민중사를 "쭉쭉 써나간다."

천지가 뒤흔들리고 난리가 나도 세상에는 아기가 끊임없이 태어났다. 조선의 골짝골짝마다 이렇게 태어나는 아기 때문에 모질게 슬픈 일을 겪으면서도 조선은 망하지 않았다.

그 아기들은 자라서 어매가 되고 아배가 되고 할매, 할배가 되었다.

참꽃이랑 산앵두꽃이 피어나는 들길로 그 애들이 손잡고 노래 부르고 있었다.

새야 새야 파랑새야
녹디남게 앉지 마라
녹디꽃이 을어지마
청포장사 울고 가고
묵장사는 웃고 간다
— 1권, 57~58쪽

평민 출신 의병들과 양반 출신 의병 지도자들의 처지가 어떻게 다른지에 대해서도 작가는 분석하거나 설명하지 않고 이순의 아버지 건재와 화적패들 사이의 대화를 들려줄 뿐이다.

"임자들은 이렇게 떠돌아 댕기고 고향집 소식이라도 더러 듣는가요?"

"고향집이야 벌써 딴 데로 떠났겠지요. 아무도 고향 소식 같은 건 모르니더."

"그럼, 언제꺼지 이런 고생을 하고 댕길 껀가요?"

"세상 바로잽히지 않으마 평생 이러고 댕겨야지 어찌겠니껴. 우리 겉은 천한 것은 이게 팔잔 걸 도리가 없제요."

"봉기에 앞장섰던 양반 선비들은 진작에 물러나서 살고 있다던데…"

"그런 양반님들이야 제 살 궁리로 한번 일어났다가 움추리고 들어간 거지요. 그런 양반들은 제집 재산 지키고 제자리만 튼튼히 지키마 되니까요. 우리 겉은 백성들이야 어찌겠소. 올바른 세상 될 때까지 이렇게 숨어댕기는 거제요."

― 1권, 38~39쪽

민비시해 사건(을미사변) 뒤에 일어난 의병에 대해서도 작가는 장황하고 전문적인 분석을 하기보다는 두 아낙네의 대화를 통해 당시 민초들이 의병과 '빠란구이'를 어떻게 보았는지를 드러낸다.

"죽어도 싸지 싸. 감히 어디라꼬 나랏님 거역하는 짓 하고 댕기노."

"그기 아이시더. 나랏님 거역하는 게 아이고 도로 위한다디더. 임진년 난리 때도 왜놈 처없앤 건 모두 백성들이 나서서 싸운 덕택이라 카데요."

안골댁은 어디서 들은 소리가 있어서 제법 유식한 척 말했다.

(중략)

"어야꼬나! 그라마 우리 깨금이 아배도 빨란구이 나가마 어쩌니껴?"

"자꾸 빨란구이라 카지 마소, 백성 위해 싸우는 의병들이시더."

"…"

"지난번 임금님댁을 쥑인 것도 왜놈들 짓이라디더."

"애고 무시라! 그라마 시상 어예 되니껴?"

분들네는 쿵쾅거리며 뛰는 가슴을 손으로 꾹꾹 눌렀다. 제발 제발 세상 조용히 더이상 슬프지 않게 살았으면 싶은 게 분들네의 큰 소원이다.

— 1권, 22쪽

분들네와 안골댁은 정형화된 성격을 지닌, 틀에 박힌 인물(전형)이 아니라 농촌 마을 곳곳에서 마주치는 평범한 아낙네들로 그려지고 있다. 특히 소설 곳곳에 등장하는 여성들은 모두 생동감이 넘친다. 세파에 휩쓸리며 변모해가는 이런 여인들이야말로 진정한 민중의 모습이 아닐까. 가령 처녀 적에는 시어머니 분들네와 함께 이순이를 괴롭히던 시누이 말숙이는 시집 갈 때 이순이의 도움을 받고나서는 사람이 변해 살가운 동생처럼 이순이를 받든다. 이순이의 시어머니 분들네의 변덕스럽고 다층적인 성격도 관념의 산물이 아니라 살아 있는 인물을 불러낸 듯 생생하다. 군더더기가 없이 깔끔하고 사실적인 문장으로 분들네를 그려내는 작가의 솜씨를 보자.

> 분들네가 동생 기태한테 쏟는 정성은 참으로 살뜰했다. 워낙 고되고 외롭게 살아온 탓으로 쌓여온 한이 덩어리져 그것이 심통으로 바뀌어 몹시 사나와지고 종살이를 하다보니 일이 고달파서 자꾸 게을러지는 게 탈이었다. 허드렛일만 했지 규모 있는 살림살이나 바느질 길쌈도 제대로 못 배웠다. 겨우겨우 배운 길쌈은 닷새 무명베 한 필을 보름이나 걸려 짜는 정도였다.
>
> ― 1권, 23쪽

전처 자식 귀돌이에게 모질게 굴던 숨실댁은 귀돌이가 후살이를 가고 어려운 보릿고개에 쌀 한 섬을 사위 장씨 영감한테서 받고 나서 마음이 누그러져 귀돌이의 동생 분옥에게 살갑게 대해준다. 이런 변덕스런 마음의 변화를 잡아내는 작가의 눈썰미는 무심한 듯 섬세하다.

> 그보다 분옥이가 좋았던 건 숨실댁 마음이 훨씬 부드러워진 것이다. 새어매는 영판 딴 사람이 된 듯이 보였다.
> 숨실댁은 태어나면서 그동안 자기가 겪었던 온갖 아팠던 것, 서러웠던 것, 부끄러웠던 것, 남우세스러웠던 일을 귀돌이가 꼭같이 당함

으로써 한풀이가 된 것이다. 참으로 별나고 못된 인간의 마음이다.

— 1권, 89쪽

이처럼 여성들의 심리를 꿰뚫어보고 미묘한 마음의 변화를 정확하게 잡아내는 작가는 흔치 않다. 도시의 자폐적인 지식인과 룸펜들의 심리만 현미경처럼 세밀하게 분석하는 작가들이 권정생보다 인간의 심리에 대해 더 전문가적인 안목을 가지고 있다는 증거는 없다. 현학적이고 복잡미묘한 문장들이 그런 느낌을 줄 뿐이다.

민초들의 삶과 동학사상

권정생의 문학세계에 대해 처음으로 총체적인 이해와 해석을 시도한 이계삼[*]은 "그의 모든 작품은 '마땅히 그러해야 할 이상적인 삶'의 형상, 혹은 그 형상과 현실의 거리를 다루"고 있다고 말한다. '마땅히 그러해야 할 이상적인 삶의 형상'이란 "인간의 도리와 인간에 대한 예의가 살아 있던" 전통적인 농촌 공동체에서 "저마다 타고난 기질과 욕망에 충실하지만 인간의 도리만큼은 결코 거스르지 않"고 살아가는 농민들의 삶이다. 권정생의 경우에는 그가 살던 한티재 주변의 조탑리나 삼밭골, 돌음바우

---

[*] 이계삼, 「진리에 가장 가까운 정신 — 권정생의 문학세계」, 『권정생의 삶과 문학』, 창비, 2008; 이계삼, 「자연의 삶, 고통의 의미 — 권정생 선생의 『한티재 하늘』에 대하여」, 『영혼 없는 사회의 교육』, 녹색평론사, 2009.

골 같은 농촌 마을들이 바로 그런 유토피아적 삶의 무대였다. 이문구의 『관촌수필』 연작의 무대인 관촌 마을과 박경리의 소설 『토지』의 첫머리에 나오는 평사리 농민들의 사는 모습도 크게 다르지 않다. 차이가 있다면 관촌과 평사리에는 지주인 양반댁과 그에 매여 사는 소작농민들이 인간적 도리를 지키며 공존하는 반면, 한티재 주변 마을에는 양반은 없고 노비니 천민, 소작농, 자작농들이 공동체를 이루고 있다는 점이다.

인간에 대한 도리와 예의를 지키는 농민의 예로 이계삼은 향교골의 박서방을 든다. 그는 '빨간구이'라 불리는 을미년 의병들에게 밥과 양식과 핫옷(솜옷)을 내준다. 후에는 관군에게 처형된 의병들의 시신을 밤에 몰래 묻어주고 기일에 제사를 지내준다. 남편을 잃고 아이들과 함께 친정으로 쫓겨 가는 정원을 '마님'이라 부르며 짚신 두 짝을 공손하게 내미는 나루터의 뱃사공 영감도 박서방처럼 인간의 도리를 알고 실천하는 인물이다.

정원의 친정어머니인 수동댁도 꼽추 아들인 봉원과 벙어리 며느리 채숙, 아비 없는 삼남매를 데리고 온 과부 딸 정원을 거느리고 억척스럽게 살면서도 인간의 도리를 저버리지 않는다. 그녀는 외손자 이석이 도망쳐온 노비 달옥과 정분이 나자 외진 곳을 찾아가 독립해서 살라고 내보내는가 하면, 아들 봉원이 죽고 며느리가 낳은 애비 모르는 자식을 핏줄을 따지지 않고 너그럽게 거두어 키운다. 반면, 생활고에 쫓겨 애비 없는 자식을 밴 외손녀 이순은 거두지 않고 야단쳐 일본에 징용 간 남편에게 쫓아 보냄으로써 예의와 염치라는 인간의 기본적 품위를 지키려는 칼날 같은 결기를 보여준다.

이 소설에서 가장 애틋한 대목은 비천한 신분과 비참한 질병을 넘어선, 거지 동준과 문둥이 분옥의 사랑이다. 이들의 기구한 운명과 사랑은 순애보의 차원을 넘어서서 거의 종교적인 헌신과 희생으로 고양되는데, 그 바탕이 되는 힘은 유교적인 윤리나 도덕이 아니라 민초들이 태어날 때부터 본능처럼 지니고 있는, 생명에 대한 외경과 연민이다.

민초들의 삶은 대체로 순탄치 않고, 특히 농촌 여성들의 팔자는 기구하고 드세다. 태어날 때부터 아들이 아니라는 이유로 차별을 받아 말숙이나 꽁대기 같은 이름으로 불리고, 결혼해서도 소박을 맞든가 남편이 죽어 자식들을 혼자 키우든가 후살이를 간다. 여성들의 고난은 여기서 그치지 않는다. 가령 조석과 분들네의 큰딸 깨금이는 석수 배서방과 결혼했으나 병으로 죽는다. 얼마 후 배서방은 순지와 재혼하여 삼진이를 낳았으나 죽은 깨금이를 잊지 못해 집을 나가 떠돈다. 오갈 데 없는 순지는 깨금이의 친정인 조석과 분들네 집으로 찾아오는데 조석은 죽은 딸 대신 순지를 움딸로 받아들인다. 따지고 보면 순지는 혈연관계도 아니고 아무 연고도 없는 집에서 딸 노릇을 하는 것이다. 그러던 어느날 배서방이 춘영이라는 새 여자를 데리고 와서 자기 아들이라고 삼진이를 데리고 간다. 그러자 절망한 순지는 목을 매어 죽고 만다. 그래도 배서방은 삼진이와 함께 정성껏 순지의 제사를 지내준다.

가난한 집안에 태어나 일찍 어머니를 여읜 귀돌이는 새엄마 숨실댁의 구박을 받다가 열한 살 때 강씨네 민며느리로 들어간다. 까다로운 시아버지 밑에서 시집살이하던 귀돌은 동생과 친구가 보고 싶어 홍시감 네 개를 싸들고 친정에 갔다 왔다는 이유로 시아버지한테 쫓겨나 결국 장씨의 후처로 들어가 딸 쌍가매를 낳는다. 그러나 시아버지가 죽자 전 남편 강달수가 찾아와 귀돌이를 데려가려고 한다. 장씨는 부글부글 일어나는 분을 삭이지 못해 괴로워하다가 결국은 물러선다. "원래 어긋났던 일을 바로잡으려는데 하늘인들 도와주지 않겠는가." 그는 마음을 다잡고 귀돌이를 보내면서 이렇게 말한다. "이제 이녁은 그 사람 아낙이고 이 애기도 그 사람 자식이네. 그러니 같이 가서 잘 살아만 주게."

지금까지 대부분의 연구자들은 권정생의 삶과 문학을 관통하는 사상을 기독교 아나키즘으로 규정해왔다. 그의 동화와 '소년소설', 산문집 등을 읽어보면 이런 주장이 그럴듯해 보인다. 그러나 적어도 『한티재 하늘』에서 기독교는 한 많은 민초들의 응어리진 마음을 달래주는 민간신앙에 가깝다. 귀돌이가 장씨와의 사이에서 낳은 쌍가매는 나중에 야소교 집안으로 시집을 가서 교회에 다니기 시작한다. 문둥병으로 숨어 사는 이모 분옥과 몸이 아픈 동생 강질이 등 친정 식구들 생각에 가슴이 아픈 쌍가매는 예배당 마룻바닥에 엎드려 울며 찬송가를 부른다. "하늘엔 곤찮고 장생불노/몸 신령하여서 장생불노/사람의 사홋길 노소 없이 뫼로 가/하늘엔 병 없어 장생불노." 한 많고 설움 많은 쌍가매의 마음을 달래주는 하늘(나라)은 병 없고 고생 없이 장생불로하는 천당이자 피난처다.

쌍가매는 아직도 모든 게 서툴다. 천당이 정말 있는지 없는지도 믿기지 않고, 하나님은 독생아들 야소를 세상에 보내어 불쌍한 인생을 구원하러 왔다는데, 그것도 무슨 뜻인지 알 수 없었다. 그러면서도 쌍가매는 새벽 일찍 예배당에 가서 우는 것이 좋았다. 쌍가매 지가 기구하게 태어난 때문인지 왜 눈물이 그리도 많을까? 조그만 일에도 자꾸 눈물이 나오고 울고 만다.

　　　— 2권, 111쪽

　　앞에서도 말했듯이 이 소설에서 민초들의 의식을 지배하는 것은 삼강오륜 같은 유교식 가르침이 아니라 어떤 상황에서도 생명을 존중하고 인간다운 도리는 지켜야 한다는 삶의 방식 같은 것이다. 『관촌수필』의 관촌 마을이나 『토지』의 평사리 농민들이 유교적 윤리의식을 내면화하고 있는 것과는 달리 한티재 농민들은 양반 사대부와는 다른 그들만의 사고방식과 행동 양식을 보여준다. 그러한 차별성을 드러내는 것은 그들이 숨어서 믿어온 동학 때문일 것이다. 『한티재 하늘』에는 숱한 동학 이야기가 나오는데 그중에서도 가장 인상적인 것은 섶밭밑 문씨네 남정네들이 대대로 겪게 되는 시대와의 불화와 가족과의 갈등이다. 문노인과 아들 길수는 "일찍부터 동학에 들어가 『용담유사』를 읽으며 신심을 키웠"는데 동학농민군에 나가려는 길수를 문노인은 대를 이을 손자를 낳은 다음에 나가라고 만류한다. 드디어 손자 서억이 태어나고 을미국상(민비시해사건)이 일어나자 길수는 의병으로 나간다. 떠나기 전날 부자는 『용담유사』를 읽는다. 『용담유사』는 동학을 창도한 수운 최제우가 한자를 모르는 서민대중을 위해 지은 언문(한글) 가사들을 묶은 경전이다. 문노인 부자가 읽은 것은 임진왜란에 이어 다시 침략한 "개 같은 왜적놈"으로부터 나라를 지키겠다는 결의를 다지는 「안심가」의 한 대목이다. 다음날 새벽길을 나서는 아들에게 문노인은 이렇게 당부한다. "길수야, 나라도 백성도 모두 한울님이다." 얼마 후 길수는 일월산 밑에서 전사하고 상투를 자른 머리카락 한 줌과 묻힌 곳을 표시한 명주수건 한 장으로 돌아온다. 서억은 그런 아버지의 뜻을 이어받아 세상을 바꾸려고 처자식까지 외면한 채 방황하지만 그의 아들 수식은 아버지를 원망하며 새 세상을 찾아 일본으로 떠난다.

이런 비극은 문씨네 일가에게만 일어난 것이 아니었다. "한티재 이편저편에서 수많은 청년들이 죽"었고 "탑마을 장씨네와 못골 김씨네도 숨어서 믿어온 동학 때문에 가산을 몽땅 빼앗기고 타지방으로 떠났다. 청송, 진보, 춘양, 봉화, 순흥, 문경 쪽으로 반란군과 수비대들의 싸움이 줄다리기처럼 밀고 밀리며 끝날 줄을 몰랐다." 이런 난리통에도 안골댁 같은 아낙네나 박서방 같은 농민들은 항일의병들을 응원하고 도와준다.

정유년(1897년)이 지나고 이순이 태어나던 무술년(1898년)이 되면서 많은 의병들이 죽어가고 더러는 항복을 했다. 만주로 옮겨가는 의병부대도 많았고 이러지도 저러지도 못한 의병들은 태백산 소백산 깊은 골짜기에 남았다.

빠란구이라고 했던 의병들이 세월이 지나면서 화적패가 되었다.

— 1권, 37쪽

작가는 여기서 의병들이 어떻게 활빈당에서 화적패로 전락하는 지를 자세히 설명한다. 그리고 토벌대에 쫓기다가 가래실 이순네 집에 찾아와 밥을 얻어먹고 미투리를 얻어가면서 나누는 대화를 자세히 소개한다. 결국 이순의 아버지는 '빠란구이'를 도와주었다는 혐의로 관군에게 끌려가 매를 맞아 장독으로 죽고, 가장을 잃은 정원은 삼 남매를 데리고 섶밭밑 친정어머니 수동댁을 찾아간다.

여기서 보듯이 갑오년의 동학농민군 봉기가 실패한 후에 숨어 있던 농민군은 의병에 가담했다가 나중에는 '빠란구이'라는 이름의 화적패로 몰려 관군 토벌대에 쫓겨다닌다. 을사년(1905)에 조선이 일본에게 넘어가자 신돌석 장군을 따라 삼남지방에서 항일의병이 벌떼처럼 일어난다. 들뜬 백성들은 죽은 녹두장군이 다시 살아났다고 환호하고 머슴 살던 실겅이의 남동생 기남이도 다른 머슴들과 함께 의병에 가담한다.

작가인 권정생이 독실한 기독교 신자이므로 이 소설의 중심사상이 기독교라고 보는 것은 잘못이다. 왜냐하면 이 소설은 작가의 머릿속에서 지어낸 이야기가 아니라 어머니에게서 들은 이야기를 이어 붙여 소설 형식으로 꾸며냈기 때문이다. 그러므로 작가의 생각보다는 어머니와 그 주변 인물들의 생각이 이 소설에 반영되어 있는데, 그것은 안동지방의 양반층 사대부를 지배하고 있는 유교적 전통이 아니라 한티재 주변의 민초들이 몰래 숨겨가며 지켜온 동학사상에 가까운 것이다.

동학에 따르면 사람은 빈부귀천을 떠나 모두 한울님을 모시고 있는 거룩한 존재이다. 소설 속에서 이 같은 동학의 가르침을 가장

철저하게 생활화하고 있는 사람은 참봉댁 며느리 은애다. 동학 집
안에서 자란 은애는 시집올 때 친정 오라비가 몰래 넣어준『용담
유사』가운데「도덕가」,「흥비가」같은 것을 자꾸 읽으면서 세상
모든 사람이 빈부귀천 없이 거룩한 한울님이라는 동학사상에 젖
어든다. 그녀는 밤낮으로 틈만 나면 "위천주고아정 영세불망만사
지"(한울님을 위하면 내 사정을 돌봐주시고, 한울님을 길이 잊지 않으면 만사
를 저절로 깨닫게 된다)라는 주문을 외운다. 은애는 수운 선생의 가르
침에 따라, 종으로 부리던 실경이네 식구들을 대등한 인격체로 대
접한다.

"인지부터 작은마님 하지 말고 형님이라 불러."

"예애?!"

춘분이는 입이 딱 벌어진다.

"이 세상은 상전도 머슴도 없고 모두 형제간이네."

"…"

(중략)

참봉댁이 눈살을 찌푸렸다.

"에미야, 그건 분수에 안 맞다."

"어매임, 사람은 지주금 모두 하늘이라는데, 분수 찾고 웃아래 찾다
보마 도로묵같이 되잖니껴? 어매임은 안죽 안 하세도 되제만 지는 수
운 스승님 말씀대로 살아야제요."

은애는 망설이지 않았다. 좁은 집안 울타리 안이지만 은애는 그렇
게 스스로 하늘이 되어갔다.

(중략)

　참봉댁은 "지기금지원위대강"을 외웠다. 하늘님의 영기가 크게 내려와 달라는 주문이다. 참봉댁 마음에만 내리는 게 아니라 참봉님 마음에도 이 집안 구석구석 하늘님의 영기가 가득하기를 빌었다.

　참봉댁은 여태 크게 잘못 살아온 것을 알고 있었다. 일본으로 훌쩍 떠나가버린 외아들이 지금 어쩌면 그 벌을 받고 있는지도 모른다. 참봉댁이 은애가 가르쳐준 동학을 받아들인 것은 이렇게 은애처럼 선하게 살자는 마음보다 어디라도 기대어 여태 지은 죄를 용서받고 싶었기 때문이다. 그러니까 "지기금지원위대강"을 외우면 그만큼 마음이 편해지는 것이었다.

　　— 2권, 229~231쪽

　은애와 참봉댁의 동학은 조금 다르다. 은애는 수운의 가르침을 생활 속에서 실천하고자 한다. 그래서 초기 동학 신도들은 동학을 '믿는다'고 하지 않고 동학을 '한다'고 했다. 반면 참봉댁은 쌍가매가 야소교를 믿고 찬송가를 부르면서 위안을 얻듯이, 동학 주문을 외우면서 마음의 짐을 덜려고 한다. 실제 민초들의 신앙은 동학이나 기독교나 불교의 교리와는 상관없이 대체로 현실의 고통에서 벗어나 마음의 위안을 얻거나 가족과 자식의 평안을 빌기 위한 방편으로 이용되는 경우가 많다.

　독실한 기독교 신자인 권정생이 이 소설에서 동학을 뜻이 깊고 격이 높은 신앙으로 그려낸 것은 그가 편협한 기독교 신앙에 묶여 있지 않았기 때문이다. 다른 한편으로 권정생은 동학의 만민평등

사상과 척양척왜·보국안민의 꿈이 민초들의 가슴 밑바닥에서 지하수처럼 숨어 흐르다가 가끔 옹달샘처럼 솟아나 갈증을 적셔주는 것을 확인했기에 그처럼 생생하고 자상하게 동학 이야기를 독자들에게 전해준 것이리라.

왜 한티재 '하늘'인가

작가는 『한티재 하늘』을 펴내면서 이 소설이 생전에 어머니가 들려주셨던 이야기를 바탕으로 쓴 것임을 밝히고 있다.

어머니는 많은 이야기를 들려주셨습니다. 등을 돌린 채 혼잣말처럼 조용조용, 산에 가면 산나물을 뜯으면서, 인동꽃을 따면서, 밭에 가면 글조밭을 매면서, 집에서는 물레실을 자으면서, 바느질을 하면서, 서럽고 고달팠던 우리네 백성들의 이야기를 아름다운 사투리로 들려 주셨습니다.

그 이야기를 여기 옮겨 적었습니다.

『한티재 하늘』은 작가의 어머니가 일을 하면서 "혼잣말처럼 조용조용" 들려준 "서럽고 고달팠던 우리네 백성들의 이야기"다. 그것은 한 여성이 보고 듣고 겪은 자신과 가족, 친척, 친구들의 살아온 내력을 토박이 사투리로 엮은 구술 생애사이자 내방문학이라고 할 수 있다.

그렇다면 제목이 왜 '한티재'가 아니라 '한티재 하늘'일까? 소설의 내용이 삼밭골과 돌음바우골 등 한티재 인근 마을을 무대로 펼쳐지는 민초들의 애옥살이라면, '한티재 사람들'이나 '한티재'로 제목을 붙이는 것이 자연스러울 터인데 굳이 '한티재 하늘'이라고 제목을 붙인 이유는 무엇일까?

한티재의 하늘은 다른 곳의 하늘과 다르기 때문인가? 가령 안동한티재의 하늘은 문경 새재의 하늘과 다르단 말인가? 그렇지는 않을 것이다. 작가가 '한티재'라는 고유명사 뒤에 굳이 '하늘'이란 일반명사를 붙인 것은 이 소설을 한티재라는 특정한 지리적 공간에 한정시키지 않고 그 의미를 확장하려는 의도에서가 아닐까?

하늘은 보통 지평선 위로 보이는 공간을 가리킨다. 이 소설에서 이런 뜻으로 사용된 용례들을 찾아보자.

그날 가을 **하늘**은 파랗게 맑았고, 그래서 달수 마음이 더 아팠는지도 모른다. (1권, 273쪽)

동준이는 **하늘**을 쳐다봤다. 희끄므레 **하늘**이 운애에 가리워졌다. 동준이는 그 **하늘**에다 분옥이 얼굴을 그렸다. 선녀처럼 예쁘고 깨끗한 얼굴이다. (2권, 236쪽)

그러나 **하늘**이 무너져도 솟아날 구멍이 있다 했듯이 황소 한 마리를 오십 원에 팔 수 있었다. (2권, 52쪽)

하늘은 또한 인력으로는 어쩔 수 없는 자연의 이치나 섭리를 뜻하는데, 다음의 용례가 그런 경우이다. 운명이나 운수, 팔자와 비슷한 의미로 사용된다.

"**하늘**도 심통 부리니라고 쏟아 부을 때는 사정없이 쏟아 붓고 안 올 때는 빠쌍 말려 쥑일락하세."

"너무 그르지 마소. 인간들이 이래 나쁜 짓거리를 하는데 **하늘**인들 가만 두고 보기만 할리껴? 이게 다 천벌이지 뭐이겠나." (2권, 202쪽)

거기다 **하늘**마저 이순이를 괴롭혔다. 두 해를 내리 비가 쏟아져 다 쓸어가 버리더니 올해는 그나마 남은 것까지 가뭄에 모두 타 버렸다. (2권, 207쪽)

"사람 나고 죽는 거 모두 **하늘**에 달린 걸 우리 인간이 뭘 어짜겠노?" (2권, 250쪽)

그러나 이 소설에서 하늘은 천지만물을 주재하는 존재, 곧 하늘님(한울님)을 가리키는 경우도 있다.

"길수야, 나라도 백성도 모두 **한울**님이다." (1권, 17쪽)

하늘이 도왔는지 그런 분들네한테 신랑 조석은 과분할 만큼 좋은 남편이었다. (1권, 23쪽)

계집애들 시샘은 **하늘**도 안다지만 이금이는 그게 지나쳤다. (1권, 73쪽)

하지만 백성들은 **하늘**이고 **하늘**도 막다른 길에 쫓겨나면 뒤돌아설 수밖에 없다. (1권, 261쪽)

"어매임, 사람은 지주금 모두 **하늘**이라는데, 분수 찾고 웃아래 찾다 보마 도로묵같이 되잖니껴?" (중략) 좁은 집안 울타리 안이지만 은애는 그렇게 스스로 **하늘**이 되어갔다. (2권, 230쪽)

여기서 보듯이 하늘은 하늘님이나 주재자, 신이라는 뜻과 함께 자연의 섭리나 이치라는 뜻으로 뭉뚱그려 사용되는 경우가 많다. 그러나 주목할 것은 나라도 백성도 하늘이고, 모든 사람은 하늘님을 모시고 있는 거룩한 존재라는 동학사상이 곳곳에서 고달프고 서러운 민초들의 마음을 적셔주고 있다는 사실이다.

그렇다면 한티재 '하늘'은 신동엽 시인이 『금강』에서 노래한 '하늘'처럼 민초들의 고달프고 서러운 삶을 덮고 있는 쇠 항아리와 먹구름 너머 저쪽에서 빛나는 '티 없이 맑은 영원의 하늘'이자 '구원(久遠)의 하늘'로 해석할 수도 있을 것이다. 존 레논의 〈이매진〉이 권정생의 생명평화사상을 노래한 듯한 느낌을 주듯이, 신동엽의 「누가 하늘을 보았다 하는가」는 『한티재 하늘』을 위한 표제시로 씌어진 것 같은 착각을 자아낸다. 전혀 다른 시공간에서 살았던 두 작가가 하늘만이 아는 은밀한 통로로 교감을 주고받은 것은 아닐까.

"누가 하늘을 보았다 하는가 / 누가 구름 한 송이 없이 맑은 / 하늘을 보았다 하는가. (중략) // 닦아라, 사람들아 / 네 마음속 구름 / 찢어라, 사람들아, / 네 머리 덮은 쇠 항아리. // 아침 저녁 / 네 마음속 구름을 닦고 / 티 없이 맑은 영원의 하늘 / 볼 수 있는 사람은 / 외경(畏敬)을 / 알리라. // 아침 저녁 / 네 머리 위 쇠 항아릴 찢고 / 티 없이 맑은 구원(久遠)의 하늘 / 마실 수 있는 사람은 // 연민(憐憫)을 / 알리라 / 차마 삼가서 / 발걸음도 조심 / 마음 조아리며. // 서럽게 / 아, 엄숙한 세상을 / 서럽게 / 눈물 흘려 // 살아가리라 / 누가 하늘을 보았다 하는가, / 누가 구름 한 자락 없이 맑은 / 하늘을 보았다 하는가."

나가면서

오랫동안 권정생의 생애와 문학적 배경을 탐사해온 안동의 안상학 시인은 최근 『안동작가』를 통해 『한티재 하늘』에 관한 몇 가지 중요한 사실들을 밝혔다.* 그에 따르면 "이 소설은 소설이 아니라 권정생 가계의 기록"이며 "권정생이 기록한 어머니의 수기"라는 것이다. 소설 속의 안이순이 바로 권정생의 어머니 역할을 맡고 있고, 그녀의 동생 이금이 권정생이 10대에 잠시 의

---

* 안상학, 「권정생 소설 『한티재 하늘』의 현장 삼밭골」, 『권정생의 삶과 문학』, 창비, 2008; 안상학, 「권정생의 시련기(1947~1967)와 부산」, 『안동작가』 9호, 2019.

탁했던 부산 이모, 외삼촌이 이석이라고 한다. 『한티재 하늘』의 등장인물과 이야기들은 대부분 사실에 기초한 것이며, 아직 살아 있는 사람들도 많기 때문에 이름을 바꾸어 썼다는 것이다. 그렇다면 작가가 다섯 권쯤 쓸 작정을 했던 『한티재 하늘』을 두 권만 쓰고 더이상 쓰지 못한 것은 체력이 고갈되어서이기도 하지만 자신의 이야기를 써야 하는 부담감 때문이 아니었을까? 소설의 2권 말미에 만삭인 이순은 남편 장득이 사는 일본으로 출발하는데 다음해 (1937) 일본에서 태어난 아이가 바로 권정생 본인이라는 추정이 가능하다.

『한티재 하늘』은 이제 한국문학사의 소중한 자산으로 재평가되어야 한다. 민중소설의 새로운 전형으로, 여성의 시각으로 본 민중생활사로, 그리고 경북 북부 방언의 살아있는 용례사전으로 이 소설의 매장 가치는 무궁무진하다. 삼밭골에서 벌어지는 길쌈 장면처럼 영상기록으로 재현해도 좋을 만큼 민속학적 자료도 풍부하다. 필자의 능력이 미치지 못하는 이런 방면의 연구는 귀 밝고 눈 맑은 후학들의 몫으로 남기는 수밖에 없겠다.

1965년,
너는 어디에 있었는가?

이호철의 「어느 이발소에서」

        소설가 이호철 선생이 돌아가셨다. 1932년생으로 84년을 사셨다.

  처음 그를 만난 것은 1970년대 후반 서울의 불광동 자택에서였다. 북한산 서쪽 자락의, 아담한 정원을 가진 국민주택이었다. 최민 형의 권유에 따라 여럿이 어울려 얼결에 생면부지의 소설가에게 세배를 간 것이었다. 시인 겸 미술평론가로, 나와는 거의 매일 어울려 지냈던 그는 결혼식이나 문상이나 술자리에 친구들을 데리고 가는 버릇이 있었다. 나는 못 이기는 척 따라 나섰는데, 속으로는 그런 기회를 통해 새로운 사람들을 만나는 재미를 은근히 즐겼던 것 같다. 그렇게 이끌려서 나는 해직 기자나 해직 교수, 노동운동가, 문화패, 출판사·잡지사의 이런저런 사람들과 안면을 텄다. 이처럼 사는 동네가 전혀 딴판인 사람들과도 허물없이 어울려 어깨를 부비는 것이 1970년대의 풍속이었다. 춥고 배고프고 목마른 사람들이 한데 모여 소주를 마시며 두런두런 노변정담을 나누다가 때로는 주정도 하고 몸싸움도 벌이던 시절이었다.

이호철 선생은 당시 40대 중반에 불과했지만 몇 년 전 이른바 문인간첩단 사건으로 옥고를 치른, 자유실천문인협의회('자실')의 좌장 격이었다. 부인이 이 선생보다 훨씬 젊었고, 어린 딸이 있었다는 것이 기억에 남아 있다. 언젠가 이 선생이 이화여대에서 강연을 하게 됐는데, 잔뜩 긴장해서 땀을 뻘뻘 흘리는 작가가 딱해 보였던지 앞자리에 앉아 있던 여학생이 땀을 닦으라고 손수건을 건네준 것이 인연이 되어 결혼까지 하게 됐다는 얘기를 어떤 여성지에서 읽은 것 같다.

최민 형이 우리를 이끌고 이호철 선생에게 세배를 간 것은 아마도 이 선생이 그의 고향 선배였기 때문이었을 것이다. 그는 함경남도 북청 출신인데, 이호철 선생의 고향이 바로 지척인 원산이었다. 그의 부친이 이 선생과 가까운 사이여서 가끔 서로 왕래를 한 것으로 보아 동향이라는 인연 외에도 두 집안은 피난시절의 고난을 같이 겪었는지도 모른다. 전쟁 이후 남으로 내려온 이른바 '38따라지'들은 혈연 이상의 유대감을 가지고 서로를 보살펴 주었는데, 이호철 선생이 황순원 선생의 추천으로 등단한 것도 같은 피난민 출신이라는 동류의식과 무관치 않을 것이다. 전쟁으로 인심이 사납고 사는 것이 팍팍하던 시절, 두 작가를 이어준 피난민의식은 고향 떠난 이들이 만나 냉면을 먹는 것처럼 자연스러운 일이었을 터였다.

내가 처음 읽은 이호철의 작품은 1962년 『사상계』 7월호에 실린 단편 「닳아지는 살들」이었다. 여기에는 전광용의 「꺼삐딴 리」도 같이 실려 있었는데, 당시 고등학교 1학년인 나에게는 「꺼삐딴 리」가 훨씬 재미있고 입맛에 맞았다. 반면에 「닳아지는 살들」은 좀 버겁고 나와는 왠지 정서적으로 결이 맞지 않는 작품이었다. 성격이 뒤틀린 인물들이 비정상적인 상황에서 허우적거리는 모습이 답답하게 느껴졌다. 그러면서도 작품 내내 간헐적으로 들려오는 '꽝당 꽝당' 하는 쇠붙이 두드리는 소리가 인상적이었다. 지금에 와서 보면 이호철은 분단상황에서 소외된 인간들이 잃어버린 가족을 하염없이 기다리는 부조리극의 한 장면을 소설로 형상화한 것 같다. 이범선의 「오발탄」이나 박조열의 연극 「모가지가 긴 두 사람의 대화」와도 일맥상통하는, 당시 유행하던 실존주의의 분위기가 느껴진다. 이 소설은 연극으로 각색하여 공연해도 좋을 듯한데, 그럴 경우 '꽝당 꽝당' 하는 배경 음향은 자칫 지루하고 답답하게 느껴질지도 모르는 무대에 활기찬 리듬을 불어넣을 것 같다. 「꺼삐딴 리」와 「닳아지는 살들」은 1962년도 동인문학상을 공동수상했다. 동인문학상은 1967년 박정희 군사정권의 탄압으로 폐간될 때까지 『사상계』가 주관하고 있었다.

이들 두 작품 외에도 나에게 깊은 인상을 준 소설은 『사상계』 1962년 12월호에 실린 황석영의 「입석부근」이었다. 황석영이란 작가는 생소했지만 신인문학상 입선작인 「입석부근」은 너무도 인상적이었다. 암벽등반이라는 소재 자체도 특이했고, 짧고 남성적인 문체(이른바 하드보일드 스타일)도 신선했다. 그러나 무엇보다도 소심한 나를 기죽게 만든 것은 가족과 학교라는 감옥을 탈출하여 목숨을 걸고 암벽을 타는 젊은이들의 거친 야성의 숨소리였다. 나는 이 작가가 언젠가 새로운 시대를 이끌어나갈 대가로 성장하리라는 것을 예감했다. 그러나 이후 1960년대 내내 황석영이라는 이름은 어느 지면에서도 발견할 수 없었다. 그 대신 김승옥이라는 재기발랄한 작가가 혜성처럼 등장하여 1960년대의 아이콘이 되어버렸고, 그럴수록 황석영은 점점 잊혀져갔다. 그가 다시 독자의 눈앞에 나타난 것은 1970년 『조선일보』 신춘문예에 「탑」이 당선된 때이니, 근 10년 만의 귀환인 셈이었다. 나중에 알고 보니 황석영은 최민 형과 학교는 달라도 고등학교 때부터 잘 아는 '문청' 친구였고, 「입석부근」은 그가 고등학교 2학년 때 학교를 때려치우고 가출하여 쓴 작품이었다.

소설가 이호철을 다시 만난 것은 『창작과비평』 창간호(1966년 겨울호)에 실린 단편 「고여 있는 바닥—어느 이발소에서」를 통해서였다. 나는 이 잡지를 창간호부터 구독한 것은 아니고 다음해인 1967년 방영웅의 「분례기」가 연재되기 시작할 때부터 애독자가 된 터라, 아마도 이 무렵에 친구한테 빌려온 창간호에서 이 작품을 읽었을 것이다. 곰곰이 기억을 되짚어보니 내가 『창작과비평』을 좋아하는 것을 안 그 친구가 창간호부터 몇 권을 아예 나한테 넘겨주었던 것 같다. 고3 때 같은 반이었고 미대를 다니던 그 친구는 교생 실습 때 만나 우연히 나에게 이호철이라는 작가를 다시 만나도록 다리를 놓아주고는 제 갈 길로 가버렸다. 작년에 동창의 장례식에서 만난 그는 고향의 한 여학교 미술교사로 정년퇴직한 다음 여전히 마음 넉넉한 동기회 회장으로 늙어가고 있었다.

「고여 있는 바닥 ─ 어느 이발소에서」라는 제목으로 발표된 이 단편은 작가 연보나 작품 목록에는 「1965년, 어느 이발소에서」로 소개되어 있다. 아마도 발표 당시의 제목인 「고여 있는 바닥」이 마음에 들지 않았는지 작가가 후에 제목을 바꾼 것으로 보인다. 「고여 있는 바닥」이란 제목은 작품에 나오는 소시민들의, 고여 있는 바닥물처럼 나른하고 정체된 의식 상태를 표현한 듯하다. 그러나 작품에서 묘사되는 것은 이러한 소시민들의 흐리멍덩한 의식 상태가 돌연히 나타난 두 청년에 의해 헝클어지고 뒤틀리는 상황이므로 「1965년, 어느 이발소에서」라는 제목이 사실 작품 내용과 더 잘 어울리는 것 같다. 그리고 고친 제목에서는 시점이 1965년으로 명시돼 있어 작품의 배경이나 시대적 분위기를 이해하는 데 참고가 된다. 희곡의 지문처럼 작품의 시공간을 노출시킨 제목은 김승옥의 단편 「서울, 1964년 겨울」에서 처음 시도되었는데, 그의 기발한 착상과 재기 넘치는 문체는 독자뿐만 아니라 작가들에게도 적지 않은 자극을 준 것 같다.

1965년 어느 날, 오후 3시가 넘은 나른한 시간에 서울 변두리의 어느 이발소에 한 청년이 나타난다. 그는 들어오자마자 "빨리 됩니까? 빨리?" 하고 댓자곳자 급하게 묻는다. 검초록색 잠바에 통이 좁은 깜장색 바지 차림의 서른 남짓 되어 보이는 사내는 짧게 깎은 앞머리가 가지런히 일어서 있고 손에는 올이 굵은 깜장색 모자를 들었다. 칼칼하게 야윈 몸매지만 날카로운 눈매에, 턱이 빠르고 얼굴색은 까무잡잡하다. 앞니에 금니 두 개를 해 박고 끝이 뾰족하고 반들반들 윤기가 나는 구두를 신은 이 청년의 기세에 "헤프게 사근사근하고, 민주주의적으로 물르고, 게다가 병역기피자인 (이발사) 박씨는 대번에 꺼칠한 얼굴이 되었다."

"얼마나 빨리 되오? 몇 분에 될 수 있소?"

"허어, 이 양반이 참, 급하기도…"

"뭐? 이 양반? 엇다 대구 반말이야? 말조심해요."

이런 청년의 기세와 호통에 눌려 이발소 안에 있던 손님들과 종업원들은 일제히 썰렁하게 얼어붙는다. 굽신굽신하는 이발소 주인과 눈길을 피하는 손님들이 못마땅한지 청년은 다시 호통을 친다.

"도대체가 모두 틀려먹었어요. 틀려먹었어. 지금이 어느 땐데, 모두 히멀게가지구, 말라 죽은 동태눈알을 해가지구, 도대체에 정신들이 있는 사람들인지 모르겠군."

그는 이발사 민씨에게 군대 갔었느냐고 묻고는 54년 6월에 제대했다고 대답하자 이렇게 다그친다. "제대까지 한 사람이 있으면서 왜 이 모양이야? 이 이발관은. 좀 빠릿빠릿하지 못하고, 도대체에 당장 빨갱이들이 나오면 어쩔려구."

청년은 이발소의 단골손님인 옆 의자의 늙수그레한 관리에게도 일장훈시를 늘어놓는다.

"도대체 사람들이 이래가지구야. 아무리 민주주의가 좋다지만 그 앉은 꼴이 뭐요? 꺼부정히 추하게 앉아서, 좀 가슴을 펴고 앉아요, 펴고. 금방 죽어 넘어지드래두 정신을 좀 말짱하게 가져요."

얼마 후 다른 청년 한 사람이 이발소에 들어선다. 그는 먼저 온 청년의 동료인데, 깜장 모자를 쓰고 국방색 잠바에 깜장색 통이 좁은 바지를 입고 있다. 얼굴은 펑퍼짐하게 살이 올라 유하게 생겼으나 눈에는 핏발이 서 있다. 그도 역시 반들반들 윤이 나는 단화를 신고 있다. 그들은 이발소 안에 있는 사람들과 세상 사람들 모두에게 불만을 터뜨린다.

"도대체 사람들이 정신들이 덜 되어 먹었단 말야. 요즈음 세월이 어떻게 돌아가는지도 모르고 멍청해서들…"

"민주주의라는 것을 모두 일방적으로 오해를 해서 그렇지. 도대체에… 민주주의라는 것을 그렇게 알면 곤란한데에."

"맞았어 맞았어. 그놈의 민주주의가 사람 망치지 사람 망쳐."

이들은 기고만장하여 완전히 자기들 세상이 된 이발소 안에서 제멋대로 떠들어댄다.

새로 온 청년은 막 이발을 끝내고 일어서는 늙은 관리에게 못마땅하다는 듯 시비를 걸다가 이렇게 한탄한다.

"모두 논산훈련소 같은 곳에 모아다가 한 두어달씩 되우 뚜드려 놓아야 하는데 민주주의랍시구 체모 차리고 이것저것 찾다가 보니…"

그 청년은 갑자기 머리 감기는 소년 두 명을 불러 모아 차렷 자세를 취하게 하더니 앞으로도 늘 빠릿빠릿하게 준비태세를 갖추라고 훈시한다.

잠시 후 단골손님인 교통순경 한 명이 이발소에 들어와서 의자에 앉아 하품을 하다가 청년에게 야단을 맞는다. 그도 청년의 고압적인 말투에 눌려 슬그머니 도로 나가고 만다. 그 순간 네 시 뉴스가 나온다. 자유센터 구내에 무장괴한이 나타나 총격사건이 벌어졌다는 것이다. 이어 서해안 피랍어부들의 소식이 감감하다는 뉴스와 민중당이 결국 분당한다는 뉴스가 이어진다. 청년 둘이 "개새끼들"이라고 욕을 하는 사이 앞서 나갔던 늙은 관리가 사복 차림의 남자를 데리고 와서 두 청년을 불심검문한다.

검문 결과 두 청년은 별것 아닌 평범한 시민들임이 밝혀진다. 이발소 사람들을 겁에 질리게 했던 청년들은 특별히 위법적인 짓을 한 것은 아니었다. "그들은 모두 빠릿빠릿해지고 항상 준비태세를 지니고 기강을 확립하자고 강조했을 뿐이었다. 강조하는 방법이 틀렸을지도 모르지만, 그런 것이 죄과에 해당될 만한 법조문은 없는 듯하였다. 그들은 일단 연행이 되었으나 곧 석방이 되었다."

이 작품은 칼 추크마이어의 드라마 「쾨페닉의 대위」처럼 군국주의 사회의 단면을 능숙한 붓질로 스케치한다. 때는 1965년, 대한민국 수도 서울의 어느 이발소, 특수한 임무에 종사하는 군인처럼 보이는 청년이 고압적인 자세와 말투로 이발소 종업원들과 손님들에게 기합을 넣는다. 당시는 5·16 군사 쿠데타로 집권한 박정희 군사정권이 반공과 방첩, 국민의식 개조를 강조하며 용공분자와 축첩자, 병역미필자를 공직에서 몰아내던 시기였다. '구악 일소', '체질개선', '세대교체'라는 말을 아침저녁으로 들으며 사람들은 주눅이 들고 겁을 먹은 채 조금씩 민주주의가 비능률적이고 인간을 나태하게 만드는 제도라는 부정적 인식을 내면화하고 있었다. 민주주의란 철저한 반공태세를 갖추는 데는 쓸모없는 사치라는 군인들의 의식은 어느덧 일반 시민들의 의식 속으로 전이되고 일종의 신념으로 굳어지게 되는 과정을 이 소설은 날카롭게 포착한다.

"그 청년의 말은 과연 천번 만번 합당한 말일 것이었다. 요즘 세월에 모두 이러고 있을 때가 아닐 것이었다. 정신들을 차리고, 빠릿빠릿해 있어야 할 것이었다. 썩은 동태눈알을 해가지고 히멀겋게 뻗어 있어서는 안될 것이었다. 휴전선을 사이에 두고 빨갱이와 대결하고 있고 월남에 파병을 하고 간첩들이 활개를 치는 판에 이렇게 멍청하고 있을 때가 아닐 것이었다. 사람들은 이렇게 논리적으로 수긍은 하면서도 무엇인가 써늘하고 무서워지는 것이 있었다."

"…일 것이었다"로 이어지는 자유간접화법. 이런 말투는 대상에 약간 거리를 두고 관찰하는 작가의 냉소적인 시선을 반영한다. 이를테면 다큐멘터리를 찍는 카메라의 시점에서 작가는 대상을 내려다보고 있는 것이다. 내가 알던 「닳아지는 살들」의 작가 이호철은 몇 년 사이에 좀더 여유있고 느긋하게 세상을 관찰하고 기록하는 작가로 변해 있었다. 그 싸늘하고 냉소적인 관찰자의 어투에는 그래도 약간의 짓궂은 개구쟁이 같은 미소가 비친다. 아무튼 이런 화법은 두 청년의 위협적이고 고압적이고 일방적인 프로파간다가 평범하고 소심한 시민들을 위축시키고 세뇌시키는 심리적 메커니즘을 보여주는 적절한 수사적 장치로 작동한다.

이발소의 두 청년처럼 공포감을 조성하면서 위협적인 어투를 사용하면 대부분의 사람들은 심리적인 위축상태에서 자기주장이나 객관적 판단을 포기하고 그들이 지시하는 대로 따라하는 좀비로 변해버린다. 그들은 강압적인 지도자가 주입한 이데올로기를 자신의 생각으로 내면화하고 이렇게 내면화한 이데올로기를 평생 자신의 소신으로 굳게 믿으면서 그것에 충성을 다 바친다. 그야말로 고여 있는 바닥처럼 한번 콘크리트처럼 굳어진 의식은 결코 흔들리거나 변하지 않는다. 이제 그들, 특히 청년으로부터 한바탕 호된 얼차려 학습을 받은 머리감기는 두 이발소 소년은 청년에게 배운 말들을 평생 입버릇처럼 달고 세상을 살아갈 것이었다.

"빨리 되오? 뭐? 이 양반? 엇다 대구 반말이야? 도대체가 모두 틀려먹었어요. 틀려먹었어. 지금이 어느 땐데, 모두 히멀게가지구, 말라 죽은 동태눈알을 해가지구, 도대체에 정신들이 있는 사람들인지 모르겠군. 좀 빠릿빠릿하지 못하고, 도대체에 당장 빨갱이들이 나오면 어쩔려구. 도대체 사람들이 이래가지구야. 아무리 민주주의가 좋다지만 그 앉은 꼴이 뭐요? 맞았어 맞았어. 그놈의 민주주의가 사람 망치지 사람 망쳐. 모두 논산훈련소 같은 곳에 모아다가 한 두어달씩 되우 뚜드려 놓아야 하는데 민주주의랍시구 체모차리고 이것저것 찾다가 보니… 개새끼들."

돌이켜보니 나는 글을 배운 다음부터 국가에서 하달하는 지시사항을 뜻도 모르면서 무조건 외우며 평생을 살게 될 것이었다. 국민학교(초등학교)에 들어가자 '우리의 맹세'라는 걸 외워야 했다. 첫째, 우리는 대한민국의 아들 딸, 죽음으로써 나라를 지키자. 둘째, 우리는 강철같이 단결하여 공산침략자를 쳐부수자. 셋째, 우리는 백두

산 영봉에 태극기 휘날리고 남북통일을 완수하자. 그러나 당시 나는 그런 사실을 전혀 알지 못했고 그런 불길한 징조를 어렴풋이 감지할 수도 없었다.

중학생이 되자 나는 군사 쿠데타와 군사혁명이 어떤 개념인지도 모르는 상태에서 5·16 군사혁명이라고 배웠고 혁명공약을 외우도록 강요받았다. 그런데 박정희 의장이 민정에 참여한다는 소문이 돌면서 "이와 같은 우리의 과업이 성취되면 참신하고도 양심적인 정치인들에게 언제든지 정권을 이양하고 우리들은 본연의 임무에 복귀할 준비를 갖춘다"는 혁명공약 여섯 번째 조항은 슬그머니 암기 대상에서 제외되었다.

모두들 혁명공약을 외우느라 부산할 때, 내가 좋아하던 국어 선생이 군대를 갔다 오지 않았다는 이유로 학교를 쫓겨나고, 술주정이나 하던 상이군인 고종사촌형이 덜컥 은행에 취직이 되어 우리 형에게 술을 사며 큰소리치는 일이 벌어졌다. 그러나 두 가지 일이 조그만 지류의 물줄기처럼 합쳐지고 나중에는 이발소 청년들의 희비극과 한줄기로 합류하여 30년에 걸친 군사독재의 도도한 물줄기를 이루며 나를 휩쓸고 갈 것임을 당시 중학생이었던 나는 알 턱이 없었다. 나중에 대학을 졸업하고 군대에 가서도 국민교육헌장과 직속상관 관등성명 등 외워야 할 것들은 계속해서 나타났다.

이호철 선생에게 세배를 다녀온 얼마 후 나는 최민 형의 소개로 프랑스에서 막 귀국한 성완경 형을 알게 되었다. 파리에서 남들이 안 하는 벽화, 만화 등 잡동사니 미술을 공부했다는 그는 여자처럼 멋있는 머플러를 목에 두르고 장발을 휘날리는 모습이 영락없는 양아치였다. 그런데 양아치치고는 감각이 세련되고 글솜씨가 뛰어난 이 멋쟁이는 주머니 속에 조그만 카메라를 넣고 다니며 서울 시내 곳곳의 풍물을 촬영하곤 하였다. 지나가는 행인이나 지하도의 행상, 노숙자들이 그가 즐겨 찍는 피사체였다. 한번은 영등포역 앞의 지하도에서 사진을 찍는데 목자 불량한 한 노숙자가 왜 허락 없이 남의 사진을 찍느냐고 벌컥 화를 내며 대드는 것이었다. 이럴 때 "아, 죄송합니다. 전 작가인데 작품에 쓰려고 사진을 찍고 있습니다. 좀 양해해 주십시오" 하고 공손하게 용서를 구하면 사건은 걷잡을 수 없이 악화되어 멱살을 잡히거나 쌍욕을 얻어먹는다는 것을 그는 경험을 통해 잘 알고 있었다. 그래서 그는 갑자기 언성을 높여 이렇게 맞받아친다. "아니, 당신은 지금 당국이 하는 일에 협조하지 않겠다는 거요? 당신은 대한민국 국민이 아니오?" 그러면 상대방은 어리둥절하여 잠시 눈알을 굴리다가 금세 풀이 죽어 꼬리를 내리기 마련이다. "아, 죄송합니다. 전 그런 줄 모르고… 자, 마음껏 찍으십시오. 이왕이면 멋있게 찍어주십시오." 사나운 늑대는 어느새 순한 양이 되어 고분고분 포즈까지 취해준다. 이 멋쟁이 양아치는 그 후 대학교수가 되더니 지하철역의 벽화나 야외 조형물 설치 같은 공공미술 사업에 뛰어들었다가 쫄딱 망한 다음 정년 퇴임할 때까지 매달 월급의 대부분을 털어 은행빚을 갚느라 허덕였다. 그런데 빚을 다 갚고 나서야 그는 은행이 자기 빚을 이미 오래전에 손비 처리하여 탕감했다는 사실을 알게 되었다. 그가 양심적으로 매달 꼬박꼬박 갖다 바친 돈은 은행직원들의 회식비로 사

용되었다고 담당자가 뒤늦게 고백하며 미안하다고 사과를 하더란
다. 그가 처음에 은행 측과 당당하고 뻔뻔하게 담판을 벌이며 '쇼
부'를 쳤으면 몇십 년 동안 월급을 갖다 바치지 않아도 되었을 터
였다. 아, 그럴 땐 영등포역 앞 지하도에서처럼 고압적으로 되받아
쳤어야 했는데… 무조건 큰소리치고 겁을 주어야 통한다는 이치를
ㄱ는 사진 찍을 때만 써먹고 정자 빗 갚을 때에는 써먹을 생각을 못
한 것이었다.

얼마 전에 만난 백발의 양아치는 젊었을 때 멋쟁이는 늙어서도
멋쟁이라는 사실을 확인시켜주었는데, 이런저런 얘기 끝에 창비에
서 50주년 기념으로 복간한 창간호에 실린 이호철의 「어느 이발소
에서」를 재미있게 읽었다고 몇 번이나 강조했다.

자, 이제 소설의 시점인 1965년으로 돌아가 보자. 그건 내가 대
학에 입학한 해였다. 난생 처음 서울이란 거대도시에 발을 디딘 나
는 하루하루가 낯설고 서먹서먹했다. 대학 입학시험 당일에도 만
원 버스가 정거장에 서지 않고 지나가는 바람에 발을 동동 구르다
가 지나가던 택시 기사가 차를 세워주어 가까스로 시험을 치를 만
큼 처음부터 서울이란 도시는 나 같은 촌놈에게는 너무도 적응하
기 힘든 곳이었다. 버스나 전차 노선을 익혀 엉뚱한 방향으로 가지
않을 만큼 적응하는 데도 족히 한 달은 걸렸던 것 같다.

그런데 서울살이와 대학생활에 적응하기도 전에 대학가는 한일
회담 반대 데모로 시끌시끌하고 어수선했다. 이미 전 해인 1964년
6월 3일 대학생과 고등학생들의 격렬한 데모에 맞서 박정희 군사
정권은 계엄령을 선포하고 4개 사단의 병력을 투입, 대학가를 봉쇄

해버렸다. 이른바 6·3사태였다. 집회, 시위가 금지되고 대학은 휴교령으로 문을 닫았으며, 언론 출판에 대한 사전 검열과 영장 없는 압수, 수색, 구금이 일상화되었다. 이런 계엄 상태는 7월 29일 일단 해제되었으나 삼엄한 분위기는 여전했다. 그리고 이때부터 월남 파병이 시작되었다. 처음에는 의료진과 공병대 같은 비전투 병력이 파병되었으나 65년부터는 육군과 해병대 전투부대를 보내기 시작했다. 마침내 65년 6월 22일 한일기본조약이 조인되고 이에 항의하여 8월 12일에는 야당인 민중당 소속 국회의원 61명이 의원직 사퇴서를 제출했다. 8월 13일에는 국회에서 야당이 불참한 가운데 월남파병 동의안이 가결되고, 다음날인 14일에는 야당이 불참한 가운데 한일협정 비준 동의안도 통과되었다. 그러자 한일협정 비준 무효화를 요구하는 대학생과 고교생의 데모가 잇달았는데, 8월 22일에는 전국적으로 약 1만 명이 데모에 참여했다. 그러자 정부는 8월 25일 고려대에 무장군인을 투입하였고, 26일에는 서울에 위수령을 발동하여 계엄에 준하는 통제를 실시했다.

그런데도 내가 다니는 대학은 이런 소용돌이에서 비켜나 고여 있는 바닥처럼 조용하기만 했다. 가까운 곳에 고려대학이 있었고 완전무장을 한 군인들이 학교 정문을 지키며 살벌한 분위기를 자아냈지만 학교 안이나 하숙집에서는 일상적인 생활이 흔들림 없이 반복되고 있었다. 2학기 들어 나는 얹혀 있던 친척 집에서 나와 고대 근처 제기동에서 재수하러 올라온 고등학교 동창과 함께 하숙을 하고 있었다. 시간제 가정교사로 그럭저럭 하숙비와 용돈은 해결됐지만 다음 학기 등록금이 문제였다. 내성적이고 매사에 소극적인 그 친구는 자기가 하숙비를 부담할 테니 시험 볼 때까지만 같이 있자고 간곡하게 권했지만, 나로서는 자존심이 허락하지 않았다. 결국 나는 겨울방학이 시작되면서 입주 가정교사 자리를 얻어 친구의 애절한 눈길을 뿌리치고 멀리 한강 건너 상도동으로 도망쳐 버렸다. 혼자 남은 그 친구는 결국 대학입시에서 아슬아슬한 점수 차이로 떨어졌다. 뭐 할 수 없지, 그래도 네가 같이 있었더라면 마음을 붙이고 착실하게 공부를 해서 몇 점은 더 받았을 텐데, 하고 그는 꼬리를 달았다. 나는 뭐라고 변명도 못 하고 미안해서 어쩔 줄 몰랐고, 그놈의 알량한 자존심—솔직히 말해 그건 자존심이 아니라 영악한 이기심이었는지도 모른다—을 뒷전으로 밀어놓고 1965년 겨울을 눅눅한 하숙방에서 그 외로운 재수생 친구와 함께 체온을 나누며 견뎌냈어야 했다고 두고두고 후회했다. 그렇지만 가난에 찌들어 어느새 각박하고 영악한 서울내기가 된 나는 친구를 내버리고 혼자만 살자고 한강 다리를 건넌 의리 없는 도강파였다. 낙향한 그 친구는 결국 대학을 포기하고 가업을 이어받았다. 그래도 고향에 내려가면 그는 나를 늘 따뜻하게 맞아주었다. 어느 날 그 친구는 졸리는 눈으로 난로에 두 손을 쪼이며 독백하듯이 이렇게 말했다. "우리는 아무래도 회색인이야." 1960년대 중반에 20대 초반의 우리는 이미 애늙은이가 되어, 앞으로 평생을 고여 있는 바닥에 주저앉아 회색인으로 살아갈 것임을 어렴풋이 예감하고 있었던 것은 아닐까.

'회색인'이란 최인훈(1936~2018)의 소설에 나오는 주인공들을 말

한다. 『광장』의 이명준과 『회색인』, 『서유기』의 독고준, 『소설가 구
보씨의 일일』의 소설가 구보씨는 모두 회색인이다. 그의 데뷔작
도 「그레이 구락부 전말기」가 아닌가. 작가의 말을 빌자면 '광장'과
'밀실' 사이에서 끝없이 모색하고 방황하는 지식인의 초상, 그것이
회색인이었다.

　여기서 나는 이호철과 최인훈이 같은 원산 출신이라는 사실을
떠올린다. 사실 최인훈은 회령 출신으로 나중에 원산으로 이사 와
서 중고등학교를 다니다 월남한 터이지만, 『화두』를 비롯한 그의
소설 곳곳에 나오는 소년시절의 배경은 언제나 원산인지라 나는
그를 원산 출신으로 치고 있다. 그는 북한 체제에서 '소부르주아 계
급'으로 몰려 남쪽으로 피난을 왔으나 남한에서도 정착하지 못하
고 결국 가족을 따라 미국으로 이민을 간다. 그러나 작가인 최인훈
은 모국어를 떠나서는 살 수 없다는 사실을 깨닫고 연로한 아버지
의 만류를 뿌리치고 태평양을 건너 혼자 귀국한다. 표현의 자유가
질식 상태에 처한 유신시대, 1970년대 후반이었다. 그러니까 내가
친구 따라 이호철 선생에게 세배를 갔던 그 무렵에 작가 최인훈은
모국어를 찾아 고국으로 돌아온 것이다. 마치 18세기의 러시아 음
악가 파벨 소스노프스키처럼. 소스노프스키는 러시아에서 노예의
신분이었으나 지주의 후원을 받아 이탈리아로 유학을 떠났다. 그
러나 못내 고향을 잊지 못하던 그는 러시아로 되돌아가면 다시 노
예의 신분이 된다는 것을 뻔히 알면서도 결국 귀향을 결심하고 귀
국한다. 안드레이 타르코프스키의 영화 〈향수〉에 나오는 이야기
다. 말 나온 김에 고백하자면, 나는 최인훈의 소설 가운데 많은 이

들이 전후 최대의 문제작으로 꼽는『광장』보다도 아기장수 설화를 떠듬떠듬 '노예의 언어'로 빚어낸 희곡「옛날 옛적에 훠어이 훠이」 (1976)를 최고의 걸작으로 친다.

그러고 보니 이들보다 훨씬 선배인 '영원한 조선의용대 분대장' 김학철 선생(1916~2001)도 원산이 고향이다. 그는 본명이 홍성걸 인데 원산에서 태어나 서울서 보성고보를 다니다 중국으로 건너 가 의열단장 김원봉 휘하의 조선의용대원으로 항일전선에 뛰어든 다. 그러나 태항산 전투에서 중상을 입고 포로가 되어 일본의 나가 사키 형무소에서 해방을 맞는다. 귀국 후에는 서울에서 작가 생활 을 하다 수배령에 쫓겨 1946년 월북하였으나 김일성의 항일투쟁만 인정하고 조선의용군의 항일투쟁은 말살하려는 북한의 정책과 연 안파 숙청에 위협을 느껴 6·25 전쟁 때 중국으로 피신하고 결국 연 길에 정착한다. 그런데 여기서도 50년대 후반부터 우파분자로 몰 려 문화대혁명 기간 중 감옥생활을 하다가 1980년에야 복권이 된 다. 그는 남북한과 중국 어디에서도 인정받지 못하고 뿌리를 내리 지 못한 디아스포라의 유민, 이른바 경계인이었다. 작가로서, 지식 인으로서 그는 어떤 이데올로기에도 맹목적으로 충성을 바치지 못 하였기에 좌익분자와 우파분자, 회색분자로 낙인찍힐 수밖에 없었 던 것은 아닐까? 격정적으로 온몸을 던져 조국광복을 위해 투쟁했 지만 수많은 좌절과 모욕과 환멸을 겪고 한쪽 다리까지 잃은 비운 의 작가. 그런데『격정만리』를 비롯한 그의 소설에는 어째서 해학 과 낙천적인 분위기가 넘치는 걸까? 그리고 자유를 찾아 남으로 넘 어온 그의 후배 작가 이호철의 작품 속에서 1965년의 한 이발소를 무대로 벌어지는 블랙코미디는 독자를 낄낄대게 만들면서도 가슴 한켠이 써늘해지는 씁쓸한 기분이 들게 하는 것은 무슨 까닭일까? 아마도 원산 출신의 두 선후배 작가는 지금쯤 이 문제를 놓고 억센 함경도 사투리로 한바탕 이야기판을 벌이고 있을 것만 같다.

최인훈에 관한
아홉 개의 메모

분단시대의 '내적 망명'

최인훈은 평생 분단시대의 언어와 사상의 감옥에서 한시도 자유의 꿈을 놓지 않고 혼신의 공력을 손가락에 모아 한 글자 한 글자를 원고지에 새겨나간 작가이다. 그의 몸은 한반도의 남쪽에 갇혀 있었으나 그의 문학적 상상력은 분단의 장벽과 국가보안법의 음험한 감시의 눈초리를 벗어나고자 부단히 탈출과 망명을 시도했다. 감옥 안에서 글을 쓰려면 검열관의 눈치를 보아야 하고 검열관이 쉽게 그 속뜻을 알아챌 수 없는 언어로 표현해야 한다. 최인훈이 이중 삼중의 보호막을 가진 이른바 '노예의 언어'와 비현실적인 환상과 관념, 고전의 패러디 같은 형식을 채용한 까닭이다. 이런 점에서 최인훈은 분단시대의 '내적 망명' 작가로 규정할 수 있다.

후배인 황석영은 실제 이런 언어와 사상의 감옥에서 탈출을 감행한 최초의 '탈남작가'였다. 그는 방북 이후 유럽과 미국, 일본 등지에서 망명작가로 떠돌다가 귀국하여 감옥에 갇혔다 풀려났는데, 나중에 그의 자전적 소설을 『수인』이라 이름붙인 것은 이 때문이다. 자신이 감옥에 갇혀 있으면서도 수인이라는 사실을 자각하지 못하는 작가는 진정한 의미에서 작가라고 할 수 없다. 그는 분단시대의 감옥을 자각하지 못할 만큼 둔감한 우물 안 개구리이거나 그걸 알면서도 글로 써낼 용기가 없는 비겁한 글쟁이일 뿐이다.

　『광장』은 동토(凍土)에 찾아온 봄처럼 금방 지나가 버린, 4·19와 5·16 사이의 짧은 해방공간에서 싹을 틔우고 자라나 피어난 꽃이다. 중편소설에 불과한 이 작품이 전후 한국문학의 한 정점으로 평가되는 이유는 그 소설적 기법이나 형상력 때문이 아니라 남북분단을 작가 자신의 자유로운 시각으로 형상화한 최초의 작품이라는 점 때문이다. 분단시대의 남북한을 통틀어 각각의 체제에서 허용된 공식적 관점—즉 반공적 관점이나 주체사상적 관점이 아닌, 작가의 자유로운 시각과 관점에서 분단의 비극을 형상화하고 좌우 이데올로기의 한계를 비판한 거의 유일한 작품으로 『광장』은 밋밋한 한국 현대문학사에서 평지돌출로 우뚝하다.

유신시대의 희곡 창작

『광장』이후, 즉 1961년의 5·16 쿠데타 이후
최인훈은 다양한 형식의 글쓰기를 통해 검열의 칼날을 피하려 했
다.『서유기』,『구운몽』,『총독의 소리』같은 그의 실험적인 작품들
은 사상과 표현의 자유를 확보하기 위한 투쟁의 소산이었다. 박정
희의 유신통치가 사상 표현의 자유를 송두리째 압살한 1970년대에
그는 소설의 한계를 자각하고 가족이 사는 미국으로 잠시 '망명'한
다. 그리고 자본주의의 종주국에서 자유와 풍요를 경험하면서 동
시에 식민지 지식인으로서의 자기정체성을 더욱 민감하게 자각한
다. 이때 그는 온달 설화에서 민족의 정체성과 함께 인류공통의 보
편성을 발견하고 이를 희곡이라는 새로운 형식에 담아낸다. 그러
면서 작가는 모국어라는 대지를 떠나서는 글을 쓸 수 없다는 것을
깨닫고 1976년 노예의 신분으로 돌아갈 것을 감수하고 귀국한다.

밤이 지배하는 고향으로 가기를 나는 두려워하고 있었던 것이다.
(중략) 나는 이제 두렵지 않았다. 아니, 두렵지 않은 것은 아니었다. 그
러나, 돌아가야 할 만큼만 두려웠다. 왜냐하면 내게는 꿈꾸는 힘이 남
아 있다.

내 결심을 말했을 때 아버님을 비롯해서 누구도 아무 말도 하지
않았다.

무엇인가 끼어들 수 없는 일이 내 마음에서 일어난 경우임을 그들
은 알아차렸다.

나는 한 달 후 귀국하는 비행기에 올랐다.

1976년 5월 초순이었다.

—『화두』제1부

일제의 검열과 사상통제가 강화된 1930년대에 많은 작가들이 역사소설이나 야담 같은 장르로 도피한 것과는 달리 최인훈은 문인간첩단 사건과 각종 필화사건으로 표현의 자유가 말살된 1970년대에 전통 설화나 민담을 재해석하고 새로운 의미를 부여하는 희곡작업으로 전환한다. 소설이 아닌 새로운 장르에서 더욱 날카롭게 역사의식과 비판의식을 가다듬었다는 점에서 최인훈의 희곡작업은 단순한 현실도피가 아니라 새로운 자유를 찾아 나선 대항해였다. 「어디서 무엇이 되어 만나랴」(1970), 「옛날 옛적에 훠어이 훠이」(1976), 「봄이 오면 산에 들에」(1977), 「둥둥 낙랑둥」(1978), 「달아 달아 밝은 달아」(1978)는 그가 발견한 새로운 영토의 이름들이다. 그는 이후에도 독일 민담을 변형시킨 「한스와 그레텔」(1981), 해와 달이 된 오누이 설화를 변형시킨 「첫째야 자장자장 둘째야 자장자장」(1992)을 발표함으로써 계속 희곡의 영토를 확장하였다.

극작가 최인훈은 고도의 함축적이고 시적인 대사와 지문을 구사하여 '시극'이라는 독특한 장르를 개척하였고, 평면적인 사실주의극의 한계에 갇혀 있던 한국 연극의 수준을 한 단계 끌어올렸다. 연출가들은 이제 해방 후 처음으로 문학적 연극을 무대 위에서 표현해야 하는 난제에 봉착했는데, 대부분 '문학성'을 살려내는 데 실패했다. 함축적인 대사와 더듬거리는 말투, 부단히 대화를 차단하는

'침묵'을 견디지 못했기 때문이다. 작가의 주문대로 연출할 경우 무대는 무덤 속처럼 답답해지기 마련이므로 연출가나 배우들은 종종 그러한 '침묵'과 '사이'를 무시해버렸고 그 결과 작가가 의도했던 바, 자유로운 의사소통과 직설적인 자기 의사표현이 억눌려 있던 유신시대 민초들의 언어지체 현상은 제대로 전달되지 못했다.

최인훈의 희곡들은 "형식 자체가 내용이 되고 내용은 결과적으로 그런 형식에 유인되어" 가는 작가 특유의 창작방법론을 가장 선명하게 보여준다. 그에게는 표현을 억압하는 권력에 저항하는 형식이 곧 내용이자 메시지였다. 그가 소설에서 즐겨 사용하는 몽유 형식과 평면적 서사의 파괴, 즉 시, 소설, 희곡, 논설, 연설의 형식을 자유자재로 넘나들며 장르의 일관성을 파괴하고 혼합하는 것도 이런 맥락에서 이해해야 한다.

손진책의 극단 '미추'는 1996년 최인훈 연극제를 통해 「옛날 옛적에 훠어이 훠이」, 「봄이 오면 산에 들에」, 「둥둥 낙랑둥」 등을 집중 공연하였다. 이제 최인훈의 희곡들이 한국예술종합학교 연극원을 비롯한 여러 대학 연극학과의 필수 공연 작품이 되었다는 사실은 그것들이 한국연극사의 고전으로 자리잡았다는 것을 의미한다.

최인훈 전집 10권 『옛날 옛적에 훠어이 훠이』(1983)에 수록된 1970년대의 희곡 5편에는 한국미술사의 각종 문양들이 앞머리에 삽화처럼 제시돼 있다. 온달 설화를 재해석한 「어디서 무엇이 되어 만나랴」에는 고구려 고분벽화의 현무도, 아기장수 설화를 모티프로 한 「옛날 옛적에 훠어이 훠이」에는 고려 시대 청자 상감 포도동자 문양, 문둥이들의 이상향을 그린「봄이 오면 산에 들에」에는 청화백자 십장생 문양, 호동왕자의 비련을 그린「둥둥 낙랑둥」에는 고구려 고분 천장의 구름 문양, 심청 설화를 변형시킨「달아 달아 밝은 달아」에는 청화백자 산수 문양이 배치돼 있다. 이것은 출판사 편집자나 디자이너가 임의로 선택한 것이 아니라, 작가가 각각의 희곡 내용과 긴밀하게 연관된 도상들을 지정한 것처럼 보인다. 최인훈은 이처럼 수준 높은 문화사적 안목을 가지고 단어나 대사, 지문뿐만 아니라 대사와 대사 사이의 침묵이나 음향, 조명 그리고 희곡의 내용과 상응하는 문양까지 세심하게 깎고 다듬었다. 이런 점에서 그의 희곡들은 그의 소설이 그렇듯이 치밀한 계산하에 혼신의 공력이 투입된 장인정신의 소산임을 알 수 있다.

『소설가 구보씨의 일일』의 순환 구조

『소설가 구보씨의 일일』은 1969년 11월 말에서 1972년 5월 말까지 약 2년 6개월의 시간대를 15개의 단락으로 나누어 기술하고 있는 연작소설이다. 이 기간 중 냉전의 적대국이던 미국과 중공이 수교하고 남북한 사이에도 이산가족 상봉을 위한 적십자회담이 열리는 등 해빙의 분위기가 감돌지만 구보씨의 일상과 작가의 '팔꿈치의 자유'는 여전히 제자리를 맴돈다. 그가 만나는 문단 인사들과 그가 찾아가는 장소들도 대동소이하다. 그는 이 기간 중 아무 목적 없이 창경원을 두 번 찾아가고(2장과 12장), 동향인 소설가 이홍철 씨와 어느 잡지사의 공모 소설 심사를 한(1장) 1년여 뒤에 동향의 소설가 김홍철 씨와 신문사의 공모 콩트 심사를 한다(11장). 앞에서는 이홍철로 표기된 소설가가 뒤에서는 김홍철로 성이 달라졌는데, 작가는 짐짓 모른 체 시치미를 떼고 있다. 어느 출판사의 부탁으로 같이 한국 장편소설전집을 기획하는 평론가의 이름도 앞에서는 김견해로 표기되어 있으나 뒤에서는 김공론으로 약간 변형돼 있다. 이것은 작가의 실수라기보다는 이름이야 이런들 어떠며 저런들 어떠냐는 생각에서 나온 의도된 오기(誤記)로 보인다.

구보씨가 매일 만나는 문단의 시인이나 소설가, 평론가, 극작가들이 이를테면 매일 밥상에서 마주치는 숟가락 젓가락같이 다들 고만고만하게 비슷비슷하고 친숙한 사이여서 이름은 별로 중요하지 않다는 식이다. 구보씨는 아침에 일어나자마자 담배를 피우고, 신문을 읽고, 식사를 한 다음, 시내로 나와 여기저기 어슬렁거리며 볼일을 보러 다닌다. 다방과 출판사, 신문사 등이 그가 자주 들르는 곳이고, 어떤 날에는 대학에 가서 친구를 만나거나 강연을 하고, 문단 인사들의 결혼식이나 출판기념회에도 참석한다. 가끔 술자리에도 끼어들지만 구보씨는 대체로 늦지 않게 하숙집에 들어간다. 크게 보아 구보씨의 하루는 거의 변화가 없는 평범한 일상의 연속이다. 어제가 오늘과 비슷하고 내일이라고 크게 달라질 것도 없다. 지극히 평범하고 단조로운 일상의 반복을 묘사하다보니 소설은 꼬리가 꼬리를 무는 일종의 순환구조를 가지게 된다.

이 같은 순환구조는 최인훈의 초기 소설, 예컨대 『회색인』(1964)

에서도 이미 사용되고 있다. 이 소설의 1장 첫머리를 보자. "1958년 어느 비가 내리는 가을 저녁에 독고준의 하숙집으로 그의 친구인 김학이 진로 소주 한 병과 말린 오징어 두 마리를 사들고 찾아들었다." 마지막 14장은 시점만 바뀌었을 뿐 앞의 상황과 거의 다를 바 없이 되풀이된다. "1959년 어느 비가 내리는 여름 저녁에, 독고준의 집으로, 그의 친구인 김학이 진로 소주 한 병과 말린 오징어 두 마리를 사들고 찾아들었다." 물론 소설의 첫머리와 마지막 장 사이에는 이런저런 사건과 다채로운 사변(思辨)이 뒤섞인 대화와 동서양의 고금을 종횡무진 왕래하는 독고준의 사색이 있었지만 결국 주인공의 기본적인 현실 상황은 변함없이 반복되고 지속된다. 마치 산문시대인 오늘날 소시민들의 삶이란 전통시대 비극의 주인공들처럼 기승전결이나 발단−상승−위기−절정−전환−하강−대단원 같은 구조로 되어 있지 않고 소소하고 시시한 촌극(에피소드)들의 연속으로 이루어져 있듯이.

서구적 서사 형식의 비판적 수용

최인훈의 소설이 관념적인 사변에 치우치고 입체적 구조가 빈약하다는 비판은 일견 타당하고 설득력도 있다. 사실『광장』을 비롯한 초기작 몇 편을 제외하고 그의 소설 대부분은 이른바 관념소설이다. 책을 통해 습득한 지식이나 작가가 살아오면서 터득한 경험의 지혜들이 주인공의 의식 속에서 부단하게 펼쳐진다. 그런데 이런 관념적 담론들이 지루하면서도 독특한 매력을 지니는 것은 그것이 단순한 지적 허영심의 과시가 아니라 뼈아픈 자기 성찰과 반성의 결과로 얻어진 일종의 역사비판이자 자아비판의 성격을 지니고 있기 때문이다.

최인훈 소설의 주인공들은 예컨대 소설가 구보씨처럼 상당한 독서가로서 동서고금의 고전과 명작들을 꿰고 있을 뿐만 아니라 시사 문제나 정치사회적 문제들에 대해서도 일가견을 가지고 있는 당대 최고 수준의 지식인이다. 최인훈의 구보씨는 박학다식하고 호기심이 많은 산보자나 관찰자에 그치지 않고 비판적 지식인이라는 점에서 『율리시즈』의 주인공 블룸이나 박태원의 구보씨와 다르다. 박태원의 구보씨는 소설을 쓰려면 잡다한 세상사와 세태에 대해 두루 알아야 한다는 구실로 거리를 어슬렁거리며 시정의 풍속과 언어를 수집하는 넝마주이에 가깝다. 이런 취향을 당시의 일본 작가들은 고현학(考現學), 또는 모데르놀로지(modernology)라고 불렀다. 그러나 최인훈의 구보씨는 광고업자인 블룸이나 박태원의 구보씨와는 달리 단순한 사실의 수집이나 전달, 보고에 그치지 않고 '비판적 수용'을 거친 사변을 독자에게 전달한다.

여기서 비판적 수용이란 분단국인 남한의 지식인 구보씨의 관점과 세계관을 반영한다. 가령 구보씨가 의외의 사태에 직면할 때마다 습관적으로 내뱉는 "에잇, 이 신가 놈아"라는 말은 서양 사람들이 그럴 때마다 입에 올리는 "Oh, my God!"을 한국식으로, 정확하게 말해 구보식으로 전용한 감탄사라 할 수 있다. 서양 사람들이야 기독교를 문화적 기반으로 삼고 있으므로 "하느님 맙소사!"라는 말이 자연스럽게 튀어나오겠지만 기독교라는 외래 종교를 서양 문물의 일부로 받아들인 한국의 지식인 구보씨로서는 세상만물을 지배하고 섭리하는 존재로서의 신(神)을 믿지 못할 뿐만 아니라 그의 섭리 자체가 모순투성이라는 불신에 젖어 "에잇, 신가 놈!"이라는 불경스런 말이 속에서 튀어나온다. 신이 있다면 어떻게 그 많은 역사의 부도덕과 불의가 판을 치겠는가. 에잇, 믿지 못할 신 나부랭이. 이 신가 놈아, 하는 발칙한 욕설이 구보씨의 의식 밑바닥에서 치밀어 오르는 것이다. 그렇다고 이런 말을 큰 소리로 내뱉지는 못하고 속으로 웅얼거리는 것이 구보씨가 구사할 수 있는 최대한도의 반항적 제스처이니, 이 또한 서구문명에 주눅 든 분단국 소시민의 한계라 하겠다.

서양의 신에 대한 체질적인 거부감은 그의 다른 소설에서도 드러난다. 1970년 무렵에 씌어진 중편 「하늘의 다리」에서 작중 화자인 김준구는 이북 피난민인 은사의 딸이 맥줏집 접대부가 된 다음 소식을 끊고 잠적하자 이렇게 말한다. "어떤 친구가 필름 보관소에서 낡은 필름을 끄집어내서 심심파적으로 슬슬 돌리고 앉았는 게 이 역사라는 게 아니겠나? 누구겠나 신이라는 그 자식 말고 또 있겠나? 원래 우리는 조화의 원리에 대해서 이런 추장(酋長) 같은 이미지, 이런 흥행사 같은 이미지는 갖고 있지 않았지. 이거야 비밀경찰이나 전쟁상인 아니면 흥행사나 암흑가의 보스의 모습이지 어디 조화옹의 모습이겠나. 이것은 필시 신비의 탈을 쓴 악귀이지 신선이나 보살이 아닐세. 신선이나 보살이 그토록 치기만만하고 아집이 셀 수가 없지 않은가." 여기서도 서양의 신은 제멋대로 인간을 농락하는 못된 불한당으로, 동양의 신은 세상만사의 조화를 보살피는 자애로운 할아버지의 모습으로 투영되고 있다.

이런 식의 서양문명에 대한 비판적 시각은 화가인 샤갈을 조선 양반들의 관점에 따라 사갈(蛇蝎)로 표기하거나 『톰 소여의 모험』을 한국식으로 번안하여 패러디한 데서도 엿볼 수 있다. 그렇다고 해서 작가가 사갈을 사갈시하고 톰 소여와 허클베리 핀을 우습게 보는 것은 아니고 자기 식대로 해석하고 수용한다는 얘기다. "옛날 미시시피 강변에 담소아(膽小兒)와 학빈(鶴彬)이라는 두 아이가 살고 있었다. 담소아는 그 이름과는 달리 담이 큰 아이였다. 즐겨 무리를 만들어 우두머리가 되고, 성경의 교리에 깊은 회의를 품고 앙앙불락하였다. (중략) 한편, 학빈은 학빈(鶴彬)이 아니라 '학빈(虐貧)'이었다. 그의 아버지는 그를 학대했고 몹시 가난하게 살고 있었다. (중략) 담소아는 아이들을 영솔하고 해적 놀이를 하는 동안 대인물들이 별수 없이 맛보게 되는 경험을 겪는 것이었다. 소인들은 거사의 주요한 대목에서 수령을 배신하는 것이었다. (중략) 정착생활에 나약해진 해적들은 부르주아가 돼 있었던 것이다. 부르주아란 小人의 불역인데 여러 뜻으로 사용된다." 한국인의 관점에서 서양을 본다는 것은 일단 비판적이고 주체적인 입장에서 본다는 것을 의미한다. "부르주아를 우리말로 번역하면 소인이라 할 수 있다"가 아니라 "소인을 불어로 번역하면 부르주아가 된다"고 말하는 것은 단순한 패러디의 차원을 뛰어넘어 주체적 관점의 확보에서 오는 의식의 전환인데, 서양식 관념의 토착화는 이런 과정을 거친 다음에야 가능한 일이다.

최인훈은 서양과 서양문명을 늘 주체적으로 수용하고 대응하려는 의식을 가진 지식인 작가이다. 그러므로 이런 치열한 밀고당기는 싸움과 이를 객관화하여 표현하려는 작가의식의 충돌로 말미암아, 그의 소설에는 혼란스럽고 관념적인 언술과 자기고백적인 일기체가 뒤섞여 있다. 한마디로 율리시즈적인 작가의식의 치열하고 세밀한 기록이 그의 소설의 본질이다. 어떤 평론가는 일반적인 소설의 틀, 즉 이야기 줄기를 이어주는 플롯이 빈약하고 관념적이라고 비판하기도 하지만, 작가가 처한 공간과 시점에서 외부 현실이 어떻게 작가의 의식에 투영되고 미세한 반향을 일으키는지가 지진계의 진동을 담은 기록지처럼 선명하게 드러나는 그의 글쓰기 방식은 한국 현대문학사에서 가장 독창적이고 드높은 지적 수준을 보여준다.

만년의 대작『화두』는 분단시대의 첩첩산중에서 수많은 장애물과 괴물들을 헤치고 나아가는 한 구도자의 서유기이자 피난민 지식인의 천로역정이다. 여기서 최인훈식 글쓰기가 도달한 곳은 경관이 수려한 고산준봉이 아니라, 높고 넓은 고원지대다.『광장』이 우뚝 솟은 봉우리라면『화두』는 광활한 고원이다. 이 고원에는 시와 소설, 희곡, 에세이 같은 서양식 장르 개념이나 전(傳), 기(記), 지(誌), 록(錄), 화(話), 사(史), 행장(行狀), 일기(日記) 같은 동양식 장르 개념이 분화되지 않고 뒤섞여 있어 평지의 보행과 독도법에 익숙한 독자들은 가끔 당황하여 길을 잃고 헤매기도 한다.

저항적 지식인과
내적 망명자로서의 회색인

『광장』의 최인훈이 1964년에 발표한 『회색인』은 군사정변 뒤 암담한 현실 속에서 쓴 작품이다. 광장을 잃어버린 『회색인』의 주인공 독고준과 그 주위의 인물들은 하나같이 자기만의 밀실로 들어가 사변적인 관념을 파먹고 산다. 19세기 독일의 억압적인 정치 현실에 좌절한 당대 철학자들이 관념세계로 들어가 철학의 체계를 구축했던 것과 유사하게, 『회색인』의 인물들은 내면세계 혹은 관념세계를 망명지로 삼아 거기서 역사와 정치와 이념의 성채를 쌓아올린다. 남북 이데올로기의 흑백논리를 부정하고 두 극단 사이 중간쯤에서 혁명을 꿈꾸기도 한다. 이명준도 독고준도 흑백 이분법의 눈으로 보면 어쩔 수 없는 회색인이다.

그 '회색'을 패배와 좌절의 색이라고만 할 수는 없다. 이명준의 중립국 선택이 남북의 억압적 질서에 대한 저항을 뜻하는 것과 마찬가지로 독고준의 내적 망명도 뒤집어 보면 절박한 '부정의 정신'의 표출이기 때문이다. 우리 현대사는 이 회색인들의 꿈이 밀고 온 역사라고도 할 수 있다. 남북 분단이 낳은 억압체제에 숨죽이고 웅크린 듯이 보여도 때가 되면 밀실을 뛰쳐나와 광장을 되찾은 수많은 회색인들이 만들어온 역사가 우리 현대다. 회색인 이명준이 보았던 '크레파스보다 진한 바다'는 멀리서 가물거리는 꿈이지만, 이 꿈이야말로 포기할 수 없는 '희망의 원리'고 역사의 변증법을 밀고 가는 힘이다.

— 고명섭 기자, 『한겨레』, 2018년 7월 31일

최인훈의 소설에 등장하는 주인공들이 대체로 회색인이고 내적 망명자라는 것은 사실이다. 그리고 회색은 '부정의 정신'의 표출이라는 진단은 일단 수긍할 만하다. 그러나 우리 현대사를 이끌어온 것이 이런 회색인들의 꿈이고 남북 분단이 낳은 억압체제에 숨죽이고 있던 회색인들이 때가 되면 밀실을 뛰쳐나와 광장을 되찾아온 것이 우리 현대사라는 단정은 논리의 비약이 빚어낸 일반화가 아닐까? 가령 4·19 혁명이나 5·18 광주민중항쟁, 6월 항쟁, 촛불혁명 등이 숨죽이며 밀실에 숨어있다가 광장으로 뛰쳐나온 회색인들의 주도로 이루어졌다고 볼 수는 없지 않은가. 먼저 광장에 뛰쳐나온 청년 학생들의 항거와 희생에 격앙된 회색인들이 뒤늦게 합류하여 광장을 되찾았으나 결국 기득권 세력의 반격이 시작되면 슬그머니 다시 관념의 밀실로 후퇴해버리는 것이 보다 정확한 회색인들의 행동양식이 아닐까? 적어도 최인훈의 소설에서 회색인들이 경험한 역사는 좌절과 실패와 절망의 끝자락에서 찾아낸 내적 망명의 역사였고, 그의 소설의 영토는 현실과 환상이 뒤섞인 환상적 리얼리즘의 세계였다.

　『회색인』의 독고준은 원산에서 중학교를 다니다가 해방을 맞는다. 아버지는 과수원을 가진 부르주아 지주라서, 매부는 학병에 끌려갔다가 탈출한 부르주아 지식인이라서 북한 체제에 쫓겨 월남하고 나머지 가족들은 한밤중에 은밀하게 남한의 대북 방송을 들으며 자유와 민주주의가 넘치는 남쪽나라를 동경한다. 독고준의 가족들은 이렇게 아버지가 사는 남쪽지역에서 들려오는 라디오 방송을 들으며 정신적인 망명가족이 되었고, "소년 독고준은 일찍이 그 나이에 망명인의 우울과 권태를 씹으며 자랐다." 그는 책 속으로 망명한다. 프랑스의 소년소설 『집 없는 아이』와 소련 혁명노동자의 성장소설 『강철은 어떻게 단련되었는가』에 매료된 독고준 소년. 그리고 전쟁이 터진다. 미군의 무차별 폭격. 방공호 속에서 경험한 여자의 살 냄새. 사춘기의 소년은 이렇게 성에 눈 뜨는데, 주목할 점은 전쟁의 공포와 성적 자극이 결합되어 짜릿하면서도 애틋한 향수처럼 그의 의식의 밑바닥에 자리잡게 된다는 것이다.

독고준은 월남 이후에도 여전히 망명자의 신분을 벗어나지 못한다. 그렇게 동경했던 자유와 민주의 나라는 독재와 검열이 일상화된 감옥 같은 사회였기 때문이다. 야당 국회의원 조봉암이 평화통일을 주장하자 국시를 어겼다, 용공이다, 괴뢰들에게 동조한다고 공격하여 결국 감옥에 집어넣고 간첩으로 몰아 사형시키는 나라. 정치학과 학생이자 독고준의 친구인 김학과 세 친구들의 모임인 '갇힌 세대' 동인들은 혁명, 피, 역사, 정치, 자유 따위의 말들을 입에 올리며 열띤 토론을 벌이지만 실은 현실을 움직일 힘이 없는 수인(囚人)의 언어로 이루어진 공허한 말잔치에 불과하다.

김학이 찾아간 경주의 현자 황 선생의 역사관—조선의 역사를 서양의 역사에 비교하여 너무 자학적으로 보지 말라. 프랑스 혁명에 비견할 만한 동학혁명, 사람이 곧 하늘[人乃天]임을 선언하고 제폭구민(除暴救民)의 깃발을 내건 농민전쟁이 승리했다면, 동양식 유토피아인 왕도낙토(王道樂土)의 꿈에 불타는 지도자들 밑에서 일종의 유신(維新)을 했을지도 모른다. 그러나 동학당을 왕당파와 일본군이 압살한 것은 구세주를 외국 총독과 결탁하여 잡아 죽인 유태인들의 경우와 비슷하고, 우리 설화에서 백성을 구하고 하늘의 길을 열려고 내려온 '아기장수'를 외국 군대와 결탁하여 잡아 죽인 격이다. '아기장수' 설화에 대한 이런 해석은 후일 최인훈이 희곡으로 쓴 「옛날 옛적에 훠어이 훠이」의 모티프가 되고 있다.

의식의 고고학,
고전소설의 재해석과 재창작

최인훈은 1960년대 초반부터 한국의 고전소설들을 새롭게 해석하여 재구성한 일련의 작품들을 발표했다. 1962년에는 「구운몽」과 「열하일기」를 선보인 데 이어 「금오신화」(1963)와 「놀부뎐」(1965), 「춘향뎐」(1967), 「옹고집뎐」(1969)을 거쳐 1966년에는 장편 『서유기』를 내놓는다. 그런데 주목할 것은 이런 고전소설 개작은 한국과 중국의 고전에 국한되지 않고 서양의 고전인 찰스 디킨즈의 소설을 개작한 「크리스마스 캐럴」 연작을 1963년에서 66년 사이에 써냈다는 사실이다. 그는 동서양의 고전 가운데 교과서에 실리거나 친숙한 작품들을 골라 우리가 학교에서 배운 해석으로부터 해방된, 독자적인 문화사적 맥락에서 재해석을 시도한다. 이것은 고전의 패러디라기보다는 고전의 현대적 재해석(이른바 버팅겨 읽기) 내지 현재적 의미 부여라고 하겠다. 이 점에서 그것은 일종의 창작이라고 부를 수 있다. 서양문학에서는 이런 고전의 재해석을 바탕으로 한 창작이 드물지 않다. 가령 토마스 만은 괴테의 『파우스트』와 『젊은 베르터의 고뇌』에서 모티프를 얻어 『파우스트 박사』와 『로테, 바이마르에 오다』를, 구약의 한 대목을 소설로 재구성한 『요셉과 그의 형제들』을 '창작'했으며, 브레히트도 카이사르의 전기를 현대적으로 재해석한 소설 『율리우스 카이사르 씨의 사업』을 썼다.

1962년에 발표된 「열하일기」는 젊은 고고학자가 루멀랜드(풍문의 땅)에서 겪는 신기한 일들을 보고하는 일종의 견문기다. 여기서 루멀랜드는 정황상 한국을 가리킨다. 작가는 여기서 해동조선의 선비 연암 박지원이 대국인 청나라를 여행하면서 보고 겪은 일들을 자유분방하게 기록한 『열하일기』를 뒤집어 외국인의 눈으로 본 한국의 풍습을 묘사한다. 이런 시점의 뒤집기를 통해 한국의 모순된 현실은 보다 객관적으로 부각된다. 여기서 주목할 것은 그 외국인 여행자 겸 관찰자가 고고학자라는 점이다. 그는 국립박물관 117호실에 전시되어 있는, 지금까지 아무도 관심을 가지지 않은 4개의 화석(굳은 돌)을 분석한다. 첫째 화석은 배를 깔고 누운 채 침상에 묶인 사람의 형상이고 둘째 화석은 불에 그을려 오그라붙은 여자인데 팔, 다리, 머리, 몸통이 여섯 토막으로 잘려 있다. 셋째 화석은 사냥터에서 모닥불 위에 얹혀진 사슴처럼 팔다리를 하늘로 향해 모은 인간의 형상이고 넷째 화석은 가슴에 상처가 있는 어린 애기의 형상이다. 고고학자는 이 화석들을 음향재생법으로 분석하여 유물에 묻은 당시의 소리를 재생하는 데 성공한다. 그 결과 첫 번째 화석에서는 형틀에 묶여 고문을 받는 이순신 장군의 항변과 신음소리, 심문관과 형리들의 목소리가 재생되어 나온다. 둘째 화석에서는 민비를 시해하고 불태우는 일본 낭인들의 목소리와 민비의 비명이, 셋째 화석에서는 일제 고등계 경찰에 고문당하는 독립투사의 비명소리가, 넷째 화석에서는 반동의 자식이라는 이유로 어린애를 처형하는 북한군 간부의 명령이 재생되어 흘러나온다. 여기서 보듯 고고학자는 고분이나 유적지를 발굴하여 귀중한 문화재를 찾아내는 일에 몰두하기보다는 역사의 퇴적층 속에 묻힌 패배자들의 이야기와 갈라진 틈 사이로 빠져버린 역사를 복원하는 일을 즐기는 사람이다. 이런 일을 한 까닭에 그 고고학자는 대통령제에서 군왕제로 바뀐 루멀랜드의 경찰에 현행범으로 체포되어 국외로 추방된다.

작가는 초기작인 「구운몽」에서도 고고학자의 작업을 작가의 글쓰기 작업과 연관시켜 독특한 견해를 밝힌 바 있다.

죽음을 다루는 작업. 목숨의 궤적을 더듬는 작업. 그것이 고고학입니다. 우리들의 작업대 위에 놓이는 것은 시체가 아니면 시체의 조각입니다. (중략) 고고학자란 목숨이 아니라 죽음을, 창조가 아니라 발굴, 예언이 아니라 독해를 업으로 하는 사람입니다. (중략) 역사란, 신이, 시간과 공간에 접하여 일으킨 열상(裂傷)의 무한한 연속입니다. 상처가 아물면 결절(結節)한 자리를 시대 혹은 지층이라고 부릅니다. 이 속에 신의 사생아들이 묻혀 있습니다. 신은 배게 할 뿐. 아이들의 양육을 한번도 맡은 일 없이 늘 내깔겼습니다. 우리가 하는 일은, 이 지층 깊이 묻힌 신의 사생아들의 굳은 돌을 파내는 일입니다. 캐어낸 화석들은 기형아가 대부분입니다. 그것도 토막토막 난.

　—「구운몽」

　작가는 이 같은 고고학자의 작업처럼 역사의 지층에 매몰된 사생아들의 화석을 찾아내어 그 원래의 모습을 복원해낸다. 무책임한 신이 내깔기고 버린 역사의 사생아들의 화석을 복원해 은폐된 역사적 진실을 들추어내는 것을 루멀랜드에서는 엄격하게 금지하고 있으므로, 진실은 공식적인 역사기록이 아니라 루머, 즉 풍문이나 유언비어로 은밀하게 전해질 수밖에 없다.

　작가는 루멀랜드, 즉 남한의 기이한 풍속을 다룬 「열하일기」에 뒤이어 「금오신화」를 통해 북한에서 벌어지는 또 다른 기이한 풍속을 보여준다. 남한 출신의 노동자가 당의 명에 의해 간첩 교육을 받고 남파되지만 임진강을 건너는 순간 미리 알고 기다리던 사냥꾼들에게 사살되어 강물에 버려진다. 남북 간의 대결상황 속에서도 모종의 은밀한 거래가 이루어진 것인지, 아니면 북측의 남파 간첩 루트를 남측의 정보기관이 훤히 꿰뚫고 있는지는 신화의 영역처럼 불투명하다. 어쨌든 고향인 남한 땅에 도착하자마자 자수할 작정을 하고 강을 건너온 실향민은 허무하게 냉전의 제물이 되어버린다. 두 작품은 각기 고전소설의 제목을 차용하고 있으나 원작처럼 이국적인 풍물이나 신기한 설화의 세계로 독자를 안내하기는커녕 남북한의 기괴한 상황을 부각시킨다.

　판소리 형식을 차용한 「놀부뎐」은 실제 무대에서 판소리로 공연되기도 하였다. '민예극장'의 공연은 통상적인 판소리 공연처럼 소리꾼 혼자서 여러 역할을 도맡아 하지 않고 별도의 배우가 아니리를 통해 극의 줄거리를 관객에게 설명해주는 화자(話者) 역할을 맡음으로써 창극처럼 배역 분할을 시도했다. 여기서도 작가는 전통적인 「흥보가」의 관점과 내용을 뒤집어 놀부의 관점에서 이야기를 풀어나간다. 놀부는 부지런하고 실용적인 인물인 반면 흥부는 게으르고 허황한 인물로 그려진다. 제비가 물어다준 박씨에서 자란 박 속에서 갖가지 보물이 쏟아져 나온 것이 아니라 흥부가 나무하러 간 어느 으슥한 골짜기에서 우연히 누가 파묻은 보물상자를 파내어 부자가 된 것임을 놀부의 추궁으로 흥부가 자백한다. 결국 놀부의 추측대로 그것은 봉고파직에 대비해 전라감사가 몰래 파묻어놓은 보물이었고 후일 권세를 되찾은 감사는 보물을 훔쳐간 흥부네 일가를 찾아내 치도곤을 안긴다.

연암 박지원의 소설을 패러디한 「호질(虎叱)」은 담시(譚詩) 형식으로 남북분단을 비판적으로 풍자하고 있다. 한반도에서 온갖 재앙을 부르고 횡포를 부리는 남북분단이라는 호랑이는 전쟁과 부패와 공해라는 피의 공양을 백성들에게 강요한다. 담시의 마지막 구절에서 작가는 이렇게 호소한다. "우리 동기, 부모, / 우리 아기들의 머리뼈를 / 저 짐승이 바수어 먹고 앉아 있는 이 시간에, / 허송세월하지 말고, 벗들이여 꾀 한번 내어보세." 작가는 분단이라는 호랑이를 내쫓고 통일의 길로 나아가자는 유토피아의 꿈을 드러내면서 우리가 개발도상국이 아닌 '통일도상국'이 될 것을 염원한다.

최인훈은 모순의 근현대사를 헤치며 분단시대를 살아내는 한 개인(작가)의 파란만장한 의식의 여정을, 현실과 몽환세계를 넘나드는 독창적인 형식과 문체로 표현하고 있다. 대표적인 소설이 바로 『서유기』인데, 이 장편소설은 『회색인』의 주인공 독고준이 이유정의 방을 나와 2층 자기 방으로 올라가는 과정에서 겪게 되는 의식의 여정이 마치 불경을 얻으러 서역으로 가는 손오공과 삼장법사 일행의 파란만장한 모험의 여정처럼 펼쳐진다. 제목과 서사의 틀은 동양고전인 『서유기』를 빌렸으나 그 기법과 형식은 제임스 조이스의 『율리시즈』를 차용했다는 점에서 이 작품은 두 가지 차원의 비판적 재해석을 시도하고 있다.

실향민 독고준은 소년시절 그의 고향인 W(원산)시의 방공호 속에서 그를 포용했던 구원의 여인으로부터 이산가족 찾기 신문광고 형식의 메시지를 받고 험난한 서역순방 길에 오른다. "이 사람을 찾습니다. 그 여름날에 우리가 더불어 받았던 계시를 이야기하면서 우리 자신을 찾기 위하여, 우리가 만나기 위하여, 당신이 잘 아는 사람으로부터." 삼장법사 일행이 부처님의 진리를 구하기 위해 머나먼 서역길을 떠난 것처럼 그에게는 무엇보다 환상 속의 구원의 여인을 만나 '우리 자신'을 찾는 것이 궁극적인 목표이다. 그는 늘 닫혀 있는 경원선 개찰구를 통해 기차를 타고 석왕사 역을 지나 W시로 향하는데 도중에 역장과 철도노무자, 헌병의 모습을 한 갖가지 괴물들의 납치와 감금, 훼방과 도움을 받으며, 논개, 이순신, 조봉암, 이광수 등 각종 역사적 인물들과 만나 대화를 나눈다. 그 도중에 지하의 일제 식민지 총독과 상해 임시정부, 북한 혁명위원회, 대한불교 관음종 방송 같은 각종 이데올로기의 선전방송을 듣는데, 이런 모든 애국적 호소와 자기변명과 회유와 선전선동(프로파간다)에 독고준은 끝내 굴복하지 않는다.

평론가 이남호가 최인훈의 소설 속 인물들의 몽유는 현실의 밖에 있는 것이 아니라, 그 자체로 "서늘한 현실성"을 담고 있다고 지적한 것은 그것이 현실과는 절연된 몽환의 세계가 아니라 상식과 이성의 통제를 벗어난 황당무계한 현실 속에서 살아가는 주인공의 뒤틀리고 억압된 의식세계를 반영하고 있다고 보기 때문이다. 이런 점에서 "최인훈의 인물들이 체험한 모순과 혼돈의 세계는 분단과 근대화 과정에서의 개인의 운명을 생생하게 양각(陽刻)"하고 있으며 "여기에 최인훈 문학의 무시무시한 현재성이 있다"는 그의 지적은 신선하면서도 명쾌하다.

피난민 의식과 「하늘의 다리」

최인훈의 작품들을 일관되게 관통하는 작가 의식은 이른바 피난민 의식이다. 작가 자신의 분신인 그의 소설 속 주인공들은 하나같이 남한 사회에 뿌리내리지 못하고 떠도는 피난민들이다. 고향을 떠난 자들이 쉽게 타향의 음식이나 풍속에 익숙해지지 못하는 것처럼, 그들은 전란 중 미국의 구호물자 상자 속에 섞여 들어온 서구의 문명에 대해서도 쉽게 익숙해지지 않는다.

난데없이— B29처럼, 우리들의 하늘에 나타난 이 생활의 범절, 이

문명의 족보를 캘 힘이 있는 사람도 없고 밀고 당기는 속에서 그 지랄을 하고 있으면 당장, 오늘이 배고프다. 그래서 낙하산으로 떨어지는 +자표 찬란한 구호물자 상자가 떨어지는 낙하지점을 가늠하기가 바쁘다. 완력 센 놈은 큰 상자를, 약한 놈은 터진 상자 속에서 양말짝이라도 들고 달아난다. 상자 속에는 별의별 것이 다 나온다. 대포도 나온다. 캔버스도 나온다. 실버택스도 나온다. 판도라의 상자처럼, 문명의 슬픔, 트로이의 목마처럼. 문명의 무서움. 슬프고 무서운 것을 즐겁고 편리한 줄밖에 모르면서 사는 피난민촌. 거대한 피난민촌. 삼천만 명의 피난민. 1950년대의 피난민. 1960년대의 피난민. 삼천만 명의 피난민. 슬픔과 무서움을 모르는 날까지, 사랑을 모르는 날까지는 7000년대라도 피난민이다.

　―「하늘의 다리」

　이 소설의 주인공인 삽화가 김준구가 느끼는 남한 사회는 거대한 피난민촌이다. 그가 말하는 피난민은 북한에서 월남한 이른바 38따라지뿐만 아니라 전란 속에서 어떻게든 살아남기 위해 발버둥쳐야 했던 남한 사람 모두를 가리킨다. 이처럼 피난민 의식에 젖어 있는 사람들은 미군이 구호물자처럼 떨어뜨려준 서구문명을 즐겁고 편리한 것으로만 알고 서구문명이 지닌 무서움이나 슬픔 따위에는 눈길을 주지 않는다. 그리고 서구문명에 일방적으로 종속됨으로써 나타나는 비판의식의 실종과 자아상실은 형제와 이웃에 대한 사랑보다는 당장 눈앞의 이익과 호구지책에 애면글면하는 피난민 의식의 일상화와 내면화로 이어진다. 그리고 이런 피난민 의식이 조만간 바뀔 조짐은 보이지 않는다. 이것이 최인훈의 현실 진단이고 그의 비판적 역사의식의 근거를 이룬다.

망명자의 시각, 『태풍』

　　최인훈은 『화두』에서 일제시대 우리 문학이 망명문학의 부재로 말미암아 빈곤 상태에서 벗어나지 못했다고 말한 바 있다. 일제의 식민통치하에서 작가들의 상상력과 의식은 외눈박이처럼 태생적인 한계를 지닐 수밖에 없었으므로 이런 한계를 극복하기 위해서는 사상과 표현의 자유가 보장된 제3국의 시공간에서 씌어진 망명문학이 필요했다는 것이다. 초기에 소박한 민족주의와 계몽적 애국심에 들떠 있던 이광수 같은 조선의 지식인 작가들이 점차 대동아공영권이라는 반서구 이데올로기에 세뇌되어 자발적인 친일의 길로 들어선 것도 이런 망명자적 시각이 결여된 탓이라고 최인훈은 진단한다.

　　이런 점에서 장편 『태풍』(1973)은 최인훈이 유신시대의 남한에서 써낸 일종의 망명문학 작품이다. 식민지인 에로크(조선) 출신의 오토메나크(가네모토)는 식민 종주국 나파유(일본) 군대의 충성스런 장교로 로파그니스(싱가포르)에서 정치공작에 참여하다가 점차 식민지 독립운동의 대의에 눈뜨게 되어 나파유의 패망을 예견하고 아이세노딘(인도네시아)의 독립운동 지도자인 카르노스(수카르노)를 돕게 된다. 그는 나파유의 패전 후에도 귀국을 거부하고 아이세노던 독립운동에 투신하여 성공을 거둔다. 그리고 이 같은 공적으로 카르노스의 신임을 얻어 30년 후 그의 조국인 에로크가 분단을 극복하고 통일된 자주독립국이 되는 데 카르노스의 국제정치적 영향력을 이용하여 크게 도움을 준다.

어찌 보면 유토피아 소설처럼 보이는 『태풍』의 중요한 특징은 이 작품이 남한의 작가들이 언제나 의식하지 않을 수 없었던 분단과 반공의 시각에서 벗어나 가상의 시공간에서나마 자유로운 정치적 상상력과 통일의 이상을 마음껏 펼쳐냈다는 사실이다. 『광장』의 이명준은 남북한이 아닌 제3국을 선택하여 인도로 향하다가 바다에 뛰어들어 자살하지만 오토메나크는 제3국인 아이세노딘의 독립운동에 투신함으로써 자신의 반민족적인 친일 행적을 속죄하고 바냐킴이라는 새 이름으로 거듭난다. 이명준이 꿈꾸었으나 실현할 수 없었던 제3의 길은 카르노스가 추구했던 중립적인 제3세계노선, 카르노스의 분신인 수카르노 인도네시아 대통령이 반둥선언에서 표명했던 바, 미국과 소련 어느 진영에도 가담하지 않는 비동맹·민족주의 노선이 아니었을까.

오토메나크의 결혼과 가족구성도 피부색과 국적과 인종을 뛰어넘는 범세계주의적인 이상의 표현이라고 볼 수 있다. 오토메나크의 애인이었던 아이세노딘 여성 아만다는 카르노스의 연인이자 첩자로서 후일 카르노스 대통령의 영부인이 된다. 나파유 군인이었던 오토메나크는 아이세노딘 독립투사 바냐킴으로 다시 태어나 포로였던 니브리타 출신의 백인 여성 메어리나와 결혼한다. 그리고 카르노스의 사후에 카르노스의 딸 아만다는 바냐킴과 메어리나의 딸로 입양되어 한 가족을 이룬다. 이제 식민지 조선인 김 아무개는 자기 민족에게 떳떳하면서도 보편적 가치에 충실한 진정한 세계인이 된다.

이러한 망명문학적 상상력은 유신시대와 군사독재 시대의 진보적인 한국 작가들에게서는 찾아볼 수 없는 낯선 것이었다. 가령 『태백산맥』의 김범우는 일제의 학도병으로 끌려가 갖은 역경과 고난을 뚫고 탈출하여 미군의 특수부대(OSS) 첩보원 훈련을 받았으나 결국은 포로의 신분으로 귀국한다. 해방 전후의 빨치산 투쟁이라는 금기의 영역을 처음으로 소설로 형상화한 작가 조정래도 조선 출신 학도병의 기구한 인생역정을 묘사하는 데서 더이상 나아가지 못한다. 물론 이것은 작가의 상상력 부족 때문이라기보다는 분단시대의 제약과 금기 속에서 양심적 지식인 김범우가 겪었던 비극을 형상화하는 데 작가가 집중했기 때문일 것이다. 김범우의 모델은 작가의 외삼촌인 학도병 박순동이었다. 어쨌든 『태백산맥』에는 망명문학적 상상력이 펼쳐질 만한 공간은 처음부터 마련되어 있지 않았다.

최근에 간행된 『적도에 묻히다』(우쓰미 아니코, 무라이 요시노리 공저)를 통해 국내에도 알려진 양칠성(창씨명 야나가와 사치세이) 씨는 일본군으로 끌려갔으나 일본이 패망하자 고향인 조선으로 귀국하지 않고 인도네시아 독립운동에 가담하여 싸우다가 전사했다. 그는 독립운동에 기여한 공로를 인정받아 인도네시아 국립묘지에 묻혀 추앙되고 있다. 작가 최인훈이 이런 사실을 바탕으로 작품을 썼는지는 알 수 없으나 작중인물 마야카(이광수)와 오토메나크의 아버지를 통해 일제시대 지식인층의 친일행적을 좀더 심층적으로 분석하고 탈식민주의적인 시각에서 다른 식민지의 독립운동을 조명한 점은 지금까지의 한국소설에서 찾아볼 수 없는 새로운 경지이다. 또한 분단을 극복하고 통일을 이루는 데 있어서도 남북한 양측의 상호적대적 시각을 벗어나 비동맹 노선이나 중립노선 같은 민족자주적 전망을 제시했다는 점에서 『태풍』의 의미는 각별하다고 하겠다.

「크리스마스 캐럴」 연작과 소통장애, 그리고 문화적 식민주의

1963년부터 66년 사이에 발표된 「크리스마스 캐럴」 연작은 서구문화와 전통문화, 그리고 군사문화 사이에서 방황하는 지식인의 자의식을 보여주고 있다. 그런데 이 소설은 낡고 녹슨 고전소설이라는 형식에 현대적인 지식인의 자의식을 담아내기 때문에 작중 인물들과 그들의 대화는 낡은 거울에 비친 영상처럼 초점이 맞지 않고 상하 좌우의 균형이 뒤틀리고 일그러져 있다.

연작 1과 2에서는 서구 종교인 기독교의 명절 크리스마스가 한국에서 시민들의 억압적 심리를 잠시나마 이완시키고 해방시키는 기묘한 풍속으로 변질되는 현상을 비판적 시선으로 응시한다. 전통적 가부장주의와 반공주의에 얽매인 아버지와 서구식 개인주의를 추구하는 '나'는 표면적인 부자 간의 예의를 지키려 애쓰면서 대화를 나누지만, 걸핏하면 말문이 막히고 서로 말꼬리를 잡고 늘어지는 등 정상적인 의사소통이 되지 않는다. 아들은 부자연스런 고어체와 경어체를 사용하여 마치 고전사극의 대사처럼 말을 하고, 아버지는 버르장머리 없는 아들을 직설적으로 꾸짖거나 나무라지 않고 일부러 못 알아듣는 척 딴청을 피우거나 슬그머니 비꼬면서 자기 나름의 권위와 체면을 세운다. 어찌 보면 「고도를 기다리며」 같은 부조리극의 대사처럼 무의미하고 말장난 같은 부자 간의 대화는 곧잘 단절되고 지체된다. 이것은 세대 간의 의식과 어법의 차이 때문이기도 하지만 그보다 더 근본적인 원인은 소통환경이 비정상적이기 때문이다. 검열과 감시가 일상화된 분단국가의 군사정권하에서는 심리적 억압기제 때문에 애당초 정상적인 언어의 소통기능이 차단되고 왜곡된다. 그 대신 공식적인 언어와 상투적인 개념이 대중의 언어에 침투하여 내면화됨으로써 대중은 자기도 모르게, 자동적으로 상투어를 자기의 언어인 양 시도 때도 없이 입에 올린다.

어느 날 가족들은 저녁상을 물리고 신금단 부녀의 상봉과 남북통일에 관한 대화를 나눈다. 아들은 신금단 부녀의 상봉이 그 아버지의 실수라고 비난한다. 15분간의 부녀상봉 때문에 딸인 신금단을 북한에서 박해를 받을 위험에 내맡기는 것은 이기적인 자기만족을 위해 딸을 제물로 바치는 처사라는 것이다. 그러면서 그는 남북한이 서로 화합하지 못한 상태에서 통일부터 하는 것은 위험한 일이라고 주장한다.

"네 말을 들으면 북한 정부하고 우리 정부를 동격으로 보고 하는 것 같으니, 그 점을 분명히 해다구."

나는 황급히 손을 내저었다.

"아닙니다. 물론 제가 아버님을 의심하는 것은 아닙니다만, 말하자면 밀고를 하신다거나…"

"너무하는구나…"

"불초 미련한 놈이, 구변이 모자라…"

나는 송구스러워서 머리를 조아렸다.

"안다. 네 죄가 아니니라. 그래 말해보렴."

"네, 제 뜻은 이렇습니다. 남의 정부와 북의 정부를 같이 생각한다는 것이 아니고 남의 정부가 옳기는 하나 그렇다고 피를 보면서 통일하거나 혹은 통일된 연후에 피를 보아야 할 그런 통일을 해서는 안 된다는 생각입니다."

"네 말대로라면 한국이 해방된 것은 잘못이구나."

"네?"

아버님은 또 무슨 말씀을 하시려는구?

"해방이 되면 친일파들이 괴로워해야 하니 해방해서는 안 된다는 이치가 설 수 있지 않았겠니?"

(중략)

"첫째로 친일파들은 괴로워도 마땅한 사람들이었던 반면에 통일이 되어서 괴로운 사람들 가운데는 도덕적으로 비난할 수 없는 사람들이 섞여 있습니다. 둘째로 해방을 위해서는 준비가 있었습니다만 통일을 위해서는 아무 준비도 없었습니다. (중략) 남이나 북이나 서로 옳다

하고 서로 이기겠다고 힘을 뽐낸 사람만 있었지 남쪽에서건 북쪽에서
건 제정신을 가지고 서로 힘을 삼가고 극단주의를 피해야 한다고 주
장한 사람은 없습니다. 모두 '남반부 해방' 아니면 '북한 해방'입니다.
이것은 힘이지 사랑이 아닙니다. 상대편 정부만 염두에 두었지 그 밑
에서 살아온 국민은 살피지 않은 생각입니다. 이런 생각이 바뀌어가
자면 제물이 필요합니다. 이런 생각을 용감하게 내놓고 그 때문에 박
해받는 순교자가 필요합니다. (중략) 신금단이는 바로 그런 불쌍한 희
생잡니다. 아흔아홉 마리의 양들에게 몰려 희생의 낭떠러지에 처박힌
한 마리의 양입니다."

분단시대의 남한 사회에서는 (아마 북한의 사정도 비슷하겠지만) 부
자 간이나 가족 간에도 통일문제 같은 민감한 문제에 대해 말할 때
면 늘 무의식적으로 감시의 눈초리와 처벌을 의식하기 때문에 정
상적인 대화가 어렵다. 부자 간에도 밀고를 걱정해야만 하는 상황
에서는 이런 식의 엇갈리는 대화나 스쳐지나가는 대화가 될 수밖
에 없다. 그들은 자기 자신의 생각을 자기만의 언어로 얘기하지 않
고 늘 남의 얘기, 즉 공식적인 어법과 용어로 가면을 쓴 채 말한다.
그래야 탈이 없고 트집을 잡히지 않으니까. 실제로 5·16 이후에 통
일이나 친일 같은 민감한 문제에 관한 일상의 대화는 억압된 언어,
즉 노예의 언어로, 관공서나 정부 홍보지의 용어와 개념으로만 가
능하였다.
　「크리스마스 캐럴 3」에서는 60년대에 유행했던 괴이한 서구식
'행운의 편지' 사건이 등장한다. 익명의 발신인이 보낸 행운의 편지

를 받은 사람은 48시간 안에 다음번 사람에게 편지를 써보내야 한다. 그렇지 않으면 흉측한 재앙이 닥치리라고 편지는 협박한다. 사실은 행운의 편지가 아니라 협박 편지다. 그래도 이를 해결하는 것은 가부장적인 아버지이다. 그는 과감하게 행운의 편지를 불에 태워버린다.

「크리스마스 캐럴 4」는 유럽의 한 대학에 유학 온 한국 사학도의 이야기다. 그는 거기서 성경책을 20년 동안 신줏단지처럼 모시고 다니는 '성녀'를 만나는데, 나중에 알고 보니 그녀가 애지중지한 성경책은 죽은 자기 애인의 가죽으로 겉표지를 씌운 것이었다. 그녀는 신앙이 돈독한 성녀가 아니라 끔찍한 유물론자였다. 여기서 보듯, 우리의 지식인들은 서구문화에 대한 막연한 존경심에서 그 본질을 꿰뚫어보지 못한다. 그런데도 기독교의 신앙심과는 상관없이 크리스마스는 "페스트처럼 난만하게" 머나먼 동양의 도시 서울에까지 번지고 있다.

「크리스마스 캐럴 5」는 연작 가운데 가장 핵심적인 메시지를 담고 있다. 앞서의 연작들은 이 결정편을 위한 사전포석과 무대장치에 불과한 것처럼 보인다. 작품의 시점은 1959년 여름에서 1964년 크리스마스까지인데 이 기간 중에는 4·19 혁명과 5·16 쿠데타라는 현대사의 중요한 분기점이 포함돼 있다.

이 작품은 밤 12시부터 새벽 4시까지의 통행금지라는 인위적인 통제장치 속에서 한 지식인이 겪는 의식의 억압과 해방에 대한 열망을 환상적 리얼리즘 기법으로 드러낸다. 주인공인 나는 어느 날 문득 겨드랑이에 가래톳이 생기고 통증을 느끼기 시작한다. 그런데 신기하게도 방에서 뜰로 나오면 통증은 가신다. 이런 증상은 밤 12시부터 새벽 4시까지 지속된다는 것을 그는 경험을 통해 알게 된다. 통금시간에만 나타나는 이 증상에 점차 적응하며 그는 심야에 자기 방을 빠져나와 통금으로 인적이 끊긴 밤거리를 몰래 헤매고 다닌다. 『광장』의 이명준처럼 밀실에서 광장으로 나온 주인공은 이제 통금시간의 서울 중심가를 은밀하게 산책하며 혁명가나 간첩, 도적놈이 겪음직한 짜릿한 긴장감과 해방감을 만끽한다. 그러자 겨드랑이의 멍울은 사라지고 그 대신 조그만 날개 비슷한 것이 돋아난다. 여기서 날개는 비상의 욕망과 좌절을 함께 내포하는 상징이다. 날기를 열망하다가 요절한 식민지 조선의 시인 이상의 날개, 자유비행을 꿈꾸다 추락한 고대 그리스 신화의 이카로스의 밀랍으로 만든 날개, 그리고 민중해방의 영웅으로 태어나지만 자식이 역적이 될까 두려워하는 부모에 의해 죽임을 당하는 한국의 구전 설화에 나오는 아기장수의 날개. 이 모티프는 후일 희곡 「옛날 옛적에 훠어이 훠이」로 형상화된다.

어느 날 그는 심야에 한 서양인의 집 잔디밭에 잠입했다가 주인에게 들켜 거실로 끌려들어간다. 거기서 그는 시상(詩想)을 얻기 위해 심야에 산책하는 시인이라고 둘러대어 집주인과 대화를 나누게 된다. 중동과 아시아 여러 곳을 경험한 그 외국인은 "서구의 정신사적 분열이 자기 집안일인 것처럼 심각해하는 원주민 인텔리를 보면" 구역질이 난다고 털어놓는다. "원주민 인텔리란 우리 눈에는 양식 호텔의 보이와 다를 것이 없어요. 우리들의 매너를 알고 있으니까 편리하다는 것뿐이죠. 가방 맡기고 코트 맡기고 사창가나 안

내시키는 거죠. 에익 퉤.”

그는 서양 제국주의자들이 인류에게 끼친 해독은 식민지에서 금 덩어리를 실어가고 상품을 팔아먹은 것이 아니라, 원주민들의 영 혼을 길들여 서양 것을 자기 것처럼 여기도록 만든 거라고 주장한 다. 즉 제국주의자들은 영혼의 아편상인들이라는 것이다. 그리고 원주민 인텔리들은 입만 열면 그쪽은 이런데 우리는 요모양 요꼴 이라고 자기비하를 일삼으며 서양문화의 대리점 노릇만 하고 있으 며, 한국의 지식인들은 외국 기관 종업원들처럼 파업도 하지 않는 다고 개탄한다.

4·19가 지난 몇 달 후, ‘나’는 심야의 시청 앞 광장에서 사지가 달 아난 피투성이의 중고등학생들과 대학생들이 모여 데모를 하다가 땅속에서 최루탄이 눈에 박힌 김주열의 시체를 파내어 인간 피라 미드의 꼭대기에 피에타처럼 쳐들었다가 다시 파묻는 광경을 목격 한다. 이러한 눈물의 의식(儀式)은 한 달 후에도 반복된다.

그러다가 1961년 5월 16일 새벽 ‘나’는 한강을 건너오는 한 무리 의 군인들을 만난다. 그는 심야의 산책이라는 같은 취미를 가진 사 람들인 줄 알고 반가운 김에 인사를 하지만 군인들은 그를 밤거리 의 도둑놈 취급하며 거들떠보지도 않는다. 심야의 산책자인 군인 들은 쿠데타로 정권을 잡는다. 같은 날 심야에 서울 거리를 헤매다 가 안경을 잃어버리고 수녀원으로 피신한 또 하나의 산책자는 장 면 총리였다. 1961년 크리스마스에 ‘나’는 겨드랑이의 날개가 쑤셔 고통의 하룻밤을 보낸다. 그야말로 고문의 하룻밤이다. 이후 해마 다 크리스마스 날 자정이 되면 ‘나’는 운명의 노크 소리처럼 통증에 시달리며 고문을 받듯 하룻밤을 지새운다. "하늘에는 영광, 땅에는 고통"이다. 고통과 쾌락을 동시에 가져다주는 날개, 그리고 매년 찾아오는 크리스마스, "이런 생활은 언제까지 계속될 것인가." 작가는 군사정권 치하의 독자들에게 이렇게 묻는다.

분단시대의
아버지와 아들

김승옥의 「건(乾)」과 김원일의 『아들의 아버지』

1940년대에 태어난 일련의 작가들은 남북분
단과 6·25 전쟁으로 아버지를 여의고 홀어머니 밑에서 성장한 경
험을 공유하고 있다. 생각나는 대로 꼽아보면 김승옥(1941~), 이문
구(1942~2003), 김원일(1942~), 김성동(1947~), 이문열 (1948~) 등이
그들이다. 이들은 아버지가 좌익 활동을 하다 처형되거나 월북함
으로써 극심한 가난과 더불어 '빨갱이 아버지'의 그늘 속에서 불행
한 어린 시절을 보냈다. 그리고 이러한 고통과 소외의 성장기를 거
쳐 문학에 입문한 다음, 자신의 절실한 체험을 문학적 자양분으로
삼아 아버지와 자신이 겪었던 시대의 아픔을 숱한 작품을 통해 형
상화하였다.

물론 이들 분단작가들이 자신의 아버지를 보는 시각과 문학적
형상화 방식은 각자의 성향에 따라 다를 수밖에 없다. 거칠게 나누
면 김승옥과 이문열은 아버지를 맹목적으로 이데올로기를 추종하

다 길을 잃은, 어리석은 시대의 미아로 보는 반면, 이문구와 김원일, 김성동은 아버지를 분단체제 속에서 희생된 휴머니스트이자 이상주의자로 받아들인다. 김승옥은 자신의 아버지를 작품 속에서 형상화하는 것을 의식적으로 피해왔지만, 김원일은 거의 모든 작품에서 아버지의 이미지를 투사한 인물들을 형상화하였다.

분단시대의 작가들은 아버지와 그의 시대를 형상화하든, 회피하든 분단 의식과 분단 상황을 드러낸다.

요컨대 아버지를 적극적으로 작품 속에서 형상화하든가, 아니면 의도적으로 회피하든가, 그 방식은 다를지언정, 아버지라는 존재는 그들의 창작과정에서 핵심적인 모티프로 작용하고 있다. 외부로부터의 검열과 작가 내부의 자기 검열이 일상화된 분단 상황 속에서 작가는 어떤 인물을 형상화하지 않는 것을 통해서도 자신의 의식과 시대상황을 드러낸다. 김승옥이 아버지를 형상화하지 않은 것 자체가 바로 아버지에 대한 그의 부정적 이미지와 자기 검열의 표현인 것이다. 어떤 점에서 김승옥은 아버지라는 존재와 그의 시대를 외면하고 부정하려 안간힘을 쓰다가 그 심리적 중압감과 의식의 갈등 때문에 소설 창작 자체를 포기한 작가라고 할 수 있다. 반면 김원일은 거의 모든 작품에서 분단문제와 아버지의 존재 또는 부재를 끈질기게 형상화함으로써 분단의 모순과 시대적 상황을 객관적으로 응시하면서 아버지와의 심리적 거리감을 극복하고 마침내 화해와 용서를 통해 분단의 트라우마를 치유하는 데 성공한 작가라고 부를 수 있을지도 모른다.

앞에서 분단시대의 작가는 어떤 인물을 형상화하지 않는 것을 통해서도 작가의 의식과 시대상황을 드러낸다고 말했는데, 평론가 김윤식은 이문구의 연작소설 『우리 동네』를 예로 들어 이러한 사실을 날카롭게 지적한 바 있다. 1977년에서 1981년 사이에 발표된 『우리 동네』 연작에는 「우리 동네 김씨」에서 시작하여 「우리 동네 이씨」, 「우리 동네 최씨」, 「우리 동네 정씨」, 「우리 동네 장씨」, 「우리 동네 조씨」 등 모두 7명의 우리 동네 사람들이 등장한다. 그런데 우리나라의 성씨 분포로 보아 「우리 동네 이씨」 다음에 「우리 동네 박씨」가 나오는 것이 순리겠지만, 작가는 이상하게도 「우리 동네 최씨」로 건너뛰고 만다. 이것은 두말할 필요 없이 유신 시대라는 시대적 상황 속에서 작가가 의도적으로 「우리 동네 박씨」를 빼놓은 자기 검열의 결과로 보인다는 것이다. 1980년 이후에 「우리 동네 전씨」를 썼다면 어떤 일이 벌어졌을까?

"오답을 정답으로 착각하고
남들 뒤를 따라가다가 죽음에까지 이른
아버지"의 트라우마, 김승옥

김승옥의 경우, 일본 유학까지 다녀온 그의 아버지는 1948년 이른바 여순 사건에 휘말려 세상을 떠난다. 그가 국민학교 1학년 때였다. 그는 50년이 지난 후에야 이와 관련된 일화를 털어놓는다.

이제 마악 유아기를 벗어나 국민학생으로서 사회생활을 배우기 시작하는 나이인 나에게 여순 사건으로 인한 동족상잔의 경험은 참으로 충격적인 것이었다. 나도 어른이 되면 좌익이나 우익 어느 한편에 가담해야 되고, 그래서 사람을 총으로 쏘아 죽여야 하고 나도 총에 맞아 죽어야 한다고 생각하니 정말이지 어른이 되고 싶지 않았다.

그 2학년 여름방학 때 우리는 여름방학 숙제장을 받았다. (중략) 내가 받은 2학년 숙제장 속에는 나로서는 답을 알 수 없는 문제가 하나 있었다. "공자님이 어느 날 제자들과 함께 소가 끄는 수레를 타고 가다가 어린이들이 흙으로 성을 쌓는 놀이를 하고 있는 장면과 마주치게 되었다. 공자님은 대수롭지 않게 여기고 수레바퀴로 성을 뭉개며 통과하려고 하였다. 그러자 한 어린이가 나서며 공자님을 꾸짖었다. 이 성에는 임금이 살고 있으니 수레에서 내려 성을 피해 걸어가라고 호통치는 것이었다. 공자님은 그 어린이가 시키는 대로 수레에서 내려 성을 피해서 돌아갔다. 이 이야기가 뜻하는 것이 무엇인지를 쓰라"는 문제였다.

아무리 생각해도 그 문제의 답을 나는 알 수 없었다. (중략) 여름방학이 끝나고 내일이면 개학하게 되는 날, 나는 중학교 1학년 학생인 사촌형에게 그 문제를 보이고 정답이 무엇이냐고 물어보았다. 사촌형 역시 자신 없는 표정으로 "아이가 대담합니다"고 답란에 쓰라는 것이었다. 공자님께 호통을 쳤으니 그 아이가 무척 대담한 어린이라는 것이다. '대담하다'는 낱말이 있다는 사실을 그때 나는 처음으로 알았다.

"아이가 대담합니다"는 답이 어쩐지 정답일 것 같지 않다는 느낌은

들었으나 그렇다고 해서 다른 답이 있는 것도 아니어서 숙제장에 그대로 써서 나는 학교에 갔다. 그리고 뜻밖의 사태를 만났다. 다른 아이들도 모두 그 문제의 답란을 빈칸으로 남겨놓고 등교하여 내 숙제장을 돌려가며 답을 베껴 쓰는 것이었다. 그것도 '대담'이라는 말이 초등학교 2학년짜리에게는 뜻을 알 수 없는 어려운 낱말이고 보니 모두 '대답'이라고 적는다. 그러니까 "아이가 대답합니다"는 답이 되어버린 것이다.

수십 명의 아이들이 그 엉터리 답을 써서 내는 모습을 보면서 나는 문득 우리 인간들의 속성에 관하여 매우 충격적인 깨달음을 얻고 있었다. 작년의 저 끔찍한 여순 사건에 휩쓸려 죽어간 그 수많은 사람들도 바로 이 아이들처럼 남들이 그렇게 하니까 나도 그런다고 자신을 설득하며 오답을 정답인 양 착각하고 남들 뒤를 따라가다가 죽음에까지 이르렀던 게 아니었을까, 그러한 깨우침이었다.

나 역시 앞으로 살아가면서 얼마나 많은 오답에 휩쓸릴 것인지, 상상만 해도 오싹 소름이 끼치는 일이었다. 자라면서 내가 친구들과 잘 어울리지 않고 광적으로 독서에 매달렸던 것도 어쩌면 이때의 경험 때문이 아니었을까? 오답을 좇는 어리석은 군중의 하나가 바로 나 자신이라는 사실이야말로 세상에서 가장 참기 어려운 일일 것 같았던 것이다.

— 김승옥, 『서울, 1964년 겨울』(문학나무, 2012)에 수록된 작가의 문학적 자전 「내 마음의 이야기들」 가운데 '50년 동안의 충격'. 147~151쪽

오답을 정답으로 알고, 아니면 정답이라는 확신도 없이 그저 남

의 뒤를 따라가다가는 아버지처럼 개죽음을 당할 수도 있다는, 조숙한 소년의 상황인식이야말로 평생토록 김승옥을 따라다닌 트라우마였는지 모른다.

아버지의 죽음을 소재로 한 성장소설, 「건(乾)」

그는 대학 시절인 1962년 『한국일보』 신춘문예에 「생명연습」이 당선된 직후, 동인지 『산문시대』에 「건(乾)」이라는 단편소설을 발표한다. 소설 속의 시점은 6·25가 터진 2년 후인 1952년이고 작중 화자(話者)인 소년의 아버지는 돈을 받고 빨치산을 묻어주는 '식육조합원'이다. 소설 속의 상황은 작가 자신의 자전적 체험과 일치하지 않는다. 작가는 그저 자신의 체험을 작품 구성의 부분적 소재로 삼아 전혀 다른 상황과 인물을 설정하여 일종의 성장소설로 만든 것이다. 이 작품에는 이른바 '감성의 혁명'을 일으킨 그 후의 작품들, 가령 「서울, 1964년 겨울」에서 보이는 부조리극 같은 말장난이나 강제된 질서로부터 일탈한 자유분방한 개인은 보이지 않는다. 문체도 전통적인 서사 기법을 고수하고 있다.

어느 늦가을 저녁, 산에 숨어 있던 빨치산들이 겨울을 날 물자를 약탈하기 위해 시를 습격했다가 퇴각했는데, 다음날 아침에 벽돌공장에서 총 맞아 죽은 빨치산 시체가 발견된다. 국민학교 6학년인 나는 친구들과 함께 구경을 간다.

땅에 뿌려진 피와 머리맡의 총만 없었다면 그것은 영락없이 만취되어 길가에 쓰러진 한 거지의 꼬락서니였다. 그것은 간밤의 소란스럽던 총소리와 그날 아침의 황폐한 시가가 내게 상상을 떠맡기던 그런 거대한, 마치 탱크를 닮은 괴물도 아니고 그리고 그때 시체 주위에 둘러선 어른들이 어쩌면 자조까지 섞어서 속삭이던 돌덩이처럼 꽁꽁 뭉친 그런 신념 덩어리도 아니었다. 땅에 얼굴을 비비고 약간 괴로운 표정으로 죽은 한 남자가 내 앞에 그의 조그만 시체를 던져주고 있을 뿐이었다.

"빨갱이 시체 구경도 한 이태 만에 하는군." 어느 영감이 그렇게 말하며 침을 탁 뱉더니 돌아서서 갔다. 몇 사람이 그 뒤를 이어 역시 땅에 침을 뱉고 가버렸다. 나도 그래야만 하는 것처럼 땅바닥에 침을 뱉고 살그머니 사람들 사이를 빠져나왔다. 내가 몸을 돌렸을 때 두어 발자국 저편에 벽돌이 쌓여 있는 더미의 강렬한 색깔이 나의 눈을 찔렀다. 엉뚱하게도 나는 거기에서야 비로소 무시무시한 의지를 보는 듯싶었다. 적갈색과 자주색이 엉켜서 꺼끌꺼끌한 촉감의 피부를 가진 괴물이, 밤중에 한 남자가 몸을 비틀며 또는 고통을 목구멍으로 토하며 죽어가는 것을 바로 곁에서 묵묵히 팔짱을 끼고 보고 있다가 그 남자가 드디어 추잡한 시체가 되고 그리고 아침이 와서 시체를 구경하러 사람들이 몰려들었을 때, 나는 모든 걸 다 보았지, 하며 구경꾼들 뒤에서 만족한 웃음을 웃고 있었다.

— 앞의 책, 77~78쪽

소년의 눈에 비친 빨치산의 모습은 상상 속의 용맹무쌍한 전쟁 기계도 아니고, 신념으로 단단히 뭉친 투사도 아니다. 그저 만취되어 길가에 쓰러진 거지 꼬락서니다. 사람들은 액땜을 하듯 침을 뱉고 시체 곁을 지나칠 뿐이다. 그 빨치산이 고통 속에 피를 토하고 죽어가는 순간을 정확하게 지켜본 것은 인간의 눈이 아니라 벽돌 더미였던 것처럼 소년은 느낀다. 소년의 아버지는 약간의 품삯을 벌기 위해 시체를 매장해주는데, 소년은 관을 파묻을 때 구덩이 속으로 돌을 팔매질하듯 던져 넣으면서 관 속의 시체가 비명을 지르기를 바란다. 잠시 후 소년은 소중한 처녀의 순결이 파괴될 것임을 알면서도 형과 그의 친구들이 시키는 대로 동네 이웃의 윤희 누나를 빈집으로 유인하는 음모에 가담한다.

아아, 모든 것이 항상 그렇지 않았더냐. 하나를 따르기 위해서 다른 여러 개 위에 먹칠을 해버리려 할 때, 그것이 옳고 그르고를 따지기보다 훨씬 앞서 맛보는 섭섭함. 하기야 그것이 '자라난다'는 것인지도 모른다. (중략) 그건 뭐 간단한 일이다. 마치 시체를 파묻듯이 그건 아주 간단한 일이다. 뭐 난 잘 해낼 것이다.

— 94쪽

소년은 이제 약간 섭섭하지만 옳고 그르고를 따지지 않은 채 지금까지 소중했던 것을 먹칠하고 새로운 단계로 한 발짝을 내디딘다. 그는 전쟁의 잔혹성과 이념의 순결성, 죽음의 고통과 연민 같은 인간적인 문제들을 자신이 통제할 수 없는 일이라고 체념하면서 "시체를 파묻듯이" 간단하게 과거를 정리하고 어른의 세계로 들어선다. 그리고 냉정한 사물의 관점으로 세상을 보기 시작한다. 세상을 움직이는 하늘의 이치란 인간에게 호의적이거나 동정적이지 않고 그저 무심하게, 자연의 법칙에 따라 흘러가고 돌고 돌 뿐이다. 노자가 말하는 천지불인(天地不仁)의 이치를 깨달아가는 것이 소년의 의식의 성장인지도 모른다. 이 작품의 제목이 「건(乾)」인 것은 이러한 무미건조한(드라이한) 건곤의 이치, 즉 하늘의 뜻을 가리키는 것이 아닐까?

그러나 작가 김승옥은 아버지의 죽음을 작품 속의 소년처럼 간단하게 파묻어버리고 냉혹한 현실을 꿋꿋하게 헤쳐나가지는 못한 것 같다. 그러기에는 그는 너무도 마음이 여리고 자의식이 강한 작가였다. 그는 앞서의 '문학적 자전'에서 남들의 눈에는 역겨워 보이는 풍경에서도 아름다움을 느끼는 심미안을 타고난 대신 "사회인으로서 도덕적인 분노의 능력은 마비되는 것이 아닌가 스스로 염려한다"고 고백한다. 그러면서 "미의 세계를 얻은 대신 도덕의 세계를 잃었다면 결코 풍요한 삶은 아닐 것"(앞의 책 158쪽)이라고 그 이유를 덧붙인다.

1970년대에 친구인 김지하가 '사회인으로서의 도덕적 분노' 때문에 옥에 갇혀 있을 때 김승옥은 구명운동에 나서면서 자신이 소설 따위나 쓰고 있는 것이 부끄럽다는 자의식 때문에 한동안 소설 창작을 접고 영화 시나리오 집필로 생계를 꾸려간다. 1980년에는 『동아일보』에 장편을 연재하다가 광주항쟁이 터지자 집필을 중단한 다음 다시는 글을 쓰지 않았다. 그리고 기독교에 몰입하여 지금

까지와는 전혀 다른 영적인 세계로 망명한다. 환한 달의 이면에 어
두운 뒷그늘이 있듯이, 이러한 자의식과 결벽증은 그가 1960년대
에 「서울, 1964년 겨울」, 「무진 기행」 같은 작품에서 펼쳐 보였던,
공허하지만 화사하고 풍요롭고, 재기발랄한 심미적 세계의 어두운
이면을 이루고 있다. 그것은 또한 우리 시대의 가장 예민한 감수성
과 섬세한 언어감각을 가진 작가가 바로 분단의식의 장벽에 막혀
자신의 아버지와 그의 시대를 정면으로 마주 보고 형상화하지 못
함으로써 치러야 했던 어쩔 수 없는 대가가 아니었을까?

아버지와 그의 시대를 위한 진혼곡, 김원일의 『아들의 아버지』

　　김원일은 경남 진영에서 일제 식민지시대부
터 좌익 활동을 하던 아버지가 6·25 때 월북함으로써 가족 이산과
가난의 고통 속에 '빨갱이 자식'이라는 낙인을 천형처럼 짊어지고
작가의 길로 들어선 이래, 자신의 가족사와 분단의 고통을 줄기차
게 작품으로 형상화한 작가이다. 분단의 고통을 문학 창작의 에너
지로 삼는 작가는 흔하지만, 김원일처럼 혼신의 공력을 쏟아 평생
일관되게 같은 주제를 붙들고 가는 작가는 찾아보기 힘들다. 이런
점에서 김원일은 한국 현대문학사의 대표적인 분단작가로 꼽기에
부족함이 없다.
　　그런 그가 아버지의 탄생 1백 주년(2014년)을 앞두고 "아버지의

시대와 그 아들의 유년시절 이야기를 나이 일흔을 넘겨서야 쓰게 되었다." (김원일, 『아들의 아버지』, 문학과지성사, 2013, 머리글) 작가는 자신과 삶의 가치관이 다르고, 살아온 행로가 정반대인 아버지를 시대의 질곡 속에 패배한 이상주의자로 이해하면서 "누구도 그 자리에 대신 앉을 수 없는 유일무이한 '아버지'"를 위한 일종의 진혼곡으로 이 책을 바치고 있다. 그가 보는 아버지는 어떤 사람인가?

아버지와 그들이 이루려 했던 고루살이 대동 세상은, 일제하 민족운동의 애옥살이를 거쳐 해방 공간의 혼란기와 이념 전쟁이라는 시련의 세월을 관통하는 과정에서, 불과 몇 년 사이 남과 북 우리나라 정치사회학적 행간에서 사라져버리고, 잊혀서 꿈에서나 만나는 신기루가 되었다. 해방 후 남과 북의 권력을 잡은 두 독재자에 의해 그 길에 줄 섰던 사람들은 양쪽 역사에서 왜곡되고 수난 당했다. 돌이켜 보건대 아버지를 포함한 그들이 비록 오늘 우리가 추구하는 사회체제를 지향하지는 않았으나, 그들의 민족애는 순수했다. 더러 판단의 오류에 따른 시행착오가 있긴 했지만, 이 땅에 평등한 민주 사회를 실현하고 인간다운 삶의 가치를 추구하려 혼신을 기울였다. 그러나 해방기의 혼란과 전쟁을 겪으며, 남과 북 두 현실정치가의 권력욕에 희생의 제물로 패배했다.

— 같은 곳

작가는 아버지가 살았던 시대적 상황을 르포식으로 서술하는 동시에 자신이 태어난 이후의 생활사를 주변 사람들의 증언과 기억을 조합하여 재구성한다. 따라서 아버지의 행적도 어머니의 시선이나 아들의 사선으로만 보지 않고 객관적으로 보려고 노력한다. 김원일의 아버지 김종표(1914~1976)는 경남 진영 출신의, 일본 유학까지 다녀온 인텔리로, 울산 출신의 빈한한 유생 집안의 막내딸로 신식 교육을 전혀 받지 못한 어머니(1915~1980)와 1935년에 중매로 결혼했다. 아버지가 작고 마른 체형에 낭만적인 예술가형인 반면, 어머니는 키가 크고 체구가 당당한, 과묵하고 강직한 성격이었다. 아버지는 여자다운 애교가 부족하고 말이 통하지 않는 어머니와 맞지 않아 일본 유학생 출신의 신여성과 바람이 나서 부산에서 딴살림을 차린다. 아버지는 급기야 이혼을 요구했으나 외삼촌들의 강력한 반대로 별거 상태에서 큰아들인 김원일이 1942년에 태어난다. 그는 자신의 유전적 내력을 이렇게 객관화하여 서술한다.

내가 작가의 말석에 끼일 수 있었던 그 어떤 예술적인 성향, 미(美)나 색깔에 대한 감수성, 낭만적인 상상력, 감성적 충동과 격정 따위는 다분히 아버지의 디엔에이로부터 물려받은 영향일 것이다. 그러나 음식에 대한 욕심, 배고픔을 참지 못하는 조급성, 사회를 바라보는 생활인으로서의 균형감각, 근면성 따위는 어머니의 영향이 절대적이다. 그러나 무엇보다 나는 어머니의 탯줄을 통해 육체성으로서의 생명만 물려받은 게 아니라 어머니의 당시 심리 상태를 고스란히 이식했다고 믿는다. 소심 불안증, 대인기피증, 만성적인 우울증, 걸핏하면 흘리는 눈물이 어머니 자궁 속 태아로 있을 때 내 디엔에이에 새겨졌다고 본다.

— 앞의 책 52쪽

아버지는 유학시절 문학 창작에도 손을 댄 문학청년이었고, 사회주의에 경도된 열렬한 운동가였으나, 결혼 전 10대부터 여성 편력을 시작할 만큼 바람기가 많은 한량이었다. 그러면서 본처에게서 1녀 3남을 낳고 신여성과의 사이에서도 자식을 하나 두었으며, 월북 후에도 1남 1녀를 낳았다. 일제시대부터 감옥을 다녀오고, 해방 후에는 지역의 존경받는 애국자로 문화운동에도 나섰으나 곧 수배자로 쫓기는 몸이 되어 서울로 피신했다가 체포된다. 결국, 6·25가 터지면서 서대문 형무소에서 출감하여 인공 치하에서 당 간부로 활동한다. 인천상륙작전으로 가족을 돌보지 못하고 빨치산 활동을 하다가 월북한 후에는 박헌영 일파의 남로당 출신들이 숙청될 때 온갖 사상검증과 재교육 과정을 거치며 고생하다가 결국 병으로 죽고 만다.

어머니는 '사상과 계집질에 미쳐 식구를 내삐린 서방'을 둔 탓에 툭하면 고문과 검문을 받고, 가정적으로는 반소박을 맞아 시앗과의 갈등(어떤 때는 남편이 진주 기생을 집으로 데리고 들어오기도 한다)은 물론이고 시어머니와의 갈등을 평생 짐으로 안고 산다. 그리고 전쟁 통에 자식들을 피난시키고 먹여 살리려고 온갖 고생을 다 한다. 특히 남편을 기다리기 위해 서울에서 진영으로 어린 남매 둘만 떠나보낼 때의 정경은 눈물겹다. 인공 치하의 서울과 피난길의 허기와 궁핍은 여덟 살 소년 김원일의 기억에 깊숙이 각인되어 그 후 창작의 모티프로 작동한다.

우리 식구의 배곯음은 전쟁 초기 서울 생활로 끝난 게 아니었다. 서울을 떠나고부터가 그 시작이었다. (중략) 어머니는 아버지의 전력 탓에 모두가 구렁이나 지네 보듯 외면하고 상종조차 꺼리는 진영 장터 사람들의 눈 흘김을 견디지 못한 데다 진영에 정착할 근거를 잡지 못했다. 어머니는 나를 이인택 씨에게 맡기곤 식구를 데리고 진영을 떠날 수밖에 없었다. 나야말로 고아처럼 내동댕이쳐진 꼴이었다.

— 373쪽

그가 다시 가족들과 만나 대구에서 살게 된 뒤의 이야기는 『마당 깊은 집』으로 이어진다.

고은과
그의 시대

『바람의 사상 ― 시인 고은의 일기 1973-1977』

모든 작가는 그 시대의 산물이다. 아무리 시대를 앞서간 천재도 그 시대의 특이한 기후와 토양이 키워낸 특산품일 뿐이다. 가령 독일의 천재 작가 게오르크 뷔히너(1813~1837)는 의과대학생으로 비밀지하운동에 뛰어들어 수배와 망명생활을 하면서 20대 초반의 3년 동안에 드라마『당통의 죽음』과『보이체크』, 소설『렌츠』등 걸작들을 써냈다. 그는 약관 23세에 취리히 대학 교수가 되었으나 천재는 요절한다는 속설을 증명이라도 하듯, 장티푸스로 24세의 짧은 생애를 마감했다. 뷔히너를 위대한 작가로 만든 것은 그가 자기 시대의 문제와 누구보다도 성실하고 치열하게 대결하였기 때문이라고 평론가 한스 마이어(1907~1998)는 말한다. 마이어가 나치의 박해를 피해 망명생활을 하면서 20대의 마지막 3년 동안 혼신의 열정을 쏟아 써낸 뷔히너 평전의 제목은『게오르크 뷔히너와 그의 시대』였다.

한 천재 작가를 사회·역사적 맥락 속에서 파악하는 마이어식 평전의 전범은 그 후 김윤식의『이광수와 그의 시대』(1986)로까지 그 맥이 이어진다. 이 평전은 '조선의 3대 천재' 가운데 하나로 꼽히는 춘원 이광수의 비범한 문학적 재능이 시대와 부대끼면서 어떻게 변질되고 오도되고 소모되었는지를 세밀하게 추적한 역작으로 꼽힌다. 결국 긍정적인 인물이든 부정적인 인물이든 모든 천재 작가의 전기는 일방적 우상화를 미덕으로 삼는 위인전기나 '측근이 뒤늦게 털어놓은 천재 시인의 숨겨진 사생활' 식의 야화가 아니라 『○○○와 그의 시대』가 되어야 한다는 것이 나의 생각이다.

모든 천재 작가는 그 시대의 특산품

『바람의 사상 — 시인 고은의 일기 1973-1977』(한길사)을 읽으면서 나는 이 책이 바로 '고은과 그의 시대', 즉 '고은과 유신시대'의 증언이라는 것을 확인하였다. 고은(1933~)은 1958년에 혜성처럼 문단에 등장한 이후 1970년대까지 '천재와 허무와 광기의 시인'으로 회자되었다. "시인 고은은 아마도 우리 당대에 가장 이름 붙이기 어려운, 이름 붙일 수 없는, 명명불가한 에너지의 한 현상이다. 60년대 이래 그 밑도 끝도 없는 소문 속의 그는 허무주의의 괴수, 그로테스크한 악마주의자, 연이은 자살미수자, 유미주의자, 환속 승려, 청진동의 음산하고도 현란한 스캔들의 극치, 그런 것 속에서 꽃피어난 귀면(鬼面) 바로 그것이었다."(김승희) 그 후

1970년대와 80년대를 거치면서 그에 대한 평가는 "천재적인 시인 이며 소설가요 비평가이자 에세이스트"(임헌영)로 바뀌고, "백년에 한 번 날까말까 한 우리 시대의 시인"(김윤식)으로 규정된다. "고은 의 상상력, 세계를 투시하는 예감, 화려하고 유창한 문장…. 이것들 이 정말 모두 한 사람에게서 태어날 수 있을까. 그 안에는 여러 개 의 귀재가 우글거리지 않으면 도저히 불가해한 현상이다"(김병익) 라는 찬사도 뒤따른다.

그러나 "한울님이 운명적으로 내려준 '신의 선물이요 축복'"(김 준태)인 고은도 결국 시대의 산물이라는 확실한 물증을 나는 그의 일기에서 발견한다. 그는 스스로 고백하듯이 일제 식민지에서 태 어나 "분단시대, 매판시대, 그리고 육군과 남산의 시대"(1975년 11 월 2일자 일기. 시대의 흐름을 파악하기 위해 앞으로 본문 인용은 쪽수보다는 날짜로 표기한다)를 거치면서 서서히 순수의 시인에서 참여의 시인 으로 변모한다. 그리고 그것을 본인 스스로도 낯설어 한다. "허무 의 시인이 시대의 시인이 되어버렸다. 낯설다. 낯설다. 아주 낯설 다."(1975년 11월 13일) "나는 방랑의 시대를 살았다. 그것은 동족상 잔의 내전으로 인한 폐허를 떠도는 자의 역사에 대한 무책임을 자 유로 착각한 전후세대의 삶이었다. 허무가 내 청춘의 권리였다. 나 는 6·25로 산에 들어갔고 4·19로 산에서 내려왔다. 역사는 이런 나 의 삶에 각성을 요구했다. 그 요구를 발견했을 때의 나의 감격은 아 직까지도 선명하다. 70년대로부터."(장시 『만인보』 1권의 '작자의 말')

허무의 시인에서 시대의 시인으로

   허무와 방랑의 시인이 역사의 요구에 눈을 뜨게 되기까지에는 몇 가지 계기와 단계가 있었다. 일기에는 나오지 않지만 1970년대의 시작을 알리는 전태일 분신사건(1970년 11월 13일)은 그를 역사의 현장으로 불러낸 강력한 충격이었다. "평화시장 헌책방을 돌았다. 문득 생각났다. 전태일이 쓰러진 곳이 어디일까 하고 청계천 저쪽을 보았다. 가슴이 울렁거렸다."(1973년 6월 12일) "아침 청진동 다방에서 옆자리 젊은이들이 전태일을 말했다. 나는 그들의 말을 몰래 들었다. 나와 똑같은 의미도 주고받았다. 가슴이 뜨거워졌다."(1973년 12월 14일)

   1972년 10월의 유신 선포로 박정희의 종신독재 체제가 확립되고 73년 8월에는 야당지도자 김대중이 일본에서 납치되어 국내로 끌려온다. 그러자 10월 이후 대학생들의 데모가 잇달아 일어나고 한국, 동아, CBS 등 각 언론사 기자들과 편집인협회가 언론자유 수호 선언에 나서면서 개헌 논의의 물꼬가 터진다. 이러한 분위기에 고무되어 1974년 1월 7일에는 문학인 61명이 개헌을 촉구하는 성명을 발표하는데, 고은은 박태순의 권유로 여기에 동참한다. 그는 다음날(1월 8일) 남산(중앙정보부) 요원과 만나 자신의 견해를 밝힌다. "국민의 한 사람으로서 본래의 헌법으로 돌아가야 한다는 것은 신념이라기보다는 상식이라고 말했다. 나도 이제 정치적인가. 맞지 않는 양복 같다." 그날 오후 5시 박정희는 긴급조치를 선포하고 일체의 개헌 논의를 금지시킨다. "암흑이 시작되었다." 문인 성명에 참여한 정현종은 신문사에서 쫓겨나고, 안수길, 백낙청, 김윤식, 이문구 등 서명 문인들은 남산에 끌려가 자술서를 쓴다. "다시는 이곳에 오지 마시오. 이곳에 오는 길은 죽음의 길일 수도 있소"라는 수사관의 엄포에 일초(一超) 선사는 이렇게 대꾸한다. "사람은 태어나자마자 죽을 결심을 한 목숨 아닌가요."(1974년 1월 26일)

문인간첩단 사건과 긴급조치 9호, 민청학련 사건, 지학순 주교의 체포, 육영수 여사 피격사건 등으로 언론과 표현의 자유가 고사지경에 이르자 마침내 시인 고은은 은유를 거부하고 직설의 문학을 선언한다. "『서울신문』의 내 글 암시뿐이었다. 언론 자유, 표현의 자유는 지금 사치인가. 내 생애 안에 표현의 자유가 있을 것인가. 찾아야 할 자유는 공짜의 자유가 아니다. 시의 깊은 골짜기에 남겨진 모든 둔사(遁辭)들을 불태워버려라. 은유의 나약함에 길들여지지 말라. 예술은 때때로 직설로 돌아가야 한다. 문학은 자주 비문학으로 돌아가 다시 시작해야 한다. 야만에 대해서 야만이거라. 호수의 고요는 태풍의 바다에 에워싸인 허망이다."(1974년 9월 10일)

이 같은 의식의 전환은 '자유실천문인협의회'의 결성(1974년 11월 14일)과 문인 101인 선언(11월 18일), 민주회복국민회의 참여(11월 27일) 같은 실천으로 이어진다. 1975년 4월 11일 서울농대생 김상진의 할복은 고은에게 또 다른 충격을 준다. "아 나도 언젠가 배를 가르든지 몸을 불태우든지 해야 할 것이다."(4월 13일) 그는 경찰의 봉쇄를 뚫고 명동성당에서 열린 김상진 추모집회에서 추도시를 낭독하는 데 그치지 않고 화곡동 자택에 김상진의 상청(喪廳)을 차리고 49재를 지낸다. 1977년에는 김상진 추모의 밤과 2주기 추도식을 주도한다. 이제 고은은 시대의 한복판으로 뛰어들어 행동의 시인으로 다시 태어난 것이다.

1974년 10월에는 동아, 조선을 비롯한 거의 모든 언론사의 기자들이 자유언론선언에 나서고, 뒤이어『동아일보』광고탄압으로 익명의 격려광고가 이어지면서 "어느 의미에서 70년대의 사회적 분위기를 익명의 시대로 특징지었다."(『기자협회 10년사』, 1975) 뒤이어 언론자유 투쟁을 벌이던 동아, 조선의 기자들이 대량 해고되면서 일종의 재야 지식인 공동체가 형성되는데, 그 연결고리가 바로 고은이었고, 그의 화곡동 집은 그 아지트가 되었다. 이 시절의 신산고초를 함께 겪은 작가 이문구는 이렇게 회상한다. "그러면 이때의 사생활은 어떠했을까. 한마디로 사생활은 완전히 포기한 상태였다. 화곡동 자택도 책이 반을 차지한 서재 한 칸 외에는 언제나 만인에게 공개된 상태였다. 실천 문인, 해직 교수, 해직 기자, 해직 근로자, 학생운동가, 수배된 인사, 출옥한 양심범, 양심범 가족들이 먹고 자고 쉬어가는 민주 대합실이자 민주 의사당이요, 무료 여인숙이었다. 그래서 택호도 화곡사(禾谷寺)로 통하였다."(「5세 신동의 50년, 고은」, 『이문구의 문학동네 사람들』)

1970년대, 고은의 글은
시대적 요구에 부응하여 분출한 결과

이 일기는 작가의 의도와는 상관없이, 단순히

정치적으로 유신시대로만 규정돼온 1970년대의 문화사적·생활사적 의미를 해독할 수 있는 단서들을 제공한다. 1973년 서울의 변두리 화곡동으로 이사하면서 시인은 연탄과 쌀, 소주와 원고지를 생활필수품으로 조달하면서 가정부(식모)의 도움으로 누추한 노총각의 삶을 살아간다. 생활사적으로 보면 1970년대는 연탄 난방 시대였으므로 때로는 홍이섭 같은 저명한 역사학자가 연탄가스 중독으로 죽는 일도 일어난다.(1973년 3월 4일) 그리고 전화가 없어서 출판사나 동료들은 급한 일이 있으면 같은 서울 시내에서 전보를 친다. 1975년에야 전화가 개설되지만 이제부터는 도청을 통해 정보기관의 감시를 받게 된다. TV도 시인에게는 갈등의 원천이 된다. "TV를 보았다. TV를 보면서 TV를 욕하면서 TV와 싸우면서 TV에 끌려가 TV에 완패 당했다. 라디오까지가 인류의 행복이고 자전거까지가 인류의 미덕이다. 그것을 넘으면 인류는 더 노예가 된다. 군중이 되고 만다."(1973년 7월 7일) 시인과 기계문명과의 불화는 운명적이다.

고은은 아마 이 시대에 다른 직업 없이 글만 써서 먹고산 거의 유일한 자유문필가로 기록될 것이다. 신문 연재소설을 쓰지 않고 원고료와 인세 수입만으로 생계를 꾸려간다는 것은 거의 기적에 가까운 일이었다. 그는 원시적인 방식으로 방바닥에 엎드리거나 앉은뱅이 책상 앞에 앉아 볼펜이나 만년필로 원고를 쓴다. 잠시 타자기를 배우려다가 결국 포기하고 다시 한자 한자 손가락이 아플 때까지 육필로 원고지를 채워가는 가내수공업으로 돌아간다. 그러면서도 하루에 100매 이상을 쓰는 일이 허다하고 때로는 기자가 기다리는 동안 즉석에서 원고지 20~30장을 써주기도 한다. 그는 시뿐만 아니라 소설과 에세이, 평론, 평전, 시나리오, 희곡, 노래 가사 등 문학 전 장르에 걸쳐 폭발적인 생산량을 과시하여 한 해에 서너 권의 저서를 내놓는다. 오로지 육필노동으로 집도 사고, 가계를 꾸려가고, 홀어머니를 부양하고, 동생의 병수발을 하고, 어디 그뿐이랴, 숱한 문우들과의 술값, 밥값을 감당하고, 투옥 문인들의 옥바라지까지 해낸 그의 놀라운 원고 생산력은 타고난 글재주가 시대적 요구에 부응하여 분출한 결과일 뿐이다. 이 궁핍한 시대를 헤쳐갈 그의 생계수단은 바로 온몸으로 밀어붙이는 글쓰기 노동 밖에 없었다.

이문구가 '고은의 청진동 시대'라 명명한 1970년대에 그의 주요 활동 무대는 청진동·관철동 일대의 출판사와 잡지사, 신문사, 그리고 빈대떡 골목과 해장국 골목의 술집들이었다. 그의 일기에 나오는 대로 적어보면, 민음사와 신구문화사, 『한국문학』, 『창작과비평』, 『문학과지성』, 『심상』, 『문학사상』, 『세대』 등의 잡지사, '사슴'과 '낭만', '나폴레옹', '가락지', '열차집', '실비집', '물문집' 등의 술집, '세진', '귀향', '귀거래' 등의 다방, 재수생들의 싸구려 밥집인 '촌밥집' 등이다. 이러한 여러 업소들을 연결하면 1970년대 전반기 한국문학의 개념도가 그려질 터인데, 크게 보면 박태원의 구보씨가 노닐던 1930년대 경성의 동선과 최인훈의 구보씨가 거닐던 1970년대 서울의 동선이 모두 이 지도 위를 맴돌고 있다.

그러나 70년대 후반에 들어서면 해직 기자와 해직 교수, 실천 문인, 학생운동가 등이 이 개념도의 주변부 곳곳에 둥지를 틀고 소규모의 출판사를 차리면서 문학의 영토도 그 외연이 확장된다. 고은

은 청진동 시대의 순수문학 장르인 시와 소설을 근거지로 하면서
도 에세이와 평전, 평론, 한시 번역과 주석 등에서도 엄청난 생산
량을 기록하며 이러한 영토 확장에 앞장선다. 작가나 예술가의 평
전, 논픽션이라 불리는 현장 보고서, 노동자의 자전적 회고록, 인문
사회과학의 새로운 시각과 안목을 일깨우는 계몽적 평론과 에세이
등, 고은이 말한 '비문학'의 영역이 70년대 후반부터 서서히 출판계
의 신세계로 등장한다. 아울러 김민기, 양희은의 민중가요와 오윤
의 민중판화, 임진택, 채희완의 마당극 따위 민중문화운동의 씨앗
은 이미 70년대의 토양에서 발아하여 서서히 자라나고 있었다.

1976년 12월 1일자 일기에는 신생출판사 가운데 하나인 청년사
의 한윤수가 등장한다. "민청학련사건 출신의 청년사 황윤수(한윤
수의 오기)가 왔다.『논픽션 총서』에 내가 쓴「김관식 평전」실린 것
가져왔다. 고료 사절했다. 시금치죽과 소주를 함께 마셨다." 일초
선생의 무심한 한 줄의 잘못된 기록(또는 출판사 교열담당자의 실수인지
도 모른다. 77년 1월 27일자 일기에는 한윤수로 표기되어 있다)이 흐릿한 기
억의 회로를 작동시키는 바람에, 나는 갑자기 1970년대 후반의 청
년사 시절로 돌아가고 말았다.

나의 청년사 시절(1976~1980)

1976년에 문을 연 출판사 청년사는 사직공원
앞 내수동 골목의 허름한 2층 사무실에 세 들어 있었다. 저녁 무렵

에 삐걱거리는 나무 계단을 올라가면 허름한 사무실에는 인류학 강사인 박현수, 시인이자 미술평론가인 최민, 화가 오윤, 그의 누나인 오숙희, 한윤수의 친구인 김성겸, 구연철, 안승원, 최준석, 그리고 극작가 안종관과 시인 정희성 등이 죽치고 앉아 있었다. 이 밖에도 『한국일보』를 거쳐 나와 같은 통신사 외신부에 근무하던 김태홍, 최민의 동생인 『한국일보』 기자 최욱과 그의 친구인 시인 김창범, 번역가 겸 소설가 이원방, 가톨릭 원주 교구에서 일하는 김헌일, 한윤수와 같은 외교학과 출신이면서 외교와는 절교하고 소설가와 사진작가의 길을 준비 중인 김대식 등이 청년사의 단골들이었다.

1976년부터 1980년까지 5년 동안 활발하게 책을 낸 청년사는 몇 가지 점에서 다른 인문사회과학 출판사와는 달랐다. 우선 출판한 대부분의 책들이 이론서나 창작물이 아니라 일종의 전기나 논픽션이었다. 첫 작품인 『판초 빌라 전기』(구스만 지음, 최준석 옮김, 1976)에 뒤이어 1977년에 내놓은 책이 '청년사 논픽션 선집' 3권인데, 1권이 『암태도 소작쟁의』(박순동의 「암태도 소작쟁의」, 이부영의 「윤용하 평전」, 이정환의 「사형수 풀려나다」 등 3편 수록), 2권이 『식민지 야화』(계훈제의 「식민지 야화」, 정옥진의 「혼혈아 학교」, 고은의 「김관식 평전」 등 3편 수록), 3권이 『벽지의 하늘』(황석영의 「벽지의 하늘」, 오소백의 「현장에 산다」, 박순동의 「모멸의 시대」, 주창길의 「소리를 들려주마」 등 4편 수록)이었다. 내 기억으로는 월간 『신동아』에 실린 논픽션들을 당시 이 잡지사에 근무하던 윤무한의 주선으로 단행본으로 엮어낸 것 같다. 이론서는 『농민』(에릭 울프 지음, 박현수 옮김, 1978)이 유일하고, 청년사를 먹여 살린 베스트셀러 『나의 누이여 나의 신부여』(H. F. 페터스 지음, 김성 겸 옮김, 1977)도 루 살로메라는 매력적인 여성의 전기였다. 『판초 빌 라 전기』의 무대가 멕시코였는데 뒤이어 나온 『산체스네 아이들』 (오스카 루이스 지음, 박현수 옮김, 1978)과 『산체스네의 죽음』(오스카 루이 스 지음, 구연철 옮김, 1979)도 멕시코 빈민의 구술 자서전이었다.

'미국 인디언 멸망사'라는 부제를 가진 『나를 운디드니에 묻어주 오』(디 브라운 지음, 최준석 옮김, 1979)는 그때까지 우리가 알던 미국의 서부개척사가 사실은 인디언 원주민들의 학살과 추방의 역사라는 충격적인 사실을 알려주었다. "우리가 보고 들은 인디언은 백인이 만든 가짜"라는 것을 이 책은 처음으로 당시의 한국 지식인들에게 일깨워줌으로써, 리영희의 『전환시대의 논리』나 송건호의 『해방 전후사의 인식』 못지않게 유신시대 청년들의 의식 전환에 기여했 다는 말을 나는 여러 사람들한테 들었다.

청년사가 내놓은 또 다른 역작은 이오덕 선생의 교육 에세이 『이 아이들을 어찌할 것인가』(1977)와 뒤이어 그가 펴낸 농촌 아이들의 동시 모음집 『일하는 아이들』(1978)과 산문집 『우리도 크면 농부가 되겠지』(1979) 등 농촌 아이들 시리즈였다. 청년사 주변의 도시형 인텔리들은 이 책들을 통해 농촌 아이들의 고달픈 일상과 진솔한 목소리에 충격과 감동을 받았다. 특히 한윤수와 오윤, 박현수, 김대 식 등은 이오덕 선생이 근무하는 경상북도의 산골 분교까지 내려 가 농촌 현장을 여러 차례 탐방하곤 하였다. 이런 경험을 연장하여 김대식은 잠시 창신동 달동네에 방을 얻어 노가다 일을 하며 현장 사진을 찍고 소설 습작도 하고, 브레히트의 「연극론」을 한국 최초로 번역하여 친구들에게 돌리기도 하는 등 고달픈 자유문필가 생활을 헤쳐갔다.

이 무렵부터 단순 투박하면서도 옹골찬 오윤 특유의 목판화들이 4·6판으로만 일관한 청년사 책들에 표지화나 삽화로 실리면서 어느새 청년사의 민중적 이미지로 굳어졌다. 특히 『농민』의 표지화인 보리의 도상은 오윤 목판화의 걸작이었는데, 이후 청년사의 로고로 책등에 출판사 이름과 함께 찍히게 되었다. 청년사 근처에서 술을 마시다가 통금 직전에 오윤에게 손목을 잡혀(삐쩍 마른 사람이 웬 손아귀 힘은 그렇게 센지!) 우이동 그의 집까지 끌려가지 않은 친구들은 없을 것이다. 그는 최민과 더불어 1979년 한국미술사상 최초의 민중미술 그룹인 '현실과 발언'의 창립 멤버로 참여하여 '가장 한국적인 민중의 도상'을 목판화로 새겼다는 평가를 받았지만, 술과 노래와 친구들을 너무도 사랑한 나머지 1986년 40세를 일기로 너무 일찍 세상을 떠났다.

청년사 친구들은 하나같이 벽초 홍명희의 『임꺽정』 애독자들이어서 일상의 대화에서도 곧잘 이 소설의 한 대목을 인용하곤 하였다. 그러니 『임꺽정』 복사본을 통독하지 않고서는 대화에 끼지 못할 지경이었다. 그래서 오윤의 별명은 청석골 오두령의 본명인 '오개도치'가 되었고, 안승원은 청석골 졸개들의 점호 대목에 나오는 순 조선식 이름인 '안되살이'로 불리곤 하였다.

청년사의 저녁 술자리는 때로 엉뚱한 일탈을 낳기도 했는데, 이를테면 광화문 뒷골목에서 술을 마시다가 누군가가 "안주가 이게 뭐야? 여수에 가면 이 돈으로 싱싱한 회를 배 터지게 먹을 수 있는

데 말이야" 하고 호기를 부리다가, "그래 쇠뿔은 단숨에 빼야지, 당장 여수로 갑시다" 하고 한밤중에 서울역으로 몰려가 여수행 야간열차를 타고 2박 3일 잠행을 하는 식이었다. 한윤수, 안승원, 안종관, 정희성, 최민 등이 나중에 쫄쫄 굶어가며 서울역에 도착하니 차비가 없어 누구는 걸어서, 누구는 친구나 마누라에게 전화를 해서 가까스로 집에 들어갔다는 뒷얘기들이 들려왔다.

1970년대 후반부터 80년대 초까지 월간잡지 『대화』 등을 통해 유동우의 『어느 돌멩이의 외침』, 송효순의 『서울로 가는 길』, 석정남의 『공장의 불빛』, 장남수의 『빼앗긴 일터』 같은 노동자 수기들이 노동현장을 생생하게 중계하여 지식인 독자들에게 파장을 일으켰다. 한윤수도 이런 분위기에 고무되어 1980년 초에 10대 노동자들의 수기와 일기를 엮은 『비바람 속에 피어난 꽃』을 겁도 없이 2만 부나 찍어냈으나 신군부의 검열에 찍혀 지하로 잠적하는 바람에 청년사도 한동안 동면기에 들어갔다. 이로써 광화문 청년사 시절은 끝나고, 30대 전반부의 '기쁜 우리 젊은 날'도 속절없이 1980년대의 격랑 속으로 휩쓸려 들어갔다.

백무산이 만난
최제선

백무산(白無産).

1954년 경북 영천에서 태어나 『만국의 노동자
여』(1988)와 『동트는 미포만의 새벽을 딛고』(1990), 『인간의 시간』
(1996), 『길은 광야의 것이다』(1999), 『길 밖의 길』(2004), 『폐허를 인
양하다』(2015), 『이렇게 한심한 시절의 아침에』(2020) 등 시집을 내
놓은 노동자 시인.

그의 이름에는 지울 수 없는 시대의 낙인이 찍혀 있다. 부모가 지
어준 '봉석'이라는 이름 대신에 '무산(프롤레타리아)'이라는 이름으
로 1984년 『민중시』 1집에 「지옥선」을 발표하면서, 그는 무산계급
이라는 이념을 자신의 문학과 일치시키려 했다. 조선소 현장 노동
자의 육성으로 지옥 같은 노동 현장을 고발한 백무산의 「지옥선」
연작과 함께, '노동 해방'을 자신의 이름으로 내건 또 다른 노동자
시인 박노해(1957~)의 『노동의 새벽』은 일순간에 한국문학사를 노

동문학의 시대로 전환시켰다.

현실 사회주의가 무너진 1990년대 초에 사노맹(남한사회주의노동 자동맹)이라는 지하 조직을 통한 사회주의 혁명 정당의 건설이 미수로 그치고 수배와 투옥의 과정을 거치면서 두 사람의 이름에는 실패한 저항 시인, 모험주의적 노동해방 전사라는 수식어가 덧붙여졌다. 이런 영웅적 저항과 비극적 파탄의 아우라 속에서 "어두운 시대의 비수를 / 등에 꽂은 초라한 한 사내의 / 겁먹은 얼굴"(김지하, 「1974년 1월」)은 묻힐 수밖에 없었다. 그러나 이 또한 그들이 짊어져야 할 짐이었다. 말하자면 한국적 현실의 검증을 거치지 않고 서양에서 몰래 들여온 혁명 이론(서학)에 대해 사후에 치러야 했던 일종의 수입관세라고나 할까.

질풍노도의 시대가 지나고 형식적인 대의제 민주주의가 신자유주의라는 달콤한 악마와 눈이 맞아 새살림을 차리자, 혁명과 투쟁의 불꽃은 서서히 꺼져간다. 어쩔 수 없이 왕년의 저항 시인과 노동해방의 전사는 지금까지의 모든 투쟁이 좌절과 실패로 끝났다는 회한 속에 빠져들고, '무산'이라는 이름은 몸에 맞지 않는 옷처럼 거추장스럽고 거북하기만 하다. 그렇다고 이제 와서 허물처럼 그 이름을 벗어던지고 다시 예전의 이름으로 돌아갈 수도 없다. '무산'이라는 이름은 이마에 찍힌 낙인처럼 지워지지 않는다. 그리고 손오공의 머리에 채워진 강철 테(긴고아)처럼 그의 일거수일투족과 시적 상상력을 옭아맨다.

그는 이제 탁발승처럼 이곳저곳을 떠돌며 새로운 길을 찾아 헤맨다. 고향 영천에는 왠지 다시 돌아가고 싶지 않고, 정처 없는 발길은 방어진과 장생포, 신불산, 토함산, 경주 남산, 운문사 등지로 그를 데려간다. 그리고 순례하듯 폐사지들을 찾아다닌다. 그러다가 예전에 살았던 울주군의 산골짜기 허름한 마을을 찾아가 보니 전에는 보이지 않던 웬 비석이 세워져 있다. 최제우 선생의 처가가 있던 동네(여시바윗골)라고 유허비를 요란하게 만들어 놓은 것. 수운 선생은 젊었을 적에 형편이 어려워 처가살이를 하며 장사를 다녔다고 한다. 그도 나처럼 실패를 거듭하며 방황하던 시절이 있었구나.

　　예전에 이 동네에서 살았던 적 있지
　　야산 자락에 등이 휘고 손이 거친 사람들
　　겨우 기대어 살던 마을
　　옛길 하나 옛집 하나 남김없이 다 밀고
　　새로 들어선 마을 다시 와 보니
　　최제우 선생의 처가가 있던 자리라고
　　선생의 유허비가 요란하게 서 있네
　　처가 터에 무슨 유허비냐고?

　　그렇지, 변변찮은 사내 하나 있었지
　　삼세끼 피죽 끓여먹더라도 처가는 넘보지 말랬더니
　　숫제 처자식을 처가에 떠넘기고 떠났다가
　　노숙자 꼬라지로 돌아온 일도 다반사라던데
　　그대가 떠난 길은 '밖'이던가 '붉'이던가

그것이 무엇이든 가야만 하고

가지 않으면 안 되는 일에 대해서

가는 내가 길이 되고 통과하는 내가 문이 되어서도

다시 또 가야 하는 일에 대해서

나도 사무친 일이 있네, 그렇다네,

번번찮은 시내여, 어쩐지 그 일은 네게도

전생에 못다 간 길처럼 가슴이 더워지네

나를 데려가시게, 변변찮게 살고 싶네

　　—「유허비」전문, 『길 밖의 길』(갈무리, 2004) 수록

　백무산은 변변치 못한 사내, 처가살이를 하며 장사에 나섰다가 다 털어먹고 노숙자 꼬라지로 돌아오기를 거듭했던 못난이 최제우에게 동질감을 느낀다. 그래, 나처럼 나이 사십이 되도록 이렇게 철저하게 실패하고 좌절하며 회한을 곱씹었던 최제우는 무엇을 찾으려고 또 다시 길을 나섰을까? 그는 무엇 때문에, 무엇이 그리 사무쳤기에 쫓기듯이 길을 찾아 여시바윗골을 나섰단 말인가. "가는 내가 길이 되고 통과하는 내가 문이 되어서도 / 다시 또 가야 하는 일", 그것이 사람답게 사는 길이요 도(道)란 말인가. 자네처럼 변변찮은 나도 그 길을 나서고 싶네. 사람답게 살고 싶네. 그런데, 어리석음을 구제한다는 제우(濟愚)라는 이름은 광제창생(廣濟蒼生), 고통에 빠진 백성들을 널리 구하겠다는 큰 뜻을 세운 후에 새로 지은 이름이고, 변변치 못한 처가살이 시절에 자네 이름은 제선(濟宣)이었다지. 나도 '봉석'이라는 이름을 버리고, 돈 없고 빽 없는 무지렁

이 노동자들을 구하겠다고 다짐하며 '무산'으로 이름을 고쳤었지. 그러나 이제 돌이켜보니 '무산'이라는 이름을 내걸고 추구했던 노동해방과 민중혁명은 처참한 실패로 끝나고, 남은 것은 쓰라린 좌절과 회한, 그리고 세상의 비웃음뿐이네.

실패한 낙오자 최제선이 어떻게 자기 정화의 과정을 통과하여 허물을 벗고 최제우로 다시 태어났는지 나는 알지 못하네. 그러나 외세에 쫓기고 탐관오리들에게 짓밟히고 전염병에 시달리는 백성의 뜻을 일으켜 세워 스스로를 한울님으로 모시자는 자네의 큰 뜻은 어렴풋이 짐작이 가네. 나도 한때 그런 뜻을 품은 적이 있었지만 보다시피 실패한 인생이 되고 말았지. 더 철저하게 깨지고 망가지면서 나를 지우고 내 욕심을 비우지 못한 탓이겠지. 그러나 백성들의 절망과 고통이 질벅거리는 저잣거리를 떠나 두문불출 면벽수련한다고 도통과 득도가 이루어지는 것인지 나는 모르겠네. 따지고 보면 나 자신도 금방 스러져 없어질 먼지와 같은 존재이고 우리의 아등바등하는 삶 자체가 헛되기만 한데, 뜻을 일으켜 세상을 바꾼다는 것 또한 허망한 짓거리가 아니겠는가. 그러나 제선이, 자네는 어찌하여 자신의 허망한 전 생애를 녹여 한 자루의 칼을 만들어 호탕하게 세상을 내리쳤는가. 텅 빈 것이야말로 가장 충만한 것이라는 역설을 깨우친 건가. 그것은 서학으로 조립한 혁명의 칼이 아니라 동학의 깨우침으로 빚은 개벽의 칼이었네. 실패한 낙오자 최제선이 동학의 스승 수운 최제우 선생으로 태어나 자신의 목숨을 던져 허공 세상을 허공의 칼로 내리쳐 새 세상, 개벽의 문을 열어젖힌 비밀을 나는 알 길이 없네.

제선이 이 사람아, 불행이 너무 일찍 찾아왔네

어린 나이에 부모 여의고

세상 뜬구름으로 떠돌다가

처자식 하나 못 거두어 울산

처갓집 곁방살이까지 하고서도

나이 마흔이 나 되도록 떠돌기를 멈추지 못한 깃은

무언가 무얼 찾아 그리 헤맨 것이냐

무엇이 자네를 그토록 흔들어놓고

모습도 드러내지 않던가

풍문일 테지,

논뙈기 하나 예닐곱 사람에게 잡혀먹고

빚 감당 못해 야반도주했다는 소리도 들리고

그 재주로 대장간 벌일 생각은

왜 했나 또 경주로 날랐다지

풍문이야 풍문일 뿐이지만 사람을

이 지경으로 만든 그게 무언가

그게 어딘가 삼호강 바람 잦은 대숲이었나

신불산 노을진 억새밭이었나

대장부 사십평생 하염없이 지내다가

이제야 어이할까고

겨울밤을 지새고 맞은

방어진 붉은 새벽이었나

이래 살아가 안된대이 마흔이나

묵도록 사나이 이래 살아가 안된대이

회한의 눈물 벼랑에서 흘리는 피눈물

실패한 인생 철저히 실패한 인생

제선이, 이 사람아

자신을 한순간 그토록 돌려놓은 것이 무언가

실패만큼 그 뉘우침도 깊었으리라만

그 극적인 전환은 어떻게 맞이한 것이냐

뉘우침이나 맹세는 대다수 지극히 개인적인 거라

자신을 뒤틀리게 하기 십상인데

돌아서서 무엇을 향해

자기정화의 극치를 통과한 것이냐

이름마저 제우로 바꾸었다지

제선이 이 사람아, 난 아직 그걸 모르네

난 아직 그 지점을 모르네

나는 그대의 뜻이 이렇다고 믿을 뿐이네

조선이 곧 좌절된 내 인생이요

조선이 곧 실패한 내 인생이 아닌가

외세의 무력이 조선을 겨냥하고

짓밟힌 백성의 원성이 하늘을 찌를 듯한데

나라의 기강은 말세겁운의 때를 맞으니

그것이 곧 내 좌절된 인생이라

나의 일어남이 곧 조선의 일어남이요

내가 뜻을 세움이 곧 백성이 뜻을 세움이 아닌가
광제창생,
스스로 일어나 스스로를 구하라
그리 일어나 스스로 구하는 자 모두 한울이라

제선이, 그대가 온갖 무리들 속에 떠도는 동안
짓밟힌 백성과 탐악한 지배자들
그리고 창궐하는 역병으로 신음하는
조선의 절망과 고통 그 한가운데 있지 않았는가
그런데 그대는 고향으로 돌아와
다시 뜻을 세웠다 하였네
나아가 뜻을 세우지 않고
산외불출하였다 하였네 두문불출하였다 하였네
그게 무엇이었던가
그게 무엇이었길래 그대를 그토록 떠돌게 하고
모습도 보여주지 않던가
고통받는 저잣거리에서는 발견할 수 없었단 말인가
도가 무언가 도통이 무언가
자기를 타파함인가 자기가 무언가
허공인가 허공은 어찌하여
있다고도 하고 없다고도 하는가
허공은 존재를 넘어선단 말인가
존재를 넘어섰다면 우리가 무엇을 두려워하는가

무엇을 버릴 수 있겠는가

그렇게 하였던가

자신의 전 생애를 녹이고 세상의 선이며 악이며

인간 세계의 숭고함과 추악함과 사랑과 분노와

이 모든 것을 용광로에 녹여 빛나는 칼 한 자루

허공을 가르는 칼 한 자루 만들었던가

그것이 한울이라면 한울은 또 허공이 아닌가

그 한번의 맹세

전 생애를 돌려세워 통과해버린

단 한번의 맹세

자신의 모가지를 허공에 베어버린

선생이여

수운 선생이여

어찌 허공으로 세상을 내리쳤더란 말입니까

―「최제선」전문, 『인간의 시간』(창비, 1996) 수록

백무산은 아직 그가 가야 할 길을 찾아 헤매고 있다. 그 길은 뚜
렷이 보이지 않지만 젊었을 때 가려고 했던 그 길이 아니라는 것은
분명하다. 한때 이념과 과학이 그를 몰아넣고 채찍질했던 그 길은
생명이 숨 쉴 수 없는, 너무도 관념적이고 협소한 길이었다는 것을
깨달았기 때문이다. 백봉석이라는 평범한 이름으로도 가슴 펴고
천천히 걸어갈 수 있는, 새로운 옛 길은 어디 있는가.

나 전에 옛 사람에게서 이렇게 들었다

말이 달릴 때 필요한 땅은

말발굽 닿는 면적만 필요하다

그러나 그 면적만 남기고 나머지는

벼랑을 만들어도 말은 달릴 수 있나

그것을 과학이라고 불렀다

그것을 이념이라고 불렀다

작은 오차도 발견할 수 없는 이 길을

나사보다 더 명확히 확정된 이 길을

왜 못 가느냐

훈련 부족이라 하고

의식 무장이 덜 되었다 하고

속성 개조에 실패했다 하고

욕망과 사욕의 본능 때문이라고 하고

발굽만큼 남은 땅을 길이라 하는 거냐

말이 유기물인 만큼 길은 연속적이다

밟지 않은 곳

남겨진 그곳

풀이 자라고 꽃이 피고 지는 곳은

그곳인데

—「살아 있는 길」 전문, 『길은 광야의 것이다』(창비, 1999) 수록

그래서, 마침내, 그는 "무엇을 하지 않을 자유는 왜 중요한가"를 깨닫는다.

신자유주의 권력은 안 된다고 하지 않고 더 그렇게 하라고 말한다. 더 많은 희망을 가지고 불가능은 없다고 말한다. 더 많이 도전하고 더 긍정적으로 생각하라고 유도한다. 그것을 자유라고 인식한다. 그러나 그것은 신자유주의라는 달리는 열차 안에서의 일이다. 달릴 수 없는 자유는 원천적으로 박탈된다. 우리가 잃어버린 것은 정지의 감각이다. 신자유주의적 삶은 반복의 연속이다. 새로운 삶은 무엇을 하지 않을 때 준비된다.

—『울산저널』, 2015년 12월 23일

무엇을 하지 않을 자유, 그로 인해 무엇을 해야 할 것인가를 안다
무엇이 되지 않을 자유, 그 힘으로 나는 내가 된다
세상을 멈추는 힘, 그 힘으로 우리는 달린다
정지에 이르렀을 때, 우리가 달리는 이유를 안다
씨앗처럼 정지하라, 꽃은 멈춤의 힘으로 피어난다

—「정지의 힘」 부분, 『이렇게 한심한 시절의 아침에』(창비, 2020) 수록

삶을 일으켜 세우는 시, 함께 가는 길

배창환 시집 『별들의 고향을 다녀오다』

1

배창환 시인을 처음 알게 된 것은 1984년 무렵이었던 것 같다. 내가 영남대학교로 옮겨오면서 대구에서 발간된 『분단시대』 동인의 판화시집 출간 기념회에서 만난 것으로 기억된다. 그는 해맑고 단정하면서도 선비의 기개를 품은 시인이었다. 그 무렵에 생긴 지역의 진보적인 문화운동단체인 '우리문화연구회'에서도 그는 문학 분과의 핵심 인물이었다. 현실 문제는 외면한 채 언어를 다듬는 데 매달리는 모더니즘 계열의 시인이 많은 대구에서 배 시인을 비롯한 『분단시대』 동인들은 보기 드문 현실참여파였고, 그래서인지 나는 처음부터 친숙한 동질감을 느꼈다. 『분단시대』 1집 (1984)과 2집(1985)에 배창환 시인은 「오리걸음」, 「시인이 되려는 제자에게」, 「마지막 수업을 위한 초고」 등의 교육현장시를 발표하였다.

1985년 여름에 나는 강원도 홍천의 산골에서 성내운 선생을 비롯한 해직 교수와 해직 기자, 문인들의 모임인 무명산악회 회원들과 휴가를 보냈는데 집에 돌아오자마자 계곡에서 같이 뛰놀던 『실천문학』 주간 송기원이 이른바 '민중교육지 사건'으로 구속되었다는 소식이 들려왔다. 『실천문학』 편집위원이었던 나는 즉시 서울로 올라가 밤샘 농성에 합류했다. 송기원과 함께 구속된 김진경, 윤재철, 그리고 농성을 주도한 자유실천문인협의회(자실) 총무 채광석은 공교롭게도 나의 고등학교와 대학 후배였다. 채광석은 1984년에 나온 배창환 시인의 첫 시집 『잠든 그대』의 발문을 쓰기도 했고, 자실에 교육분과를 만들어 김진경을 간사로 내세우는 등 교육민주화운동에도 관심이 많았다. '민중교육지 사건'은 교육민주화운동의 불씨가 되어 마침내 전교조의 탄생에까지 이르렀는데, 배창환 시인은 이러한 교육민주화운동에 처음부터 몸을 던져 평생그 길을 일관되게 걸어왔다.

1987년 실천문학사에서는 학생과 학부모, 전·현직 교사 43인의 교육시를 모은 『내 무거운 책가방』을 펴냈다. 배창환 시인은 3편의 시(「오리걸음」, 「수업」, 「이직」)가 수록되었는데, 어찌 된 일인지, 3편이 수록된 배창환, 김진경, 도종환 등은 모두 전교조의 핵심으로 활동하다가 해직되었다. 이 무렵 발간된 『분단시대』 3집에도 배창환 시인은 「다시, 사랑하는 제자에게」 연작을 발표하였다. 이해 7월 채광석이 뜻밖의 교통사고로 우리 곁을 떠났고, 배창환 시인은 추모시(「우리들의 형님, 민족시인 채광석」)를 써서 다음해에 실천문학사에서 나온 두 번째 시집 『다시, 사랑하는 제자에게』에 실었다. 헤아려보지는 않았지만, 대구·경북 지역에서는 배창환 시인이 김용락 시인과 더불어 가장 많은 추모시를 썼을 것이다. 1987년 가을, 6월 항쟁의 열기에 힘입어 대구·경북민족문학회와 대구·경북교사협의회가 결성되었는데, 민족문학회의 사무국장은 김용락 시인, 교사협의회의 사무국장은 배창환 시인이었다.

1989년에는 각 지역 교사협의회가 결합한 전국교사협의회가 만들어지고 이것이 모체가 되어 1989년 5월 28일 전교조가 창립되었다. 전교조의 창립은 전후 한국의 민주화운동에서 한 획을 그은 중요한 사건이었다. 노태우 대통령이 직접 대국민 담화를 발표하여 전교조를 불법 좌경단체로 낙인찍고 1,490명의 교사를 집단 해고한 것은 그만큼 전교조가 군사독재의 뿌리를 흔드는 민주화운동의 핵심 세력임을 확인한 것이다.

이해 12월 전교조 대구지부의 이름으로 발간된 해직교사 교육시집 『통일의 꽃씨 민주의 불씨』에 실린 배창환 시인의 이 시는 지금도 내 기억에 깊이 새겨져 있다.

선생이 노동자 줄은
해고되고 나서 알았다.

선생이 이 땅에선 스승이 아닌 줄은
개 끌려가듯 끌려간 교원노조 여선생의 머리카락에 뒤엉킨 피를 보고 알았다.

선생이 선생이 아닌 줄은

수천의 목이 잘려나가도 끄떡도 않는 이 철면피한 세상을 보고 처
음 알았다.

    —「각성」전문

해직 이후 배 시인은 전교조와 국어교사모임, 교육문예창작회
등에 열심히 참여하면서 1992년 10월 13일부터 16주 동안 대구시
대명동의 '예술마당 솔'에서 시창작교실을 열어 시민들을 대상으
로 시쓰기 지도를 하였다. 제자 가운데는 50이 넘은 지역의 통일운
동가 류근삼 선생도 있었는데, 회원 작품집 『시인의 생가』(1993)에
발표된 그의 처녀작이자 대표작인 「단풍」은 후일 중학교 국어교과
서에도 실렸다. 1994년 『사람의문학』을 통해 등단한 류근삼 선생
은 늘 15년 연하의 배창환 시인을 문학의 스승으로 깍듯이 모셨다.
2019년 6월 류 시인이 팔순을 앞두고 갑자기 세상을 떠났을 때 배
시인과 함께 참석한 영결식장에서도 「단풍」이 낭송되었다. "개마
고원에 단풍 물들면 / 노고단에도 함께 물든다. / 분계선 철조망 / 녹
슬거나 말거나 / 삼천리 강산에 가을 물든다."

    『시인의 생가』 첫머리에는 배창환 시인의 「이 작은 시집을 내면
서」라는 짤막한 글이 실려 있다. "삶을 위한 문학이 아닌 그 어떤
것도 우리에게 삶을 풍성하게 하는 미적인 가치를 주거나, 우리 자
신을 포함한 이 세계를 인식하는 방법으로서의 문학이 되지 못한
다. 오히려 자명한 것을 알 수 없는 것으로, 건강한 것을 비틀린 것
으로 왜곡되게 하는 문학을 우리는 너무나 많이 보아왔다." 문학

이 삶에서 출발하고 그 궁극적인 목적지도 삶이라는 확고한 믿음을 배 시인은 평생 지켜왔고, 또 그렇게 가르쳤다. 그는 시를 잘 쓰는 비결도 "눈을 나에게로 돌리는 것, 그리고 우리의 삶으로 돌리는 것"이며 그렇게 하면 "사물은 제모습 그대로 보이며, 언어는 우리가 연금술사가 아니라도 진실과 더불어, 우리에게 다가오게 되어 있는 것"이라고 말한다. 그는 이런 생각을 말로만 하지 않고 학생들과 일반 시민들에게 시쓰기, 글쓰기를 적극적으로 권장하고 이런 글들을 모아 책으로 펴냈다. 자신의 이름으로 된 시집보다 제자들의 글모음집을 내는 데 더 열성을 보인 것은 "누구나 삶을 세우는 도구로서의 문학을 가슴에 지니게 되기를 갈망"하였기 때문이다. 이런 글쓰기의 산파로서 그는 누구보다 많은 제자들을 키워냈고, 누구보다 많은 사랑을 제자들로부터 받았다.

배창환 선생이 가장 힘들었던 때는 5년 동안의 해직 시절이 아니라 1993년 복직을 포기하고 전교조 대구지회장을 맡을 때였을 것이다. 언젠가는 학교로 돌아가 사랑하는 아이들을 다시 만나기를 고대하던 해직 교사가 복직을 포기하고 전교조의 조직을 떠맡아 힘겨운 투쟁을 계속한다는 것은 감옥에서 나오자마자 다시 다른 죄목으로 감옥에 끌려가는 것만큼이나 고통스러운 일이 아니었을까. 남자들은 군대에서 제대하고 나서 다시 군대에 끌려가는 악몽을 꾼 적이 있을 터인데, 배창환 시인은 그런 악몽을 자진해서 선택했으니 본인은 물론이고 가족과 친지들은 얼마나 힘들었겠는가.

다시 6년이 지난 1999년 전교조는 합법화되고 배 선생도 10년 만에 다시 교단으로 돌아갈 수 있게 되었다. 그런데 그는 원래 근무하

던 대구의 학교를 떠나 고향인 성주의 조그만 시골학교로 '하방'을
자청했다. 그는 여기서 두 아이와 고향의 산천이 기적처럼 그에게
주어진 선물이자 그를 만든 원소임을 깨닫는다.

> 내가 왜 지금, 여기에 있는가
> 내가 어떻게 여기, 이렇게 있을 수 있는가
> 나는 누구이며, 누구 대신 여기 있는가
> 나는 누구의 몸이고 마음인가
>
> 이런 생각을 하면서 나는
> 비로소 내가 되었다
> 시간과 피나게 싸우면서
> 나는 내가 될 수 있었다
> 나도 아이도, 모두 진귀한 선물임을 알고 나서
> ―「선물」부분

그러나 그에게는 무슨 까닭인지 오래 살던 정든 집이 "낯선 집"
으로 느껴진다. "다시는 이곳에 돌아오지 않으리라, 다짐하고 다
짐하며 돌아오는 집 / 그날을 꿈꾸면서, 그날이 오기를, 그날이 오
지 않기를 기다리면서 / 나는 오늘도 그리운 그 옛집, 낯선 집에 산
다"(「낯선 집」부분). 이런 탈향과 귀향의 갈등 속에서 그는 다시 고향
을 떠나 낯선 길 위에 선다.

이후 김천, 경주, 포항, 상주 등 여러 곳의 학교들을 거치며 그는

가는 곳마다 학생들의 글을 모아 책으로 엮어냈다. 글쓰기를 통해 학생들을 자주적 인격체로 일으켜 세우는 일을 교육민주화운동의 과제로 삼은 것이다. 그는 금년(2019년)에 가까스로 근속 30년을 채우고 정년을 맞았다. 『별들의 고향을 다녀오다』는 이를테면 정년을 기념하는 조촐한 선물인 셈이다. 정년퇴임 하는 날 제자들로부터 백설기 떡과 함께 "위대한 평교사, 선생님의 퇴임을 축하드립니다"라는 편지를 받은 배 선생의 행복한 미소를 떠올리며 뒤늦게 축하인사를 보낸다.

2

방둑 위로 이어진 길이다

저 길 끝 읍내 불빛들이 손에 잡힐 듯 아득하다

아무도 없이 혼자 걸어온 길이

눈발 이고 선 갈대처럼 휘청 굽은 채

어둠 저편으로 빠르게 묻혀간다

얼음을 벗은 깡마른 시내가

뱀허물처럼 건기의 모래밭을 빠져나가고

따스한 입춘 바람이 볼에 달다

어릴 적 캄캄한 밤중 마당귀에 쏘아올린

둥근 오줌발에 걸리던 별들이 그 자리에 떠 있다

별 같은 사람들이 나를 일으켜 세우던 때가 있었다

그땐 나도 누군가의 작고 작은 별이었다

무수히 많은 별들이 열고 닫아온 길,

길 찾는 이에게 길은 앞으로만 이어질 뿐

돌아가는 길은 언제나 보이지 않았다

—「밤길」전문

시집 앞부분에 배치된 이 시는 평생 참교육의 외길을 헤쳐온 배창환 시인의 자서전처럼 읽힌다. 혼자서 아득하고 캄캄한 밤길을 걸어온 시인은 이제 차가운 얼음과 메마른 모래밭을 지나온 시내처럼 지나온 길을 되돌아본다. "따스한 입춘 바람이 볼에 닿다"고 느낄 만큼 느긋하다. 눈발과 얼음에 묻힌 캄캄한 밤길에서 그를 일으켜주고 이끌어주던 별들은 어렸을 때처럼 여전히 그 자리에 떠 있다. 시인 자신도 작은 별이 되어 누군가의 길잡이가 되려고 이제껏 안간힘을 써왔다. "길 찾는 이에게 길은 앞으로만 이어질 뿐 / 돌아가는 길은 언제나 보이지 않았다"는 구절은 그가 지금까지 어두운 밤길을 헤쳐오면서 뒤를 돌아보지 않고 앞으로만 내달아왔다는 뜻이다.

어두운 밤길에서 그에게 지표가 되었던 별들은 누구인가.「사는 일」에는 "세상을 한눈에 넣어 바라보기란 쉽지 않지만 / 그래도 단재(丹齋) 선생을 생각해 보면 / 언제나 사는 일이 더 간명해 보인다"는 구절이 보인다. "시간의 잔도(棧道)를 불사르며 가신" 단재 신채호 선생은 "우리 앞에 산으로 돌아와 우뚝" 서 있다. 시집의 제목이기도 한 「별들의 고향을 다녀오다」에는 정지용과 오장환, 신채호 등을 "한 발짝 앞을 볼 수 없었던 칠흑 어둠에 길을 내고 슬픈 사람들의 가슴에 따뜻한 빛을 얹어준 별들"이라 지칭하고 있다. "그들은 시대보다 먼저 시대를 끌어안아 스스로 상처를 입은 별들"이며 "더 오래 우리 곁에 남아 이 땅의 밤하늘을 차지하게 될, 크고 아름다운 별들"이다. 시인 윤동주(「동주의 우물」)와 백석(「벌써 가을」), 4·19 직후 대구에서 교원노조운동을 벌인 이목 선생(「벌써 가을」, 「어떤 나무」), 문익환 목사(「벌써 가을」)도 그를 이끌어준 별들이었다.

그러나 한편 생각하면 무모하게 계란으로 바위를 쳐서 마침내 바위를 열어젖히고 산을 옮긴 것은(「이산」) 함께 밤길을 헤쳐온 전교조 동지들의 희생이 있었기 때문에 가능했던 것. 3부에서 언급된 김종림 선생(「소례리 길 ― 김종림 선생 묘비에 와서」)과 박영균 선생(「아름다운 사람, 박영균 ― 동지가 학교를 떠나는 날」)을 비롯한 도반들은 그와 함께 밤길을 헤치고 길을 내며 서로를 이끌어준 별들이다. 그리고 앞이 보이지 않는 막막한 밤길에서 지친 그에게 힘을 준 것은 언제나 아이들이었다. '함께 쓴 시'라고 이름 붙인 3부의 시편들은 동료 교사들과 제자들과의 사랑과 교감이 얼마나 그에게 소중한 에너지의 원천인지를 보여준다. 아침부터 수업 시간에 엎드려 자는 아이들이 불편하고 그러한 교육 현장의 실상이 슬프지만(「빼앗긴 아침」), 시를 읽으며 한 편의 시처럼 살 것을 아이들에게 당부하는 그는 어쩔 수 없는 시인 선생님이다.

외로울 때는 시를 읽어라

비가 뜨겁게 젖어올 때도 읽고
함박눈이 곤한 잠 흔들어 깨울 때도
시를 읽고 읽어라

인생이 한 편의 시가 되게 하라
삶은 어차피 내가 산 만큼의 삶,
감동이 없는 삶은
죽은 것이다
　　—「삶, 한 편의 시처럼」 부분

　　시집 4부에 배치된 시편들(「할매해장국집」, 「어떤 유모차의 기억」, 「분이 이야기」, 「노실고개 포장마차」, 「단촌 개미」, 「햅쌀 한 자루」, 「연기(緣起)」 등)은 지금까지 숨가쁘게 달려오느라 미처 자상한 눈길을 주지 못했던 자신과 이웃들의 모습을 수묵 풍경화처럼 그려내고 있다.

아직 넘어야 할 산이 첩첩이고 알아가야 할
사람들, 걸어야 할 세상 길 넓고 깊어 끝이 안 보이는데
나는 너무 큰 봉우리만 보고 작은 골짝 초목들을
못 보고 지나쳐온 길이 아니었던가
한길만 걷는다는 것이 눈 감고 걷는 것이랑 뭐가 다를까
알 수 없는 의문이 내 속에 너무나 많은데
　　—「사람에게 가장 소중한 것은」 부분

그렇지만 그러기까지에는 지긋한 응시와 담백한 비움의 과정이
선행되었을 것이다.

까마귀 떼 가맣게 나는 빈 나락 논—

대지는 허늘 아래 있다
거기, 사람들이 깃들여 산다

땅을 이고
하늘을 지고
　　—「천북(川北)」 전문

천북은 아마 경주시 천북면을 가리키는 것 같다. 그러나 이 시에
서 중요한 것은 천북이라는 지리적인 정보가 아니라, 빈 들 한쪽에
보이는 마을이다. 늦가을 "까마귀 떼 가맣게 나는 빈 나락 논"보다
시인의 시선을 잡아끄는 것은 그 마을에 깃들여 "땅을 이고 / 하늘
을 지고" 살아가는 사람들이다.

교사로서의 길이 정년으로 끝난 것은 아니듯, 시인으로서 그는
아직도 만나야 할 사람들이 많고 써야 할 시가 많다. 느닷없이 고향
성주에 침입하여 농민들의 평화로운 삶을 뒤흔들어놓은 사드처럼
아직도 그를 분노하게 하고 시를 쓰게 만드는 것들이 세상에는 널
려 있다. 그러므로 그는 앞으로도 쉬지 않고 길을 걸으며 보고 만나
고 쓸 것이다.

두고는 차마 떠날 수 없는

아이들, 이 작고 슬픈 땅에서 내가 만난

선하고 아름다운, 고귀한 이들

아직 쓰다 만 시와, 도달하지 못한 꽃들과

떠돌아 헤매느라 못 가본 세계의 경지

아직 더 오래 만나야 할 사람들

그 앞에 내 무릎, 고요히 꿇어 엎드려지는

—「아직은 여기」 부분

『녹색평론』과
생태시

　　『녹색평론』의 발행인이자 생태운동가, 문학
평론가인 김종철이 돌연 우리 곁을 떠났다. 마음이 가난한 시인들
뿐만 아니라 녹색의 가치를 섬기는 많은 이들이 소중한 친구를 잃
은 상실감에서 쉽게 벗어나지 못하고 있다. 생전에 김종철은 현대
문명의 폭력적이고 자멸적인 속성을 고발하고 경고하면서도 언제
나 '시인의 마음'으로 병든 세상을 치유할 수 있다는 믿음을 지켜온
생태시의 옹호자였다. 『녹색평론』 창간호를 꺼내 그의 체취가 스
민 글들을 다시 읽은 다음, 미처 다 읽지 못하고 밀쳐놓았던 『녹색
평론』 몇 권을 밀린 숙제처럼 들춰보면서, 생태시에 관해 떠오르는
생각을 두서없이 적어 보았다.

　　『녹색평론』 창간호(1991년 11·12월호)에는 「시의 마음과 생명 공
동체」라는 김종철의 글이 실려 있다. 강연 내용을 정리한 이 글에

서 그는 오늘날의 환경재난은 기술산업문화의 퇴폐성이 우리 개개인의 인간성을 피폐하게 만든 탓이라고 진단한다. 그러면서 시를 통해 우리 자신의 내면적인 구조, 즉 감수성과 욕망을 변환시키는 "일종의 정신적 개종의 가능성"을 언급한다. 이러한 믿음의 근거로 그가 제시하는 것은 "우리 모두가 정도의 차이는 있을지라도 시를 좋아하고 시적인 분위기를 향수할 수 있는 기회를 원한다는 사실"이다. 시는 우리 시대에 "자연과 세계에 대한 근원적인 겸손과 외경"을 바탕으로 하는 인디언식 문화나 우리의 전통적인 농경문화의 편린을 간직하고 있는 유일한 세계라고 보기 때문에 그는 시가 지닌 본원적 치유의 능력을 확신하고 있는 듯하다.

"어떤 점에서 산업문화의 압도적인 지배 밑에서 우리가 시라는 형식을 유지하고, 그것을 통해서 우리 자신의 인간으로서의 근원적인 감수성을 습관적으로 확인하고 있다는 것은 하나의 구원인지도 모릅니다. 오늘날 전대미문의 엄청난 위기를 헤쳐나감에 있어서, 정말 필요한 나침반은 은유적 사고를 본질적인 생명으로 하는 시적 사고, 시적 감수성이라고 해도 되겠지요."

김종철이 보기에 시인들은 대개 어머니의 마음을 표현해 왔으며 그것은 "비폭력의 정신이고, 겸손과 자기희생의 마음"이다. 다시 말해 "살아있는 생명을 돌보고, 보살피면서, 어느 하나도 상처받지 않게 마음 쓰며, 상처받은 것은 깊이 위무하고 품속으로 거두어들이려고 하는 태도, 그리고 무엇보다도 생명 가진 존재들 사이의 조화로운 관계의 유지를 늘 중시하는 정신"이 바로 어머니의 마음이며 이것은 우리의 전통 토속문화 속에 온전히 보존되어 있던 정신이라고 그는 힘주어 강조한다.

이처럼 우리의 전통문화 속에 깃들어 있는 시적 감수성을 되살리고 이를 바탕으로 생태적 공동체를 복원하려는 김종철의 독특한 생태사상은 실제『녹색평론』의 편집에도 반영되어 매호 두세 명의 시인들의 작품을 꾸준히 실어왔다. 또한 "모든 시인은 본질적으로 가장 심오한 생태론자"라는 전제하에 기성, 신인의 구별 없이 좋은 시를 보내달라는 광고를 잡지 첫머리에 내보냈다.

『녹색평론』100호가 나온 2008년, 나는 부산의 문학계간지『신생』에 기고한 글에서 이러한 김종철의 기대와는 달리『녹색평론』에 게재된 시 가운데 정말 감동과 위안을 주는 시는 몇 편 되지 않았고, 오히려 몇 편의 산문을 통해 진정한 감동과 위안을 받았다고 밝힌 바 있다. 가령 시애틀 추장의 연설이나 김성동의 박용래 시인에 대한 추모사, 지율 스님의 호소문, 웬델 베리, 리 호이나키의 에세이들이 가진 시적 울림을 나는 정작 시에서는 느낄 수 없었기 때문이다.『녹색평론』80호(2005년)의 특집 '생태문학의 딜레마와 가능성'에서 평론가들이 인용한 시들도 생태문제를 소재로 삼았다는 의미 이상의 감동을 주지는 않았다. 그 이유는 무엇일까? 아마도 나의 시적 감식안이 부족하고 정서가 메말라 있기 때문인지도 모른다. 그렇지만 모두가 인정하는 예리한 안목의 문학평론가 김종철도 앞서의 강연에서 1980년대 이후의 시 작품들 가운데서 생태시로 내세울 수 있는 시를 발견할 수 없었다고 고백하고 있는 것을 보면 생태시의 빈곤은 나 혼자만의 느낌은 아닌 것 같다. 김종철은 결국 1950년대와 60년대에 광주에서 시작활동을 한 김현승 시인의

「무등다(無等茶)」를 청중에게 읽어주면서 이 시를 고른 이유는 "특별히 감동적이라기보다 누구에게나 대체로 별반 거부감 없이 받아들여질 수 있는 근원적인 정서를 바탕으로 하고 있는 것으로 보이기 때문"이라고 말한다. 여기서 그가 말하는 근원적인 정서란 "갈가마귀 울음에 / 산들 여위어 가고"라는 구절에 표현된 어머니의 마음, 즉 산들이 갈가마귀의 울음소리를 자기가 키워온 자식의 울음소리로 느끼고 마음이 아파 여위어가는 모성을 가리킨다. 갈가마귀와 산을 단순한 사물의 관계가 아니라 애틋한 정이 오가는 육친의 관계로 느끼는 시인이야말로 심오한 생태론자가 아닌가. 이러한 생태론자로서의 시인의 모성을 나는 『녹색평론』과는 인연이 없는 박기섭의 시조에서도 발견한다.

어둡고 낯선 길을 언 발로 쏘다니는 세상 모든 아들들은 지명 수배자였거니,

어머니, 눈 위에 찍힌 발자국을 지우신다
— 박기섭, 「눈길」 전문

그런데 1980년대 이후 이처럼 어머니의 마음을 곡진한 언어로 표현한 시 ― 그것을 일단 생태시의 원형이라고 본다면 ― 를 찾아보기 힘든 이유는 무엇일까? 정치적 민주화를 위해 질풍노도의 열정으로 가두를 치닫던 민중문화운동과 파업 현장에서 노동해방을 온몸으로 절규하던 노동문학의 거센 물결이 휩쓸고 지나간 1990년

대 이후에(『녹색평론』이 창간된 것은 1991년 11월이다) 생태담론은 무성한 반면 생태시는 빈곤한 이유는 무엇일까? 오늘날 대부분의 시인들은 고향과 농촌이라는 모태를 떠나 도시의 아파트에 갇혀 살면서 대지와 자연의 소중함을 노래하고 생태학적 가치를 강조하지만, 그들이 써내는 시들은 자연스러운 정서의 표출이 아니라 의식적인 추구의 몸짓을 벗어나기 힘들기 때문인가. 물론 시인의 생활환경이 생태시의 절대적인 전제조건일 리는 없다. 그렇지만 김현승 시인과 박기섭 시인이 번잡한 도시의 아파트에 갇혀 살지 않고 자연친화적인 삶을 살았거나 살고 있다는 사실을 전혀 도외시하고 생태시의 빈곤을 논한다면 뭔가 핵심을 벗어난 관념론으로 빠질 것 같다.

생활환경에는 언어 환경도 포함된다. 매일 어떤 사람들과 만나 어떤 말을 주고받느냐에 따라 우리가 쓰는 언어는 달라지기 마련이다. 이런 언어 환경은 말을 다루는 시인의 경우에 특히 중요한 창작의 조건이자 토양이 된다. 늘 농민들과 생생한 입말로 대화를 하는 시인과, 책이나 텔레비전, 인터넷을 통해 생태담론을 학습하면서 의식적으로 생태시를 쓰는 시인의 발상과 시적 언어는 다를 수밖에 없다.

『녹색평론』 165호(2019년 3·4월호)에는 이 문제에 관한 천규석 선생의 흥미 있는 글(「생태적 삶과 생태적 관광」)이 실려 있다. 영남 알프스 자락의 산골마을인 경남 울주군 소야골에 사는 할매가 혼자 감자를 캐다가 뭐라고 중얼거린다. 지나던 이가 무슨 일이냐고 물어보니 이렇게 대답한다. "아 감자가 기리버서 많이 심었더니 너무

많네." "감자가 그리워요? 감자가 왜 그리워요?" "아 귀하고 중한
께 기립지." "아 그럼 힘들여 심지 말고 조금 사서 드시지요?" "뭐
라꼬? 그라몬 안돼제. 기리번 걸 사 먹으면 되남? 기리번 건 키우고
가까서 지성으로 섬겨 챙겨 먹어야제."(송영욱, 「그리운 얼굴로 돌아보
라」, 소야골숲속학교 블로그)

　　여기서 할머니가 말한 '기리버서'는 '그리워서'로 바꾸어 표현할
수 있는 말이 아니다. 천규석 선생에 따르면 '기립다'라는 이 지역
사투리는 귀하고 중한 것, 지성으로 섬겨야 할 것, 꼭 챙겨야 할 것,
손수 가까(가꾸어) 먹어야 할 것 등등을 모두 함축하고 있는 말이다.
그걸 '그립다'로 바꿔놓으면 원래의 뜻과 감각은 훼손되고 만다. 이
를 소재로 음유시인 우창수가 쓴 동시를 읽어보자.

　　　소야골 텃밭 바구니엔 무엇이 들었을까
　　　가지, 오이, 상추도 있지만
　　　별들이 노래하는―
　　　농부의 땀방울이 들어 있지요.

　　　소야골 텃밭 바구니에 무엇이 담겼을까
　　　콩, 감자, 고구마도 있지만
　　　그리워 심었다는―
　　　우리 할매 마음이 담겨 있지요.

　　　소야골 텃밭 바구니 우리네 밥상도 있지만

귀하고 그리운 건 섬기고 심고 가꾸라는

여름지기 외로움이 있지요

우리 할매 꾸지람이 있지요.

— 우창수, 「소야골 텃밭」전문

송영욱의 산문이 우창수의 동시보다 생태적 감성과 시인의 모성을 더 잘 표현하고 있다는 천 선생의 의견에 많은 사람들이 동의할 것이다. 아울러 송영욱은 소야골 할매가 "'그리워서'만이 아니라 그보다 더 엄청난 정서인 '기리버서' 감자를 비롯한 텃밭농사를 손에서 놓지 못하고 죽는 날까지 짓고 있다는 점을 놓쳤다"는 천 선생의 지적도 거부감 없이 받아들일 것 같다. 여기서 천 선생은 우포늪에서 소박한 동시를 노랫말로 하여 아름다운 동요를 만들어 들려주는 음유시인 우창수의 재능이나 소야골에서 농사를 지으며 숲속 대안학교를 꾸려가는 송영욱의 헌신을 존중하면서도, '그리워' 와 '기리버서'의 미묘한 차이가 생태시의 성패를 가르는 핵심적인 요소라는 점을 강조한다.

천 선생은 이어 "모든 진정한 시인은 본질적으로 가장 심오한 생태론자"라는 『녹색평론』의 광고문 — 말이 광고문이지 실은 김종철의 가장 독창적인 생태시론의 핵심이다 — 을 그 나름의 관점에서 해석한다. "(시인은) 남달리 민감한 감성으로 생명의 본성에도 예민하다보니 당연히 심오한 생태론자가 될 수밖에 없"고, "자연과 신과의 소통과 화해를 원활히 하자면 언제나 인간의 원초 감성과 모순관계인 현실의 권력체계와는 불화할 수밖에 없"다. 시인이란 본질적으로 "현실(체제)에 대해 비타협적으로 저항하는 정서적 혁명가"이다. 따라서 "모든 진정한 시인은 본질적으로 가장 심오한 생태론자"로서 "반생명적인(지속 불가능한) 산업주의와 그에 토대한 국가가 사라지고 진정한 생태공동체연합이 실현될 때까지 비판하고 저항해야 한다." 이것이 천 선생의 생태시인론이다.

그런데 김종철도 이보다 앞서 천 선생의 생태시인론과 일맥상통하는 시인론을 피력한 적이 있다. 『녹색평론』 162호(2018년 9·10월호)에서 그는 일본의 작고한 '원폭시인' 구리하라 사다코(栗原貞子, 1913~2005)를 이렇게 소개한다.

한국에서는 거의 알려지지 않은 이 시인의 시를 조금이라도 읽어보면, 그 근저에는 모든 진정한 시인의 공통한 자질이라고 할 수 있는 아나키스트적 정신이 치열하게 살아 움직이고 있음을 느낄 수 있다. 그는 "문학은 정치에 종속되는 것이 아니라 정치에 선행하는 것이다"라고 말하거나 "자유로운 문학은 어느 시대에나 정치적 지배에 대하여 저항해왔다"고 말함으로써 문학의 저항정신에 대한 강한 신념을 토로했다. 그리고 동시에 '정치적 무지와 무관심'이야말로 '평화와 민주주의의 적'이라는 점을 강조해 마지않았다.

이 글의 핵심은 "모든 진정한 시인의 공통한 자질이라고 할 수 있는 아나키스트적 정신"이라는 구절이다. 이것을 "모든 진정한 시인은 본질적으로 가장 심오한 생태론자"라는 말과 연결시키면 "모든 진정한 시인은 아나키스트적 정신을 가지고 있으며 이런 점에서 가장 심오한 생태론자다"라는 말이 될 것이다. 여기서 아나키스트를 무정부주의자로 번역하거나 맹목적인 테러리스트로 보는 것은 심각한 역사인식의 오류이거나 악의적인 곡해의 결과이다. 이같은 오해는 역사상 특정한 시기─가령 1920년대에 식민지 조선의 독립운동노선을 둘러싸고 벌어진 아나키스트와 볼셰비키와의 이념 논쟁(이른바 '아나-볼 논쟁') 과정에서 파생한 관념적 허상일 뿐이다. 아나키스트란 원초적인 자연생태적 질서에 어긋나는 한, 종교와 국가와 계급까지 포함하여 기존의 모든 정치체제와 제도에 저항하는 자를 뜻한다. 이를테면 신채호와 권정생, 존 레논, 그리스인 조르바를 모두 아우르는 것이 아나키스트라는 개념이다. 근원적인 자유를 추구하는 영원한 저항자, 아나키스트는 바로 시인의 다른 이름인 것이다.

김종철이 소개한 구리하라의 시 「전쟁이란 무엇인가」는 일본인 대부분이 국가주의적 애국심에 마취되어 '귀축(鬼畜) 미·영(米英)'을 상대로 '성전(聖戰)'을 벌이던 1942년에 쓴 시다. "나는 아무리 아름답게 장식된 전쟁이라 하더라도 / 흉악한 악귀의 의도를 본다 / (중략) / 성전이라고, 정의의 전쟁을 한다는 곳에서 / 행해지고 있는 것은 무엇인가 / 살인. 방화. 강간. 강도. / 미처 도망가지 못한 여자들은 적병 앞에 / 치마를 벗고 손을 모아 빌라는 것 아닌가 / 수수가 가을바람에 수런수런 울음을 우는 수수밭에서는 / 여자에 굶주린 병사들이 여자들을 밀어놓고 / 백귀야행(百鬼夜行)의 흉측한 짓들을 하고 있다 / 고국에서라면 좋은 아버지, 좋은 형, 좋은 아들이 / 전장이라는 지옥의 세계에서는 / 인간성을 잃고 / 맹수와 같이 미쳐 날

뛴다".

또 다른 시 「히로시마라고 말할 때」(1972)에서 그녀는 일본인들이 원폭의 피해자임을 애써 강조하지만 자신의 잘못을 인정하고 사죄하지 않는 한 사람들은 동정 어린 호응을 보내지 않는다고 말한다. 「무너지지 않는 벽은 없다 ─ 36년과 46년」(1991)은 일제의 식민지배 36년을 겪은 조선이 남북으로 분단된 지 46년이 흐른 시점에서 일본의 반성을 촉구하면서 민중의 힘으로 분단의 벽이 무너질 날은 멀지 않다고 예언한다. 이처럼 국가주의를 뛰어넘어 평화와 공생을 추구하는 구리하라의 시야말로 아나키스트의 정신이 살아 숨쉬는 진정한 생태시가 아니냐고 김종철은 한국의 시인들에게 묻고 있는 듯하다.

김해자는 생전에 김종철이 좋아하고 아끼던 시인들 가운데 하나이다. 『녹색평론』 170호(2020년 1·2월호)에는 그녀의 시 두 편이 실려 있다. 소재나 내용(메시지)으로 보아 금방 생태시임을 알 수 있는 「귀중품함」은 체르노빌 원전 폭발사고 후에 원자로를 봉인한 강철돔 아르카를 통해 한국의 고층 아파트 주민들에게 경고를 보낸다. 20세기의 핵재앙을 상징하는 인공 피라미드 아르카를 시적 화자(話者)로 삼은 발상도 참신하고, 특히 마지막 두 연은 독자들의 안이한 일상을 송두리째 뒤흔드는 서늘한 파괴력을 발휘한다.

> 에펠탑과 금자탑보다 아름답게
> 이집트 왕들의 무덤보다 찬란하게
> 재앙을 봉인하는 21세기의 피라미드

나는 귀중품의 집입니다

씨 뿌리고 물 주지 않아도
자고 나면 쑥쑥 값이 오르는 고층 아파트먼트에 수납된
드높은 당신들 재수 없으면
100년 너끈히 버틸지도 모르는 귀중품
나와 당신 안에는 무엇이 숨 쉬고 있습니까.

— 김해자, 「귀중품함」 부분

　요즘 서울의 고층 아파트에 사는 사람들은 집값이 올라 기분이
좋을지 몰라도 김해자 시인이 보기에는 강철과 시멘트로 만든 격
납고 속에서 재수 없으면 100년 동안 갇혀 살지도 모르는 불쌍한
귀중품 인생에 불과하다. 앞으로 백세시대에는 평당 1억이 넘는,
방사능 폐기물 격납실 같은 아파트에서 태어나 100년 동안 귀중품
처럼 수납된 채 살다 가는 사람들이 수두룩할 것이다. 그런데 이들
도 어쩌다 고향 친구를 만나면 곧 아파트를 탈출하여 전원생활을
하겠다고 입버릇처럼 큰소리친다. 그렇지만 석삼 년이 지나도 이
런 약속을 지키는 사람은 없다. 그동안 아파트 값이 계속 오르고 앞
으로 또 오를지 모르니 어떻게 아파트를 버릴 수 있겠는가. 이제나
저제나 기다리던 고향 친구는 애가 닳아 다시 한 번 간곡하게 내려
오라고 재촉한다. 당연히 이럴 때는 서울내기들의 빤지르르한 표
준말보다는 감칠맛 나는 고향 사투리로 사설시조의 가락에 얹어
호소하는 것이 제격이다.

그래, 대처 살기 얼마나 각다분혀 에끼고 덧게비치고 그럴 것이 무에 있나 힘들믄 다 접어불고 후딱 내려오게나

먹고프다 먹고픈 걸 어찌 다 먹고 살고 하고프다 하고픈 걸 어찌 다 하고 사노 소잡은 목구녕으로다 개와집이 넘어간단디 그게 다 헛거인 줄 자네 정녕 모르겠는가 눈 먼 괭이 갈밭 매드키 짜드라 나댄다고 코에 걸 그 무슨 횡재가 생길 것도 아니고

오게나, 분답시리 게서 그러질 말고 여긴 자네 태 묻은 곳 뼈 묻을 곳 아닌가 솥 떼고 삼 년이라더만 자네가 꼭 그 맞잡이네
　　─ 박기섭, 「솥 떼고 삼 년」 전문

김해자의 시 「귀중품함」을 통해 체르노빌 원자로를 강철과 시멘트로 봉인한 구조물(아르카)과 서울의 고층 아파트가 본질적으로 같은 귀중품 격납고라는 것을 깨우친 나는 환경재앙이나 녹색담론과는 거리가 먼 것처럼 보이는 그녀의 다음 시 「이웃들」을 읽고, 앞서 김종철과 천규석 선생이 생태시의 원천적 정서라고 말한 따뜻한 모성을 듬뿍 느꼈다.

한 달여 비워둔 집
엉거주춤 남의 집인 양 들어서는데 마실 다녀오던
아랫집 어머니가 당신 집처럼 마당으로 성큼 들어와
꼬옥 안아주신다 괜찮을 거라고

아파서 먼 길 다녀온 걸 어찌 아시고 걱정 마라고

우덜이 다 뽑아 김치 담았다고 얼까 봐

남은 무는 항아리 속에 넣었다고

평상을 살펴보니 알타리 김치통 옆에 늙은 호박들 펑퍼짐하게 서로 기대어 앉아 있고, 항아리 속엔 희푸른 무가 가득, 키 낮은 줄엔 무청이 나란히 매달려 있다. 삐이이 쨱쨱, 참새떼가 몇 번 나뭇가지 옮겨 앉는 사이, 앞집 어머니와 옆집 어머니도 기웃하더니 우리 집 마당이 금세 방앗간이 되었다. 둥근 스뎅 그릇 속 하얗고 푸른 동치미와 살얼음 든 연시와 아랫집 메주가 같이 숨 쉬는 평상, 이웃들 손길 닿은 자리마다 흥성스러운 지금은, 입동 지나 소설로 가는 길목

나 이곳 떠나

다른 세상 도착할 때도

지금은 잊어버린,

먹고사느라 잊고 사는 옛날 내 이웃들 맨발로 뛰쳐나와

아고 내 새끼 할 것 같다 엄마처럼 덥석 안고

고생 많았다 머나먼 길 댕겨오느라

토닥토닥 등 두드려줄 것 같다

참새떼처럼 명랑하게 맞아줄 것 같다

— 김해자, 「이웃들」 전문

거친 항의와 날카로운 경고, 치솟는 분노만 있고 따스한 위안과

공감, 소통이 없는 생태시는 얼마나 답답하고 삭막할 것인가. 죽음
조차도 '흥성스러운' 잔치로 만드는 정겨운 이웃들이 없다면 우리
의 삶은 얼마나 팍팍할 것인가.

　『녹색평론』이 지난 30년 동안 제시한 생태론적 담론과 대안들은
한국 사회에 적지 않은 변화를 가져왔다. 석유를 비롯한 화석연료
의 고갈과 핵발전소의 위험으로부터 벗어날 대체에너지의 필요성,
지역화폐나 기본소득제 같은 새로운 제도, 대의제 민주주의를 보
완하기 위한 숙의제 민주주의는 처음에는 생소하고 급진적으로 보
였지만 지금은 친숙한 개념으로 정착되었다. 군사독재 체제를 타
파하고 제도적 민주주의를 회복하는 데 근 40년의 세월이 필요했
던 것을 감안하면 30년도 안 되어 이런 변화를 일으켰다는 것은 참
으로 놀라운 일이 아닐 수 없다. 이런 의식의 변화를 이끈 『녹색평
론』과 김종철의 헌신과 노고는 결코 잊혀지지 않을 것이다.

　그러나 이처럼 녹색담론이 일반화되고 현실정치의 정책으로 채
택되는 동안 생태시는 상대적으로 빈곤해지고 협소해진 것은 아닐
까. 여기서 '빈곤'과 '협소'는 환경문제를 다루거나 생태적 위기의
식을 바탕으로 한 시들이 양산되는 외면적 풍요에도 불구하고 정
말 독자의 마음을 움직이고 생각을 바꿀 만큼 정서적·영성적 감동
을 주는 시는 점점 찾아보기 힘들다는 사정을 뜻하는 것이다. 그 원
인으로 나는 막연하게 언어 환경의 변화를 지적한 바 있지만, 이 문
제는 좀 더 심층적이고 과학적인 검토가 필요한 것 같다.

　이런 문제의식을 가지고 『녹색평론』을 읽다보니 최근호인 173

호(2020년 7·8월호)에 실린 황규관 시인의 산문 「썩음에 대하여」가 귀중한 가르침과 함께 생각할 실마리를 퉁겨준다. 그는 소년시절에 소를 키우던 경험과 "언어가 점점 사나와지고 동일화되어 가고 있"는 현상을 연관시켜 독특한 사유를 전개하고 있다. 그가 보기에 오늘날 우리가 일반적으로 쓰는 언어는 말하는 사람의 고유한 생각을 담아내는 그릇이 아니라 어딘가에서 생산되어 공급된 상품이다. 왜 그렇게 되었을까? 그의 말을 들어보자.

소를 키우면서 얻었던 살아 있는 목숨에 대한 생생한 감각이 다행히 아직도 몸에 남아 있는 게 고맙기도 하다. 먹이고, 싸우고, 치우고 했던 감각이 내 몸 어느 구석에 쌓여 있는 것 같기도 하고, 어쩌면 그것이 내 언어의 일부인 것만도 같다. 단순한 옛 농경사회에 대한 동경이 아니라 직접 만지고, 보고, 듣는 감각을 무엇보다 신뢰하게 되었다는 말이다. 그리고 소를 키우며 그 부산물로 얻은 두엄이 썩어가던 '동안'도 내가 직접 살아본 시간일 것이다. 그래서 늦가을 바람을 맞으면서 두엄을 뿌릴 때 뭉클했던 것일까, 알 수가 없는 일이다. (중략)
이런 기억과 경험들이 내가 예민하게 인식하고 있는 언어 현상과 얼마나 적절히 연관되는지는 잘 모르겠다. 하지만 썩을 줄 모르는, 그러니까 방부제 처리를 해서인지 겉이 번쩍번쩍한 언어들을 보면서 혹 썩는 능력을 우리가 잃어버린 것은 아닌가 하는 생각이 떠나지 않는다. 썩는다는 것은 살아 있음의 대립물이 아니라 다른 살아 있음으로의 이행일 텐데, 이는 꼭 물질상태의 변화만을 가리키는 것은 아닐 것이다. 아무튼 썩지 못하는 언어는 발화 주체의 자아만 살찌울 뿐이지 다른 것들에게 아무런 도움이 되지 못한다. 반대로 썩으면 눈에 보이지 않던 다른 것(새로운 리얼리티)을 드러나게 한다. 늦겨울 들판에 뿌려진 두엄이 흙과 섞여 봄날에 어린모를 더욱 싱싱하게 만들어주듯 말이다.

여기서 얼핏 떠오르는 것은 4대강 사업을 군사작전처럼 밀어붙이던 이명박 정부가 곳곳에 써붙였던 구호들이다. "우리가 꿈꾸는 강의 이름은 행복입니다", "낙동강 살리기 사업은 생명 살리기", "혼을 담은 시공", "녹색 성장" 따위의 조잡한 모조품처럼 "번쩍번쩍한 언어들"에 대해 김종철은 극도의 거부감을 드러내곤 했다. 이런 꼴이 보기 싫어 어디 놀러가기도 포기할 정도였다. 황규관처럼 김종철도 상품처럼 만들어서 공급하는 언어에 체질적으로 거부반응(알레르기 증상)을 보였다는 점에서 타고난 시인이자 생태론자였다.

생태담론은 물론이고 생태시에서도 문제는 황규관 시인처럼 "소를 키우면서 얻었던 살아 있는 목숨에 대한 생생한 감각"과 "늦가을 바람을 맞으면서 두엄을 뿌릴 때 뭉클했던" 기억을 되살리는 일이다. 가령 4대강 사업에 반대하는 시를 쓸 때에는 그런 환경파괴 사업의 허구적 논리와 근거를 폭로하고 공격하는 것도 필요하지만 댐을 막아 유람선을 띄우고 자전거 도로를 달리는 것보다 따가운 햇살을 받으며 맨발로 백사장의 금모래를 밟으며 걸을 때의 감촉이 훨씬 소중하고 아름답다는 느낌을 촉발시키는 것도 사람들의 마음을 움직이는 데 효과적일 것이다. 최병성 목사는 영월의 서강 강변에서 10년을 살다보니 어느덧 "강물이 내 몸을 흐르는 핏줄이요, 여울물 소리가 내 몸의 리듬이 된 듯" 느끼게 되어 주저없이 '4대강 죽이기 사업' 반대운동에 뛰어들었다고 밝힌 바 있다. 생태시도 이처럼 자연과의 합일과 조화에 대한 감각과 거기서 숙성된 언어(황규관의 말을 빌리면 잘 '썩은' 언어)를 통해서만 생명력을 얻게 되는 것이 아닐까. 생태시의 경우 아는 것이 힘이 되기도 하지만 느끼는 것이 더 중요하다는 나의 소박한 생각을 검증할 수 있는 권능을 가진 것은 시인들이다. 생태담론의 대중화에 발맞춘 생태시의 백화제방, 이것은 모든 시인들을 근본적인 생태주의자로 굳게 믿었던 『녹색평론』의 김종철을 기억하며 이 땅의 시인들이 온몸으로 밀고나가야 할 과제로 남아 있다.

문학의 위안 ——— 2부

그림과 영화, 역사에서의 진실과 재현

**헨리 제임스 「진품」, 베르톨트 브레히트 「살인마」,
한나 아렌트 『예루살렘의 아이히만』**

그림에서의 모사와 진실:
헨리 제임스의 「진품」

헨리 제임스(1843~1916)는 19세기 후반에 왕성한 작품 활동을 한 미국의 소설가이다. 그는 뉴욕의 명문가 출신으로, 유명한 철학자 윌리엄 제임스의 동생이다. 1870년대 후반부터 주로 영국에서 작품 활동을 하다가 나중에는 아예 영국으로 귀화했다. 중편 『데이지 밀러(Daisy Miller)』와 장편 『한 여인의 초상(The Portrait of a Lady)』 등을 통해 19세기 유럽의 리얼리즘 문학을 대표하는 작가로 인정받았는데, 특히 여성들의 심리를 치밀하고 정교하게 묘사하는 데서 솜씨를 발휘했다.

제임스의 단편소설 「진품(The Real Thing)」은 1892년에 발표된 작품이다. 위대한 초상화가를 꿈꾸는 화가의 런던 화실에 어느 날 멋진 귀족의 외모를 가진 모나크 부부가 찾아온다. 상류사회 귀족들을 그릴 때 모델로 써 달라는 부탁에 따라 화가는 '진품' 귀족인 그들을 모델로 삼아 삽화를 몇 장 그려보지만 만족할 만한 작품은 나오지 않는다. 뭔가 틀에 박힌 귀족의 외모와 자세는 보여주었지만 정물화처럼 박제화되고 정형화된 모습, 즉 틀에 박힌 사진 같은 모습만 그려졌기 때문이다.

모나크 부인을 그리면서 화가는 그녀가 사진 모델에는 어울리지만 그림의 모델로는 적합하지 않다는 것을 느낀다.

처음에 나는 그녀의 귀부인 같은 분위기가 얼마나 근사하며 화필을 얼마나 술술 풀리게 하는지 느끼면서 만족스러웠다. 하지만 몇 번 그러고 나자 그녀가 더할 나위 없이 뻣뻣하다는 것을 발견하게 되었다. 어떻게 그려보아도 내 그림은 사진이나 사진을 보고 베낀 그림처럼 보였다. 그녀의 모습은 다양하게 표현되지 못했는데, 그것은 그녀 자신에게 다양한 감각이 전혀 없었기 때문이다. 그림이 이렇게 나오는 것은 내 책임이며, 그녀의 자세를 어떻게 잡아주느냐의 문제일 뿐이라고 할 수도 있겠다. 나는 그녀에게 가능한 모든 자세를 취하게 했지만, 그녀는 용케 그 차이를 지워버렸다. 그녀는 한결같은 귀부인이 확실했고, 게다가 어김없이 똑같은 그 귀부인이었다. 그녀는 진품이긴 했지만 언제나 똑같은 것이었다. 자기가 정말 진품이라고 확신하는 그녀의 차분한 자신감 때문에 내가 압박을 느끼는 순간들이 있었다.*

* 헨리 제임스, 「진품」, 『필경사 바틀비』 창비세계문학 미국편, 한기욱 옮김, 창비, 2011, 136쪽. 앞으로 작품 인용은 이 책의 쪽수만 본문 뒤에 표시한다.

이러한 화가의 곤경은 그녀의 남편인 모나크 소령의 경우에도 마찬가지였다. 그는 아무리 애를 써도 소령을 작게 그릴 수 없고 "건강한 거인"(137쪽)으로만 그리게 되는 것이었다. 날카로운 비평가적 안목을 가진 조언자 잭 홀리도 그가 그린 삽화가 틀려먹었다고 타박을 준다. 그는 화가의 그림 솜씨를 탓하지는 않으면서도 "모르겠어— 인물의 유형이 마음에 들지 않아"(146쪽)라고 불만을 표시한다. 출판사의 미술고문도 그의 삽화에 불만을 표시한다. 이런 식으로 모나크 부부를 모델로 삼아 삽화를 그릴 경우, 후속작업을 따낼 수 없다고 판단한 화가는 고민 끝에 결국 '진품' 귀족인 모나크 부부 대신 하층민 출신의 모델 미스 첨과 떠돌이 출신의 이탈리아인 하인 오론테라는 '가짜' 모델들을 써서 '진짜' 귀족적인 느낌을 주는 삽화를 그려낸다. 이들은 출신은 귀족이 아니었지만 귀족적인 자세와 분위기를 만들어내는 연출력이 뛰어났기 때문이다. 즉 모나크 부부는 귀족적인 매너와 몸매는 갖추었으나 여러 상황에서 언제나 똑같은 한 가지 틀에 고착된 반면, 하층민 출신의 모델들은 그때 그때 상황에 따라 다양한 표정을 짓고 연기를 할 수 있는 감각과 유연성을 발휘했던 것이다.

그러나 현실의 잔혹함은 여기서 끝나지 않는다. 모나크 부부는 '진품' 귀족인 자신들을 물리치고 '가짜'들이 귀족 모델의 일자리를 따내는 수모를 당하고도, 생계를 위해 하인의 일이라도 하겠다고 자청한다.

그들은 진품이 가짜보다 훨씬 덜 중요해질 수 있는 괴팍하고도 잔인한 법칙 앞에서 당황하며 고개를 숙였지만, 굶주리기를 원치는 않았다. 내 하인이 내 모델이 된다면 내 모델이 내 하인이 될 수도 있는 것이다. 그들은 기꺼이 역할을 뒤바꿀 수 있었다. 저들이 신사숙녀 역을 한다면 그들 자신은 하인 역을 하겠다는 것이었다. 그들은 아직도 가지 않고 화실에 있었는데 그것은 자기들을 내치지 말라고 간구하는 무언의 호소였다. (중략) 소령은 그들의 기원을 한 문장으로 표현했다. "저, 아시죠— 우리에게 그냥 일을 시켜주시기만 하면 안될까요?" 그럴 수는 없었다. (중략) 하지만 그들의 소원을 들어주는 셈으로 한 일주일은 그렇게 하는 체했다. 그 후 나는 약간의 돈을 주고 그들을 내보냈고 다시는 그들을 보지 못했다.

— 154쪽

이 소설은 현실적인 삶에서의 진실과 삶을 모방한 예술에서의 진실이 어떻게 다른지 곰곰 생각해보도록 만든다. '진짜' 귀족이 예술 속에서는 '가짜' 귀족보다 진짜같이 보이지 않고 대접받지 못한다는 것은 무슨 뜻일까? 진실이란 '진품'에게 저절로 주어지는 속성이 아니라 진실처럼 보이게 만드는 어떤 자세나 태도, 표정, 동작 같은 외면적 요소에 의해 만들어지는 부수적인 현상들의 총합이란 말인가? 그렇다면 이런 진실, 즉 우리가 감각적으로 진실이라고 받아들이는 것은 진실이라는 추상적 기준에 가까운 허상이나 관념이 아닌가? 플라톤의 어법을 빌면, 실체적 진실은 항상 우리의 감각으로 느껴지는 외면적 진실과 다른 것이고 우리가 보는 가상의 세계 뒤에 감추어진 참다운 진실, 즉 이데아의 세계가 따로 존재한다는 말인가?

　그리고 우리가 그림 속에서 '귀족적인 것'이라고 느끼는 것은 무엇인가? 그것은 모나크 부부 같은 진짜 귀족들이 가지고 있는 탄탄하고 날씬한 몸매나 자세, 멋진 옷차림, 깔끔한 매너, 실용적이지는 않지만 아무나 접근할 수는 없는 특별한 분야, 예컨대 사냥 따위의 취미에 관한 자질구레한 상식들을 말하는 것인가? 그렇지만 결정적으로 중요한 귀족적인 요소는 경제적 여유를 바탕으로 하고 있다는 사실을 이 소설은 말해주고 있지 않은가? 그렇다면 하층계급 출신의 '가짜' 모델들이 귀족적인 자세나 분위기를 더 잘 표현한다는 것은 어떤 의미일까? 독자나 관객, 즉 일반 대중이 귀족적이라고 느끼는 어떤 이미지가 있고, 이런 이미지에 근접하게 모사한 이미지가 진실로 받아들여지는 것은 아닌가? 화가가 '진짜같이, 또는 실물처럼', 다시 말해 사진처럼 정교하게 모사한다고 해서, 그것이 보는 이에게 진짜라는 느낌을 주지는 않는다는 것이 이 소설의 메시지가 아닌가? 즉 틀에 박힌 외형의 자연주의적 재현이 진실을 드러내는 가장 믿을 만한 표현방법은 아니고, 진실을 전해주는 것은 진짜 현실 같은 생동감의 재현이라는 것이 작가가 하고 싶은 말이 아닐까?

　이러한 미학적 문제나 그림에서의 표현의 문제를 떠나서 이 소설에 등장하는 모나크 부부라는 몰락한 귀족이 냉혹한 현실에서 부닥치는 좌절과 애처로운 생존 투쟁의 모습은 독자로 하여금 '소멸하는 계급'의 운명을 지켜보는 동정심을 자극한다. 경제력을 상실한 귀족계급은 현실적 삶에서의 패배자일 뿐만 아니라 미학적,

관념적인 측면에서도 더이상 귀족적인 매력을 발휘할 수 없는 박제화된 탈락자들로 전락하고 마는 것이다.

영화에서의 진실과 재현:
베르톨트 브레히트의 「살인마」

이와는 다른 측면에서 영화, 또는 연극에서의 진실에 관해 많은 생각을 하게 만드는 작품은 독일 작가 베르톨트 브레히트(1898~1956)의 「살인마(Die Bestie)」(1928)라는 단편소설이다. 브레히트는 20세기 전반을 산 독일의 작가이다. 그는 독일에서 극작가 겸 시인으로 활동하다 1933년 나치가 집권하자 망명길에 나서 유럽 각국을 떠돌다가 미국을 거쳐 종전 후 동독으로 귀환하여 말년을 보냈다. 브레히트는 흔히 '서사극'의 창안자로 널리 알려져 있으며 「갈릴레이의 생애」, 「억척 어멈과 그 자식들」, 「코카서스의 백묵원」, 「사천의 선인」, 「서푼짜리 오페라」 같은 그의 드라마들은 요즘에도 셰익스피어에 버금갈 만큼 많이 공연되고 있다. 그는 또한 시인으로서도 우리나라 독자들에게 친숙하다. 「살아남은 자의 슬픔」*, 「서정시를 쓰기 힘든 시대」, 「후손들에게」, 「어떤 책 읽는 노동자의 의문」, 「울름의 재단사」, 「해결방법」 같은 브레히트의

---

* 원 제목은 「나, 살아남은 자」(Ich, der Überlebende)로 1944년 작. 국내에는 「살아남은 자의 슬픔」으로 번역되어 소개되었으나, 시의 내용으로 보면 「살아남은 자의 부끄러움」이 더 정확한 제목인 것 같다.

시들은 널리 애송되고 인용된다. 브레히트가 쓴 많은 소설 가운데서 「상어가 사람이라면」 같은 예리한 잠언체(箴言體)의 단편은 독특한 매력을 지니고 있다.

「살인마」는 영화 「흰색 독수리」를 촬영 중인 소련의 한 촬영장에서 일어난 에피소드를 통해 역사적 진실과 영화적 진실, 또는 재현의 진실 문제를 다루고 있다. 이야기의 줄거리는 다음과 같다.

제정 러시아 시절인 1903년에서 1906년 사이 우크라이나 일대에서는 농민과 대도시의 하층민에 의해 유태인 대량 학살이 자행되었다. 수많은 유태인 주택과 상점이 불탔고, 3만여 명의 유태인이 살해되었으며, 1만7천여 명이 중경상을 입었다.** 이러한 대학살을 주도한 살인마는 무라토프 총독이었다.

혁명 후 소련 당국은 당시의 유태인 대학살의 실상을 묘사하고 이 살인마를 단죄하기 위해 「흰색 독수리」라는 영화를 제작한다. 그런데 이 영화의 촬영장에 어느 날 한 늙수그레한 영감이 찾아온다. 그는 자신이 무라토프 총독과 쏙 빼닮았으니 배우로 써보는 것이 어떻겠느냐고 제안한다. 당시 소련 영화계에서는 유명한 연극 연출가 스타니슬랍스키의 이론에 따라 아마추어 연기자를 기용하는 것이 드물지 않은 관행이었으므로 주인공과 외모가 흡사한 이 영감에게 무라토프 역을 맡겨보기로 한다. 더이상의 유태인 학살을 중지시켜 달라고 간청하는 유태인 대표들을 접견하는 장면에

** 이러한 유태인 대학살을 배경으로 한 뮤지컬이 〈지붕 위의 바이올린〉(1964년 브로드웨이 초연)이다. 1971년에는 영화로 제작되어 우리나라에서도 상영되었다.

서 이 영감은 지극히 관료적이고 관습적인 태도로 신문을 뒤적이고 책상 서랍에서 습관적으로 사과를 하나 꺼내 먹고는 대표들의 말을 귀담아듣지도 않은 채 말머리를 자르고 쫓아내버린다. 그러자 총감독은 이 영감의 연기에 불만을 토로한다. "살인마는 그렇게 처신하지 않는 법이지요. 그건 하급 관리나 하는 짓이에요."[*] 총감독이 보기에 영감의 연기는 "짐승 같은 살인마" 무라토프 총독에게는 어울리지 않는, 평범한 "구식의 악당"을 보여주는 데 불과하다. 그런데 당시 현장에 있었던 유태인 대표 두 사람은 영감의 연기가 괜찮았다고 말한다. 그들은 무라토프 총독의 그러한 "습관적이고 관료적인 면이 그들에게 오싹한 공포감을 주었었다"(20쪽)고 고백한다. 또 무라토프가 유태인 대표들을 맞이했을 때는 그 영감이 보여준 것처럼 기계적으로 사과를 먹었지만 회담 중에는 사과라곤 입에도 대지 않았다고 증언한다. 그러나 조연출이 그들의 말을 반박하면서 "무라토프는 항상 사과를 먹었어요. 당신들은 정말 현장에 있었던 겁니까?"(같은 곳)라고 몰아세운다.

그러자 모처럼의 일자리를 놓치고 싶지 않은 그 영감은 연출자들이 자신에게 무엇을 원하는지 알았다는 듯이 이렇게 말한다. "난 당신들이 뭘 생각하고 있는지 알 것 같아요. 짐승 같은 살인마를 원하는 거지요. 자, 사과를 가지고 그걸 만들어낼 수 있을 겁니다. 내가 사과 한 개를 집어 들고 그 유태인의 코앞에 들이댄 채 '처먹어!'

[*] 베르톨트 브레히트, 「살인마」, 『브레히트 단편선: 상어가 사람이라면』, 정지창 옮김, 한마당 1986, 19쪽. 앞으로 작품 인용은 본문 다음에 이 책의 쪽수만 표시한다.

하고 다그치는 걸 상상해 보십시오."(21쪽) 그러면 그 유태인 대표
는 죽음의 공포로 목이 꽉 막힌 채로 그 사과를 억지로 먹을 것이
고, 총독은 그가 보는 앞에서 사형선고에 서명을 한다는 것이었다.
지금까지 수동적으로 시키는 대로만 연기를 하던 영감은 이제 독
창적인 자기 의견을 내놓으며 주체적인 배우로 연기를 시작하려
고 한다. 그리고 묘한 표정을 지으면서 감독을 바라본다. "잠시 동
안 그 총감독은 그 영감이 그를 비웃으려고 하는 것처럼 느껴졌다.
왜냐하면 그는 퍼뜩 이해할 수 없는 조소를, 아주 경멸적이고 뚱딴
지 같은 기미를, 그의 가물거리는 두 눈에서 감지한 듯했기 때문이
다."(같은 곳)

　그 순간 지금까지 옆에서 지켜보던 원래의 총독 역인 코찰로프
가 영감의 말에 자극을 받아 배우로서의 상상력에 불이 붙어 신들
린 듯이 살인마 총독의 연기를 해내기 시작한다. "그의 연기에 스
탭진들은 심장이 멎을 정도였다. 코찰로프가 땀에 흠뻑 젖은 채 사
형선고에 서명했을 때, 촬영장에선 일제히 박수갈채가 터져 나왔
다."(같은 곳)

　독자들은 이미 눈치챘겠지만 무라토프 총독을 빼닮은 그 영감
은 진짜 무라토프였고, 그는 자신이 직접 했던 행동을 그대로 연기
했지만, 연출진이 원하는 살인마의 연기에는 적합하지 않다는 판
정을 받아 사과 두 개를 먹고 몇 푼의 돈만 받은 채 촬영장을 나와
빈민가로 터덜터덜 돌아갈 수밖에 없었다. 영화에서도 '진짜' 총독
(무라토프)보다는 '가짜' 총독인 배우(코찰로프)가 '살인마'에 어울리
는 연기를 더 잘 해낸 셈이다. 정확하게 말하자면, 진짜 총독의 연

기가 가짜 총독의 연기보다 못하다는 판단이 영화 예술의 관행이자 연기와 연출의 근거로 작용한 것이다. 현장에 있던 유태인 대표들의 증언보다는 조연출의 미학적 선입견이 더 권위를 가지고 통용되는 영화판의 관행에 진짜 총독 무라토프는 조소를 금치 못한다. 마치 서울 안 가본 놈이 서울 본토박이보다 서울을 더 잘 아는 것처럼 행세하는 격이 아닌가.

이 작품을 쓸 당시 브레히트는 자연주의 연극은 현실의 겉모습만을 모사하는 아리스토텔레스적 환상의 연극이라고 보고 표면 속에 감추어진 객관적 진실을 드러내는 연극술로서 서사극 개념을 구상하고 있었다. 이러한 맥락에서 이 소설은 자연주의적 연극 기법과 영화 기법에 대한 브레히트의 비판으로 볼 수도 있다. 스타니슬랍스키류의 자연주의 연극은 관객을 정서적으로 무대 속에 끌어들여 감정이입을 유도하기 위해, 다시 말해 무대효과를 극대화하기 위해, 가공의 현실을 인공적으로 만들어낸다. 이 작품에서도 진정한 잔혹성은 짐승같이 험상궂은 용모와 태도, 말투에서 나오는 것이 아니라 관료적이고 습관적인 질서와 체제의 속성으로 나타나는데도, 연출가들은 억지로 진실을 왜곡하면서까지 '예술적 재현'을 추구한다. 그렇다면 "결국 흡혈귀와 용모가 닮았다는 건 별 의미가 없고 진짜 잔혹한 인상을 주는 데는 역시 특출한 예술성이 필요하다는 것이 다시 한 번 입증된 셈이었다"(21~22쪽)라는 소설 결말부의 진술은 반어적으로 읽어야 할 것이다.

두 소설은 모두 현실, 또는 진실과 재현이라는 주제를 다루고 있으나 그 관점은 약간 차이를 보인다. 「진품」은 틀에 박힌 귀족 유형의 기계적 모사만으로는 귀족의 진정한 모습을 재현할 수 없고, 보다 유연하고 능수능란한 연기와 포즈가 귀족적인 풍모와 분위기를 자아낸다는 것을 보여준다. 진짜 귀족이라는 신분만으로는 예술적 성취가 보장되지 않는다는 사실을 자연주의 화풍의 삽화가 입장에서 주장하고 있다. 여기서는 화가의 관점이 옳은지는 문제가 되지 않는다. 예술적 성취의 기준은 얼마나 귀족적인 분위기를 잘 표현해내느냐 하는 데 맞추어져 있고, 그것은 바로 출판사와 일반 독자들의 관점이기도 하다.

그러나 「살인마」에서는 대부분의 연출자나 수용자(관객), 그리고 소련의 사회주의적 예술정책의 입안자들이 가지고 있던 고정관념에 의문을 제기한다. 즉 극적 효과를 극대화하기 위해 관객이나 수용자들의 감정을 고조시켜 원하는 정서적 상태(분노와 공포, 감동, 슬픔 등)에 도달하도록 하는 데 적합한 가상현실을 만들어내고, 이에 적합한 과장되고 유형적인 연기와 연출을 요구하는 것이 이른바 사회주의적 리얼리즘의 원칙이라면, 이것이 과연 객관적 진실을 드러내어 독자나 관객으로 하여금 냉철한 이성적 판단을 내리도록 유도하는 것보다 바람직한 것인가 하는 비판의식이 암암리에 작용하고 있다.

브레히트는 물론 후자의 입장을 지지한다. 이런 그의 입장은 소련식 사회주의적 리얼리즘의 공식 입장과는 거리가 있었고, 그래서 소련과 동독의 공식 문예정책으로 채택되지는 못했다. 그러기는커녕 브레히트의 리얼리즘론과 서사극은 일종의 이단으로 낙인

찍혀 배척되었다. 이 때문에 반자본주의와 진정한 사회주의를 추구했던 브레히트의 서사극은 동구 사회주의권보다는 오히려 서구나 제3세계에서 높이 평가되고 적극적으로 수용되었으니, 역사의 아이러니라 하겠다.

역사적 진실과 '악의 평범성':
한나 아렌트의 『예루살렘의 아이히만』

살인마 무라토프 총독이 성격이 흉폭하고 이마에 뿔이 돋은 악마가 아니라 평범한 관료라는 진실을 브레히트는 영화 촬영장에서 일어난 에피소드를 통해 날카롭게 지적했지만, 현실에서 대부분의 사람들은 변혁적 이념(사회주의)이나 예술적 전문성(유명 배우나 감독), 또는 진보적 예술원리(사회주의적 리얼리즘)에도 불구하고 이를 받아들이지 않는다. 수많은 유태인을 눈 하나 깜짝하지 않고 학살한 살인마는 그렇게 평범한 외모와 상투적인 어투와 기계적이고 관료적인 매너를 지닌 사람일 리가 없다는 대중의 뿌리 깊은 선입견 때문에 진짜 무라토프는 가짜 무라토프에 밀려 촬영장에서 쫓겨나는 것이다. 여기서 우리는 '악의 평범성(banality of evil)'이라는 한나 아렌트(1906~1975)의 유명한 명제와 마주치게 된다.

아렌트는 독일 태생의 정치이론가로 나치의 박해를 피해 미국에 귀화한 유태인이다. 그녀는 나치의 유태인 학살에 깊이 관여한 전범 루돌프 아이히만*의 역사적 재판을 참관한 다음 『예루살렘의 아이히만 — 악의 평범성에 관한 보고서』(1963)**라는 책을 통해 '악의 평범성'이라는 개념을 제시하여 엄청난 파장을 일으켰다. 아렌트는 재판정의 아이히만을 지켜보고 그가 잔혹한 성격을 타고난 살인마가 아니라 평범하고 성실한 관료라는 느낌을 받았으며 그의 범죄행위는 악마적인 잔인함 때문이 아니라 평범한 개인의 '생각 없음'에 기인한다고 주장했다. 여섯 명의 정신과 의사들은 그를 '정상'으로 판정했고, 그를 정기적으로 방문한 성직자는 그가 "매우 긍정적인 생각을 가진 사람"이라고 발표했다. 그는 유태인에 대한 광적인 증오심을 가진 열광적인 반유태주의자가 아니었고, 이런 식의 세뇌교육을 받지도 않았다. 피고측 변호사인 세르바티우스는 아이히만이 '평범한 우편배달부'의 성품이라고 단언했다. 변호사의 조수인 베흐텐브루흐 박사는 아이히만의 범죄보다도 그가 고상한 취향도 없고 교육도 받지 못했다는 사실에 더 충격을 받은 듯했다. 그는 아이히만을 '조무래기'라고 불렀다.(221쪽)

아이히만의 또 다른 특성은 그가 나치 시대 관리들이 쓰는 상투적인 말들만 사용한다는 점이었다. "아르헨티나나 예루살렘에서 회고록을 쓸 때나 검찰에게 또는 법정에서 말할 때 그의 말은 언제

---

* 칼 루돌프 아이히만(1906~1962)은 나치의 친위대 중령으로서 유태인들을 체포하여 수용소로 수송하는 일을 맡았다. 전후 아르헨티나로 피신했으나 1960년 이스라엘 정보국(모사드)에 체포되어 1961년 예루살렘에서 전범 재판을 받고 1962년 교수형에 처해졌다.

** 한나 아렌트, 『예루살렘의 아이히만』, 김선욱 옮김, 정화열 해제, 한길사 2006(2014). 앞으로 이 책의 인용은 본문 다음에 쪽수만 표기한다.

나 동일했고 똑같은 단어로 표현되었다. 그의 말은 오랫동안 들으면 들을수록, 그의 말하는 데 무능력함은 그의 생각하는 데 무능력함, 즉 타인의 입장에서 생각하는 데 무능력함과 매우 깊이 연관되어 있음이 점점 더 분명해진다. 그와는 어떤 소통도 가능하지 않았다. 이는 그가 거짓말을 하기 때문이 아니라 그가 말과 다른 사람들의 현존을 막는, 따라서 현실 자체를 막는 튼튼한 벽으로 에워싸여 있었기 때문이다." 아이히만은 심지어 죽음을 앞두고서도 자기 감정을 자기 식으로 표현하지 못하고 장례식에서 사용되는 상투적 어귀들을 늘어놓았다. "잠시 후면, 여러분, 우리는 모두 다시 만날 것입니다. 이것이 모든 사람의 운명입니다. 독일 만세, 아르헨티나 만세, 오스트리아 만세, 나는 이들을 잊지 않을 것입니다."

아이히만은 세 가지의 무능성, 즉 말하기의 무능성, 생각의 무능성, 그리고 타인의 입장에서 생각하기의 무능성 때문에 위에서 시키는 대로 성실하게 자기 임무를 수행한 것이다. 이 같은 세 가지 무능성은 어떤 사회, 어떤 조직에 속한 평범한 사람도 잔혹한 범죄 행위를 아무런 자의식 없이 저지를 수 있는 가능성을 열어놓는다. 위에서 시키는 대로 행동하고, 조직에서 통용되는 상투어로만 말하고, 다른 사람의 입장에서 자신의 행동을 돌아보지 않는, 이른바 '영혼 없는' 인간들을 우리는 주변에서 일상적으로 마주치고 있지 않은가. 그리고 우리 자신도 그러한 '악의 평범성'을 내장하고 있는 평범한 인간이 아닌가.

아렌트의 이 책이 발간되자 전 세계의 유태인들은 크게 반발하고 분노했다. 이스라엘에서는 이 책이 판매금지되었다. 유태인들은 아렌트가 흉악한 전범인 아이히만의 속임수에 넘어가 그의 치밀하고 의도적인 범죄행위에 면죄부를 주었다고 비난했다. 그러나 아렌트는 아이히만이 무죄라고 주장한 것이 아니었다. 그녀는 평범한 보통 사람도 잔인한 범죄행위에 적극적으로 가담할 수 있다는 것을 아이히만이라는 하나의 사례를 들어 설명하려 한 것이었다.*

아렌트의 이러한 이론은 스탠리 밀그램과 필립 잠바르도의 실험을 통해 입증되었다. 전자의 실험은 평범한 사람들이 '권위에 복종'하여 다른 사람을 전기고문할 수 있다는 것을 보여주었고, 후자의 실험은 평범한 학생이 간수 역을 맡자 잔인한 행동을 하기 시작하는 것을 보여주었다. 이런 실험이 아니라도 5·18 당시의 공수부대원이나 세월호의 이준석 선장, 그리고 팔레스타인인에게 무차별 포격을 가하는 이스라엘군과 이를 옹호하는 한 이스라엘 국회의원은 악의 평범성의 실체를 너무도 생생하게 보여주는 사례들이다.

아이히만 재판은 결국 반유태주의에 의해 희생된 6백만 유태인들의 한을 풀기 위한 일종의 '살풀이'였다. 서양식 장르 개념으로는 쇼였고 양식상으로는 연극이었다. "이 역사적 재판의 심판대에 서 있는 것은 한 개인이 아니고 나치 정부도 아니며 바로 역사 전체에

---

* 아렌트가 1960년부터 1964년까지 겪었던 필화사건을 다룬 영화가 2012년 독일에서 제작된 〈한나 아렌트〉이다. 우리나라에서도 한 여성영화제에서 상영된 바 있다. 최근 우경화 바람이 불고 있는 일본에서 한나 아렌트 다시 읽기 운동이 일어나고 그녀의 평전이 베스트셀러가 된 것은, 반성하는 시민의식의 발로라고 할 수 있겠다.

나타나는 반유태주의다"라는 벤구리온 이스라엘 총리의 말이 이를 증명한다. 이스라엘은 아이히만이라는 한 개인을 심판대에 세움으로써 반유태주의를 심판하려 했지만 "심판대 위에는 한 개인, 살과 피를 가진 한 인간이 앉아 있었다."(71쪽)

세기적인 쇼인 아이히만 재판의 쟁점은 우선 아이히만이 불법적으로 아르헨티나에서 납치되어 예루살렘 법정에 섰다는 사실이다. "만일 내일 어떤 아프리카 국가가 요원을 미시시피로 파견하여 거기서 흑백분리운동 지도자 한 명을 납치한다면 우리는 무엇이라 말할 것인가? 그리고 만약 가나와 콩고에서 벌어진 재판에서 아이히만 재판을 선례로 인용한다면 우리는 무엇이라고 응답할 것인가?"(364쪽) 이러한 불법 납치와 불법 암살의 역사는 반복된다. 2011년 미국의 오사마 빈 라덴 사살 사건에 대해 "만약 이라크 대통령이 부시 대통령을 사살하여 시신을 대서양에 버렸다면 미국은 어떻게 했겠는가?" 하고 노암 촘스키 교수는 반문한다. 동백림 사건, 김대중 납치사건 등이 모두 이런 불법 납치 문제를 안고 있기에 국제분쟁의 빌미를 제공했던 것을 우리는 기억한다.

또 다른 쟁점은 이 재판이 처음부터 유죄를 전제로 하여 진행되었다는 점이다. 이른바 무죄 추정의 원칙이나 소급 입법의 금지라는 원칙은 여기서 아예 거론조차 되지 않았다. 재판과정에서 피고에게 유리한 증인들은 변호사가 신청도 하지 않았다. 벤구리온 총리는 1960년 6월 3일 아르헨티나 대통령에게 이스라엘이 아르헨티나 법을 어기고 아이히만을 납치해온 이유를 설명하면서 "전 유럽에 걸쳐 거대한 그리고 전례 없는 규모로 (우리 동포 600만 명) 대량학살을 조직적으로 수행한 사람이 바로 아이히만이다"라고 단정했다. 이것은 제노사이드(대량학살)에 대한 그의 역할을 지나치게 과장한 것이다. 이렇게 된 가장 중요한 이유는 아이히만이 '유태인 문제 전문가'이며 오로지 유태인 문제만을 다룬 유일한 독일 관리였기 때문이다. 항소심 판결문에는 "그가 최상급자였으며, 유태인 문제와 관련된 모든 명령은 그가 내렸다"고 검찰측 주장을 그대로 받아들였다. 이것은 명백한 과장이며 오류이다. 실제로 아이히만은 유태인 문제를 다룬 하급 실무자일 뿐이다. 1942년 1월의 국가 차관회의(반제회의) 참석자 가운데 아이히만은 직책과 사회적 지위에서 제일 말단으로 회의의 서기 역할을 했다. 참석자들이 유태인 학살이라는 피비린내 나는 사업의 주도권을 잡으려고 서로 경쟁하고 다투는 모습을 지켜보았던 아이히만은 그의 심경을 이렇게 표현했다. "당시 나는 일종의 본디오 빌라도의 감정과 같은 것을 느꼈다. 나는 모든 죄로부터 자유롭게 느꼈기 때문이다."(183~184쪽)

법정은 그를 이해하지 않았다. 그는 결코 유태인 혐오자가 아니었고, 그는 결코 인류의 살인자가 되기를 바라지 않았다. 그의 죄는 그의 복종에서 나왔고, 복종은 덕목으로 찬양된다. 그의 덕은 나치스 지도자들에 의해 오용되었다. 그리고 그는 지배집단의 일원이 아니라 희생자였으며, 오직 지도자들만 처벌받아야 한다. "나는 괴물이 아니다. 나는 그렇게 만들어졌을 뿐이다. 나는 오류의 희생자이다"라고 아이히만은 항변했다.(343쪽)

아이히만 재판에서 논란이 된 보다 큰 문제들 가운데 가장 우선적인 것은 잘못을 행하려는 의도가 범죄를 구성하는 데 필수적이라는, 모든 현대 법체계에서 통용되는 가정이었다.(379~380쪽) 아이히만의 경우 난처한 점은 바로 그토록 많은 사람들이 그와 같다는 점, 그리고 그 많은 사람들이 도덕적이지도 가학적이지도 않았다는 점, 즉 그들은 아주 그리고 무서울 만큼 정상적이었고 또 여전히 정상적이라는 점이다. 우리의 법률기관들이 가지고 있는 관점과 판결에 대한 우리의 도덕적 기준의 관점에서 보면 이러한 정상적인 모습은 잔혹한 일들을 모두 합친 것보다도 더 끔찍한 일이 될 것이다. 왜냐하면 그것은 사실상 인류의 적인 이러한 새로운 유형의 범죄자는 자기가 잘못하고 있다는 것을 알거나 느끼는 것을 거의 불가능하게 만드는 상황에서 범죄를 저질렀기 때문이다.(379쪽)

제3제국에서 8천만 명의 독일 국민 대다수는 아이히만처럼 평범하고 고분고분하고 히틀러에게 맹종하고 상투적인 말만 입에 달고 사는 사람들이었다. 1944년 바이에른에서 한 여성 지도자는 농부들에게 패전이 되어도 염려할 것이 없다면서 이렇게 말했다. "자비심이 넘치는 총통께서 모든 독일 국민들을 위해 전쟁이 불행한 종말을 맞을 경우에 대비하여 가스를 사용해 편안한 죽음을 맞이할 수 있도록 준비해 놓았기 때문입니다."(179쪽) 1945년 1월 동프로이센의 쾨니히스베르크에서 한 독일 여성은 이렇게 말했다. "러시아인들은 결코 우리를 잡지 못할 거예요. 총통께서는 결코 그것을 허용하지 않을 것입니다. 그보다 훨씬 전에 그가 우리에게 가스를 줄 테니까요." 그러자 다른 여성이 한숨을 쉬면서 말했다. "그 좋고 값싼 가스를 모두 유태인에게 낭비해버렸으니 어쩐담!"(180쪽)

"우리 모두의 안에 아이히만이 존재하고 있다"는 아렌트의 주장은 불쾌하지만 부인할 수 없는 현실이다. 더욱이 오늘날에는 "미디어 기술이 우리를 점점 더 일차원적으로, 심지어 전체주의적으로, 평범하게, 획일적으로, 그리고 생각 없이 만든다. (중략) 여기서 벗어나는 길은 없어 보인다. 우리는 지구상의 인류뿐만 아니라 자연에 대해서도 불필요한 잔인함과 죽음, 고통을 끼치게 될 '무사유'에 이르게 될 것이다. 이때 인간의 역사는 제임스 조이스의 표현대로 깨어날 길 없는 악몽이 될 것이다"(43쪽)라는, 이 책의 해설자 정화열 교수의 경고는 결코 과장이 아닌 것처럼 들린다.

기억과의 전쟁,
민간인 학살의 진실을 찾아서

조갑상 『밤의 눈』, 김동춘 『기억과의 전쟁』

무더위에 숨이 막히는 지난 2013년 7월 31일 한낮, 대구시 서남쪽 가창댐 수변공원에서는 한국전쟁 전후에 이곳에서 학살된 8천~1만 명의 민간인 희생자들을 추모하는 위령제가 거행되었다. 이번 위령제에는 처음으로 대구시장이 보낸 조화 앞에서 시장을 대신한 시청 과장이 원혼들에게 잔을 따르고 절을 올렸다. 해마다 학살터인 댐 주변 외진 곳에서 눈치를 보며 제사를 지내온 유족들은 이제 떳떳하게 위령제를 지내게 된 것을 무엇보다도 기뻐했다.

제례가 끝난 다음에는 한 여성 무용가가 '여옥의 노래'에 맞추어 진혼무를 추어 유족들의 눈시울을 뜨겁게 만들었다. "불러도 대답 없는 님의 모습 찾아서 / 외로이 가는 길엔 낙엽이 날립니다. / 들국화 송이송이 그리운 마음 / 바람은 말 없구나 어드메 계시온지 / 거니는 발자욱 자욱마다 넘치는 / 이 마음 그리움을 내 어이 전하리까."이 노래는 1957년에 개봉된 「산유화」라는 영화의 주제가로서 (작사 유호, 작곡 김광수, 노래 송민도) 유족회장인 채영희 여사의 어머니께서 국민보도연맹(이하 '보도연맹'으로 약칭)에 가입했다가 이곳에서 학살된 남편을 생각하며 불렀다고 한다.

이날 위령제에 참석한 한 젊은 시인은 "지금까지 내 고장에서 이런 비극적인 대량학살이 있었다는 사실을 모르고 살아온 것이 부끄럽다"면서 뒤늦게나마 이 기막힌 사연들을 작품으로 형상화하겠다고 다짐했다. 내가 아는 한 한국전쟁 시기의 민간인 학살 사건을 다룬 작품은 그렇게 많지 않다. 이른바 거창양민학살사건을 다룬 김원일의 『겨울 골짜기』(1987)와 황해도 신천의 좌우 보복학살사건을 다룬 황석영의 『손님』(2007)이 떠오르는 정도다. 보도연맹 민간인 학살 문제를 본격적으로 다룬 장편소설은 작년 (2012년)에 부산에서 발간된 『밤의 눈』(조갑상, 산지니)이 처음인 것 같다.

보도연맹 사건을 다룬 최초의 장편소설, 『밤의 눈』

알다시피 보도연맹이란 이승만 정권이 1949년에 전향한 좌익인사들을 선도하기 위해 만든 관변단체로서 지역할당제로 약 30만 명을 가입시켰다. 그러나 1950년 6·25 전쟁이 터지자 적군에 협력할 가능성이 있다는 이유로 후방 지역에서 보도연맹원들을 예비 검속하여 약 20만 명을 재판 없이 학살했다. 이 문제의 전문적 연구자인 김동춘 교수는 "보도연맹사건이야말로 단군 이래 우리 역사에서 국가 공권력이 저지른 가장 잔혹하고 비인도적이며 반국민적인 범죄"라고 규정한다.

흔히 보도연맹 관련자들은 국가폭력에 의해 세 번 죽임을 당했다고 말한다. 첫 번째 죽임은 전쟁 전후의 학살이요, 두 번째 죽임은 5·16 쿠데타 이후에 유족회를 해산하고 유족회 간부들을 구속하여 처벌한 것이고, 세 번째 죽임은 유가족들을 '빨갱이'로 몰아 연좌제로 묶어 '불가촉천민' 취급한 것이라고 한다.

이 소설은 그동안 밝혀진 사실과 기록을 바탕으로 경남 대진(진영)에서 벌어진 민간인 학살 사건을 입체적으로 재구성한 작품이다. 입체적이라 함은 1950년 여름에 벌어진 학살 사건만을 재현한 것이 아니라 4·19 혁명으로 유족회 활동이 시작된 1960년과, 5·16 쿠데타로 유족회 간부들이 반국가 사범으로 구속되고 연좌제에 의해 '빨갱이'로 감시와 차별의 표적이 된 시절(1961~1968), 유신체제가 시작되는 시점(1972)과 유신체제의 몰락을 가져온 부마항쟁(1979)까지 30년 동안 희생자와 생존자, 유족과 후손들이 겪는 죽임의 고통을 생생하게 형상화했다는 뜻이다.

작가가 진영 지역의 민간인 학살 사건을 소설화한 데는 이런저런 개인적인 동기가 작용했겠지만, 가장 중요한 이유는 이 사건이 당시 외국 언론과 선교단체를 통해 외부에 알려지고 미국의 압력에 의해 가해자들을 재판에 넘겨 처형함으로써 그 학살극의 전모가 어느 정도 밝혀진 '공개된' 사건이었기 때문일 것이다. 지리산 주변 같은 빨치산 토벌 지역이나 접전 지역이 아닌 부산 인근에서 토호들로 구성된 비상대책위라는 비공식 기관이 보도연맹원 등 이른바 좌익 용의자뿐만 아니라 자기들 마음에 들지 않는 한용범 같은 중도인사나 그의 여동생인 중학교 교사 한시명, 남상택 목사 같은 기독교 인사들까지 무리하게 빨갱이로 몰아 학살한 것은 이승만 정권으로서도 변명의 여지가 없는 만행이었으므로 계엄사 군법회의는 지서 주임에게 사형을 언도하고 의용경찰대장과 나머지 관련자들에게 징역 10년과 12년 등 중형을 선고했다. 그러나 지서 주임만 처형되고 나머지는 무슨 수를 썼는지 형 집행정지로 두 달 만에 풀려나와 여전히 관변단체의 간부로서 떵떵거리며 살아간다.

이 소설의 어느 부분이 사실이고 어느 부분이 허구인지를 따지는 것은 별로 중요하지 않다. 작가는 편의상 가공의 지명과 인명을 사용하고 있으나, 소설의 내용은 "정희상 기자의 『이대로는 눈을 감을 수 없소』, 김기진 기자의 『끝나지 않은 전쟁, 국민보도연맹』, 그리고 정부기구인 '진실·화해를 위한 과거사 정리위원회'의 조사자료"를 바탕으로 하고 있다고 밝히고 있다. 마치 공지영의 소설 『도가니』가 사실과 허구를 적절하게 배합하여 진실을 드러낸 것처럼, 조갑상도 10여 년의 공력을 쏟아 근 60여 년이나 묻혀있던 진실을 드러내는 데 성공하였다.

가해자인 지역 토호들은
여전히 떵떵거리고
피해자와 유족들은 불순분자로 낙인 찍혀

　　이 소설이 앞의 보고서나 취재기, 증언 등의 원자료보다 진실에 더 가까이 다가갔다는 느낌을 주는 것은 등장인물들의 생생한 육성과 몸짓을 무대 위에서 형상화하여 보여주기 때문이다. 특히 대진읍의 읍장과 부읍장, 지서 주임과 청년방위대장, 의용경찰대장 등 지역 토호들의 거동과 말투는 잘 만들어진 연극을 보듯이 자연스럽고 실감이 난다. 가해자들은 단순무식한 악마나 살인마가 아니다. 그들은 지역의 유지로서 교활한 술수와 언변, 배타적 친분 관계를 이용하여 "다른 줄에 선 놈들"을 제거하면서 뇌물을 갈취하고 이권을 차지하고, 심지어는 여자들을 성적으로 착취하기도 한다. 그리고 이들은 시류의 변화에도 불구하고 여전히 끈질긴 생명력으로 지역의 유지 행세를 하며 살아간다.

　　이에 비해 한용범과 옥구열 같은 피해자들은 수십 년의 세월이 흘러도 요시찰 인물로 감시와 탄압을 받으며 숨 한번 제대로 쉬지 못하고 고달픈 삶을 이어간다. 학살에서 구사일생으로 살아난 한용범의 경우, 연좌제 때문에 큰아들은 정부투자기관인 한국전력 채용시험에 합격하고도 신원조회에서 떨어진다. 그래서 막내딸은 교대나 사범대가 아니라 가정대에 보낸다. 얌전하게 대학 마치고 시집이나 가기를 바라서다. 그는 정보과 담당 형사의 채근에 따라 모든 투표에 빠지지 않고 참석해 무조건 찬성표나 1번 여당표를 찍을 수밖에 없다. 부친의 한을 풀고자 유족회 활동에 나섰던 옥구열은 그 일로 옥고를 치르고 불순분자로 낙인찍혀 시장 상인들 사이에서도 왕따를 당한다. 그의 어린 아들은 빨갱이 집안 자식이라고 반공강연회나 반공글짓기 대회에 단골로 불려다닌다. 그리고 같은 반 아이들도 그런 사실을 다 안다.

유신헌법 국민투표일인 1972년부터 7년이 지난 1979년 부마사태의 시위대를 따라가며 옥구열은 비로소 자유를 호흡한다. 그리고 감격에 겨워 갑자기 눈물이 쏟아진다. "한번 시작된 눈물은 주체할 수 없이 쏟아져 내렸다. 어쩔 수 없이 그는 침례병원 앞에서 걸음을 멈추고 손수건을 꺼냈다. 회한이어서는 안 된다. 내일을 향해 흘리는 눈물이어야 했다. 구름 없이 맑은 밤하늘은 부드러우면서도 깊이를 헤아릴 수 없이 무한했다. 무한한 건 인간에 대한 신뢰, 자신이 사는 이 세상과 내일에 대한 믿음이었다. (중략) 옥구열은 오늘 밤 저 하늘에 단 하나의 마음을 새겨 두고 싶었다. 유족회 일이 반국가 행위가 아니라는 사실이 자기 생전에 밝혀지기를 소원하는 마음."(앞의 책, 379~380쪽)

그런데 한국전쟁 전후의 민간인 학살 사건은 오랫동안 서울의 거대 언론사나 문단으로부터 주목을 받지 못했다. 정확하게 말하면 외면당했다. 그나마 처음으로 이 문제를 제기한 것은 '낙동강의 파수꾼'으로 불렸던 부산의 소설가 요산 김정한 선생(1908~1996)이었다. 그는 전쟁 당시 부산형무소에 수감돼 처형장으로 끌려갈 적에 제자인 서북청년단 출신의 군 장교를 만나 목숨을 구했는데, 무혐의로 석방된 다음 수감생활을 묘사한 「옥중회갑」이라는 소설을 썼다. 『밤의 눈』의 작가 조갑상 교수는 요산 선생의 부산문단 제자이고, 민간인 학살 문제를 끈질기게 심층 취재하여 『끝나지 않은 전쟁, 국민보도연맹』을 엮어낸 『부산일보』 김기진 기자는 이 신문의 비상임 논설위원이었던 요산 선생의 후배이다.

소설가 김정한 선생의 호통
"차라리 개를 배우자"

　　김기진 기자는 이 책의 앞머리('책을 내면서')에서 4·19 직후인 1960년 5월 23일자 『부산일보』에 실린 김정한 선생의 「차라리 개를 배우자」라는 제목의 칼럼을 소개하고 있다. 요산 선생의 이 격정적인 글은 4·19 직후 거창양민학살사건의 유족 등이 진상조사와 특별법 제정을 촉구했으나 당시의 민주당 정부와 윤보선 대통령이 소극적으로 나오는 데 대한 분노의 표현이었다.

　　「함양 산청 가는 길은 골로 가는 길」이라는 어느 친구의 글이 있었다. 그게 벌써 10년이 지났던가! 6·25 동란 당시 무수한 양민들이 빨갱이로 몰려 무참한 생죽음을 당했거니와 그 가운데서도 지리산 변두리 함양, 산청, 거창의 대학살 사건은 이제 와 듣기만 해도 등골이 서늘해진다. 팔순이 넘은 노인들을 비롯해서 주로 부녀자, 어린애, 젖먹이들까지 모조리 빨갱이로 몰아서 한꺼번에 400~500명 내지 700~800명씩 피난이다 시국 강연이다 해서 몰고 나와 총화(銃火)와

휘발유로써 쏘아 죽이고 태워 죽였던 것이다. 동족이라 믿었기에 '설마' 하고 끌려 나왔으나 어느 이민족도 일찍이 그렇게는 안 했던 무차별 사살을 했을 때 그들은 조국을 무어라 부르며 쓰러졌을까? 학생 '데모'의 뒤를 이어 드러나기 시작하는 전국 방방곡곡의 억울한 죽음들은 마치 원혼의 '데모'처럼 우리의 가슴을 아프게 한다. 차마 조국의 하늘을 쳐다볼 수 없는 우리들의 심정! 광풍에 나뭇잎 떨어지듯 눈에 선한 그들의 선한 모습과 귀에 들리는 듯한 그들의 마지막 비명들 속에서 우리는 너무나 숨 막히는 '에피소드'들을 캐어내게 된다.

그중에 하나! 산청군 어느 두메에서는 대제전이 있은 뒤 한 집에 개와 어쩌다 어머니와 죽음을 동행 못 한 젖먹이만이 남아있었는데 학살의 대사업이 있은 사흘 만에야 이웃마을 사람이 가보았더니 개가 어린애의 젖을 먹이고 있더라고. 이야말로 옛이야기 같은 오늘의 신화랄까? 이 신화 아닌 신화를 듣고 우리는 무엇을 생각해야 할 것인가? 개의 젖을 빨고 있는 인간 강아지의 슬픈 운명 같은 '센티멘탈'한 생각은 뒷날의 이야기로 미루자. 입으로 동포와 조국을 사랑하노라 외치는 어느 누가 이 슬픈 인간 강아지를 돌보았느냐 하는 말도 하기 싫다. 젖먹이가 만약 말을 할 줄 알아서 개보다 못한 조국의 정부요, 정치인이요, 동포들이라 했다면 우린 무슨 말로써 그에게 대답했을까? 지긋지긋하게도 그 많은 죄 없는 동포들이 짐승보다 더 참혹한 생죽음을 당해도 10년이 지나도록 입도 한번 달싹 못하던 어른들이 어린 학생들이 피로써 늙은 독재정권을 거꾸러뜨리자 이제 와서 어리둥절하는 꼴들은, 부질없이 핑계를 꾸미지 말고 차라리 개를 배우라. 산청의 개의 사랑을 배우자!

민간인 학살과 국가폭력의 기억을
보존하기 위한 한 양심적 지식인의 고투
『기억과의 전쟁』

한국전쟁 전후의 민간인 학살 문제는 이상하게도 역사학계로부터도 외면을 받아왔다. 누구 말대로 민감한 주제라서 연구비 받는 데 지장이 있을 것을 우려한 때문인지, 아니면 아직도 우리의 의식을 옥죄고 있는 학살의 집단 트라우마나 레드 콤플렉스 때문인지, 그것도 아니면 인간에 대한 애정과 불의에 대한 분노가 부족한 때문인지, 그 이유는 잘 모르겠다. 인터넷으로 자료를 찾아보니, 역사학 전공자가 아닌 사회학 전공자(김동춘 교수)나 국문학 전공자(신경득 교수)가 오히려 이 문제를 연구하여 책을 펴낸 것을 알게 되었다.

그중에서도 김동춘 교수의 최근작 『이것은 기억과의 전쟁이다 — 한국전쟁과 학살, 그 진실을 찾아서』(사계절, 2013. 앞으로 『기억과의 전쟁』으로 약칭)는 연구자와 시민단체 활동가, 정부 관료로서 민간인 학살 문제를 다룬 경험을 정리한 소중한 자료이다. 그는 이미 『전쟁과 사회』(돌베개, 2000 초판, 2006 개정판)를 통해 피란, 점령, 학살, 국가주의와 국가폭력 등의 측면에서 한국전쟁의 사회학적 의미를 심층 분석한 바 있다. 뒤의 책이 전문적인 학술 저서라면, 앞의 책은 일종의 보고서 겸 자전적 에세이에 가깝다. 그러면서도 『기억과의 전쟁』은 한 양심적인 학자의 인간에 대한 따뜻한 사랑과 사회적 불의에 대한 분노, 진실을 추구하는 열정이 행간에 배어 있어 문학

작품 못지않게 독자의 감동과 공감을 자아낸다.

그는 이 책의 서문에서 특히 김해군 진영읍에서 벌어진 민간인 학살 사건과 그 희생자인 독립운동가 김정태 일가의 사례가 그로 하여금 국가폭력과 민간인 학살 문제에 뛰어들도록 만든 중요한 계기를 제공했다고 밝힌다. 유추해보면 김정태는 바로 『밤의 눈』에 나오는 옥구열의 아버지요, 그의 아들 김영우은 옥구열임을 알 수 있다.

　김해 학살 사건, 특히 김정태 가족의 피해는 친일파 기회주의자들에게 독립운동가가 학살당하고, 그 후 학살의 진상을 규명하던 그의 아들마저 5·16 쿠데타 세력에 의해 감옥에 수감되어 고문과 폭행을 당하고, 출옥한 후에도 생업을 제대로 도모하지 못하고 '빨갱이 집안'이 되어 평생 연좌제의 멍에에 시달린 대표적인 사건이었다. 이러한 수많은 가족의 비극적인 이야기, 그리고 여전히 진행 중인 부정의한 현실이 나로 하여금 연구실 문을 열고 거리로 나가게 만들었다.
　— 앞의 책, 5쪽

그래서 그는 한국전쟁기 피학살자 명예회복 운동에 뛰어들었고 유족과 시민사회와 힘을 합쳐 2005년에 '진실·화해를 위한 과거사 정리기본법'을 통과시킨 다음, 결국 노무현 정부 시절인 2005년 11월부터 이명박 정부가 들어선 뒤인 2009년 11월까지 4년 동안 정부 기구인 '진실·화해를 위한 과거사 정리위원회' 상임위원으로 일하게 되었다.(앞의 책, 6쪽 참조)

민간인 학살 진상 규명은
'망각에 대한 기억의 투쟁'

2008년 12월 4일, 러시아 경찰 9명이 상트페테르부르크 인권단체인 메모리얼 건물에 침입하여 이곳에 보관 중이던 스탈린 시절의 테러와 인권침해를 고발하는 각종 증언과 영상물이 수록된 컴퓨터 하드 디스크를 파괴하려고 시도한다. 러시아 대통령 푸틴을 비롯한 기득권 세력은 러시아의 역사를 왜곡하고 애국심을 훼손한다는 이유로 불편한 진실을 기억에서 지우고 싶었던 것이다. 이때 인권단체의 소장인 이리나 플리지는 "이것은 기억과의 전쟁이다"라고 규정했다.(앞의 책, 433쪽 참조)

김동춘은 지금껏 자신이 해온 민간인 학살 진상 규명 운동과 진실·화해 위원회 활동은 일종의 '망각에 대한 기억의 투쟁'이라고 말한다. 그는 이 과정에서 불편한 기억을 역사에서 지우려는 세력의 완강한 저항에 부닥쳐 때로는 좌절하고 때로는 후퇴하기도 하지만, 결코 진실 규명의 목표를 포기하지 않는다.

자국민이나 타국민에 대해 범죄를 저지른 국가는 언제나 국가의 명예니 위신이니 하는 그럴듯한 이름으로 자신의 어두운 과거를 지우려 한다. 가해자들은 부인하고, 피해자들의 입을 막거나 돈으로 회유하고, 기록을 조직적으로 파괴하고, 교과서를 왜곡하고, 언론 보도를 통제하고, 학술 연구를 방해한다. 그래서 거짓이 진실이 되고, 진실은 영원히 은폐된다. 도저히 부인할 수 없는 증거가 나와 피해자들이

거세게 항의할 경우, 국가는 마지못해 사실은 인정하지만, 그것은 국가의 질서와 안보를 위해 불가피했다고 합리화한다. (중략) 언론은 이 내용에 대한 보도를 최소화하거나 아예 묵살하고, 정치가들은 이제 아픈 과거를 들추어내지 말고 미래로 나아가자고 말한다. 이 조직적 부인, 거짓의 쓰레기 더미, 그리고 질서의 논리 위에서 유사한 형태의 국가범죄나 인권유린이 계속 반복된다.

— 앞의 책, 434쪽

미흡한 진실 규명과 예술적 형상화

이 책에서 김동춘은 진실·화해 위원회의 과거 청산 작업에도 불구하고 미군에 의한 민간인 피해 사건은 진실 규명이 제대로 이루어지지 않았다고 고백한다. 노근리 사건이 AP 통신이라는 미국의 거대 언론에 의해 보도되면서 국내 언론에서도 뒤늦게 관심을 표시하고 합동조사단을 만들어 형식적인 조사를 했으나 미국과 한국 정부의 소극적인 태도 때문에 그 실체는 밝혀지지 않았다고 말한다. 그리고 학살 유족들의 정신적 트라우마와 물질적 피해, 연좌제에 의한 피해 등은 아예 조사 대상에도 포함되지 못했다. 유해 발굴과 보존도 제대로 이루어지지 않아 경산 코발트 광산의 일부 유골들은 아직도 컨테이너에 방치된 채 쌓여 있다. 2009년 현재 군경 대상자에 대한 위령비는 894개인 반면, 민간인 희생자 위령비는 50개에 불과하고 그중에서 군경에 희생된 민간인 위령비는 22개에 불과하다고 한다.

확인된 진실이 현실적 영향력과 구속력을 가지려면 정부 기관이 인정하고 교과서에 수록하거나 언론 보도를 통해 널리 알려져야 한다. 그렇지 않으면 소설이나 영화, 예술작품을 통해 대중화되어야 한다. 그래서 그는 조사 과정에서 수집한 현대사의 풍부한 이야깃거리를 작품으로 만들면 영향력을 확산시킬 것으로 보고 작가들에게 보고서의 자료를 이용해 소설을 써 달라고 부탁을 했다고 한다. 『밤의 눈』이 그의 권유에 의해 씌어진 소설은 아니겠지만, 이 작품의 성과를 거울삼아 소재 빈곤으로 자폐증에 빠진 많은 작가들과 예술가들이 민간인 학살과 유족들의 고통을 소재로 얼마든지 풍성한 작품 생산을 할 수 있을 것이라고 나는 확신한다. 나치의 유태인 학살이나 일본군의 남경 대학살, 캄보디아와 보스니아, 르완다의 학살에만 관심을 가질 것이 아니라, 전 국민의 10%가 희생된 한국전쟁 시기의 학살에 대해서도 관심을 가지고 예술적 형상화를 시도하는 것은 한국의 작가나 예술가로서 너무도 당연한 의무이자 과제일 것이다.

왜곡된 역사와
뒤틀린 삶

조갑상 소설집 『병산읍지 편찬약사』,
브레히트 역사소설 『율리우스 카이사르 씨의 사업』

역사 왜곡에 맞서는
작가의 노력

조갑상은 보도연맹 집단학살 사건을 다룬 장편소설 『밤의 눈』(산지니, 2012)을 펴낸 지 5년 만에 소설집 『병산읍지 편찬약사』(창비, 2017)를 내놓았다. 여기 수록된 8편의 단편 가운데 「해후」와 「물구나무서는 아이」, 「병산읍지 편찬약사」의 3편이 『밤의 눈』의 후속편이라고 할 수 있다. 앞의 두 편이 보도연맹 학살 사건의 후유증으로 뒤틀린 삶을 살아야만 했던 사람들의 이야기라면, 세 번째 작품은 보도연맹 학살 사건의 역사기록이 어떻게 수구기득권세력에 의해 왜곡되는지를 생생하게 보여준다.

「해후」는 보도연맹 학살 사건의 가해자인 순경 박명수의 시점으로 서술되지만 독자는 그가 오히려 피해자라는 느낌을 받는다. 1950년 8월 처가 근처의 소읍 지서에 근무하다 장인 이형달을 비롯한 보도연맹원들의 구금과 학살에 동원되었던 순경 박명수는 수십 년이 지난 어느 날 장인의 이장식에 참석해 달라는 연락을 받는다. 그러자 그는 화장실에서 장인을 비롯한 여러 희생자들의 얼굴과 목소리와 냄새를 동시에 보고, 듣고, 냄새 맡는 환각상태에서 미끄러져 낙상사고를 당한다. 그렇지만 그는 목에 깁스를 하고 다리를 절뚝거리며 장인을 비롯한 피학살자들이 집단매장된 증산으로 향한다.

사건 당시 박순경은 창고에 구금되어 있던 장인 이형달이 처형될 것을 알고 주변의 눈총을 무릅쓰고 따로 불러내어 집으로 돌려보낸다. 그런데 고지식한 장인은 자기 때문에 사위가 곤욕을 치를 것을 염려해 경찰지서로 돌아오는 바람에 결국 그날 밤 트럭에 실려가 학살되고 만다. 장인을 직접 죽이지는 않았지만 다른 보도연맹원들의 학살에는 가담했던 박순경은 이후 처가와는 원수지간이 되어 불편한 삶을 살 수밖에 없었다. 그러다가 말년에 간암 판정을 받은 처남이 장인을 장모와 합장하는 자리에 박명수를 초대하여 가해자와 피해자 가족들과의 어색한 만남이 이루어진다. 그렇다고 그들이 악수와 함께 모든 원한과 앙금을 씻어버리고 금방 화해하는 것은 아니다.

"날씨도 찬데 와주셔서 정말 고맙습니다. 서로 이렇게 보니 안 좋습니까. 저부터도 그렇고 마음이 좀 편습니다. 우리가 언제 보겠습니까." 박명수와 피해자 유족들 사이의 어색한 악수에 화해의 의미를 부여하려는 처남의 이 말은 가해자가 단순히 장인의 죽음에 대한 죄책감을 넘어서서 억울하게 죽은 다른 피해자들에 대해서도 사죄하고 용서를 구해야 한다는 뜻으로 박명수에게 전해진다.

상대가 고개를 끄덕이고 박 영감은 (깁스 때문에) 숙여지지 않는 목 대신 잡은 손에 힘을 좀더 주었다. 어제 아침에 만났던 거울 속의 얼굴이 하나가 아니라 여럿이었음을 박 영감은 인정해야 했다. 차에 오르기 전에 박 영감은 눈으로 다른 산등성이를 찾았다. 증산이 장인만이 묻힌 땅은 아니었다. 산소조차 쓰지 못한 죽음들도 새겨야 했다.

— 29쪽

보도연맹 학살 사건을 비롯한 민간인 학살 사건은 피학살자 유족들뿐만 아니라 가해자들에게도 일생 동안 지워지지 않는 상흔과 고통을 남겼다. 박명수는 공교롭게도 자기 장인이 피학살자였고, 자신이 현장에서 학살에 동원됨으로써 가해자이자 피해자로서 이중의 고통을 겪을 수밖에 없었을 터이다. 더구나 그의 아내 내동댁은 가해자인 남편과 피해자인 아버지 사이에서 어느 한쪽 편을 들지도 못하고 친정식구들과 불편한 관계 속에서 일생을 괴로워하며 살았을 것이다. 그래서 그녀는 아버지의 이장에 참석해 달라는 동생의 연락을 받고 남편이 충격을 받아 낙상하자 이렇게 반응한다. "지거끼리하고 말지, 뭐한다고 안 하던 통지를 해갖고 사람 탈나게 하노."
한 가족 사이에서도 학살의 상흔은 쉽게 지워지지 않고 이들 간의 해후는 이산가족 상봉처럼 눈물과 포옹으로 끝나지 않는다. 왜냐하면 수십 년 동안 반공교육을 통해 주입된 증오와 적대감은 이들의 삶을 뒤틀리게 만들고 이들의 의식을 왜곡시켰기 때문이다.

「물구나무서는 아이」의 주인공 김영호는 6·25 전쟁 중에 아버지가 보도연맹원으로 학살된 피해자 유족이다. 그러나 그는 어려서부터 '빨갱이 자식'으로서 겪은 온갖 억압과 차별, 그리고 강제 주입된 반공교육에 철저히 세뇌되어 극우 반공주의자로 일생을 살아간다. 그에게는 그것만이 살길이었기 때문이다. 이를테면 똑바로 서서는 세상을 살아갈 수 없으므로 물구나무선 채로 세상을 살아가는 법을 그는 터득한 것이다. 심지어 그는 자신을 돌봐주고 학교에도 보내준 회사 사장을 간첩이라고 신고하여 파멸시킨다. 그리고 이북에서 내려온 피난민들의 교회에 나가 반공 설교를 듣고 열렬한 기독교 신자가 되어 희망버스 반대 시위를 비롯한 극우 반공 단체의 시위현장에 열심히 참석한다.

그러던 어느 날 김영호는 아파트 뒷산 공원에서 동네 노인 황씨와 '종북' 문제로 말다툼을 벌이다가 혈압이 터져 쓰러진다. 황씨가 경찰에 밝힌 말다툼의 내용은 이렇다. "왜, 요새 국정감사 하잖아요. 거기서 무슨 방송재단 이사장인가 하는 사람이 누구누구가 친북 공산주의자라 주장해서 시끄러웠잖아요. 내가 그 사람 말이 좀 심했다, 그래도 대선 후보였던 사람을 그렇게 말하면 되나, 그리고 언론을 움직이는 재단의 이사장이라는 사람이 언론 중립 문제도 있는데 심했다, 그런 소리를 하니까 김씨가 막 열을 냈어요. (중략) 뭐라더라… 종북 문제에 언론 중립이 무슨 소리냐, 그렇게 소리를 높였지. (중략) 그리고, 그런 문제는 공안검사가 전문가니까 그 출신들 말 들어야 한다, 그들이 알고 있는 것하고 우리 같은 일반 국민들이 알고 있는 것하고는 많이 다르다, 그런 말을 한 것 같네."

　태극기 집회나 반공 극우단체 집회에 열심히 참석하는 노인들 가운데는 별 생각 없이 일당을 받고 동원된 빈곤층도 있지만 김영호처럼 반공정책의 피해자와 희생자도 있고 이른바 명문고와 명문대를 나온 기득권층 지식인들도 있다는 것을 우리는 알고 있다. 그들은 각기 다른 환경과 동기에서 반공투사가 되었지만 크게 보면 분단체제의 희생자들이다. 섬세한 눈길로 이들의 뒤틀린 삶과 왜곡된 의식을 관찰하고 형상화한 이 작품은 분단문학의 외연을 확장하고 문제의식을 심화시키는 데 소중한 한 몫을 해냈다고 하겠다.

　「병산읍지 편찬약사」는 경상남도의 한 소읍인 병산의 읍 승격 20주년을 맞아 『병산의 어제와 오늘』이라는 제목의 읍지를 발간하면서 벌어지는 역사 왜곡을 다루고 있다. '해방정국과 6·25 전쟁' 항목의 집필자는 병산 출신의 역사학 교수 이규찬이다. 그는 6·25 당시의 면장 김후곤과 지서장 허형도의 노력으로 국민보도연맹원 가운데 무고한 희생자를 크게 줄였다는 사실을 자랑거리로 내세워 자세히 기술한다. 이 부분의 원고는 이렇게 되어 있다.

　민간인 희생도 뒤따랐는데 대표적인 것이 국민보도연맹 사건이다. 우리 지역에서는 이 사건에 대한 특별한 사례가 있어 상세한 기술이 요구된다. 국민보도연맹은 1948년 12월 국가보안법 시행 이후 좌익 쪽에서 활동했던 사람들을 전향시켜 이들을 보호하고 인도한다는 취지로 조직된 관변단체였다. 창설 초기 가입자의 대다수는 전향자들이었으나 정부는 조직 확대 과정에서 의무가입 대상을 광범위하게 규정하였고 자의적인 이 규정에 의해 좌익과 무관한 국민들을 가입시키게 되었다. 지역의 가입 인원은 말단 행정기관에 할당되어 공무원과 유력인사들이 가입을 독려하고 강제하였다. 지역에 따라서는 좌익에게 물자나 편의를 제공한 혐의자와 주민 간의 사적 감정에 따라 보복성으로 가입된 사람도 있었다. (중략)

보도연맹 가입자는 6·25 전쟁이 발발하면서 적에 동조할 수 있다는 이유 하나로 구금되고 법적 절차 없이 집단으로 학살되는 처지에 놓였다. 이들에 대한 구금과 처형은 국군과 경찰의 후퇴와 동시에 이루어졌다. 낙동강 방어전선 아래 지역에서의 구금과 심사는 기간이 길고 가혹했다. 육군본부 정보국인 CIC를 비롯한 군 정보기관과 경찰 사찰계가 중심이 된 이승만 정부 최상부의 결정과 명령이 아니고서는 이루어질 수 없는 일이었다. 삼봉군의 대다수 보련원들은 8월 초순부터 중순 사이에 구금되어 8월 15일 전후로 처형된 것으로 알려졌다. 희생자 수는 조사 시기와 조사 주체, 보도기관에 따라 차이가 나지만 대체로 7백여 명 전후로 추정된다. 1차 조사는 1960년 4·19 혁명 뒤 삼봉군 유족회가 결성되어 실시되었다. 이때 발굴된 시체와 더불어 합동묘와 비석이 마련되었으나 5·16 쿠데타 뒤 파괴되었다. 이후 2009년 정부 산하의 과거사정리위원회에 의해 조사가 광범위하게 이루어졌다.

무엇보다 우리 병산은 국민보도연맹 사건에서 희생자를 줄였다는 점에서 기억될 만하다. 여기에는 일제강점기 때 병산 면장을 지낸 김후곤과 당시 병산 지서장으로 재직하던 허형도 경사의 남다른 노력과 결단이 있었다. 보련원들은 좌익활동의 경중에 따라 ABC나 갑을병으로 분류되어 갑의 경우는 전쟁 발발 직후 본서에서 구금했다. 그 외의 보련원들의 경우 삼봉읍은 본서에서, 나머지 11개 면은 지서별로 소집과 해제를 거듭하다 8월 초순부터는 농업창고 등에 구금하였다.

병산지서 역시 몇차례 소집과 해제를 거듭하다 본서로부터 구금자 전원을 이송하라는 전화통지를 받았다. 보련원들에 대한 처형이 이루어지고 있는 이런 절박한 시기에 병산 면장을 지낸 김후곤이 허형도 지서장을 찾아왔다. 이 자리에서 김 면장은 뜻밖에도 구금 중인 보련원들을 본서로 보내지 말고 풀어주면 어떻겠느냐는 말을 했다. 엄중한 시절에 이런 의논을 할 수 있었던 것은 병산이 허형도의 진외가(아버지의 외가)였고 김 면장은 그의 아저씨뻘이었기 때문이다. 김 면장이 덧붙인 말은 내일이나 모레 본서로 보낼 보련원들 중에 진짜 좌익사범이 있기나 하냐는 것이었다. 사실이 그랬다.

보도연맹이 결성되기 전인 1949년 봄부터 병산지서에 근무한 그로서는 보련 가입자 대다수가 적극적인 좌익활동과 무관하다는 사실을 잘 알고 있었다. 병산은 물론 삼봉 전체는 높은 산들이 군의 경계를 이루고 있어 해방정국에서 한동안 산으로 쫓겨간 좌익 무장 야산대가 활동하는 근거지가 되었다. 이들은 식량을 비롯한 물자 보급과 여러 가지 편의를 주민들에게 의존하였고 주민들은 이를 거부하기가 어려운 형편이었는데 이것이 빌미가 되어 보도연맹에 가입한 숫자도 적지 않았다. 또한 연좌제에 묶이거나 면 직원과 구장의 독려로 가입한 사람들도 있었다.

본서의 전통을 받은 날 저녁 허 지서장은 야간근무를 자청하고는 밤 아홉시경 창고를 열어 수감 중이던 보련원들(약 90여 명으로 추정)을 귀가시켰다. 그는 마을을 떠나지 말 것이며 별도의 소집이 있을 시까지 생업에 종사하라고 덧붙였다고 한다. 다음날 본서의 이송 독촉 전통을 받은 그는 징발된 민간인 트럭의 고장과 자신의 칭병을 이유로 당일 이송이 불가함을 주장했다. 그렇게 이틀을 버틴 병산의 보도연맹원들은 미리 본서로 이송되었던 소수의 인원을 제외하고 무사할 수 있었다.

본서의 명령이 더이상 내려오지 않아 무사할 수 있었던 것은 경남 도경으로부터의 처형 금지 지시 때문이었다. 이 시점에서 보련원들을 비롯한 민간인들에 대한 재판과정 없는 불법 학살이 어떤 이유로 중지되었는지에 대한 명확한 자료는 아직 발견되지 않았지만(미국 정부의 중지 요청설이 유력하다) 병산 보련원과 그 가족들로서는 천행이 아닐 수 없었다.

이렇게 지서장이 자기 관할의 대다수 무고한 민간인 희생을 막은 사례는 전국적으로 회귀하기에 미담 이상의 의미있는 역사로 기록될 만하다. 허 지서장은 그 뒤 본서와 경남계엄사령부로 소환되어 조사를 받고 경찰조직을 떠나야 했다. 당시 경위 진급예정자였기에 개인적 아픔은 더욱 컸을 것이다.

그러나 도의원을 지내고 현재 병산발전협의회 회장인 편찬위원장 김성필은 대뜸 문제를 제기한다. "해방과 6·25를 좌우대립에 보도연맹인가 뭔가로 도배를 해서야 되나." 그러자 지역 유지들로 구성된 나머지 편찬위원들도 이런저런 불만을 토로한다. 사업가이면서 관변단체 여러 곳에 이름을 얹어 놓고 있는 오국재는 지서장이 한 일은 엄연한 명령불복종인데 그걸 옳은 일처럼 써놓아도 되냐고 묻는다. 그러면서 "4·19면 4·19, 5·16이면 5·16이면 되지, 혁명은 뭐고 쿠데타는 또 뭔지 모르겠어요"라고 딴지를 건다. 다른 편찬위원은 대한민국 군경이 죄 없는 양민을 학살했다는 소리는 지나치다고 주장한다. 한 군의원은 전화를 통해 "아니, 위원장님, 애써서 예산 통과해 드렸더니 좌빨 글 싣는다니 이게 말이 됩니까?" 하고 항의한다. 결국 편찬위는 필자인 이 교수에게 해당 부분을 대폭 줄여 달라고 요구하지만 그는 수정을 거부하고, 읍지에 집필자의 이름도 들어가지 않는다는 말을 듣고는 이에 집필진에서 빠지겠다고 통보한다. 그러자 편찬위는 발행 날짜가 촉박하다는 이유로 다른 대학의 시간강사에게 원고를 청탁하고, 결국 보도연맹 관련 부분은 대폭 축소되고 수정된다.

한편 국민보도연맹원들을 비롯한 민간인 희생도 따랐다. 국민보도연맹은 광복 이후의 사상대립에서 좌익에 물든 이들을 전향시켜 대한민국 국민으로 품기 위한 반공조직이었다. 정부는 좌익활동을 했던 이들을 일정 기간 교육해 탈맹시키기로 계획하고 있었지만 북한의 전쟁 도발로 모두 무산되었다. 이 과정에서 병산의 보도연맹원들은 도경찰국의 처형 중지 지시와 당시 지서장 허형도와 전 면장 김후곤의 도움으로 구제되었다.

여기서는 읍지(邑誌)라는 조그만 지역사의 왜곡이 다루어지지만, 그보다 규모가 큰 지역이나 국가의 역사서와 교과서도 이런 식으로 기득권층의 이해관계나 편견에 의해 왜곡되고 축소되는 것을 우리는 국정교과서 파문을 통해 경험하였다. 또한 전두환, 이명박 등 전직 대통령들도 자서전 형식을 빌려 자신을 미화하고 사실을 왜곡하는 것을 당연하게 여기고 있다. 일반적으로 국가권력이 개입하여 편찬된 모든 역사기록들은 어떤 식으로든 왜곡되고 변질된 '승자의 기록'일 수밖에 없지만, 그나마 숨겨진 진실의 모퉁이를 들춰내고 왜곡된 사실을 바로잡는 것은 사학자들보다는 작가들에 의해서나 가능한 것은 아닐까.

시대의 살 속에 박힌 가시처럼

브레히트는 흔히 서사극을 창안한 20세기의 가장 중요한 극작가 겸 연출가로 연극사에 기록되어 있다. 그리고 반파시즘 투쟁의 무기로서 독특한 서정시를 쓴 시인으로 한국의 독자들에게 알려져 있다. 여기서는 아직 소개되지 않은 브레히트의 소설 『율리우스 카이사르 씨의 사업』을 통해 브레히트의 독특한 역사관이 어떻게 역사소설로 형상화되었는지를 살펴보려고 한다. 이것은 결국 역사적 진실을 드러내기 위해 브레히트가 어떤 문학적 전략을 구사했고 그것이 이 소설의 내용과 형식에 어떤 식으로 작용했는지를 따져보는 일이 될 것이다.

브레히트는 1937년 망명지 파리에서 카이사르에 관한 드라마에 착수했으나 공연이 여의치 않자 1938년부터 소설로 바꾸어 쓰기 시작했다. 6부작의 장편으로 계획된 이 소설은 카이사르의 청년 시절부터 루비콘 강을 건너 로마의 독재자로 등장하는 시기까지를 다룰 예정이었는데, 카이사르가 스페인 총독에서 돌아와 집정관에

출마하는 대목(4부)에서 집필이 중단되었다. 그러나 소설 전체의 구상을 밝힌 요약문과 후반 3부의 초고를 종합하면 큰 어려움 없이 소설의 전모를 파악할 수 있다.

이 소설은 통상적인 의미의 위인전기도 아니고 위인의 숨겨진 사생활을 들춰내는 선정적 대중소설도 아니다. 오히려 반(反) 위인 전기, 반(反) 역사소설이라고 부를 수 있을 만큼 우리가 기존의 역 사책이나 교과서, 전기를 통해 알고 있는 위대한 인물의 이미지가 허구임을 드러내는 것이 이 소설의 내용을 이룬다. 그리고 위대한 인물이나 영웅 중심의 역사란 실은 지배자들과 승자의 관점을 정당 화하기 위해 왜곡되고 미화되고 신화화된 역사이므로 이를 '삐딱한 시선'으로 해체하고 뒤집어보고 전후 맥락을 재구성하여 역사적 진 실을 제대로 전달하는 것이 이 소설의 목적이다. 여기서 브레히트 는 벤야민이 그의 '역사철학 제7테제'에서 제시한, "역사의 결을 거 슬러 솔질"하는 방법을 사용하고 있으며 이러한 새로운 역사 독법 을 위해 민중의 관점에서 역사를 재해석한다. 말하자면 우리가 익 히 아는 역사 자료들을 새로운 관점에서 보고 낯설게 만들어 비판 함으로써 지금까지 파묻혀온 역사적 진실을 드러내려고 한다.

소설에서 통상적인 역사 기술에 대해 의문을 품고 진실을 찾아 나선 사람은 위대한 독재자 카이사르의 전기를 쓰기 위해 자료를 수집하고 증인들을 면담하는 젊은 변호사 겸 사학자이다. 그는 위 대한 인물을 안개처럼 덮고 있는 '전설들'을 벗겨내어 그의 진면목 을 드러내고 그를 움직인 진정한 동인(動因)들을 알아내려고 시도 한다. 그러나 이 사학자는 그 나름대로 기존의 교과서나 위인전기,

역사책들에 의해 형성된 선입견을 가지고 있다. 그는 이러한 선입견을 가진 채로 역사적 진실을 찾기 위한 지적 학습과정을 시작하며 동시에 새로 발굴한 문서와 증언들을 단서로 역사적 진실을 재구성하는 퍼즐 게임으로 독자를 끌어들인다.

그러나 이 젊은 사학자가 천신만고 끝에 입수한, 카이사르의 비서 라루스의 일기와 카이사르의 재정고문이었던 뭄리우스 스피케르의 증언, 그리고 갈리아 전쟁 당시 카이사르의 부하 병사였던 농민의 증언은 그의 기대와는 달리 위대한 인물의 위대한 특성과 자질을 전혀 밝혀주지 않는다. 그렇다고 숨겨진 사생활을 보여주는 증언들도 없다. 그는 위대한 정치가나 군사령관 대신 사업가적 본능에 따라 독재자의 길로 치달리는 카이사르의 모습을 보게 된다. 기대와는 너무도 다른 카이사르에 대한 새로운 정보에 그는 분노와 실망을 금치 못한다. 그리고 이런 상황에서는 원래 계획했던 위인전기는 쓸 수가 없다. 결국 전기 대신에 새로운 사실을 통해 서서히 역사적 진실을 깨달아가는 학습/인식과정에 관한 보고가 소설의 큰 틀거리를 이룬다.

이 사학자의 학습/인식과정에서 교사 겸 중재자의 역할을 하는 인물은 스피케르이다. 그는 원래 카이사르의 엄청난 빚 때문에 그와 인연을 맺은 집달리로서 나중에는 아예 그의 재정고문 역을 맡아 식민지 경영과 갈리아 원정 같은 중요한 일을 사업적 측면에서 자문하고 배후조종한다. 그는 또한 카이사르의 경제적·정치적 행동의 역사적 진실을 밝혀줄 중요한 열쇠인 라루스의 일기를 보관하고 있다. 스피케르는 라루스의 일기를 넘겨주면서 이렇게 충고한다.

그는 마흔이었습니다. 그가 그런 처지에서 가까스로 연명하기 위해 필요한 제안이라면 정치적인 것이든 비정치적인 것이든 가리지 않고 덥석 받아들였다는 것이 전혀 놀라운 일은 아니죠. 그는 받을 수 있는 돈이라면 언제나 받았습니다. 그의 비서의 일기장을 훑어보면 그가 뒤늦게서야 겨우 자신이 처한 상황을 깨닫기 시작했다는 것을 알게 될 겁니다. 거기서 구식의 영웅적 행위를 발견하리라고 기대하지는 마십시오. 그렇지만 열린 눈으로 본다면, 어떻게 독재가 자리잡고 어떻게 제국이 건설되었는지에 대한 몇 가지 단서를 찾아낼 것입니다.

— 주석판 브레히트전집(Große kommentierte Berliner und Frankfurter Ausgabe), 17권, 198쪽

스피케르가 카이사르에 관한 신화를 해체하고 파괴하는 과정은 유명한 해적 설화에서 시작된다. 그는 우선 사학자에게 이 사건을 아는 대로 얘기해보라고 요구한다. 사학자는 예전에 희랍어 선생 앞에서 배운 것을 암송할 때처럼 교과서에서 배운 해적 설화를 읊어댄다. 에게해에서 해적에게 잡힌 카이사르가 전혀 겁을 먹지 않고 자신의 몸값을 올리라고 요구하면서 해적들을 부하 다루듯 야단치고 그들을 목매달겠다고 위협했으나 해적들은 이를 장난으로 알고 웃어넘긴다. 그러나 나중에 몸값을 치르고 풀려난 카이사르는 무장선을 이끌고 돌아와 해적들을 붙잡아 약속대로 목매달아 죽인다. 이것이 그가 알고 있는 카이사르 설화이다. 그러자 스피케르는 이와는 전혀 다른 역사적 진실을 제시한다. 카이사르는 노예 밀무역으로 돈벌이를 하다가 이해관계가 충돌하는 소아시아의 노

예무역상에게 잡혔는데 그들이 요구한 20탈랜트보다 많은 50탈랜트를 내겠다고 자청한다. 거액의 몸값 때문에 해적들이 그를 해치지 않으리라는 계산에서 그는 안하무인으로 해적들을 조롱하고 꾸짖는다. 그러나 몸값을 내고 석방된 후에 그는 검투사 노예들을 데리고 돌아와 몸값과 노예들을 되찾고, 소아시아 상인들의 선원과 그들의 노예들까지 몽땅 빼앗아 소아시아의 페르가모스로 끌고 갔다. 소아시아 총독이 사태의 해명을 요구하자 카이사르는 증거인멸을 위해 포로들을 모두 즉결처형한다. 이것은 스피케르가 당시의 소아시아 총독인 유니우스로부터 직접 들은 사건의 진상이다.

사학자는 카이사르의 사업가적 동기와 행태들을 가차없이 폭로함으로써 신성한 우상을 파괴하는 스피케르의 증언에 불신과 반감을 표시한다. 가령 소아시아 상인들을 해적이라고 부른 것은 역사가 승자인 로마 중심으로 씌어졌기 때문이며 실제 유머 감각이라고는 전혀 없는 카이사르를 유머러스하게 그린 것은 돈으로 역사 기록자, 즉 사관들을 매수했기 때문이라는 스피케르의 설명은 마음에 들지 않는다. 그러나 그는 부인할 수 없는 확실한 증거들 앞에서 지금까지 가지고 있던 선입견이 허상에 불과하다는 것을 인정하지 않을 수 없다. 서서히 그가 새로운 시각으로 사물을 보게 되면서 정서적 거부감을 극복하고 역사의 진실에 접근하는 과정은 독자에게 추리소설을 읽을 때처럼 긴장감을 주는 동시에 그렇게 해서 도달한 새로운 역사적 인식에 대한 신뢰감도 높이는 이중의 효과를 자아낸다.

젊은 사학자가 '진정한 카이사르의 모습'을 확인하기 위해 만나본 그의 옛날 부하 병사는 멀리서 카이사르를 두 번 보았을 뿐이며 그가 '나이보다 늙어 보였다'는 말만 한다. 스피케르의 집에서 만난 법률가 아프리카누스 카르보는 전쟁보다 교역이 역사를 움직인 훨씬 중요한 동력이라면서 카이사르와 연관된 민주주의의 이상도 교역에 중시히는 상인들의 이해관계를 대변하는 이데올로기라고 주장한다. 또 다른 증인이자 퇴역 야전사령관인 시인 바스티우스 알데르는 카이사르를 세월이 지나도 녹슬지 않는 '세계적 규모의 성공사례'이며 그 때문에 문학적 관심의 대상이 되지 않는 인물이라고 혹평한다. 그는 카이사르를 '브루투스가 칼로 찌른 어떤 대상'이자 은행가 스피케르의 '부하 직원'이라고 부른다.

이러한 카이사르의 모습은 우리가 익히 아는 카이사르의 이미지와 어긋난다. 카이사르는 일본의 카이사르 숭배자인 시오노 나나미가 『로마인 이야기』에서 묘사한 것처럼 유머와 야망을 가진 유능한 정치가이자 정복자가 아니라 상업자본가들의 하수인으로서 돈벌이에 혈안이 된 냉혹한 사업가로 나타난다. 이제 독자들은 소설의 2부에서부터 라루스의 일기와 각종 증언들을 통해 기존의 역사책이나 전기에서 묘사된 것과는 전혀 다른 카이사르의 모습을 보게 된다. 이러한 새로운 카이사르 상은 그의 비서이자 노예였던 라루스의 시선으로, 그리고 그의 재정고문이었던 스피케르의 냉정한 사업가적 관점에서 조명되고 묘사된다. 그 결과 종전의 역사소설과는 전혀 다른 특이한 구조의 역사소설이 탄생한다.

1957년 이 소설이 단행본으로 출간된 다음, 서독의 평론가 발터

엔스는 브레히트가 영웅을 둘러싼 신화를 해체하여 영웅 자체가 허구임을 증명하려 시도하고 있다면서, 독창성의 화신으로 여겨졌던 카이사르는 작가의 손에 의해 평범한 인간으로 변했다고 지적한다. "그의 유일한 재능은 비상한 사업감각과 자기 시대의 상업적 흐름을 냄새 맡는 예민한 후각"이며, "노예 라루스의 하인 회고록을 바탕으로 판단하건대 그는 로마 금권정치의 전형적 인물"이다.

다른 평론가 쉔펠트는 이 소설이 묘사한 부정적인 카이사르상은 당의 노선에 충실한, 상투적인 날조이며, 브레히트의 묘사는 교활하지만 빈약하고, 능수능란하지만 일방적이고, 세련되지만 천박하다고 혹평한다. 그는 그 근거로서 델브뤽 같은 저명한 역사학자가 카이사르를 모든 것을 두루 갖춘 완벽한 인물이며 역사상 가장 위대한 정치가이자 장군으로 평가하고 있다는 점을 제시한다.

이 소설에 대한 반응은 대체로 부정적이었다. 쉔펠트를 비롯한 대부분의 평론가들은 카이사르라는 위대한 인물을 '시종의 관점'에서 조명하는 것은 영웅에게 일상적 도덕의 범주들을 적용함으로써 격하시키는 속류 심리학적 방법이라고 분개한다. 이것은 위대한 역사적 인물들의 특이한 버릇들을 관찰함으로써 만들어지는데, 시종은 실제로 영웅들이 그에게 의존하는 지극히 사적인 순간에 그를 체험하기 때문에 진부한 일상사에 관한 정보를 제공할 수 있다는 것이다.

그러나 브레히트 자신은 카이사르를 격하시켜 히틀러나 무솔리니에 대한 풍자로 삼을 의도는 전혀 없다고 밝힌 바 있으며, 오히려 웬만한 역사학자 못지않게 방대하고 치밀한 역사자료 연구를 통해 역사적 진실에 접근하려 시도했다. 다만 그는 기존의 역사학자들과는 달리 민중의 입장에서, 그리고 경제적 관점에서, 카이사르 독재체제의 탄생과 로마제국의 건립을 서술하려 한 것이다. 그리고 그 서술방법에 있어서도 일기나 보고, 논평 같은 다큐멘터리 기법을 도입하고 다양하게 시점의 변화를 주는 일종의 영화적 기법을 사용하였다. 그 결과 기존의 관점과 서술방식에 익숙한 평론가나 독자들은 이 작품에 대해 거부감을 표시했고, 그러한 반응은 당연한 것이었는지 모른다. 고정관념을 깨뜨리고 새로운 시각에서 역사를 뒤집어보고 거꾸로 해석하는 것이 브레히트의 의도라면, 이 소설에서 그의 이러한 전복적 전략은 일단 성공을 거둔 것이 아닐까? 왜냐하면 이 소설의 도발과 전복이 많은 사학자들을 당황하게 만들고 대다수의 평론가들과 독자들을 불쾌하게 만들었기 때문이다. 결국 브레히트는 불편한 진실을 외면하지 못하도록 '시대의 살속에 박힌 가시처럼' 부단히 우리를 자극하고 각성시키는 작가의 본분에 충실하였던 셈이다.

흥미있는 사실은 독일의 저명한 인문학자인 디트리히 슈바니츠가 펴낸 베스트셀러『교양』(들녘, 2001)의 추천도서 목록에 몸젠의『로마사』와 브레히트의 이 소설이 나란히 올라 있다는 것이다. 한 인물에 대한 상반된 견해를 담은 두 책을 같이 읽고 판단을 해보라는 뜻인데, 이러한 판단력을 기르는 것이 진정한 교양일 것이다.

4·3 항쟁 70주년과
『화산도』

망명문학으로서의 『화산도』

김석범의 『화산도』를 읽는 것은 체력소모가
많고 정신집중이 필요한 중노동이다. 가령 벽초의 『임꺽정』이나
황석영의 『장길산』은 한번 읽기 시작하면 시간 가는 줄 모르고 내
처 읽게 되는 데 비해, 『화산도』는 근 한 달에 걸쳐 중간 중간 호흡
을 가다듬고 기합을 넣으며 끈질기게 도전해야 가까스로 종착점에
도달하는 마라톤과도 같다.

『화산도』가 독자들에게 이처럼 힘겨운 독서노동을 요구하는 데
는 작품의 집필과 출간 과정이 너무도 험난했다는 사정도 한몫을
한 것 같다. 『화산도』는 1965년부터 67년까지 조총련 기관지 『문
학예술』에 1부가 한글로 연재되다가 이후 일본 문예지 『文學界』
에 일본어로 연재되고 일본어판 『화산도』 3권이 간행된다. 이 작

품을 번역한 『화산도』 5권이 1987년 실천문학사에서 번역 출판되어 국내에 소개된 바 있다. 이후 『화산도』 2부는 1986년부터 96년까지 『文學界』에 연재되고 1, 2부를 합친 7권짜리 『화산도』 일본어판이 출간된다. 그리고 2015년 이것을 한글로 번역한 『화산도』 12권이 국내에서 출간되기에 이른다. 작가가 한글로 쓰기 시작하다가 일본어로 다시 고쳐 쓴 이유는 밝혀져 있지 않지만, 짐작컨대 조총련 측과의 이념적 결별 때문인 것 같다. 조총련 기관지에 연재할 수 없게 된 것은 모국어인 한글 독자와의 단절을 의미했고, 이후 일본 잡지에 연재를 하게 되면서 일본 독자를 상대로 일본어로 작품을 쓸 수밖에 없었던 것은 한국문학사의 불행이다. 그리고 그가 작품 취재차 고향인 제주도를 방문하도록 허용하지 않은 한국 정부의 편협한 반공정책은 한국문학사의 수치로 기록될 것이다. 오랫동안 모국어 공동체와 단절된 채 살아온 작가로서는 일본어로 작품을 쓸 수밖에 없었고, 어떤 점에서는 그것이 더 편했을지도 모르지만, 그 결과 한국 독자들은 일본어식 표현과 어법으로 한국의 토속적인 풍속과 정서를 표현하는 데서 오는 미묘한 엇갈림과 이질감을 느끼며 작품을 읽게 되었다.

이처럼 남북한 모두로부터 단절되고 재일조총련과 민단 어디에도 적을 둘 수 없는 경계인으로서 한국 현대사의 가장 민감한 사건인 제주 4·3 민중항쟁을 필생의 공력을 다 바쳐 2백자 원고지 2만2천 장에 형상화한 김석범은 스스로를 망명작가로 규정한 바 있다. 망명작가란 정치적인 이유로 모국에서 추방되거나 자진해서 모국을 탈출하여 제3국에서 작품활동을 한 작가들을 가리킨다. 우리는 망명작가 하면 나치 독일의 박해와 검열을 피해 국외로 탈출하여 작품활동을 한 토마스 만이나 베르톨트 브레히트 같은 작가들을 연상한다. 한국문학사에서는 일제 식민지시대에 소련으로 망명한 조명희와 중국의 팔로군 지역으로 탈출한 김사량, 김태준을 망명작가로 꼽는데, 이 가운데 김사량만이 망명지에서 「노마만리」라는 작품을 남겼다. 「낙동강」의 작가 조명희는 망명지인 소련에서는 작품을 쓰지 못하고 스탈린에 의해 스파이로 몰려 처형되었으며, 김사량은 해방 후 귀국한 다음 월북했고, 작가보다는 학자로 더 잘 알려진 김태준은 귀국 후 남로당 활동을 하다가 처형되었다.

최인훈은 그의 작품 『화두』에서 본격적인 망명작가가 없다는 것이 식민지시대 한국문학의 빈곤을 가져온 하나의 원인이라고 지적한 바 있다. 식민 치하에서 노예생활을 하며 노예의 언어로 작품을 쓰려면 정신적인 위축과 상상력의 제약을 감수해야 한다. 게다가 "답답한 살림에 답답한 문학까지는 그렇다고 치고, 답답한 줄도 모르게 되면서 헛소리를 하게까지 실성하"는 작가들이 속출했다고 최인훈은 한탄한다. "독립선언서를 썼던 사람이 식민지 이데올로기의 강사 노릇을 하고, 개화문학의 아버지로 출발한 사람이 조선글 말고 일본말로 사는 사람들이 돼야 한다고" 떠들고 다니는 어처구니없는 일이 벌어졌다는 것이다. 여기서 앞의 작가는 최남선을 가리키고 뒤의 작가는 이광수를 가리킨다. 이와는 반대로 망명작가는 검열이나 체포, 투옥의 위협과 그것을 의식한 자기검열에서 벗어나 눈치를 보지 않고 자유롭게 작가적 상상력을 펼쳐낼 수 있으므로 국내작가들과는 다른 수준 높은 작품을 쓸 수 있을 것이라는 것이 최인훈의 '망명작가론'이 시사하는 바일 것이다. 물론 최인훈의 핵심적인 관심사는 망명작가 조명희의 비극적인 운명이다. 그는 학창시절부터 존경하던 작가 조명희가 이상적인 공산주의 낙원으로 여겼던 소련에서 터무니없는 모함으로 억울한 죽음을 당한 데 대한 안타까움을 숨기지 않고 사회주의 체제의 이상과 모순, 패망의 과정을 집요하게 분석하고 성찰한다. 이런 점에서 최인훈은 김석범과 문제의식을 공유한다고 볼 수 있다.

사실 최인훈처럼 남북한의 분단체제에서 작품활동을 한 작가는 자칫하면 '빨갱이'나 '반동분자'로 몰려 파멸에 이를지도 모르는 상황에서 금기의 지뢰밭을 조심조심 헤쳐가듯 단어 하나 문장 한 줄에도 신경을 쓰지 않을 수 없었다. 그의 문제작 『광장』(1961)도 이런 자체검열로부터 자유롭지 않으며, 그의 다른 작품들이 우화적이고 환상적인 기법과 고전의 패러디 형식을 차용한 것은 검열을 피하기 위한 일종의 "내적 망명"이라고 볼 수 있다. 그러므로 『순이 삼촌』(1978)을 통해 4·3 문학의 물꼬를 튼 현기영도 항쟁의 전모를 정공법으로 묘사하기보다는 억울한 피해자의 관점에서 토벌대 측(미군정, 이승만 정권, 경찰, 군인, 관료, 서북청년단 등)의 비인도적 만행이나 집단학살을 고발하는 것이 최선이었다. 그리고 장시 「한라산」(1987)을 발표하여 국가보안법 위반혐의로 실형까지 받은 이산하의 경우에도 편집자나 당국의 눈치를 보며 초고를 수정할 수밖에 없었고, 당시 운동권의 분위기에 휩쓸린 탓인지 반정부 세력(남로당과 북로당, 조총련, 인민위원회, 인민유격대)에 대한 비판은 거의 찾아보기 힘든 것이 사실이다.

"한국문학에는 아직도 망명의 상상력이 필요하다"는 작가 김석범의 발언은 이 같은 문제의식의 표현이다. 그에게 일본이라는 망명지는 남한이나 북한보다는 표현의 자유가 훨씬 폭넓게 허용되고 일상적인 민주주의의 혜택과 함께 물질적인 풍족함이 보장된 '이상적인 망명지'였다. 식민지배에서 해방된 남북한보다 패전국이자 식민 종주국인 일본이 더 많은 혜택을 누리는 것은 역사의 심술이라 치더라도, 항일 투사들보다는 친일분자들이 득세하고, 육지에서 건너온 군경과 포악한 서북청년단이 제주도 주민을 빨갱이 취급하며 짓밟는 모순된 현실을 당시의 제주도 민중의 입장에서 형상화하기에 일본은 최적의 조건을 갖추고 있었다. 일본은 국가보안법과 연좌제, 군사정권 치하의 야만적인 검열과 폭력에서 자유로울 뿐만 아니라 현장과 거리를 두고 있기 때문에 사태를 좀더 냉정하고 객관적인 시선으로 볼 수 있는 이점이 있다. 그러면서도 항쟁과정에서 밀항하여 탈출한 당사자들의 구술증언과 각종 자료를 접할 수 있었다는 점에서 일본, 특히 제주도 출신들이 많이 모여 사는 오사카 지역은 현장의 생생한 실감이 손에 잡히는 '제2의 제주도'였다.

그러나 이것만으로는 작가 김석범의 필생의 대작 『화산도』가 왜 그처럼 오랜 세월에 걸쳐 고심참담의 집필과정을 거칠 수밖에 없었는지를 충분히 설명할 수 없다. 표면적인 조건과 환경만을 보면 일본은 집필에 이상적인 망명지이지만, 식민지에서 태어나 식민 종주국인 일본에서 일본어로 글을 쓰는 작가로서는 어떤 점에서는 더욱 힘겨운 중압감과 고립감을 견뎌야 하는 '감옥'이었을지도 모른다. 재일조선인 작가로서 모국어와 일본어 사이에서 겪는 작가적 정체성의 혼란은, 서경식의 말처럼 이른바 "언어의 감옥에 갇힌 수인(囚人)"이라는 고통스러운 자의식을 낳는다. 더구나 식민 지배를 벗어난 조국이 남북으로 분단되어 동족상잔의 전쟁을 치르고 불구대천의 원수처럼 상대방에 대한 증오를 체제유지의 동력으로 삼고 있는 가운데, 재일조선인들도 조총련과 민단으로 나뉘어 갈등하는 상황에서 '자유롭고 중립적인 관점'을 유지한다는 것은 결국 이들 모두로부터 배척되고 단절되어 고립된다는 것을 의미하였다. 작가 김석범은 모국어와 모국어 독자들과 단절된 상태에서, 과거의 친구들과 동지들로부터 '빨갱이', '반동분자', '배신자'라는 적대적인 비난을 감수하며, 식민 종주국의 언어로, 언젠가 모국어로 번역된 자기 작품을 읽어줄 미래의 독자들을 위해 글을 쓰는 고통을 감수하지 않으면 안 되었다. 이런 점에서 김석범은 지리적으로 모국을 떠난 망명작가이면서 또한 남북한과 일본의 주류문단으로부터 격리되어 자기만의 언어와 의식의 서사공간으로 망명한 작가, 이른바 내적 망명의 작가이기도 하다. 이런 이중의 망명은 필연적으로 이중언어적 글쓰기의 고통과 함께 과도한 자의식의 노출과 의식의 분열을 가져왔고, 번역된 한글로 작품을 읽는 독자들의 접근을 쉽게 허락하지 않는 특이한 서사 방식과 문체를 낳는 원인이 되었을 것이다.

교조주의에 대한 저항

이 소설의 주인공 이방근은 한마디로 모든 교조주의에 대해 체질적으로 거부감을 느끼는 자유인이다. 그는 당 중앙이나 중앙당을 절대화하고 신성시하여 무오류의 신처럼 떠받드는 이른바 혁명조직가나 당간부들에게는 신뢰를 보내지 않는다. 남로당 간부인 황동성과 유달현에 대해 일정 정도 협조하고 자금지원을 하면서도 끝내 그들을 불신하며 비밀당원으로 가입하기를 완강하게 거부하고 국제신문의 부편집인 자리를 사양하는 것은 상투화된 그들의 말투와 태도에 체질적인 거부감을 느끼기 때문이다.

그는 4·3의 한복판에서 자신의 자유의지를 옥죄는 좌우 양측의 조직과 종친회를 비롯한 혈연 공동체에 온몸으로 항거하면서 끝내 자신의 의지와 양심에 따라 행동한다. 그러면서도 제주의 지역공동체에 대해서는 다분히 개방적이고 호의적이다. 그가 본적을 옮기고 육지말을 구사하며 출세에 몰두하는 은행원 최용학을 경멸하고, 동생인 유원과의 결혼을 차단하는 것은 제주인으로서의 정체성에 대한 집착 때문이다. 그래서 이방근은 동생 유원과 후배 남승지를 일본으로 밀항시키면서도 자신은 끝내 고향을 떠나지 않는다. 그에게는 제주의 지역공동체가 어떤 이데올로기나 이해관계보다 훨씬 중요한 가치이자 윤리적 근거로 작용한다.

그러나 개인의 자유의지로 사방에서 밀려드는 폭력과 학살의 파도를 헤쳐나가기에는 역부족이다. 일제시대의 적극적인 친일 전력을 숨기고 해방 후 남로당과 경찰의 간부로 활동하다가 4·3 항쟁 과정에서 동지와 동료들을 배신한 유달현과 정세용을 처단한 이방 근이 결국 자살을 택하는 것은 친구와 친척을 죽였다는 죄책감이 나 허무주의적 성향 때문이라기보다는 폭력화한 국가권력과 공권 력(군과 경찰, 서북청년단을 비롯한 반공우익단체들)에 대항하는 변방의 섬 제주의 힌 양심적 지식인의 최후의 저항(옥쇄)으로 해석된다. 유 서를 대신하여 이방근이 떠올리는 서산대사의 게송(偈頌)도 생사 가 덧없고 헛되다는 단순한 허무주의의 표현이라기보다는 생사를 초탈하려는 의지의 표현에 더 가까운 것처럼 들린다.

살육자들이 승리자로서 서울로 개선한 뒤, 폐허의 광야를 가로질러 가는 바람 속에 허무가 있는가. 섬을 뒤덮은 시체가 허무를 부정한다. 죽음의 폐허에 허무는 없는 것이다. 아득한 고원의, 보다 저 멀리, 초 여름의 햇볕에 반짝이는 부동의 바다가 보였다.

파란 허공에 총성이 울렸다.

— 12권, 370쪽

한편 이방근은 다면적이고 복합적인 인물이다. 그는 친일분자 이자 부유한 자본가인 아버지의 그늘에서 유복한 생활을 하면서도 국민학교 시절에 천황을 모신 건물에 오줌을 갈기는 돌출행동으로 퇴학처분을 받고 육지의 학교로 전학을 한다. 일본 유학시절에는 사회주의 항일운동에 가담하여 옥고를 치르다가 전향서를 쓰고 나 온 다음 자기 서재의 소파에 웅크리고 앉아 세상을 응시하며 은둔

한다. 그러다가 친구인 유달현과 후배인 남승지와 양진오, 유치장 동료인 당간부 강몽구와 당조직원인 트럭운전사 박산봉 등과 어울리면서 점차 4·3 항쟁에 깊숙이 끌려들어가게 된다. 이러한 인간관계 외에도 반공을 내세우며 해방정국에서 득세하는 친일파들에 대한 반감과 반공 테러 집단인 서북청년단이 제주 도민을 멸시하고 짓밟는 만행에 대한 분노가 회색인이자 허무주의자로 보이는 이방근으로 하여금 일종의 혁명 동조자로 적극적인 행동에 나서게 만든다. 그러면서도 그는 부잣집 도련님으로서 무위도식하며 하녀인 부엌이와 성적 관계를 맺는가 하면 하루도 술을 거르지 않는 술꾼으로 술집과 요정을 전전하는 방탕한 생활을 계속한다. 그는 행패를 부리는 서북의 깡패들을 제압하여 응징할 만한 배짱과 완력을 가진 호남아이면서 또한 서북 간부들과 어울리고 애국성금을 헌납하는가 하면, 유력한 서북인사들을 배경으로 가진 문난설과 농밀한 연애관계에 빠지기도 한다.

이방근은 한마디로 규정할 수 없는 복합적이고 다면적인 인물이다. 그는 제주 사회에서는 누구나 존경할 만한 학력과 항일 투쟁 경력을 가졌으나 좌익이 주류를 장악한 해방정국에서 이를 훈장처럼 내세우지 않고 뒷전에 물러앉아 일종의 방관자의 시선으로 세태를 비판한다. 그러다가 결정적인 순간에는 민중항쟁의 동조자에서 협력자로, 그리고 후원자와 처형자로서 과감하게 행동에 나선다. 이런 점에서 그는 도스토옙스키 소설의 주인공들처럼 자의식 과잉이고 숄로호프의『고요한 돈강』에 나오는 그리고리처럼 열정적이면서 본능에 충실하고, 회의적이면서도 충동적인 행동파이다. 특히 이방근의 자학적이고 습관적인 음주벽과 간간이 나타나는 의미심장한 꿈, 그리고 치열하면서도 세밀한 자의식의 토로는 다른 작가들에게서는 볼 수 없는 김석범 문학의 특징을 보여준다. 사건의 경과를 일직선으로 따라가는 서사기법에 익숙한 독자들은 사건의 경과에 못지않은 비중으로 내면의 의식과 갈등을 집요하게 추적하는 서술방식에 당혹감과 피로감을 느낄지도 모른다. 이 소설을 읽는 것이 각별한 집중력과 인내심을 요하는 일종의 노동인 것은 이러한 의식의 흐름을 추적하는 세밀한 서사기법과 끈질기고 집요한 문체 때문이기도 하다.

일본에 어머니와 누이동생을 두고 귀국하여 게릴라로 입산한 남승지는 당조직에 대해 충성을 다하면서도 전남 도당에서 온 조직책 주(朱)아무개와 그의 신봉자인 도당 조직부의 임 동무에 대해 혐오감을 느낀다. 기계적인 원칙론으로만 혁명을 외치고 인간적인 배려나 현실감각이 없는 이런 부류의 간부들에게 그는 마음으로부터 승복할 수 없다. "피로써 혁명을 쟁취하는 정신으로 무장해야 한다. (중략) 강대한 적을 상대로, 불리한 조건하에서 싸우는 것이 게릴라 전술이며, 희생을 두려워하는 혁명가는 짐승을 두려워하는 사냥꾼과 같은 것이다. (중략) 이러한 주장은 싸움을 포기하는 투항주의고, 적에게 등을 보여 스스로 목숨을 내미는 사상, 혁명정신의 무장해제다. 혁명의 길은 혹독하고, 무자비하며, 혁명에는 피를 무서워하고 죽음을 슬퍼할 여유는 주어지지 않는다. 고금동서, 전쟁 없이 달성된, 피의 희생 없이 달성된 혁명은 없다. 게릴라 대원은 무기로 무장하고, 정열과 불꽃과 핏빛의 붉은 혁명정신으로 무장해, 더 많은 인민대중을, 도민을 무장시켜야 한다. 원칙의 엄수, 오류를 범한 경우에는 망설이지 말고 원칙으로 돌아갈 것을 원칙으로 해야 한다."(12권, 55쪽) 이런 교조적 원칙론은 이론적으로는 옳지만 정서적으로는 낯설다.

이런 비판의식은 역시 일본에서 귀국하여 남로당 비밀당원이 된 양준오도 공유하고 있다. 그는 미군청 통역관과 도청 관리로 일하면서 주요 정보를 빼내 조직에 제공하다가 당의 지령에 따라 입산하지만 당의 노선과 지침에 무조건 복종하지 않고 이의를 제기했다는 이유로 동지들에 의해 반당분자로 낙인찍혀 처형된다. 가장 순수한 혁명가가 반당분자로 몰려 제거되는 것은 혁명의 원칙이 조직유지의 논리가 될 때 맹목적인 폭력으로 변질될 수 있는 가능성을 보여준다. 혁명은 자유의 확장과 억압으로부터의 해방을 목표로 하지만, 혁명의 과정에서 당이라는 조직은 오히려 자유를 억압하고 말살하는 폭력기구로 작동하는 것이다.

이처럼 이 소설에서는 곳곳에서 4·3 항쟁의 지도부인 남로당과 북로당 조직의 경직성과 교조주의에도 날카로운 비판의 칼날을 겨눈다. 제주도 인민유격대장이 북한으로 탈출하여 조직을 이탈한 후에 북한 측의 지원 없이, 고립무원의 섬에서 승산 없는 싸움을 벌인 당조직의 오판과 모험주의는 결국 수많은 제주도 양민들의 학살로 귀결된다. 그리고 게릴라 패잔병들과 항쟁 관련자들을 일본으로 밀항시키려는 이방근을 반당분자로 단죄하려는 교조주의적 원칙론도 수많은 양민이 대량학살되는 현실에서는 허망한 공론에 불과하다. 결국 당의 경직된 교조주의와 모험주의 노선에 대한 이 방근의 냉소적 비판주의가 결정적 순간에는 오히려 고귀한 생명을 구하고 혁명의 희망을 이어가는 대안을 제시하는데, 그것은 밀항 선에 의한 일본으로의 탈출로 현실화된다.

결국 작가가 『화산도』를 통해 독자에게 던지는 메시지는 여러 비판에도 불구하고 4·3 항쟁은 필연적이고 정당했다는 것이다. 이 에 관한 작가의 말을 들어보자.

당시 극좌적인 투쟁을 벌인 게릴라 측의 잘못은 충분히 지적할 수 있다. 그러나 4·3 사건의 근본원인은 미국의 남조선 점령과 그 군정 에 의한 가혹한 인민탄압 정책, 그리고 1948년 5월 남북분단을 고정 화하는 남조선 단독선거를 강행한 데 있다는 사실에서 눈을 돌려서는 안 된다. 게다가 제주도에서는 이북 출신자들의 테러 조직인 서북청 년회에 의한 살육, 폭행, 잔학행위가 4·3 사건 이전부터 제주도 전역 에서 횡행하여, 사람들을 공포의 도가니로 몰아넣고 있었다. 이런 상 황 속에서, 당시의 섬 주민들이 어떻게 해야만 했겠는가. 조국의 분단 을 막고, 살육과 폭행으로부터 자신의 생존을 지키고 해방시킬 수 있 는 방법이 그것 말고 또 무엇이 있었겠는가. 극좌주의라고 말하기는 쉽고, 또한 실제로 많은 비참한 희생을 초래하게 되었지만, 게릴라 봉 기 이외에 또 어떤 투쟁방법이 있었겠는가.

— 실천문학판 『화산도』 5권, 318쪽

남승지와 빨치산 동료들이 산중에서 주고받는 수수께끼. 자르면

하나 되고 자르지 않으면 두 개가 되는 것은 무얼까요? 그 답은 38
선이다. 그들은 국민학교 1학년도 알고 있는 너무도 단순하고 시시
한 문제라고 웃어넘긴다. 그러나 사실 그들의 삶을 결정하고 생사
의 운명을 좌우하는 것은 이 같은 단순한 문제, 즉 남북을 분단시키
는 38선을 자르지 못하고 고착시켜온 탓이 아닌가. 자르기는커녕
분단의 장벽을 철옹성처럼 굳게 쌓아올려 분단으로부터의 이익을
자자손손 대물림하려는 세력들이 남북한의 권력을 틀어쥐고 있기
때문이 아닌가.

　이 작품은 이런 분단모순이 제주도의 민중으로 하여금 4·3 항쟁
과 5·10 단독선거 반대운동을 벌이도록 만든 근본 원인임을 드러
내면서 다른 한편으로 육지 세력과 섬 사람들의 분단모순도 그에
못지않게 중요한 원인으로 작용했음을 치밀하게 묘사하고 있다.
이방근을 비롯한 제주도 주민들이 서북청년단과 육지에서 건너온
군경에 대해 거부감과 혐오감을 느끼는 것은 오랜 세월에 걸쳐 체
질화된 섬 사람들의 자기 보호 본능과도 같은 것이다. 역사민속학
적 맥락에서 보면, 돼지새끼회를 비롯한 토속 음식, 가족은 물론이
고 친지들까지 동참하는 제사 풍속, 일종의 치병의례로 널리 행해
지는 굿, 계급의식보다는 봉건적인 주종관계나 혈연관계에 얽매
인 부엌이와 박산봉 등 하층 민중의 행동방식, 해방 후에도 일본과
의 밀항과 왕래를 계속하는 섬 사람들의 생활태도 역시 오랜 역사
적 경험에 의해 체질화된 섬 사람들의 생존본능의 표현이라 할 수
있다.

해방공간과 친일파의 행로

이 작품에서 중요한 주제로 다루어지고 있는 것은 해방 후 청산되어야 할 친일파들이 미군정과 이승만 정권의 지원하에 다시 권력을 잡는 혼란스러운 현실이다. 이 같은 현실을 이방근은 물론이고 그의 아버지인 친일파 이태수조차 납득하지 못한다. 이에 대한 일반 대중의 불만이 1946년 대구·경북의 10월 항쟁과 1948년 제주의 4·3 항쟁을 촉발시킨 요인 가운데 하나였던 것은 잘 알려진 사실이다. 해방 이후에 남한에서 친일파들이 반공을 방패막이로 내세우며 항일독립 투사들에게 자숙하라고 큰소리치는 장면은 『화산도』의 여러 곳에서 묘사되고 있다. 그중에서도 국내의 타협주의적인 친일파 송진우(한민당 당수, 1945년 12월 30일 극우파에 암살당함)와 중국에서 독립투쟁을 하다 귀국한 임정 우파(신익희, 조소앙)와의 대화(1945년 11월 30일)는 당시의 상황을 생생하게 보여준다.

신익희: 좌익에게 약점을 잡히지 않기 위해, 그리고 당당하게 국민 대중 앞에 서기 위해서라도 우익 측 내부 청소가 필요하오. 과거의 친일 인사들과 결합하여 무슨 국사를 의논할 수 있겠소?

송진우: (격노하여) 친일 인사와 결합했다고 하는데, 우리 한국민주당에는 양심까지 일본에 팔아넘긴 인간은 없소.

조소앙: 국내 인사로서는 전혀 친일은 하지 않고는 살 수 없었을 거요.

송진우: 그럼, 국내 인사는 정치 운동을 할 자격이 없다는 거요?

조소앙: 아니, 그런 게 아니라 정도를 구별할 필요가 있다는 거지요. 친일에도 경중이 있지 않겠소?

신익희: 어쨌든 친일파는 좋지 않소. 깨끗이 청소를 해야지요.

송진우: (격노하여) 국내에 근거지가 없는 임시정부를 받아들인 게 누구요? 그런 정도는 알고 있으시겠지. 그 일을 한 것은 우리요. 어디서 그런 잘난 소리를 하는 거요. 중국에서 망명정부가 궁핍하여 최악의 상태에 있을 때, 무슨 짓으로 연명했는지, 국내에선 모른다고 생각하는 거요? 임시정부라는 간판 아래 부끄러운 당파싸움에나 몰두하고 있었던 것이 고작이고, 도대체 한 일이 뭐가 있단 말이오? 국내 인사들을 흠잡을 요량이라면, 노형들의 추악한 모습도 감춰지지 않을 거라는 걸 알아야 할 거요. 잠자코 있는 게 신상에 좋을 거요. 국외에서는 배는 고팠을망정, 마음은 편히 지내지 않았소. 귀국을 했으면 국내 인사들을 위로하는 말 한마디라도 하면 좋을 것을. 이건 정반대로 무슨 짓을 하는 거요? (중략) 국내 인사의 숙청 같은 건 서두를 일이 아니오. 제 살점을 스스로가 물어뜯고 있는 사이에, 좌익들에게 먹히지 않도록 조심하는 것이 상책입니다. 임시정부 내부에서도 이러한 이야기는 하지 않는 게 현명할 것이오.

— 5권, 413~415쪽

그런데 해방정국의 특이한 점은 좌파가 대세이고 절대적인 주도권을 잡고 있었다는 점이다. 그래서 친일 전력이 있는 사람들 가운데 일부는 반공을 빌미로 이승만 정권에 줄을 대어 면죄부를 받고 관직에 등용되기도 하지만, 다른 부류의 친일 부역자들은 대세를 좇아 좌익 쪽에 줄을 서서 남로당에 가입하기도 한다. 전자의 예는 동료를 팔아 경찰에서 출세길을 잡은 정세용이고 후자의 예는 일본 체류 시 적극적인 친일행각으로 표창까지 받았으나 해방 후에는 남로당 핵심간부로 변신한 유달현이다. 결국 이들은 4·3 항쟁 과정에서 다시 동지와 동족을 배신하여 이방근에게 처형된다.

그중에서도 특이한 인물은 일제 치하에서 친일 언론인이었다가 해방 후 남로당 비밀당원으로 변신하여 진보적인 국제신문의 편집 장으로서 친일파 청산을 주장하는 황동성이다. 그는 신문 사설 등을 통해 친일청산을 적극 주장하다가 반민특위에 의해 체포된다. 그러나 그는 예견한 대로 결국 이승만의 반민특위 무력화에 의해 풀려난다. 반민특위에 체포되었다가 풀려난 문인 가운데 이광수는 회고록을 통해 자기 합리화를 꾀하는 반면 최남선은 자숙하는 모습을 보이는 대목도 흥미롭다. (이와는 별도로 근자에 문단 안팎의 반대에도 불구하고 춘원문학상과 육당문학상이 제정되어 이목을 피해 은밀하게 시상식을 하는 것을 지하의 당사자들은 어떻게 받아들일까?)

그러나 이 작품에서 가장 극적인 변신을 보여주는 인물은 한대용이다. 그는 동남아에서 연합군 포로수용소의 감시원으로 복무하다가 전후에 BC급 전범으로 몰려 싱가포르의 영국군 감옥에서 갖은 모욕과 고통을 겪은 다음 가까스로 귀국한다. 전시에는 일본군으로부터 조선인이라고 차별받고 전후에는 영국군으로부터 일제 전범이라고 학대받던 한대용은 막상 고향에 돌아오니 "좌익 만능"의 세태 속에 친일 부역자라는 딱지가 붙어 마땅히 갈 곳이 없다.

친일파가 득세하고 서북청년단이 행패를 부리는 현실에 분개하여 게릴라로 입산하려고 하지만 당에서는 친일분자라는 이유로 받아 주지 않는다. 결국 그는 밀항선의 선장이 되어 제주도와 일본을 왕래하며 항쟁의 패잔병과 밀항자들을 몰래 실어 나르는 일을 하며 자기 나름으로 항쟁에 참여하게 된다.

한편 이방근의 여동생 이유원의 음대 지도교수인 하동명은 친일파 청산 문제를 놓고 이방근과 대화하면서 '북'의 친일파 청산에도 문제가 있다는 말을 한다. 즉 월북 음악가들이 자기비판을 통해 친일청산을 했지만 "방대한 자기비판서에, 미주알고주알 추궁을 당하면서, 이것저것 세세한 친일적 언동을 기입하고 규율위원회에 제출하여 문서로 남겼지만, 이것이 전부 약점으로 잡혀 무슨 일이 있을 때마다 그 청산했을 터인 과거가 따라다니고 있"(10권, 83쪽)다고 전한다. "'남'에서는 빨갱이, '북'에서는 반동분자, 이 낙인이 찍히면 끝장입니다. 뭔가의 계기로 반동분자가 되면 끝장입니다. 모두가 당, 당원입니다."(10권, 84쪽) 그러면서 하동명은 해방 후 한동안 좌익계 음악가동맹에 가입해서 활동했는데, '당'을 위한 예술, 혁명을 위한 예술, 즉 프로파간다로서의 예술이라는 당조직의 문화정책에 따를 수 없었다고 고백한다. "예술에 대한 정치적 통제는 죽음의 선고입니다. 이 대한민국도 다르지 않습니다."(10권, 85쪽)

이런 비판적 시각 때문에 이 소설이 북한에서 번역되어 소개되는 것은 당분간 불가능할 것 같다. 작가 김석범은 남한에서는 이른바 친북작가로 분류되어 2015년에 제정된 제1회 4·3평화상 수상을 위한 입국도 허용되지 않고 있다. 그야말로 남북 어디에서도 발을 붙이지 못하고 일본에서 일본어로 작품을 쓰는 뿌리 뽑힌 디아스포라 작가, 모국어를 박탈당한 대신 남북 분단체제로 인한 금기와 검열로부터는 해방된 망명작가, 일제 식민통치로부터는 해방되었지만 해방된 조국에서는 사상 표현의 자유를 제약당하고 오히려 시민 종주국인 일본에서 사상 표현의 자유를 누리는 시민지 출신 작가. 남북 분단체제의 모든 모순을 온몸으로 감당하고 있는 김석범은 여전히 남북한 모두에서 금단의 작가로 남아 있다. 그가 생전에 고국에 돌아와 작품의 무대인 제주도의 땅을 밟으며 모국어로 고향의 독자들과 대화를 나눌 날은 언제 올 것인가.*

* 이 글은 제주 4·3 항쟁 70주년(2018년)을 앞두고 2017년 여름에 발표되었다. 그런데 그 직후인 2017년 9월 16일 김석범은 제1회 이호철 통일로 문학상 수상자로 국내 입국이 허용되었다. 입국 금지를 당한 지 2년 만이었다.

10월 항쟁의
시적 형상화

10월 문학

2013년 10월 1일 대구 YMCA 강당에서 제1회 10월문학제가 열렸다. 대구 시내의 진보적 시민단체들이 참여한 이날 행사에는 1부의 10월 항쟁 67주기 추모제에 이어 2부에는 한국작가회의 대구지회(대구작가회의) 소속 10월문학제위원회(위원장 고희림)가 주관한 '새들의 길, 사람의 길'이라는 시낭송 프로그램이 한 시간 동안 진행되었다. 이와 함께 대구작가회의는 시 13편과 산문 3편이 수록된 시첩『저렇듯 시퍼렇게 살아내야 하리라』(도서출판 두엄)를 펴냈다.

1946년의 10월 항쟁이 일어난 지 67년 만에야 10월문학제는 가까스로 첫걸음을 내디뎠다. 지역의 진보적 문학을 표방하는 대구·경북작가회의는 이제야 그 이름에 걸맞은 문학적 실체를 확보하게 되었다. 이런 점에서 10월문학제의 탄생은 지역 문예운동사의 획기적인 전환점으로 기록될 것이다.

　시첩에 수록된 정대호 시인의 「폭풍의 10월 전야」는 후손들로 하여금 10월 항쟁에 참여한 이들의 결연한 의지와 시대적 의미를 되새기며 옷깃을 여미게 만든다.

　　캄캄한 밤이다
　　앞이 보이지 않는 밤이다

　　그래도 걸어가야 한다
　　어둠 넘어
　　어둠이 저만치 펼쳐 있다
　　눈을 감으면
　　피에 의한 또 다른 피가
　　강물처럼 흐른다
　　그 강물을 건너가는 길은 보이지 않는다

　　길이 없어도 걸어가야 할 때가 있다
　　앞이 보이지 않아도 걸어가야 하는 길이 있다
　　운명처럼 그 길에 서 있어야 하는 사람들이 있다
　　죽음이 저 앞에 보여도 서 있어야 할 때가 있다

10월문학제가 뒤늦게나마 시작된 것은 해마다 가창댐 수변공원에서 치러지는 10월항쟁유족회의 추모식에 참가한 지역의 작가들이 그동안 까맣게 모르고 있었던 6·25 전쟁 전후의 집단학살 사건과 10월 항쟁의 실체를 처음으로 접하고 이를 문학적으로 형상화하는 것이 시급한 과제라는 인식을 가지게 된 것이 직접적인 계기가 되었다. 그동안 유족회와 함께 현장답사와 증언 녹취에 참여했던 고희림 시인을 중심으로 10월문학회가 결성되었고 회원들은 여러 차례 유족들의 증언을 들으면서 공감의 폭과 깊이를 확대하고 심화시켰다. 특히 보도연맹 집단학살지인 가창댐 인근 골짜기와 경산 코발트광산, 대구 시내의 10월 항쟁 현장, 영천의 10월 항쟁 유적지 등을 답사하면서 작가들은 일종의 문화적 충격과 함께 시적 상상력의 점화를 경험하게 되었다.

고희림은 유족들의 증언을 엮은 시집 『인간의 문제』를 제1회 10월문학제에 맞추어 세상에 내놓았다. 여기 수록된 13편의 시에서 시인은 모든 문학적 기교와 수사법을 거부하고 대구와 경북, 경남의 10월 항쟁 유족들의 구술 증언을 사실 그대로 기술하고 있다. 증언자의 실명은 물론이고 가해자와 피학살자의 신원과 행적도 숨기거나 가공하지 않고 사실을 날것 그대로 제시한다. 사실 그 자체로 하여금 역사적 진실을 말하도록 하려는 것. "학살의 근대사를 객관적으로 고찰하는 것은 근대사를 다시 학살하는 것입니다"(「인간의 문제 1」부분)라고 한 재야인사는 말했거니와 시인은 10월 항쟁이라는 역사적 사건을 유족들의 아픔에 공감하면서 '객관적 사실'로서가 아니라 '인간의 문제'로 접근한다. 『인간의 문제』는 10월 항쟁을 다룬 이 지역 최초의 시집이며 이후 『대가리』(삶창, 2016)와 『가창골 학살』(도서출판 사람, 2016)로 이어지는 고희림식 증언기록시의 시발점이다.

제2회 10월문학제는 확대·개편된 대구·경북작가회의 산하 10월문학제위원회(위원장 이하석) 주최로 2014년 10월 1일에 열렸다. 문학제에 앞서 낮 2시부터 국채보상공원 세미나실에서는 제주의 4·3 항쟁(김경훈 시인)과 영천의 10월 항쟁(이중기 시인), 경남 진영의 보도연맹 학살 사건(『밤의 눈』을 쓴 조갑상 소설가), 대구의 10월 항쟁(고희림 시인)의 문학적 형상화에 대한 발표와 토론이 있었다. 이어 저녁 6시부터는 2·28 공원 야외무대에서 시낭송과 연극이 어우러진 일종의 종합공연이 펼쳐졌는데, 오랫동안 영천 지역의 10월 항쟁을 천착해온 이중기 시인의 『10월』(삶창, 2014)을 바탕으로 김창우 교수가 연출한 시극은 관객들의 뜨거운 호응과 박수갈채를 받았다.

1995년부터 영천의 10월 항쟁에 관심을 가지고 관련자들을 인터뷰하고 자료를 수집한 이중기는 2014년 여름에 시집 『10월』을 내놓았다. 이 시집은 영천 지역의 10월 항쟁이라는 주제를 고전비극의 5막극 형식에 담아냈다. 1부(구제역)의 서시에서는 구제역으로 소떼를 생매장하는 아작골의 참상을 보고 한 촌로가 10월 항쟁 당시의 민간인 학살을 증언하고, 2부(해방이 아니라 결박이다)에서 미군정의 잘못된 미곡정책으로 인한 시민과 농민의 고통과 불만을 그려낸다. 3부(결박을 풀다)에서는 대구의 기아폭동을 계기로 영천 지역에서 공출거부 투쟁이 항쟁으로 폭발하는 과정이 생생하게 묘사되고, 이어 4부(백 년 살결박을 받다)에서는 미군과 경찰, 서북청년단, 벼락부대 등의 잔혹한 보복과 학살의 참상이 생생하게 재현된다. 5부(시월 묘비명)는 "무슨 원대한 포부"도 없고 "피를 뿌려서라도 쟁취할 그 무엇"도 없이 "다만 하나, / 고봉밥 한 그릇이 간절했던" 농민들, "피 묻은 무명저고리 벗어던지지 못한 / 배고픈 넋들 / 술 한 잔, / 곡소리 한 상 받아보지 못한 / 저 서러운 넋들"의 억울한 죽음을 애도하는 진혼가로 비극의 대단원을 완성하고 있다. "그야말로 끈기 있게 역사의 흔적을 뒤적이고, 그 아픔과 슬픔을 공감하면서 온몸으로 절규하듯 써내려간 장시" 『10월』은 "당당한 어조로 우리 민족사의 한 비극적인 상황을 가열차게 드러낸 기념비적인 시집"(이하석 시인의 발문)이라 할 만하다.

2014년 10월문학제 기념시첩 『10월은 계속되고 있다』(문예미학사)에는 다른 지역 작가들까지 포함하여 모두 46명의 작품이 수록되었다. 이제 10월문학제는 지역의 경계를 뛰어넘어 명실상부한 전국적인 문학제로 자리잡은 것이다. 특히 피학살자 유족인 임수생(부산)과 전숙자(충남), 채영희(대구) 세 분의 시는 남다른 울림을 주었다. 이정연 시인의 「우리가 만든 세상」은 10월 항쟁이 우리 지역의 현재적 문제임을 날카롭게 환기시킨다.

우리는 왜 먼 곳의 학살만 기억하는가
아우슈비츠라는 말만 들어도
가스실 굴뚝에서 나오는 연기 냄새가 나는 것 같고
몸부림치며 벽을 긁은 손톱자국이 보이는 듯한데
경대병원으로 병문안 가던 삼덕동 어느 골목이나

여름 원피스 사러 현대백화점 가던 반월당 어디쯤에서

1946년 10월에 쌀을 달라, 친일경찰을 처단하라고 외치던

군중의 무리 속 누군가와 내 발자국이 똑같이 포개졌을지 모르고

그 발자국의 주인이 멀지도 않은 가창골에서 학살되어

가창댐 아름다운 수변공원 아래 수장되어 있는데

우리는 왜 먼 곳의 학살만 기억히는기

우리는 왜 남이 저지른 만행만 기억하는가

땅과 쌀과 밥그릇을 빼앗고

아비와 아들과 딸을 빼앗고

이름과 글과 생각을 빼앗고

한용운과 이육사와 윤동주를 빼앗은

일본 제국주의의 만행은 기억하면서

1950년 여름, 한 번에 서른 명씩 하루에 열 번

한 달 동안이나 쓰리코타에 실어간 사람들

해방 후 필요 없어진 무기 재료 코발트 광산을 다시 열어

수직굴이 가득 차도록 집어넣고 탄광을 봉한 후

육십 년이 넘도록 모른 척하고 있으면서

우리는 왜 남이 저지른 만행만 기억하는가

고개를 들고 보라,

먼 곳의 학살만 기억하고

남이 저지른 만행만 기억하는

우리가 만든 2014년을,

어느 한 군데 마음 놓고 숨쉴 수 있는

맑은 공기가 있는지를

　제3회 10월문학제는 2015년 10월 3일 대구시 대명동의 '함세상' 극장에서 10월문학제위원회(위원장 정대호)의 주관으로 열렸다. 1부에서는 대전민예총 이사장인 김영호 평론가가 '제노사이드 종단벨트' 작업을 통해 한국작가회의가 화해와 상생의 씻김굿 프로젝트를 추진하자는 제안을 내놓았고 이에 대한 이중기 시인의 반론과 토론이 있었다. 이어 2부에서는 10월문학제 2015 시첩『역사는 이렇게 남아 있다』(도서출판 사람)에 수록된 전국의 시인 56명 가운데 류근삼 시인을 비롯한 김석주 시인(부산), 홍일선 시인(경기) 등이 직접 자작시를 낭송했다. 이제 10월문학제는 전국의 작가들이 참여하는 주요 문학제로 자리를 잡았다는 것을 실감할 수 있었다. 이어진 3부에서는 이현순이 이끄는 '도도 연극과교육연구소'의, 10월항쟁을 정공법으로 다룬 연극 「밥꽃」이 공연되었다.

　시첩에 수록된 이철산 시인의 「국가가 학살을 시작했다」는 2014년 4월 16일의 세월호 참사 때 학생들에게 '가만히 있으라'는 명령을 내린 국가가 처음으로 학살명령을 내린 시점을 1950년 6월로 소급하고 있다. 6월 25일 전쟁이 터지자 대통령 이승만은 국민들에게 가만히 있으라고 명령을 내리고는 요시찰인 전원을 구금하고 보도연맹원들을 학살하기 시작한다. 격정적인 고발과 분노, 반복되는 구절의 점층법과 리듬이 김남주의 「학살」 연작을 연상시키는 이

시는 10월 문학의 명편으로 꼽힌다.

> 전쟁이 일어난 바로 그 다음날 이승만이 국민을 버리고 피난길에
> 오르는 시간
> 첫 번째 학살이 시작되었다
> 국가가 학살을 시작했다 국가가 국민을 죽이기 시작했다
> ―「국가가 학살을 시작했다」 부분

이 시첩에는 10월 항쟁 주동자인 고 이원식 선생의 아들인 이광달 선생(화가)과 대구 지역 언론사인 『뉴스민』의 기자 천용길 씨가 기성 시인 못지않은 솜씨를 선보였다. 특히 천용길 기자의 시 「밥 무러 가자」는 한 소작농의 육성으로 10월 항쟁의 핵심인 '밥 한 사발'의 서사를 서정시의 형식에 담아내는 탁월한 시적 형상력을 보여주었다.

10월 항쟁 70주년을 기념하는 제4회 10월문학제는 2016년 10월 1일 대경작가회의 10월문학제위원회(위원장 정대호)의 주관으로 대구 2·28 공원에서 열렸다. 예년처럼 시낭송과 음악, 영상, 춤이 어우러진 종합예술제의 형식으로 진행된 이번 문학제의 특징은 시첩 『밤의 골짜기를 건너』(도서출판 사람)에 무려 59명의 시인이 참여했다는 사실이다. 원로인 구중서 선생을 비롯하여 정희성, 허형만, 이은봉, 이재무, 강영환, 유용주, 조진태, 박두규, 김진수, 김해화, 송경동 등 전국 각지의 쟁쟁한 시인들이 시첩에 이름을 올렸다. 이들은 각기 자신이 경험한 지역의 민중항쟁을 주제로 삼아 10월 항쟁

의 역사적 의미를 확장시키면서 연대의식을 공유하였다. 가령 김진수 시인의 「어떤 비문」은 여순사건 희생자들의 위령비에 '학살' 대신 '희생'이라는 용어를 쓰라는 당국의 압력에 맞서 유족 측이 점 여섯 개(……)만 새긴 추모비를 세웠다는 사연을 담고 있다. 같은 사연을 정희성 시인은 「백비(白碑)」에서 이렇게 노래한다.

> 시월 십일월 해마다 무슨 원혼처럼
>
> 산다화 붉은 멍울 부풀어 오를 때쯤
>
> 바닷가에 이르러 눈물 나고야
>
> 여수, 아름다운 만성리 바닷가에 이르자면
>
> 어두운 말굽터널 지나야 하니
>
> 마주 오는 차와 부딪히지 않으려면
>
> 몇 번쯤 오른쪽으로 비켜서야 하리
>
> 암울한 현대사 굴속 같은 마래터널
>
> 왼편으로 왼편으로 몰아 세운 절벽 아래
>
> 여순사건 위령비 하나 울먹이며 서있느니
>
> 아, 그날의 총소리 멎은 지 60년이 지나서도
>
> 아직 말 못할 무슨 사연 있어
>
> 겨우 점 여섯 개 찍어 백비(白碑)를 세웠는가

그런가 하면 강원도 정선 출신의 박금란 시인은 이날 낭송한 장시 「떡고개 님을 위한 넋두리」를 통해 1951년 2월 14일 미군 항공모함과 폭격기가 피난민을 상대로 7일 밤낮으로 포격과 폭격을 퍼

부어 수천 명을 학살한 사건을 폭로했다. 이현순의 시 「끝나지 않은 시월」은 2015년 10월문학제에서 공연된 연극 「밥꽃」에 삽입된 노래의 가사로서 작곡자인 이종일이 이날 무대에서 랩 풍으로 직접 노래를 불러 많은 박수를 받았다.

그러나 무엇보다도 10월 항쟁 70주년을 빛낸 것은 대경작가회의 소속의 세 시인이 펴낸 네 권의 시집이다. 이하석의 『천둥의 뿌리』(한티재, 2016)와 이중기의 『영천 아리랑』(만인사, 2016), 고희림의 『대가리』(삶창, 2016)와 『가창골 학살』(도서출판 사람, 2016)은 2016년의 한국 시단을 풍성하게 장식한 역작들이다. 『천둥의 뿌리』의 발문에서 필자는 이 시집이 "대구라는 도시에서 벌어진 집단적 죽음의 기억을 불러내어 고통의 언어로 지어낸 집"이라고 규정한 바 있다. 평론가 염무웅 선생은 "이번 시집 『천둥의 뿌리』는 수십 년의 인고 끝에 마침내 터뜨린 '거대한 울음'이자 가장 냉정하게 기록된 '치열한 고발'로 읽힌다"고 평했다. 필자는 이 시집이 시인 이하석의 시적 경력의 정점을 찍는 역작이자 한국현대시의 한 봉우리로 남을 것으로 믿는다. 이중기의 『영천 아리랑』은 고은의 『만인보』에 필적하는 영천판 『만인보』이자 김성동의 『현대사 아리랑』에 맞서는 영천판 근대민중사라 할 수 있다. 특히 시집의 4부 「서북가랑잎」에는 영천 10월 항쟁의 주역인 백기호, 정시명, 임장춘, 황보집, 김상문 등의 행적이 생동감 있게 형상화되어 있다. 이 시집이 제1회 작가정신 문학상의 수상작으로 선정된 것은 그 시적 성취에 대한 조촐한 보상에 불과하다. 고희림의 시집 『대가리』는 국가폭력을 정면으로 다룬 「대가리」 연작으로 눈길을 사로잡는데, 특히 「대가리 1」은 대구

지역의 민간인 학살 사건을 형상화하였다. 그리고『가창골 학살』은 가창골과 청도의 학살 피해자 유가족들과 10월유족회 회원들의 구술증언을 채록한 기록시들을 묶은 것이다. 필자는 "유족의 사투리와 입말을 그대로 살려내어 현장감과 사실성을 극대화한" 고희림의 기록시 작업을 가리켜 "문학의 출구가 보이지 않는 시대에는 다큐멘터리와 현장 르포가 매너리즘에 빠진 기존의 문단에 자극을 주고 활력을 불어넣은 적이 드물지 않은데, 고희림의 현장 증언 시집들은 이런 문학사적 맥락에서도 주목할 만하다"고 평한 바 있다.

10월 항쟁의 예술적 형상화, 몇 가지 과제와 전망

10월 항쟁의 성격에 관해서는 여러 가지 견해들이 공존해왔으나 최근에는 점차 하나의 견해로 수렴되고 있는 듯하다. 진실화해위원회에서 '대구 10월 사건'을 맡아 근 10년간 이 문제를 조사해온 김상숙은 최근에 펴낸『10월 항쟁: 1946년 대구, 봉인된 시간 속으로』(돌베개, 2016)에서 10월 항쟁을 "1946년 10월 1일 대구에서 시작하여 1946년 12월 중순까지 남한 전역 73개 시·군에서 일어난 사건"으로 규정하면서 "10월 1일의 대구항쟁은 이후 일어난 항쟁의 출발점일 뿐이며, 참여 인원·범위·기간 면에서 도시인 대구의 항쟁보다는 그 뒤에 일어난 농민항쟁 비중이 훨씬 크다"고 지적한다. 10월 항쟁은 1894년의 동학농민혁명처럼 농민이 주축이 되고, 1919년 3·1 운동처럼 전국적인 규모로 전개된 민중항쟁으로 보는 것이다. 이런 관점에서 보면 대구의 기아 시위와 폭동은 보다 큰 농민항쟁의 도화선 역할을 한 데 지나지 않는다.

김상숙은 또한 항쟁의 전개과정에 지역의 좌익과 진보세력이 중요한 역할을 하였지만, 항쟁의 원인과 동력은 민중의 자주적이고 자연발생적인 저항에서 나왔다고 본다. 그녀는 아울러 10월 항쟁이 좌익의 모험주의적 전술로 인해 진보운동의 역량을 파괴하여 이후 남한의 사회운동에 부정적 영향을 미쳤다고 보는 견해에 이의를 제기하면서 진보세력에 대한 미군정의 탄압은 항쟁의 결과라기보다는 항쟁의 원인이라고 주장한다. "항쟁 발발 여부와 관계없이 미군정은 남한에서 친미반공 정권을 안정적으로 세우고 대소봉쇄정책을 실현하기 위해 진보세력에 대한 탄압 강도를 계속 높여나갔다"는 것이다.

이런 관점은 이중기의 시집 『10월』에서도 일관되게 견지되고 있는데, 「서시」에서 노인이 내뱉는 넋두리 같은 한탄에서 그 일면을 엿볼 수 있다. "그땐 김구나 이승만이나 박헌영도 다 정치꾼이었지 / 미국 믿지 말고 쏘련에 속지 마란 말 / 제 논에만 물 잘 대는 정치꾼들 구호였지 / 해방정국 인민들 말씀은 아니었거든". 이 노인은 영천의 10월 항쟁을 이렇게 규정한다.

공산당이 간판 걸고 활동하던 시절,
해방정국 조선 경제는 화폐나 금이 아니라
쌀값을 기준으로 하는 세상이었네

물정 모르는 미국 군인 하-지 눈에는

쌀이 요술방망이로 둔갑하니

조선은 원시부족국가나 다름없는

희한한 나라였겠지

그런 땅에서 친일 관리들이 쌀을 수탈하고

일제도 못한 보리까지 뺏으면서

지주들 곳간에는 미제 자물통을 채워주었거든

영천 사람들 분노가 숲을 이루었고

궁지에 몰린 붉은 여우가 그 숲을 불태워버렸지

그게 영천 시월 아닌가

　그런데 이중기 시인은 10월 항쟁의 원인이 된 쌀 품귀 현상이 일본으로의 밀수출 때문이라고 본다. 미군정의 정책으로 쌀이 부족한 일본에 남한의 쌀을 대량 밀반출함으로써 풍년이 든 남한에 기근이 닥쳐 결국 10월 항쟁의 원인이 되었다는 것이다. "조선 쌀 오백만 섬 가져왔다고 / 아사히 신문이 그 사실을 털어놓았지 / 그러니까 붉은 여우와 하-지가 밀수출을 한 거야 / 좀더 솔직히 표현하자면 / 맥아더 명령이라고 해야 옳은 말이겠지만". 미국의 일본 우선 정책은 가쓰라-태프트 밀약(1905) 이래 그 기조가 변한 적이 없다.

　지금까지 10월 항쟁에 관한 시적 형상화는 어느 정도 활성화되어 수백 편의 시와 몇 권의 시집으로 결실을 맺었다. 특히 이하석, 이중기, 고희림의 집중적인 작업은 4·3이나 5·18을 주제로 한 시편들에 뒤지지 않는 문학적 성취에 도달하였다. 그러나 정작 소설이나 영화, 노래나 음악으로 10월 항쟁을 다룬, 대중적이고 수준 높은 작품은 나타나지 않고 있다. 무엇보다도 아쉬운 것은 4·3 항쟁을 주제로 한 현기영의 『순이 삼촌』이나 김석범의 『화산도』, 광주항쟁을 다룬 임철우의 『봄날』, 홍희담의 「깃발」, 한강의 『소년이 온다』 같은 뛰어난 소설이 아직 씌어지지 않았다는 사실이다. 10월 항쟁 같은 복합적이고 규모가 큰 사건을 담아내는 데는 아무래도 시보다는 소설이라는 장르가 더 적절할 터인데, 문제는 이 주제에 관심을 가진 작가가 없다는 점이다.

아쉬운 것은 이뿐만이 아니다. 광주항쟁을 다룬 〈꽃잎〉(장선우 감독, 1996), 〈화려한 휴가〉(김지훈 감독, 2007), 〈택시운전사〉(장훈 감독, 2017), 제주 4·3 항쟁을 다룬 〈지슬: 끝나지 않은 세월 2〉(오멸 감독, 2013) 같은 영화가 10월 항쟁을 주제로 해서 제작, 상영될 날은 언제일까? 4·3 항쟁을 주제로 한 강요배의 연작 그림 〈동백꽃 지다〉, 광주항쟁을 주제로 한 김경주, 강연균, 신경호, 한희원, 홍성담 등의 작업에 대구·경북 작가들이 자극을 받아 10월 항쟁을 주제로 한 그림들을 그릴 수는 없을까? 그것은 표현의 자유나 블랙리스트와는 다른 차원의 문제, 즉 우리 지역의 문제를 나의 문제로 절실하게 받아들이고, 이웃의 아픔을 나의 아픔으로 공감하는 능력, 즉 예술가적 공감력의 문제인 것 같다.

10월 항쟁 유족들의 증언은 이런 예술가적 교감과 상상력을 이끌어내는 가장 확실한 통로이다. 특히 고희림의 증언기록시 『가창골 학살』은 피해자들의 육성을 그대로 독자들의 면전에 들이댐으

로써 감성적인 충격과 의식의 각성을 촉구한다. 그러면서 우리가
몰랐던 새로운 진실도 증언한다. "죄 지은 사람은 집똥에 다 숨어
있었고 / 다 살아 남았어예 / 죄가 없다고 생각했으이끼네 / 다들 도
망 안가고 집에 버젓이 있었지예 / 그라다 고마 잡히갔고예".(경북
청도군 풍각면 안산 2동 김순희 씨의 증언) 부모가 다 잡혀가서 처형되었
는데도 잡초 밭에 던져진 아기가 울지 않고 있다가 동네 이웃에게
발견되어 목숨을 구한 이야기는 10월유족회의 산파역을 한 시민운
동가 함종호의 「아기 동물」(2013 시첩 『저렇듯 시퍼렇게 살아내야 하리라』
수록)과 이야기를 전해 들은 시인 이하석의 「아기도 위기를 느꼈을
까?」(시집 『천둥의 뿌리』 수록)에 서로 다른 형식의 시로 형상화되었
다. 다른 유족들의 기막힌 삶도 여러 시인들의 각기 다른 시로 표현
되었다.

　　그러나 이런 식의 구술증언 말고도 우리의 가까운 주변에는 아
픈 현대사를 몸으로 살아낸 이들이 많다. 가령 윤일현의 시 「밍밭
골 육촌 누님」(『작가정신』 2014년 하반기호)을 보자.

　　지묘동 지나 밍밭골
　　아흔여섯의 육촌 누님
　　개 세 마리 키우며 홀로 사셨다
　　동경대학 나온 큰아들
　　좌익으로 총살당하고
　　와세다대학 나온 둘째 아들
　　6·25 때 국군으로 전사했다

하나 남은 막내딸

파군재 넘어 오다

강도에게 칼 맞아 죽었다

둘째 아들 전사자 연금 타서

첫째 아들 제사 지내는 날

누님은 한 해도 빠짐없이

삼남매를 꿈속에서 만난다고 했다

어느 겨울 첫째 아들 제삿날

누님을 도우러 가서

지방(紙榜)에 두 아들 이름 나란히 적고

술잔 두 개 가지런히 놓다가

칼 맞아 죽은 딸을 위한 잔도 하나 더 보태

세 잔에 넘치도록 술을 따르고,

거동이 힘든 누님을 벽에 기대게 하고는

강신(降神)에서 제문 낭독

초헌 아헌 종헌 모두 나 혼자 진행했다

방문을 열어놓고

누님과 단 둘이 음복을 하는데

마당의 개 세 마리

갑자기 방안으로 훌쩍 뛰어들더니

누님의 밥그릇에 주둥이를 박고

평소대로 누님과 밥을 먹었다

누님의 가슴속엔

빨치산과 국군이 함께 살고

누님의 밥상과 밥그릇은

개와 사람을 구별하지 않았다

자시(子時) 지나 축시(丑時)로 들어서자

너무도 안쓰러운 마음에

누님을 와락 끌어안으니

누님의 어깨 너머로

한 무리 별들이 반짝반짝 빛나고 있었다

거기 삼남매가 있었다

아직도 눈물을 흘리며 떨고 있었다

　이제 10월 문학은 대구·경북의 작가들뿐만 아니라 한국 작가 모두의 화두가 되었다. 이중기 시인의 말대로 문학사적인 면에서도 10월 문학은 4·3 문학, 5월 문학을 잉태한 모태라 할 수 있으니, 앞으로 지역 작가들의 자부심과 애정을 밑거름으로 더욱 더 울창한 숲으로 자라날 것이다. 그렇게 되면 언젠가는 1947년 김남천이 쓰려다 만 10월 항쟁의 대서사가 후배 작가에 의해 새롭게, 보다 원숙한 필치로 씌어질 날도 오지 않겠는가.

죽음의 사랑과
고통의 언어로 지은 집

이하석 시집 『천둥의 뿌리』

죽음을 기억하고 호출하는 방법은 다양한 형식으로 나타난다. 제사와 천도제, 씻김굿과 추도식 같은 의식이나 무덤, 묘비명, 추모공원 같은 조형물로. 그리고 때로는 그림과 음악과 시, 소설, 드라마나 영화 같은 예술의 형식으로. 그런데 이런 모든 의식과 상징적 · 예술적 표현들은 기본적으로 죽은 자를 위한 것이 아니라 산 자를 위한 것이다.

파울 첼란의 시집 『죽음의 푸가』와 프리모 레비의 시집 『살아남은 자의 아픔』은 죽은 자들을 위한 진혼곡의 형식을 빌리고 있지만, 실은 살아남은 자의 죄의식을 완화시키고 이 냉혹한 세상을 살아낼 힘을 얻기 위한 제문(祭文)이자 기도문이다. 그러나 이런 시편들이 생존자인 시인을 구원하여 정상적인 생활인으로 되돌려놓는 것은 아니다. 죽음의 트라우마는 끊임없이 그의 언어에 균열을 일으키고 의식을 옥죄기 때문이다. 아우슈비츠에서 살아남은 첼란은

249

40세를 넘기지 못하고 세느강에 뛰어들어 스스로 생을 마감했다. 집단 수용소에서 구출된 후 강인하고 끈질기게 죽음을 기억하고 관찰하고 기록하여 작가로 명성을 얻은 레비도 68세의 노년에 우울증으로 자살했다. 예민한 감수성을 가진 시인에게는 죽음의 기억을 호출하는 언어를 골라내고 다듬고 쌓아올려 시라는 집을 짓는 일이 자신의 수명을 단축시킬 만큼 엄청난 고통이었을 것이다.

이하석의 시집 『천둥의 뿌리』는 대구라는 도시에서 벌어진 집단적 죽음의 기억을 불러내어 고통의 언어로 지어낸 집이다. 그런데 이것이 번듯한 사당이나 기념관이 아니라 조촐한 초막으로 지어진 이유는 집단적 죽음의 기억들이 아직 공식적으로 복원되지 못하고 원혼들이 아직도 천도(薦度)되지 못한 채 구천을 떠돌고 있기 때문이다. 이 도시에 살면서 늘 부채의식에 시달려온 시인은 혼신의 힘을 다해 고통의 언어로 가까스로 기둥을 세우고 얼기설기 서까래를 엮어 중음신들이 임시로 거처할 오막살이 한 채를 마련하였다. 그리고 떠듬거리며 이렇게 고백한다. "나 역시, 여전히, 죽음의 사랑을 제대로 말 못한다".('시인의 말')

'죽음의 사랑'이란 무엇인가? 시인은 한 어머니의 입을 빌려 이렇게 말한다. "어머니는 말합니다. // 아들아, / 목구멍 넘기는 침묵의 / 가시가 자꾸 걸리는구나. // 어미는 아직도, / 무덤도 없는 죽음의 사랑을 / ―사로잡히지 않는 말로도― / 말 못 한다."(「어머니는 말합니다」 전문) 세월이 흘렀지만 언제, 무엇 때문에 죽었는지도 모르고 무덤도 없는 죽음, 그 죽음을 잊지 않고 기억하여 복원시키려는 애틋한 사랑은 어떤 말로도 온전히 표현할 수 없다. 가슴 속에 뭉쳐 있는 뜨거운 사랑의 불덩어리를 끄집어내려 해도 침묵을 강요하는 온갖 금기와 감시와 검열의 트라우마 때문에 말은 가시처럼 목에 걸려 나오지 못한다. 오죽하면 시인은 "사랑을 고백하면서 / 당신이 내게서 점점 더 멀어지기를 꿈"꿀까.(「사랑의 고백」)

이 시집의 1부에는 이런 고통의 언어로 죽음의 기억을 되살리고 죽은 이들을 향한 사랑을 표현하는 일의 난감함이 곳곳에 노출돼 있다. 시를 쓰는 것도 빗물에 쓸려나온 유골을 수습하는 것만큼이나 지난한 일이다.

> 시를 쓰려 하니
>
> 기억마다 말끝마다
>
> 살았던 뼈들이 부스럭거린다.
> ─「시를 쓰려 하니」 부분

"강요된 침묵의 안마당에서"(「사랑에 대하여」) 죽음의 기억은 잉걸불처럼 활활 타오르지 못한다. 그저 밥그릇에 담긴 잉걸불처럼 점점 사위어가며 재가 될 뿐이다.(「죽음의 기억은」) 그리고 천둥처럼 울려 퍼지지 못하고 침묵 속에 묻히고 만다. 또한 죽음의 기억은 "집 나온 길"처럼 "구불구불" 굽이치며 "남은 우리 삶들을 곧잘 / 막다른 골목 끝에 뚝, 뚝, 세워놓는다".(「또한 죽음의 기억은」)

죽음의 기억을 정확하고 거짓 없이 전달하기 위해서는 날렵하고 튼튼한 말을 골라 능수능란하게 부려야 한다. 말[言語]을 부리는 것은 말[馬]을 부리는 것처럼 어렵다. 죽음의 진실과 고통을 제대로 담아내지 못하는 어설픈 말에 올라타 채찍질을 하는 나는 "아주 극악한 놈"이고 "당신의 살해자"라는 자의식이 시인을 괴롭힌다. 그리고 그러한 고투 속에서 건져낸 몇 마디의 말도 "견고한 모래알의 그늘"처럼 "산 자의 혀에 씹"히고, 그래서 언어가 고갈된 시인은 "마른 저수지 바닥처럼 / 면목 없"어 고개를 떨군다.(「말에 대하여」)

그러나 인간 세상의 일과는 아무 상관도 없이, 죽음의 기억을 딛고 생명은 움터 어느덧 신록으로 피어난다. "죽음 자리가, 저렇듯, / 푸르름으로 / 무성할 수 있다니!"(「신록 1」) 학살된 자들이 묻힌 곳에는 이제 돼지감자가 우거져 숲을 이루고 있다.

1

왜 잔인한 기억의 흙들에 뿌리내려 저리 퍼렇게 우거질까? 슬금슬금 밭떼기 가에서 솟아오르더니 여름 오기 전 못된 질문처럼 숲을 이룬다.

2

여름이 지쳐갈 무렵 노란 꽃들이 숲의 상부에 피어나 마구 주위를 살핀다. 자신의 뿌리 감추려 눈치 보는 걸까? 그 뿌리들이 여전히 주검들에 닿아 있다면, 가을에 밭주인은 울퉁불퉁하게 뭉쳐진 덩어리들을 캐내면서 문득 새로 드러나는 대답의 뼈들인가 싶기도 하리라.

3

돼지감자 뿌리는 당뇨 등에 좋단다. 주검들이 북돋워서 무성하게 했다면, 저 숲 갈아엎어 그 뿌리 맺힌 응어리들을 수확한 게 내 트라

우마인 그리움의 치료약이 되기도 할까? 뚱딴지 같으니라구? 글쎄,
저것들 점점 더 번져나가 총살한 이들 파묻은 언덕 덮은 것 보라구.
그게 자연스럽다면, 숨기려는 게 아니라 보듬는 것 아니겠어?

　　─「돼지감자」 전문

　시인은 처음에 "잔인한 기억의 흙들에 뿌리내려 지리 피렇게 우
거"져 여름이 되기도 전에 "못된 질문처럼 숲을 이룬" 돼지감자의
왕성한 생명력에 거부감을 느낀다. 늦여름에 피어나는 노란 돼지감
자꽃은 주검에 닿아 있는 자신의 뿌리를 감추려고 눈치를 보는 것
같다. 마치 죽음의 기억을 외면하고 당장의 먹고사는 일에만 몰두
하는 뻔뻔한 우리 후손들처럼. 그러나 가을이면 피하고 싶은 질문
에 대한 대답인 양, 파묻혀 있던 돼지감자 덩어리들이 캐내져 모습
을 드러낸다. 주검으로 비옥해진 흙에서 울퉁불퉁 굵어진 돼지감자
는 몸에 좋은 약도 된다니, 그렇다면 저 무성한 뚱딴지(돼지감자의 별
칭)의 생명력이 주검을 숨긴 것이 아니라 보듬어 안아 새 생명으로
재생시킨 것. 죽음의 트라우마를 극복하고 채워지지 않은 그리움을
치료할 수 있는 약은 결국 저 돼지감자의 생명력이 아닌가.
　그렇다면 생명의 무심한 치유력에 의해 꽃이 피어나듯, 죽음도
언젠가는 꽃처럼 스스로 피어나 끝내 밝혀지기 마련이다. 1부의 마
지막에 배치된 「꽃」은 고통의 언어로 죽음의 기억을 호출하는 초
혼(招魂) 비나리다. 시인의 언어는 떠듬거리는 고통의 신음소리를
지나 신기 어린 무당의 비나리처럼 힘찬 리듬과 율동을 획득한다.

꽃은 자신만을 최대한
밝힌다.
자신을 한껏 피우는 것이다.

그러나 우리에게 죽음은
스스로 밝히려 하지 않더라도
끝내 피어나리라.

우리가 껴안은 죽음이
나만의 것으로 밝혀지지 않고
우리 모두의 살해임이 드러나리라.
그렇게 밝히리라.

그렇게, 끝내 피어나리라,
밝히리라,
우리들의 꽃은.

자신을 최대한 밝히는 게 꽃이듯,
그래, 자신을 한껏 피우는 것만이
우리들의 꽃이므로.
—「꽃」 전문

이제 신내림을 받은 시인은 시공간을 뛰어넘어 1946년 10월 이후 대구에서 벌어진 죽임과 죽음을 현장에서 본 듯이 재현한다. 2부에 배치된 시편들은 오래된 흑백사진처럼 흐릿하지만 오히려 생생하게 진실을 증언한다.「발인 1」부터「발인 4」는 1946년 10월 1일 경찰의 발포로 쓰러진 한 시민의 시신을 떠메고 대구의전 앞에 집결한 만 명의 군중이 삼덕네거리를 지나 중앙로를 거쳐 대구경찰서로 향하는 모습을 네 컷으로 나누어 보여준다. 이어진「노제」는 10월 항쟁의 죽음들과 그들의 죽음을 복원하기 위해 길에 나선 후손들을 하나로 연결하는 제문이다.

「처형」은 1951년 4월 대구 송현동에서 자행된 민간인 집단학살을 미군이 촬영한 네 장의 사진을 네 연의 시로 재현하고 있다. 여덟 명을 불러내어 굴비처럼 엮은 다음 각자 삽으로 자기가 묻힐 구덩이를 파게 한다. 그런 다음 여덟 명의 헌병이 이들을 총으로 쏘고 묻어버린다. 이렇게 해서 이들은 행방불명으로 망각의 역사 속에 버려진다. 불경처럼 "이와 같이 들었다"[如是我聞]는 구절로 시작하는「아기도 위기를 느꼈을까?」는 시인이 들은 생존자의 증언이다.

이와 같이 들었다. 헌병들이 갑자기 들이닥쳤다. 여자는 그들 몰래 아기를 풀꽃바구니인 양 담장 밖 풀숲에 던져버렸다. 남편과 함께 끌려 가며 여자는 자꾸 뒤를 돌아보았다. 행여 울음소리가 들려 아기마저 잡혀 가 죽지 않을까 걱정이 됐던 게다. 담 밖에선 아무 소리도 들리지 않았다. 아무, 소리도, 들리지, 않았다. 아무소리도들리지않았다. 부부가 끌려서 동네를 나가자 비로소 아기 울음이 꽃처럼 왈칵, 솟아났다. 마을 사람들이 안아올리자 엄마를 찾으며 크게 울어댔다.

아기는 어떻게 오랫동안 고요할 수 있었을까? 본능적으로 제게 닥친 위기를 느끼고 그들이 사라질 때까지 울음을 참았을까? 어쨌든 그렇게 아기는 살아남았다. 여전히 버려져서, 돌아오지 않는 어미 애비를 기다린다.

　—「아기도 위기를 느꼈을까?」전문

"담 밖에선 아무 소리도 들리지 않았다. 아무, 소리도, 들리지, 않았다. 아무소리도들리지않았다." 생사가 갈리는 긴박한 순간을 시인은 노련한 연극배우처럼, 아니 신들린 무당처럼, 독자들에게 생생하게 재현하여 보여준다. 잔혹한 죽임의 순간에도 죽음보다 강하게 연약한 아기를 잡아끄는 생명의 본능 앞에 우리는 숙연하게 옷깃을 여밀 수밖에 없다. "여전히 버려져서, 돌아오지 않는 어미 애비를 기다린다"는 마지막 구절이 가슴을 친다.

「컨테이너」는 1950년 여름 대구 근교 경산의 코발트 광산에서 집단학살된 수많은 민간인들의 유골이 2005년 발굴되었으나 갈 곳을 찾지 못하고 컨테이너에 방치되어 있는 상황에서 시작된다. 원혼들을 불러내어 달래는 씻김굿판에서 유족들은 천둥처럼 소리친다. "죽은 이의 뼈에 어데 적이 있고 / 내 편이 있노? 이 뼈들에 / 빨갱이가 어데 있노?"

　그런데 2014년 9월 광주비엔날레에 초대된 작가 임민욱은 경산과 진주 학살자들의 유골을 두 대의 컨테이너에 실어 광주까지 운송하여 비엔날레 전시관 앞에 전시하는 퍼포먼스를 기획하였다.

경산 코발트 광산의 유골들은 노천에 방치된 컨테이너에 보관 중이었고, 2002년 태풍으로 인한 산사태로 드러난 진주의 유골들은 임시로 컨테이너에 수습되어 있었다. 유족들이 노제를 지내고 두 컨테이너를 이송하는 과정과 두 눈을 가린 채 영정을 든 경산과 진주의 유족들을 광주의 5월 유족회 어머니들이 맞이하는 장면이 촬영되어 전시관에서 원하는 관람객들에게 영상물로 제공되었다. 그러나 컨테이너에 안치된 유골들을 전시장을 찾는 모든 관람객에게 보여줌으로써 아직도 해결되지 않은 현대사의 비극을 부각시켜 '밝힐 수 없는 공동체, 헐벗은 삶, 죽음'을 성찰하도록 유도하려는 작가의 의도는 주최 측의 검열로 원천봉쇄되고 말았다. 두 개의 컨테이너는 전시장 앞 광장에 배치되었으나 문이 굳게 걸어 잠긴 채 전시 기간 내내 공개되지 않았다. 관람객들은 이 컨테이너 안에 무엇이 들어 있고, 왜 입구 광장에 놓여 있는지 전혀 알 수가 없었고 언론이나 비평가들도 이 문제를 외면하였다. 오히려 홍성담 작가의 현실비판적 풍자화의 전시 여부를 둘러싼 작가들과 주최 측의 갈등은 국내 언론에 크게 보도된 반면, '네비게이션 아이디'라는 임 작가의 야심찬 작품은 외신들만이 대대적으로 보도했을 뿐 국내 언론 매체들은 철저히 무시해 버렸다.

결국 문제의 컨테이너는 전시 기간이 끝난 후 경산의 코발트 광산으로 돌아와 "안착할 수 없는 / 죽음의 역사, / 그 깜깜한 구덩이 / 곁"에 여전히 방치된 채로 남아 있게 되었다. 이러한 일련의 과정은 죽음을 은폐하려는 보이지 않는 손길이 은밀하고 치밀하게 아직도 작동하고 있음을 보여준다.

시인은 그러나 쓰러져 묻힌 이들의 육신이 싹을 틔워 꽃으로 피어날 것을 믿는다. 그리고 그들이 불렀던 노래가 영원히 사라지지 않고 울려 퍼질 것을 예감한다. "땅에서 넘어진 자는 땅을 짚고 일어"(「발인 1」에 인용된 지눌 스님의 말씀)서기 마련이니까.

총알 받은 몸이사
콩알처럼 나뒹굴었지.

마침내 비가 올 게야.
그 젖은 땅에서
콩이 싹트듯

내가, 우리가
날 거야.

죽기 전 저항의 노래를 불렀으니
모두 영원이 되고
불멸이 될 거야.

그래, 그래,
새벽의 어둠이 우릴 피워 올리기 위해
마구 수런거리겠지.

마침내 너끈히 세계의 상공에

꽃들 뽑아 올려질 거야.

　　―「불멸의 노래」 전문

　「나무들」은 매년 7월 31일 합동위령제가 거행되는 가창댐 주변
의 나무들을 기리킨다. 몇 년 전부터 대구의 10월문학회 회원들과
이하석 시인은 이 위령제에 참석하여 유족들과 함께 절을 올리고
국화꽃을 제단에 바친다. 그러나 학살터에 무성하게 자란 나무들
은 한여름의 뜨거운 햇빛에도 "속속들이 환해지진 않는다". 그리고
"묵념하다 문득 / 올려다본" 우듬지에는 "조기(弔旗)처럼, / 또는 국
가보안법인 양" "골 아래서 날아온 / 검은 / 비닐"이 걸린 채 내려다
보고 있다.

　이처럼 썩지도 않는 검은 비닐 쓰레기처럼 국가보안법이 음험한
눈초리로 내려다보는 한, 인간의 제사는 온전한 해원상생의 의식
이 되지 못한다. 그래도 학살터에는 "봄엔 제비꽃과 민들레꽃들만
낭자하게 속 터트려 덮더니, / 여름 들자 수만의 망초꽃들 솟아올라
뭇 색(色)들을 점령해버"린다. 이것은 "철마다 이 강산에서 서럽게,
당연하게 이어지는 / 제사"(「꽃 제사」), 즉 불완전한 인간의 제사를
대신하여 자연이 스스로 마련한 꽃 제사이다.

　가창댐에서 멀지 않은 곳에는 수많은 민간인들이 학살된 중석광
산이 있다. 아파트 단지가 들어선 이곳 주민들은 일상적으로 죽음
의 기억들을 만난다. 「중석광산골」은 이곳을 삶의 터전으로 삼고
있는 사람들이 할 말을 하지 못하고 침묵 속에 갇혀 있는 고통을,

나무들에 의탁하여 절묘하게 드러내고 있다.

　이쯤 또는 저쯤,
　금기와 욕망의 거리 사이에서
　나무들이 솟아납니다.
　죽음의 기억이 무성해지는 게지요.

　학살이 왜 그렇게 유행했던가요?
　이마 빛나던 혁명가도, 한 노래로 농사짓던 아비도, 안으로만 제 몸
짓뭉개던 예술가도, 바깥 꿈꾸던 아나키스트들도, 권력에 자를 들이
대던 노동자들도
　모두 한 구렁에 처넣어져버렸습니다.
　셀 수 없었던 그 주검들 다 제대로 썩었는지
　아직 백골이나마 남은 게 있는지
　70년이 되어가도록 끊임없이
　그 기운 물과 함께 전신 타고 오르는지
　나무들이 해마다 더 독하게 푸르러집니다.

　가을로 접어들어서야
　나무들은
　우거진 침묵의
　마음
　색색으로 풀어서

　————　죽음의 사랑과 고통의 언어로 지은 집

드러냅니다.

제 독기

수줍게 버리지 못해

온 마음의 갈피들

붉게 노랗게 물들여선

바람에 실어

버립니다.

내년 봄이면 더 새파랗게 돋아날 텐데도.

— 「중석광산골」 전문

이제 시인은 유족들의 삶에 주목한다. "죽음을 같이 안고 // 살아가는 이들은, // 저희들끼리 속삭일 때도 // 자주 말톱을 깎는다. // 말톱 부스러기들 쓸어 모아 // 각자 쓰레기통에 버리는 // 그 비밀스런 의식(儀式) 때문에 // 갑자기, 버럭, 정을 내며 // 서로 돌아본다."(「살아가는 이들은」 전문) 여기서 '말톱'은 '손톱'이나 '발톱'의 변형임을 독자는 쉽사리 알아차린다.

그렇다면 '말톱'이란 무엇을 가리키는가. 말에도 손발이 있어 말톱이 자란다는 말인가? 손톱이나 발톱이 길게 자라면 깎아내 쓰레기통에 버리듯, 말을 주고받을 때 필요 없는 군더더기를 잘라내고 핵심적인 내용만을 몇 마디 말로 전달한다는 뜻일까? 아니면 손톱이나 발톱이 길면 혹시라도 상대방에게 상처를 줄까 봐 미리 깎아내는 것처럼 말을 주고받을 때에도 조심조심 말을 아낀다는 뜻일까? 그런데 유족들은 왜 말 한마디에도 그렇게 조심하는 것일까?

짐작컨대 이들은 언어의 폭력, 즉 '말톱'에 할퀴어 숱한 상처를 받으며 살아왔기 때문일 것이다. 가령 '빨갱이 자식'이라는 말은 예리한 손톱처럼 그들의 가슴에 지워지지 않는 상처를 남겼을 터이다. 그래서 이들은 늘 조심을 하는데도 어떤 순간에는 상대방이 무심코 던진 한 마디에 상처가 덧나 버럭 성을 내기도 한다. 이것은 "죽음을 같이 안고 // 살아가는 이들"이 서로를 확인하고 동병상련의 정을 나누는 방식, 즉 "정을 내며 // 서로 돌아"보는 "비밀스런 의식(儀式)"이 아닐까? 사실 이들이 서로를 살붙이처럼 여기는 동류의식을 공유하고 있는 것은 그들의 아버지들이 다같이 "행방불명으로 있"다는 "죽음의 구조"(「죽음의 구조만이」) 때문이다.

역사의 격랑에 휩쓸려 증오와 차별에 짓눌리며 오로지 생존만을 위해 "강물 아래 엎드린 돌같이 / 살아"(「그녀에게 삶은」)낸 한 유족의 삶은 눈물겹다기보다는 외경스럽다. 그녀의 살아온 얘기를 들으며 시인은 그녀의 기억 속에서 수런거리는 우레와 천둥의 뿌리가 먹고사는 문제, 즉 "희디흰 생계"에 있다는 것을 확인한다. "그녀에게 애비의 죽음은 / 구름 같은 밥의 질문 안에 있"다. 유족으로 산다는 것, 그것도 한 여자로서 산다는 것은, "분홍 아이스크림의 / 그 단맛 나는 길"(「애비의 죽음은」)을 포기하는 것을 의미한다. 연애와 결혼과 가정과 자식 같은 모든 세속적인 즐거움을 포기함으로써 색깔과 맛이 배제된 삶, 무색무미의 "희디흰 생계", 오로지 먹고사는 데만 급급한, 생명을 유지하기 위한 생존 투쟁으로서의 삶. 그것은 애비의 죽음과 침묵 속에 뿌리를 내리고 있다.

뭇 것들의 무덤인

이 땅에서

우리를 지펴줄

푸른 불의 숲이 무성하게

우거지고 있습니다.

사랑은 어서 오라고 안달하지 않습니다.

반대로 끓어 넘치지요.

　　　―「신록 2」 전문

　죽음의 땅에서 숲이 우거지듯, 사랑은 저절로 끓어 넘친다. 아직까지 침묵과 망각이 죽음의 기억을 에워싸고 있지만, 언젠가 때가 되면 "어서 오라고 안달하지 않"아도 사랑의 불은 우리를 지펴줄 것이라고 시인은 믿는다. 그러니 "내가 돌로 굳을 / 죽음의 사랑을 가지고 있다면 / 기다림이 오히려 꼭꼭 창을 닫"는 역설도 참아낼 수 있다. 왜냐하면 우리가 바라는 미래가 "머뭇머뭇" 좀처럼 오지 않고, "희뿌옇"고 불투명해도 "끊임없이 바람의 질문들이 (그것들을) 에워쌀 테니까". 문제는 "돌로 굳을"만큼 간절하고 영원한 "죽음의 사랑"(「내가 돌로 굳을 사랑을 가지고 있다면」)이다. 그러한 사랑은 아이가 "백발 되어 / 죽음의 사랑의 잔광(殘光)마저 탕진"(「별지기」)된 다음에도 대를 이어 그의 어린 자식에게 전해지게 마련이다. 그리하여 언젠가는 억울한 뭇생명의 죽음에 가위눌린 도시 대구는 침묵을 깨고 저항의 기지개를 켜며 깨어날 것이다.

비슬산의

숭엄과 신화의 바위가

검은 속 왈칵왈칵 쏟아내어

질펀한 서사를 이룬 것입니다.

그 물 대구시내 들어오는

가창 끝머리쯤에서

많은 죽음들 품어 쓰다듬는 할머니가 떠먹고,

한바탕, 서러운 술을 깨우는 것입니다.

그렇지, 그 깨움을 들고서야 겨우,

어미 강이 되는 것입니다.

수달이든 왜가리든 고라니든 인간이든

산 것들 입에 젖 물린 채

마구 불어나는 것입니다.

그 죽은 이들의 자식들 여전히 여기서 자라기에

대구분지는 그렇게 문득 또, 환하게

젖는 것입니다.

한바탕, 새로, 저항해야,

깨어나는 것입니다.

―「신천」 전문

─────── 죽음의 사랑과 고통의 언어로 지은 집

역사적 진실과
문체

연극 〈남한산성〉과 소설 『남한산성』, 그리고 영화 〈남한산성〉

장르로서의 연극과 소설과 영화

예술 장르의 역사로 보면 연극이 소설보다 오래된 형식이다. 수천 년 전의 고대 그리스 시대에 비극 경연대회가 열렸고, 그 공연장인 노천 원형극장이 아직도 남아 있다. 소설은 르네상스 시대에 시작되어 19세기에 개화한 문학 형식이고, 영화는 알다시피 20세기에 태어난 새로운 대중매체이다.

매체로서의 영향력은 연극보다는 소설이, 소설보다는 영화가 크다. 가장 성공적인 작품들을 기준으로 하면 대중에 대한 접근성과 호소력이 연극보다는 소설이, 소설보다는 영화가 강력하기 때문이다. 연극 〈남한산성〉(1973)의 관객(1970~80년대 '대한민국 연극제'의 작품당 관객 수는 5천 명을 넘지 못했다)보다는 소설 『남한산성』(2007)의 독자(70만 부 판매)가 훨씬 많고, 이들 두 작품의 관객과 독자를 합쳐도 영화 〈남한산성〉(2017)의 관객(2017년 10월 18일 기준 누적 관객 367만 573명)에는 미치지 못한다.

나는 1987년에 극작가 김의경의 작가론을 쓰기 위해 〈남한산성〉을 희곡으로 읽었고, 최근에 김훈의 베스트셀러 소설『남한산성』과 비교하기 위해 두 작품을 읽은 다음, 황동혁 감독의 영화 〈남한산성〉을 보았다. 이러는 과정에서 나는 역사적 진실을 대중에게 전하는 데는 작품의 사실성보다는 대중성이 중요한 요소가 아닌가 하는 느낌이 들면서도, 그렇지만 역사적 진실은 세련된 문체나 심미적 양식보다는 사실적인 문체나 논리적인 양식(가령 서사극이나 기록극)에 의해 보다 정확하게 드러난다는 생각을 떨쳐버릴 수 없었다.

김의경의 연극 〈남한산성〉

김의경(1936~2016)은 평생 사극에 애착을 가지고 역사적 진실과 씨름을 벌인 극작가이다. 철학과 출신이지만 다시 대학에 간다면 사학과를 택할 거라고 그는 생전에 고백한 바 있다. 그는 사극에 대한 애착이 "현실도피가 아니라 탐구와 도전이며 혹독한 수난의 운명을 긍정하고 수락하기 위한 부정(否定)"이라고 말한다. 1960년대 말 2년 남짓 미국 유학 생활을 하면서 "미국의 한국에 대한 태도에 근본적으로 불만을 가지고 비판을 시작"하면서 우리 역사에 대한 관심이 높아져 이를 연극무대를 통해 형상화하겠다는 다짐을 하였다. 그런데 그의 사극들을 꿰뚫고 있는 문제의식은 역사상 수없는 외세의 침략으로 수모를 겪으면서도 "우리는 왜 아직도 이 모양인가?" 하는 의문이다. 역사에 대한 관심이 오늘의 현실과 이어져 있기 때문에 그는 셰익스피어처럼 역사를 통해 철학적 성찰로 나아가지 않고 브레히트처럼 우리가 미처 알지 못했던 역사적 진실과 사실을 조명하는 데 집중한다.

그의 대표작인 〈남한산성〉(1973)을 비롯하여 〈함성〉(1974), 〈북벌〉(1978), 〈어머니〉(일명 〈삭풍의 계절〉, 1982), 〈식민지에서 온 아나키스트〉(1984), 〈잃어버린 역사를 찾아서〉(1985) 등이 모두 병자호란의 수난과 북벌의 좌절, 한말의 의병 투쟁과 독립투사 최익현의 순사(殉死), 관동대지진 시기의 조선인 학살 사건과 아나키스트 박열의 투쟁을 다루고 있다. 대체로 그의 작품에 등장하는 인물들은 화려한 전공(戰功)을 세워 이름을 빛낸 장군이나 영웅이 아니라 외세의 침략에 저항하다 좌절하거나 희생되는 인물들이다.

병자호란을 다룬 연극 〈남한산성〉은 작가가 처음 사극에 뜻을 두고 착상한 지 18년 만인 1973년에 완성한 작품이다. 인조 14년 병자년 겨울 남한산성에서 청나라 군에 포위된 후 치욕적인 삼전도 항복까지 45일간의 경과를 서구식 전통비극의 형식인 5막극에 담아내었다. 극에서 중요한 갈등요인은 주화파 최명길과 주전파 김상헌의 대립이다. 최명길은 현실주의자이자 실리파인 반면 김상헌은 주자학의 명분론에서 한치도 비켜서지 않는 대쪽 같은 선비이다. 이것은 우리가 익히 아는 역사적 사실이다. 그러면서도 우리는 은연중에 김상헌을 비롯한 3학사의 의기를 높이 떠받들고 최명길의 현실론은 좀 낮추어보도록 교육받아왔다. "가노라 삼각산아 다시 보자 한강수야 / 고국산천을 떠나려 하랴마는 / 시절이 하 수상하니 올동말동 하여라." 국어 교과서에 실린 김상헌의 시조는 청소년 시절의 우리 가슴에 선비의 기개와 우국충정의 상징으로 새겨져 있다.

그러나 김의경은 이러한 역사교육에서 놓쳤던 부분, 즉 최명길의 비굴하고 타협적인 외교노선이 김상헌의 명분에 치우친 비타협적 결사항전론에 못지않은 우국충정의 발로이며 국난타개의 지혜라는 점을 강조한다. 그러면서 주전론과 주화론 사이에서 우왕좌왕하는 영의정 김유를 비롯한 관료들과 왕의 무능을 부각시킨다. 특히 2막에 나오는 가짜 왕족과 가짜 대신의 삽화는 당시 관료들의 선비정신이 무엇인지를 확연하게 드러낸다. 청나라 장수를 속이기 위해 가짜 대신으로 갔던 형조판서 심집은 적장의 추궁에, 실은 자기가 가짜 대신이고 같이 간 능봉수도 왕의 동생이 아니라고 실토한다.

"신은 평생에 글을 배워서 언충신(言忠信)하여 거짓말을 해본 적이 없소이다. 비록 상대가 오랑캐이오나 어찌 이 입으로 거짓말을 하리이까?"

이것이 그의 선비정신이다. 이러한 맥락에서 김상헌과 3학사로 대표되는 주전론자들의 주장도 결사항쟁이라는 현실적 전략이라기보다는 명나라에 대한 신의를 지켜야 한다는 사대주의적 명분론의 성격이 강하다. "평소에 외적의 침입에 대비하지는 않다가 명분만 앞세운 '말'로써 어찌 국난을 타개할 수 있겠는가"라고 작가는 묻고 있다.

5막에서 강화도가 함락됐다는 소식을 듣고 인조가 드디어 항복하기로 결정하면서 이 연극의 비극적 갈등은 클라이막스로 치닫는다. 마침내 죄인의 차림으로 수항단에서 청태종에게 무릎을 꿇고 세 번 이마로 땅을 찧고 한 번 머리를 조아리기를 세 번 반복하면서 조선의 왕은 오랑캐인 청태종의 신하가 된다. "우리 역사에 결코 없었던 치욕이오, 전하, 치욕이오 전하ᅳ. 하오나 우리 백성들은 이 순간을 지켜보고 이 치욕의 증인이 되어 전하 앞에 맹세하오니, 이 치욕의 굴욕을 잊지 않고 갚으오리다ᅳ 잊지 않고 갚으오리다." 해설자인 소리꾼의 애끓는 다짐도 결국 실현되지 못했음을 그 후의 역사는 증명하고 있다.

청나라 오랑캐를 무찔러 삼전도의 치욕을 씻기 위한 효종의 북벌 계획과 그 좌절을 다룬 작품이 5년 후에 나온 〈북벌〉이다. 역시 5막극인 이 대작은 세종문화회관 개관 기념공연으로 무대에 올려졌다. 여기서도 작가는 자기 나름의 '역사교육'을 시도하고 있다. 우선 효종의 북벌 계획이 좌절된 것은 당시의 경제적 여건(임진·병자 두 차례의 전쟁으로 인한 민생의 파탄과 계속된 흉작)과 청의 감시, 국내의 친청 매판세력, 문약한 조정의 관료들 등 여러 요인 때문임을 이 연극은 가르쳐준다. 이와 함께 효종과 송시열, 이완 등 북벌파의 집념과 민생안정이 우선이라는 김육의 충정이, 〈남한산성〉에서 주전파와 주화파가 맞선 것처럼 서로 양보할 수 없는 타당성을 지닌 채 극을 끌고 가는 갈등요인으로 작용한다. 그러면서도 서막에서 강조되듯, 청나라 왕에게 강제로 출가하는 의순공주의 가마 행렬과 청나라 제2 수도 심양의 조선인 노예시장에서 이루어지는 인신매매 장면은 관객의 민족적 자존심에 충격을 준다. 또한 청나라에 붙어 제 민족을 팔아먹는 역관 정명수와, 조선인 어머니와 청나라 오랑캐 사이에서 태어난 사생아 상복의 인물설정은 김의경의 사극에 부족한 연극적 잔재미를 보충하는 데 일조한다. 그렇지만 사료에 충실한 나머지 이완의 군비증강책에 나오는 번거로운 수치를 원문 그대로 인용한다든지 어려운 한자어를 그대로 사용함으로써 관객의 이해를 어렵게 하고 연극의 흐름을 답답하게 만든다. 작가의 의도는 아니겠지만 어떤 점에서는 이런 답답함이 바로 북벌 계획의 비현실성과 관념적 명분론의 실체를 드러내고 있는지도 모른다. 이런 식의 허황한 관념적 명분론은 이후 이승만의 북진통일론이나 요즘의 '한미동맹만이 살길'이라는 구호로 그 맥이 이어진다.

앞에서 살펴보았듯이 김의경은 철저한 사실(史實) 조사를 바탕으로 왜곡이나 미화, 과장 없이 엄정한 사학도의 시각에서 역사적 진실을 들추어낸다. 이런 점에서 그의 사극은 궁중 사극이나 야담 사극, 또는 국책 사극의 차원을 벗어나 있다. 그의 사극들은 터무니없는 과장이나 왜곡에 빠지지 않고 값싼 감상이나 상투적인 애국심에 휘둘리지 않는 냉정한 교훈극의 성격을 지니고 있다. 이것은 그의 장점이자 약점이다. 뚜렷한 주제와 탄탄한 구성, 말장난이나 가식적인 수사가 제거된 견실한 대사 등이 그의 장점이라면, 교훈성을 매개해주는 연극적 잔재미가 부족하다거나 때로 사실에 대한 집착이 지나쳐 무미건조한 수치나 자료를 나열하는 것은 단점으로 지적될 만하다. 아울러 잃어버린 역사적 진실을 발굴하는 것을 넘어서서 새로운 역사 해석의 제시가 미흡한 경우도 있다. 이것은 결국 사관(史觀)의 문제일 터인데, 그는 왕조실록을 기록한 사관(史官)처럼 있는 그대로의 사실만을 제시하는 데 치중하고 있다. 그래서 그의 사극은 정통적인 사실주의극에 가깝다.

그의 작가적 상상력은 역사적 사실이라는 대지를 떠나 비상하지 않는다. 어찌 보면 그의 상상력은 '확인된' 역사적 사실을 어떻게 연결시켜 어떤 무대적 형상으로 꾸며낼 것인가에만 몰두하고 있는 듯하다. 그러니까 같은 사극이라 해도 역사적 상황의 바탕 위에 작가의 상상력에 의해 가공된 디테일을 설정하고 이를 통해 '새로운' 역사해석을 시도하는 이근삼의 〈게사니〉나 윤대성의 〈노비문서〉 같은 작품과, 역사적 사실을 가공하지 않고 재구성한 김의경의 〈남한산성〉은 역사를 해석하는 관점이 사뭇 다르다. 이것은 단순한 극작 기법만의 차이가 아니다. 이를테면 김의경의 사극이 실증적 검증을 거친 사료(史料) 중심의 정사(正史)라면, 이근삼과 윤대성의 사극은 확인된 사실 이외에도 전설이나 민요, 민담, 설화 등의 각종 구비자료와 작가의 상상력을 바탕으로 한 야사(野史)라고 할 수 있다. 대체로 독자들이 진수의 정사 『삼국지』는 읽지 않는 반면 나관중의 소설 『삼국지』에는 열광하듯이, 관객들은 김의경의 사극보다 윤대성과 이근삼의 사극에 더 열광적인 박수를 보낸다.

여기서 어느 쪽이 역사적 진실에 가까운지는 한마디로 판정할 수 없다. 가령 〈게사니〉에서는 임진왜란 당시 선조가 황급히 궁성을 버리고 북쪽으로 도망칠 때 성난 백성들이 돌을 던지고 몽둥이로 대신들을 치는 장면이 나오는데, 이것은 사실 기록에 관계없이 일면의 역사적 진실을 드러내고 있다. 〈노비문서〉에서는 몽고군의 침략에 대항하여 노비들이 결사항전으로 충주성을 지켜냈으나 고려의 집권층은 애초의 약속대로 노비문서를 불살라 면천시키지 않고 오히려 항명죄로 몰아 노비들을 학살한다. 이것은 사실만을 바탕으로 하지 않고 '만적의 난' 같은 사실에 작가의 상상력을 결합시킨 가공의 역사이지만, 당시의 신분제 사회에서 기득권층이 어떻게 민중을 속이고 억압했는가 하는 역사적 진실을 효과적으로 드러낸다.*

김훈의 장편소설 『남한산성』

김훈은 2000년대 한국의 가장 인기 있는 작가 가운데 하나이다. 그는 또한 우리 시대의 가장 뛰어난 문장가로 꼽힌다. 미려하고 감각적인 그의 문장에 많은 독자들이 빨려들었다. 가령 『칼의 노래』 서문은 얼마나 매혹적인가.

2000년 가을에 나는 다시 초야로 돌아왔다. 나는 정의로운 자들의 세상과 작별하였다.

---

* 이상은 한국연극평론가협회 편 『한국 현역 극작가론 Ⅱ』에 실린 졸고 「김의경론 ― 극작을 통한 역사에 대한 끈질긴 관심」의 내용 일부를 인용하거나 요약한 것이다.

나는 내 당대의 어떠한 가치도 긍정할 수 없었다. 제군들은 희망의 힘으로 살아있는가.

그대들과 나누어 가질 희망이나 믿음이… 나에게는 없다. 그러므로 그대들과 나는… 영원한 남으로서 서로 복되다. 나는 나 자신의 절박한 오류들과 더불어 혼자서 살 것이다.

초야의 저녁들은 헐거웠다. 내 적막은 아주 못 견딜 만하지는 않았다.

그해 겨울은 추웠고 눈이 많이 내렸다. 마음의 길들은 끊어졌고… 인기척이 없었다.

얼어붙은 세상의 빙판 위로… 똥차들이 마구 달렸다. 나는 무서워서 겨우내 대문 밖을 나가지 못했다. 나는 인간에 대한 모든 연민을 버리기로 했다. 연민을 버려야만 세상은 보일 듯 싶었다.

연민은 쉽게 버려지지 않았다. 그해 겨울에 나는 자주 아팠다.

눈이 녹은 뒤 충남 아산 현충사… 이순신 장군의 사당에 여러 번 갔었다. 거기에 장군의 큰 칼이 걸려 있었다. 차가운 칼이었다. 혼자서 하루 종일 장군의 칼을 들여다보다가 저물어서 돌아왔다.

사랑은 불가능에 대한 사랑일 뿐이라고… 그 칼은 내게 말해 주었다.

영웅이 아닌 나는… 쓸쓸해서 속으로 울었다. 이 가난한 글은… 그 칼의 전언에 대한 나의 응답이다.

사랑이여 아득한 적이여…

너의 모든 생명의 함대는… 바람 불고 물결 높은 날

내 마지막 바다… 노량으로 오라.

오라… 내 거기서 한줄기 일자진으로 적을 맞으리…

그는 『한국일보』 기자로 시작하여 『시사저널』, 『국민일보』, 『한겨레』 등 언론사에서 오랫동안 저널리스트로 글을 써왔다. 그래서 인지 문창과 출신들처럼 문학이 세상을 구원할 수 있다거나 문학만이 험난한 세상을 살아가는 존재이유라는 식의 허풍을 떨지 않는다. 나는 일단 그의 이런 담백한 태도가 맘에 든다. 앞에서 인용한 『칼의 노래』 서문은 오래 근무하던 주간지 『시사저널』을 그만두고 겨우내 칩거하면서 가끔씩 현충사에 가서 이순신 장군의 칼을 응시하며 작품을 구상하던 시절을 되새기고 있다.

김훈은 대학 2학년 2학기 방학 중에 도서관에서 우연히 『난중일기』(이은상 옮김)를 읽고, 사실에 입각한 이순신의 리얼리스트 정신에 매료되었다고 한다. 그는 여기서 "절망뿐인 현실, 절망의 시대에 헛된 희망을 설치하고 그것을 꿈이라고 말하지 않고 절망을 절망 그 자체로 받아들이면서 통과해 나가는 인간 이순신"을 발견한다. 그리고 이순신의 문장은 "무인이 아니면 쓸 수 없는, 사실만을 가지런히 챙기며 사실에 정확하게 입각한 언어"라고 평가한다. 그 때문인지 김훈의 문체는 대체로 군더더기가 없는 단순명료한 단문을 지향한다.

나도 대학 시절 체 게바라의 일기를 읽고 앙상한 사실의 뼈대만을 기록한 그의 냉정하고 건조한 문체에 실망감과 함께 약간의 거부감을 느낀 적이 있다. 나중에 생각해보니 남미의 안데스 산맥을 넘나들며 게릴라 투쟁을 하던 체는 하루하루 긴장 속에서 살아남는 것이 목표였으므로 혁명에 대한 열정을 감상적인 필치로 일기에 적을 여유조차 허락되지 않았을 것이다. 이런 맥락에서 보면, 스페인 내전에 참전한 헤밍웨이가 사실만을 단문으로 표현하는 이른바 하드보일드 문체로 소설을 쓴 것은 자연스러운 일이 아닌가. 이러한 문체의 속내를 이해하고 나서야 나는 조지 오웰의 『카탈로니아 찬가』와 잭 런던의 『야성의 부름』 같은 소설의 남성적인 문체에 경의를 표하게 되었다. 「입석부근」, 「객지」에서 마주친 황석영의 문장들도 이런 점에서 나에게는 경외의 대상이었다.

김훈의 문체는 소설 『남한산성』의 첫머리에서도 빛난다.

서울을 버려야 서울로 돌아올 수 있다는 말은 그럴듯하게 들렸다. 임금의 몸에 치욕이 닥치는 날에, 신하는 임금을 막아선 채 죽고 임금은 종묘의 위패를 끌어안고 죽어도, 들에는 백성들이 살아남아서 사직을 회복할 것이라는 말은 크고 높았다.

외적의 침입으로 사직이 위태로운 순간에도 대신들은 교묘하고 능란한 말만 늘어놓을 뿐, 실질적이고 효과적인 대책은 내놓지 못한다. 그저 밤낮으로 말만 앞세워 서로 물고 뜯으며 싸울 뿐이다. 이것을 작가는 이렇게 표현한다.

문장으로 발신(發身)한 대신들의 말은 기름진 뱀과 같았고, 흐린 날의 산맥과 같았다. 말로써 말을 건드리면 말은 대가리부터 꼬리까지 빠르게 꿈틀거리며 새로운 대열을 갖추었고, 똬리 틈새로 대가리를 치켜들어 혀를 내둘렀다. 혀들은 맹렬한 불꽃으로 편전의 밤을 밝혔다. 묘당(廟堂)에 쌓인 말들은 대가리와 꼬리를 서로 엇물면서 떼뱀으로 뒤엉켰고, 보이지 않는 산맥으로 치솟아 시야를 가로막고 출렁거렸다. 말들의 산맥 너머는 겨울이었는데, 임금의 시야는 그 겨울 들판에 닿을 수 없었다.

　묘당 대신들의 허황한 말싸움을 뒤엉킨 뱀들로 비유하면서 그런 말의 뒤엉킴이 종내에는 보이지 않는 산맥처럼 치솟아 임금의 시야를 가로막아 겨울 들판처럼 냉혹한 현실을 제대로 보지 못하게 했다는 것이다.

　그런데 청의 앞잡이가 된 역관 정명수의 내력을 전하는 대목에서 나는 잠시 어리둥절해진다.

　정명수는 여진말과 몽고말을 쉽게 배웠다. 사람의 마음에서 비롯하는 정처 없는 말과 사물에서 비롯하는 정처 있는 말이 겹치고 비벼지면서, 정처 있는 말이 정처 없는 말 속에 녹아서 정처를 잃어버리고, 정처 없는 말이 정처 있는 말 속에 스며서 정처에 자리잡은 말의 신기루 속을 정명수는 어려서부터 매를 맞으며 들여다보고 있었다. 매틀에 묶여 있을 때 말이 비벼지면서 매는 더욱 가중되었다. 정명수는 빠르게 그 신기루 속을 헤집고 나가면서 여진말과 몽고말을 익혔다. 압록강 이쪽의 신기루와 압록강 저쪽의 신기루가 다르지 않았다.

사람의 마음에서 비롯하는 정처 없는 말은 감정이나 생각을 표현하는 말이고, 사물에서 비롯하는 정처 있는 말은 이름이나 생김새를 표현하는 말일 터인데, 이런 두 가지 속성의 말들이 뒤엉켜 말이라는 신기루가 이루어지는 법. 관아의 노비 출신인 정명수는 조선말과 여진말, 몽고말을 익히면서 모든 말이 이런 점에서는 같다는 것을 터득한다. 그런데 이런 현란한 표현은 겉으로는 그럴싸하지만 그 내용인즉 영리하고 눈치 빠른 정명수가 여진말과 몽고말을 쉽게 배웠다는 것이다. 말의 속성에 관한 아리송한 변설은 서사의 본줄기에서 일탈한 일종의 말장난에 불과하다는 느낌이다. 일단 이렇게 보니, 불필요한 군더더기 같은 문장들은 곳곳에서 눈에 거슬린다. 서날쇠가 김상헌의 부탁으로 격서를 가지고 성 밖으로 나갈지, 마음속으로 가늠하는 대목을 보자.

바람이 잠든 날 눈이 내리면 숲에서는 길이 먼저 하얘지고, 들에서는 언덕이 먼저 하얘졌다. 바람 부는 날 눈이 내리면 산에서는 골짜기와 먼 바위가 먼저 하얘졌고, 마을에서는 초가지붕과 나무 꼭대기가 먼저 하얘졌다. 그리고 눈보라가 일면 모든 길이 지워져서 보이지 않는 곳으로 불려갔고, 눈보라가 멎으면 길들은 마을 사이로 돌아왔는데, 바람이 잠들고 눈이 멎으면 하얀 길들이 햇살을 받아 반짝거렸다. 지금 그 길에는 인적이 끊겨 짐승의 발자국이 찍혀 있을 것이다. 격서가 전달되면, 그 먼 길들을 따라서 남한산성으로 향하는 군사들의 기치창검이 이어지는 것인가.

앞에서 예로 든 『칼의 노래』 서문에서 보듯, 문장 하나, 토씨 하나, 문장부호 하나까지 편집증적인 계산을 하는 작가가 눈 오는 광경을 여러 번 지켜본 사람의 시각적 경험을 정리한 것 같은 평범하다 못해 진부한 문장들을 여기 배치한 의도는 무엇일까. 서날쇠가 머릿속에서 앞으로 걸어갈 험난한 눈길을 미리 그려보며 마음의 각오를 다진다는 뜻인가. 어쨌든 이런 눈길에 대한 평범하고 즉물적인 서술은, 그에게 죽음을 무릅쓰고 격서를 전하라고 부탁(실은 명령)하는 김상헌이 생각하는 관념적인 길―그것은 대의명분과 충성의 길이다―과는 너무나 다른, 적진을 뚫고 생사를 걸고 헤쳐나가야 하는 서날쇠의 길을 일깨워주는 것인가. 이렇게 호의적으로 해석해도, 눈 오는 광경에 대한 묘사는 아무래도 군더더기라는 느낌은 지워지지 않는다.

　나는 소설 『남한산성』의 내용에 대해서는 거의 언급하지 않았다. 할 얘기가 별로 없었기 때문이다. 소설 속에서는 김의경의 〈남한산성〉에서 드러난 문제들과 등장인물들이 그대로 되풀이된다. 심미적 고려 속에서 민중성의 전형으로 조립된 서날쇠 같은 인물이 삽화처럼 끼어들고, 김상헌이 죽인 뱃사공의 손녀 나루를 (김상헌의 주선으로) 서날쇠가 딸처럼 거두게 된다는 멜로 드라마적 설정이 앞의 연극에서는 볼 수 없는 잔재미를 주지만, 막강한 침략군에 포위된 산성 안에서 벌어지는 주화파와 주전파의 한심한 명분싸움이라는 서사의 큰 줄거리는 별로 다를 게 없다.

　나는 여기서 니체와 브레히트의 문체를 비교한 하인츠 슐라퍼의 문체론을 떠올렸다. 이 독일 평론가에 따르면 화려하고 멋진 니체의 문체에 매혹된 "독자는 동료 시민으로서 그 언어를 듣는 것이 아니라, 미래의 추종자로서 그 언어의 부름을 받는다." 그리고 "독자는 자기가 읽은 것을 듣기만 하는 것이 아니라 자기가 말한다고 믿게 된다." 반면에 평범하고 소박한 언어를 사용함으로써 문체 자체를 포기한 것처럼 보이는 브레히트의 문장들은 도취된 감각이나 열광보다는 글의 내용에 독자들이 주목하도록 유도한다. 브레히트의 서사극도 연극적 환상이나 재미보다는 문제의 내용과 해법에 관객이 집중하도록 유도한다는 점에서 그의 문체와 지향점이 일치한다.

　나는 김훈의 문체가 니체의 문체와 똑같다고 말하려는 것이 아니다. 그러나 다분히 남성적이고 직설적이며 심미적인 그의 문체는 독자로 하여금 문장 그 자체에 끌려들어가게 만든다는 점에서 니체의 문체와 유사한 특징을 가지고 있는 것 같다. 그리고 그의 문장을 읽으면서 나는 곳곳에서 서사의 내용과는 긴밀한 연관이 없이 그저 말 자체의 재미나 작가의 자기 과시를 위한 군말이 의외로 많다는 사실을 발견했다. 소설가란 일종의 이야기꾼이고 이야기꾼은 이야기를 풀어나갈 때 본줄기와는 관련이 없는 삽화나 쓸데없는 잡소리를 늘어놓기도 하는 법이니까, 그것이 작가로서의 결정적인 흠결은 아닐 것이다. 그렇지만 멋진 말을 골라내고 다듬는 즐거움에 탐닉하다보면 정작 표현하고자 하는 내용보다는 그 문체의 심미적 치장에 더 신경을 쓰게 되고 독자로 하여금 문장 자체의 아름다움에 도취하게 만든다. 결국 이것이 슐라퍼의 문체론이 말하고자 하는 바가 아닐까.

그렇다고 일부러 밋밋하고 소박한 문장만을 쓰라고 작가에게 강요할 수는 없다. 문체란 본질적으로 작가의 취향에 속하는 문제이고 독자의 입장에서도 문장의 뜻(메시지)보다는 그 표현의 맛에 끌리는 경우도 많다. 그러니 솔직하게 김훈의 미려한 문체는 어떤 이유에선지 내 취향에는 맞지 않는다고 고백하는 편이 낫겠다. 김의경의 〈남한산성〉은 사료에 충실하고 작품의 메시지도 강렬하며 극적 구성도 치밀하지만 연극적인 잔재미가 없고 너무 무미건조하여 관객들이 흥미를 느끼고 즐기기에는 한계가 있다. 그러고 보니 이 연극에는 여성이 단 한 명도 등장하지 않는다.

참고로 브레히트식의 소박하고 평범한 문장을 읽어보자. 위대한 로마의 독재자 카이사르와 그 부하였던 한 노병에 관한 단편 「카이사르와 그의 병사」 2장은 이렇게 시작된다.

여명 속에 황소 달구지 한 대가 봄빛이 파란 캄파냐 평야를 지나 로마로 향한다. 쉰두 살의 소작농이자 카이사르 군단의 용사였던 테렌티우스 스카페르와 그 식솔들이다. 그들의 얼굴엔 수심이 가득하다. 그들은 소작료가 밀려 조그만 소작지에서 쫓겨났다. 열여덟인 루칠리아만이 거대하고 싸늘한 도시를 들뜬 기분으로 쳐다본다. 그녀의 약혼자가 그곳에 살고 있기 때문이다.

루칠리아의 약혼자는 카이사르의 비서인데, 그는 가난한 약혼녀 일가로부터 빌린 3백 냥으로 어떻게든 손을 써서 카이사르를 스카페르의 우마차에 숨겨 교외로 도피시키려 하지만 실패하고 만다. 소설은 이렇게 끝난다.

3월 15일 새벽에 그 독재자는 비서가 간밤에 저택 안에서 살해되었다는 보고를 받는다. 모반자들의 명단이 사라져 버렸다. 카이사르는 이날 오전 원로원에서 이 명단에 들어 있는 사람들과 만나 단도에 찔려 쓰러진다.

늙은 군인이자 몰락한 소작농이 끌고 오는 달구지 한 대가 교외의 여관으로 덜커덩거리며 돌아간다. 거기에는 위대한 카이사르가 3백 냥을 빚지고 있는 하잘것없는 일가족이 기다리고 있다.

영화 〈남한산성〉

아무리 절실한 역사적 사실이라도 대중적인 흥미 유발이 없으면 외면당하는 것이 요즘 학교의 현실이다. 수업 시간에는 졸기만 하던 학생이 이 영화를 보고 나서 남한산성에서 겪은 뼈아픈 치욕의 역사를 되돌아보고 "우리는 왜 아직도 이 모양인가?"라는 의문을 제기하는 것을 경험했다는 어느 역사 교사의 글도 나에게는 새삼스럽게 예술의 대중성과 교훈성을 되새기는 계기가 되었다. 영화 〈암살〉을 예로 들면서 역사적 진실은 엄정한 사실만을 기록한 역사교과서나 연구논문보다는 때로 과장이나 허구와 결합한 영화나 소설을 통해 더 효과적으로 전달된다는 어느 역사학자의 주장도 떠오른다. 연극이나 소설보다는 잘 만들어진 영화 한 편이 우리의 역사교육에 훨씬 효과적인 것을 알았기에 박근혜 정권은 서둘러 국정교과서를 만들기에 앞서 〈인천상륙작전〉이나 〈연평해전〉, 〈명량〉, 〈국제시장〉 같은 국책 영화(일명 국뽕영화)를 만들라고 주문하고 온갖 지원을 아끼지 않았을 것이다.

나는 10월 중순의 어느 날 영화관을 찾았다. 이때는 〈남한산성〉에 대한 관심이 식어가는 끝물이라 집에서 가까운 영화관에서는 벌써 이 영화를 내리고 새 영화를 시작하고 있었다. 그래서 인터넷을 검색하여 시내의 한 영화관을 찾았는데 이른 시간이어서인지 관객은 나를 포함해서 단 네 명이었다. 나머지 세 명은 동창인 듯한 중년 여성들이었고, 영화가 끝난 후 그들은 재잘거리며 미리 정해 놓은 음식점으로 향했다. 나는 전에 가본 냉면집을 찾아가면서 요즘은 혼자 음식점을 찾는 것이 어색한 일이 되어 버렸다는 것을 새삼스럽게 실감했다. 기껏 찾아간 그 냉면집은 내년 3월까지 휴업이었다.

발길을 돌리면서, 영화관에는 눈치 주는 주인장도 없는데 왜 혼자 가기에는 쑥스럽고 눈치가 보이는 것일까 하는 생각이 들었다. 혼자 영화관에 가는 것이 어색하게 느껴지는 것은 쌍쌍이, 또는 패를 지어 오는 다른 관객들에 비해 나만 외톨이라는 자의식 때문인 것 같은데, 그보다는 영화를 본 다음에 영화에 대해 이러쿵저러쿵 얘기할 상대가 없기 때문이 아닐까. 영화는 본질적으로 같이 보고 함께 공감하며 애기를 나누도록 되어 있는 매체이다. 요즘엔 혼자 골방에 틀어박혀 인터넷이나 씨디로 영화를 보는 이들도 많은데, 나는 왠지 그것이 영화의 본질과는 맞지 않는다는 생각이다. 소설이나 시는 혼자서 읽는 것이 제격이지만 연극이나 영화는 아무래도 여럿이 함께 보는 것이 자연스럽다.

영화는 김훈의 소설을 황동혁 감독이 직접 각색한 때문인지, 소설의 틀을 거의 그대로 살려냈다. 배우들의 연기력도 탁월하고 장면 장면의 영상미도 훌륭했다. 특히 소설에서 묘사된 청나라 진영의 막사나 점령군으로서의 행동거지는 실감나게 영상으로 재현되었다. 소설에서 거슬리던 현학적인 군더더기와 심미적 문체도 영화에서는 전혀 찾아볼 수 없었다. 나로서는 소설보다 영화가 훨씬 만족스러웠다.

점심을 해결하지 못하고 집으로 돌아오는 버스 속에서, 나는 왜 김훈의 소설에 만족하지 못하고 그의 문체에 불편한 심기를 느꼈는지 짚어보게 되었다. 그리고 생전에 별로 주목받지 못하고 인기도 없었던 극작가 김의경에 비해 대중적 인기를 누리면서 영화 〈남한산성〉의 원작자로서 흥행 대박인 이 영화의 제작자를 딸로 둔 김훈에게 괜히 시비를 걸고 싶었던 것은 아닌지 잠시 반성의 시간을 가졌다. 그러면서 한편으로는 소설 『남한산성』에서 뭔가 부족한 듯한 느낌과 함께 못내 마음에 걸렸던 것이 무엇인지 어렴풋이 감지되었다. 그것은 그럴듯한 명분론과 수사법 속에 은폐된 역사적 진실이 제대로, 즉 평이하고 단순한 말로 표현되지 않았기 때문이었다. 역사적 진실에 대한 나의 갈증은 아직 채워지지 않았다. 그렇다면 내가 기대하는 역사적 진실이란 무엇인가.

나는 김의경이 〈남한산성〉에서 보여주었던 가짜 사신의 일화가 묘당(廟堂)의 말싸움보다 당시 관료들의 허위의식을 훨씬 잘 드러내고 있다고 본다. 김상헌은 나중에 청나라에 끌려가 곤욕을 치렀지만 그의 아름다운 이름은 청사에 길이 빛났고 그의 후손들은 대대손손 권세를 누리며 세도정치를 세습했다. 그리고 나는 〈북벌〉에서 형상화되었던 조선 여성들과 백성들의 수난이 병자호란의 가장 중요한 역사적 진실이라는 생각에 매달려 있다. 청에 잡혀 갔다가 돌아온 여자들을 일컫는 환향녀(還鄕女)가 '화냥년'의 어원이라는 언어학적 사실이 나에게는 "사람의 마음에서 비롯하는 정처 없는 말과 사물에서 비롯하는 정처 있는 말이 겹치고 비벼지면서, 정처 있는 말이 정처 없는 말 속에 녹아서 정처를 잃어버리고, 정처 없는 말이 정처 있는 말 속에 스며서 정처에 자리잡은 말의 신기루 속을…" 따위의 언어학적 고찰보다 훨씬 중요하게 여겨진다.

또 다른 병자호란의 중요한 역사적 사실인 포로 문제도 소설 『남한산성』에서는 거의 다루어지지 않았다. 강화도 함락 당시에도 이미 무수한 여자들이 자살했고 수많은 백성들이 포로로 잡혀갔다. 병자호란 이후 조선인 포로 50만이 청에 끌려갔다는 최명길의 보고는 명나라 측의 동정심을 자극하기 위한 과장으로, 실제로는 약 10만 명의 포로가 끌려갔다는 것이 학계의 정설이다. 그렇다고 해도 임진·정유왜란 7년 동안의 전란을 겪은 지 40년밖에 지나지 않은 조선으로서는 엄청난 타격이었을 것이다. 이런 역사적 사실을 브레히트와 같은 평이한 문체로 형상화하지 않은 것이 나에게는 불만이었다. 물론 소설 『남한산성』은 인조가 산성에 갇혀 있던 기간만을 다루었다고 변명할지 모르지만, 백성들의 고난보다 관료들의 갈등만을 부각시킨 듯한 아쉬움은 여전히 가시지 않는다.

청태종 못지않게 무례하고 오만방자한 트럼프가 곧 여의도로 들이닥칠 모양이다. 약소국의 굴욕과 그것을 치장하기 위한 화사한 말들의 잔칫상이 차려질 것이다.

문학의 위안 ———

3부

서구의 유토피아 사상과
유토피아 소설

유토피아의 개념과 기능

유토피아(Utopia)는 '존재하지 않는 곳', 다시
말해 현실에서는 존재하지 않는 꿈속의 나라, 신기루와 같은 이상
향을 가리킨다. 유토피아는 이런 점에서 공상의 소산이요, 비현실
적이고 비과학적인 소망의 투사(投射)라는 부정적인 뉘앙스를 지
니고 있다. 따라서 유토피아 소설의 작가나 사상가가 '유토피아주
의자(Utopist)'로 자처하지도 않고, 자기 책의 제목에 '유토피아'라는
말을 붙이지도 않는다. 어떤 점에서는 가장 전형적인 유토피아 사
상가인 마르크스도 자신의 사회주의는 유토피아적 몽상(Utopie)이
아닌 과학이라고 주장하면서 의식적으로 차별화와 거리두기를 하
고 있다. 그래서 서구에서는 토마스 모어의 『유토피아』를 고전적
인 유토피아 문학으로 대접하고, 에른스트 블로흐(1885~1977) 같은

철학자가 유토피아를 긍정적으로 높이 평가했음에도 불구하고, 유토피아는 여전히 부정적인 의미로 사용되는 경우가 많다. 이것은 마치 유토피아 사상의 담지자인 '지식인(intellectual)'이 서구, 특히 독일에서 '먹물'이라는 부정적인 뉘앙스를 벗어던지지 못하고 있는 것과 마찬가지로, 특수한 역사적 경험과 관련된 언어의 착색(着色)현상이라 하겠다.

유토피아 사상은 크게 보아 철학사/이념사적 개념과 텍스트/기호 및 동기(모티프)의 역사 개념으로 나눌 수 있다. 철학사적 관점에서 유토피아 사상은 '포착되어 진행 중인 희망'이며 '있지-않음'이 아니라 '아직-아님'이다. 즉 '아직-아니' 실현되었을 뿐인 현실이다(에른스트 블로흐). 그러나 이와는 달리 유토피아 사상이란 '자기기만적인 유럽 허무주의의 사유형식'(칼-하인츠 폴크만-슐루크)으로 보는 이도 있다. 유물론적 인간학에서는 '조화와 행복을 향한 추구'라는 보편적인 의미로 유토피아 사상을 해석한다. 두 번째의 관점에서 유토피아는 특정한 주제와 동기들(가령 사유재산의 철폐, 사적 토지 소유의 거부, 화폐경제의 철폐, 성의 도덕적 억제의 폐지 등)과 특정한 집단환상 내지 집단소망의 이미지들(가령 이상도시, 에덴동산, 황금시대, 놀고먹는 세상, 복자의 섬 따위)과 연관된다.

유토피아 사상은 당대 사회에 대한 대안(부정)으로 구상되었으며 이런 점에서 풍자(Satire)와는 정반대 쪽에 있으면서도 긴밀하게 연관돼 있다. 즉, 대극적 친연성(對極的 親緣性)을 가진다(라인하르트 헤어초크). '대극적 친연성'이란 '백년원수'를 '천생연분'으로 삼아 아웅다웅 싸우며 해로하는 노부부처럼, 또는 남북한처럼, 상대방에 대한 증오와 대립을 통해 체제를 유지하는 적대적 공존관계를 가리킨다. 유토피아의 기획은 선별(選別)과 형식화(形式化)를 수반하는데, 이것은 필연적으로 체계화(體系化)와 공리적/기하학적 기획을 낳는다. 이에 따라 때로는 이상적 질서가 폭력적인 질서로 바뀌기도 한다.

유토피아적 사유의 특징

서구적 사유의 근저에는 언제나 유토피아적 동기가 깔려 있다. 보다 나은 질서에 대한 희망과 이상사회의 설계는 서구적 유토피아 사상의 불변요소 내지 하부구조로서 서구문화의 핵심 요소이자 근원적인 동력으로 작용해 왔다. 이러한 유토피아적 사유는 각 시대마다 서로 다른 이데올로기적 동기에 의해 다양한 형태로 전개되었다. 가령 중세에는 종교적·성서적 동기에 의해 종말론과 결합한 다양한 천년왕국설과 종교개혁 운동으로 나타나기도 하고, 16세기의 르네상스 이후에는 합리주의적·철학적 동기에 의해 토마스 모어의 『유토피아』(1516)와 캄파넬라의 『태양의 도시』(1602) 같은 다양한 유토피아적 구상으로 펼쳐지기도 한다. 그리고 18세기 말 이후에는 '과학적' 동기에 의해 각종의 사회적·경제적·문화적 유토피아 구상들이 쏟아져 나오는데, 그중 대표적인 것이 마르크스주의라 할 수 있다. 물론 마르크스 자신은 자신의 역사 유물변증법적 사유와 인간해방의 실천운동이 공상적 사회주의와는 다른 과학적 사회주의라고 주장했지만, 이상적인 사회와 인간에 대한 추구는 분명 유토피아적 동기를 출발점으로 삼고 있다. 이런 점에서 "마르크스·레닌주의가 유토피아의 구성성분을 포함하고 있다는 것은 부인할 수 없는 사실이다."(한스 귄터)

앞서 언급한 '보다 나은 질서에 대한 희망과 설계'는 어찌 보면 모든 문화의 보편적 요소처럼 보이지만, 질서는 기지(旣知)의 도식에 따라 기지의 요소들을 해석하는 반면, 설계는 기존의 질서를 변형시키는 것이며 그 희망이 미지의 공간과 시간 속에서 펼쳐진다는 점에서 유토피아적이라 할 수 있다. 따라서 유토피아적 사유는 질서와 설계와 희망이라는 세 가지 원소들의 결합체이며 모어의 『유토피아』에서 보듯이 모순된 현실세계와는 다른, 보다 나은 세계에 대한 구상을 수반하기 마련이다. 모어의 유토피아는 갈등 없는 조화로운 사회 속에서 소외로부터 해방된 인간이 진정으로 인간답게, 본연의 존재목적에 부합한 삶을 보장받을 수 있게 설계된 공리적 구조를 가지고 있다. 이러한 공리적 구조는 모어 이전에도 프란치스코파 수도사들의 원시공산주의 결사체인 수도원에서 시험된 바 있으며, 모어 이후에도 숱한 지식인들의 유토피아적 구상에 필수적인 요소로 포함된다.

유토피아는 기능상 언제나 당대 현실에 대한 대안적 구상이자 현실에서 충족되지 않은 소망의 투사이다. 열악하고 모순된 현실을 부정하되 현실보다 나은 질서를 가진 대안세계를 제시하는 것이 유토피아적 사유의 본질이다. 따라서 유토피아적 사유는 긍정적인 현실부정일 수밖에 없는데, 모어의 『유토피아』는 이런 특성을 전형적으로 보여준다. 이 책의 1권에서는 당시 영국 사회의 부정적인 모습들, 즉 불공정하고 잔혹한 형법과 농노의 참상, 영주들의 횡포, 민중의 가난과 고통, 귀족과 고위 성직자들의 오만방자한 행태들이 열거된다. 그런 다음 2권에서는 이런 영국의 현실과는 다른 유토피아 공화국의 훌륭한 법률과 제도, 풍속, 습관에 대한 라파엘의 경험담이 서술된다.

그런데 유토피아적 대안은 작가의 경험을 바탕으로 구성된다. 유토피아는 작가의 상상력의 소산이지만 그러한 상상력 속에는 자기가 살았던 당대의 현실이 일정 정도 반영되기 마련이다. 유토피아적 구상은 이런 점에서 어떤 천재의 독창적인 상상력의 소산도 아니고 서구 지성인들만의 특산품도 아니다. 유토피아적 구상 역시 어떤 시대의 유행적 사유의 흐름과 무관하지 않고 언제나 기존의 유토피아적 구상을 참고하거나 표절하고 있다. 또한 유토피아적 구상이 편견과 아집에서 벗어나지 못하고 있는 경우도 적지 않다. 가령 모어에서 오웰에 이르기까지, 유토피아적 구상과 이에 대한 풍자(반유토피아)에서 '위대한 아버지'와 '큰 형님'의 이미지로 나타나는 가부장주의를 예로 들 수 있다. 모어의 유토피아에서 시작된 가족의 해체는 18세기 말 이래 모든 유토피아적 구상이나 반유토피아적 구상에서 언제나 나타난다. 이 밖에도 공동체 구조와 의회, 교육을 통한 인간의 완성(문맹자들의 유토피아는 어디에도 존재하지 않는다), 외면적 평등에도 불구하고 여전히 유지되고 있는 신분제, 육체노동에 대한 거부감, 필요악으로서의 전쟁을 인정하거나 심지어는 찬양하는 경향, 출신에 구애받지 않는 정신적 귀족론 등이 모두 당대의 현실적 경향들이 유토피아적 구상 속에 투사된 사례로 지적된다.

공간 유토피아와 시간 유토피아

유토피아 소설을 포함한 유토피아적 설계는 일종의 허구(픽션)로 존재한다. 미지의 공간이나 미지의 시간 속에 투사된 유토피아적 설계는 실제로 그러한 곳이 존재하는지, 그리고 정확하게 언제 그것이 실현될지를 증명할 의무에서 벗어나 있다. 이처럼 사실성이나 실현가능성과는 무관한 허구로서의 유토피아는 특수한 시공간구조, 즉 바흐친의 용어를 빌면 특수한 크로노토프를 가진다. 즉 유토피아적 공간은 머나먼 외딴 섬이나 성벽 도시처럼 폐쇄적·자족적이다. 또한 유토피아적 시간은 역사적 시간처럼 과거→현재→미래의 일정한 방향으로 흘러가지 않고 어떤 시점에서 정지돼 있거나 일정한 순서에 따라 순환한다.

공간 유토피아의 경우, 이상적인 상황과 행복은 영원히 지속된다. 반면에 시간 유토피아의 경우에는 황금시대→열악한 현재→황금시대의 재현이라는 3단계의 도식에 따라 이상향에 도달하고, 이렇게 해서 재현된 이상향은 영원히 지속되는 것으로 상정된다. 이러한 이상향의 실현은 단계적·점근적(漸近的)으로 이루어지지 않고 예기치 않은 사고(가령 항해 도중의 난파나 여행 도중의 길 잃기, 납치 등)나 묵시록적 종말, 혁명에 의한 일상적 삶의 행로로부터의 이탈이나 비약을 통해 이루어지는 것이 보통이다.

유토피아 사상의 담당층

유럽의 유토피아 사상은 12세기 르네상스의 주지주의에 의해 그 틀이 만들어졌다. 대학의 설립과 문자기록의 증가, 농업혁명으로 인한 인구의 급증, 경제적 사고와 기술(수공업)의 발달로 현세적인 설계가 가능해졌고, 그 담당자는 중간층이었다. 이 중간층은 부르주아와는 다른 계층으로 도시에 거주하는 고급 수공노동자와 상층부 농민으로 구성된 '경제인(homo economocus)'들로서 경제적으로 사고하고 행동하는 특성을 지녔다. 중간층은 14세기에 명인제(Meisterschaft)를 통해 기예적(技藝的) 숙련을 숭상하는 등 독특한 자의식을 형성하였다. 중간층은 기존의 사회질서에 새로운 변화를 가져왔고, 인간의 힘으로 새로운 변화를 이룩할 수 있다는 자신감과 낙관주의를 바탕으로 설계적 사고를 발휘하게 되었다.

중세 르네상스의 대표적 지식인인 아우구스토두넨시스는 각기 분과 학문의 명칭을 가진 열 개의 정거장 도시를 거쳐 성도 예루살렘에 들어가는 학문완성의 도식을 제시했고, 이것은 이후 유토피아 도시의 원형이 되었다. 알라누스 폰 릴레의 교훈시에서 제시된 7학예(문법, 수사, 논리, 산수, 기하, 음악, 천문)와 오성, 덕목 등을 두루 갖춘 이상적 인간은, 후대의 유토피아 사상가들이 제시하는 합리성과 윤리의 결합을 모범적으로 선취한 사례들이다.

한편 16세기 르네상스 이후부터 유토피아 사상의 담당자는 수도사나 중간층으로부터 인문학적 지식인으로 바뀌는데, 이들은 경제적으로 사고하고 행동하는 중간층과는 다른 집단이다.

성직자나 법관, 외교관, 언론인, 출판업자, 문필가, 학자 가운데 동시대인들에게 비판적인 태도를 취하면서 여론을 환기시킬 수 있는 특별한 소통기능을 가진 이들 지식인들은 대부분 도시에서 살았다. 이들은 중간시민층(부르주아)의 경제지향적 사고와는 거리가 멀고 약간은 비현실적인 교양을 숭상하고 정신의 힘으로 세계를 극복하려는 '정신적 귀족'이었다. 이러한 서구 지식인 집단은 일종의 뿌리 뽑힌 사람들로서 고독하고 탈속적인 심성과 날카로운 비판의식, 비현실적·비경제적인 유희적 창조력을 발휘하여 다양한 유토피아적 구상들을 펼쳐놓았다. 이들은 그러한 경험지평과 생활태도에 따라 때로는 유토피아적 구상 속에서 놀라운 통찰력으로 미래를 예견하기도 하지만, 어떤 경우에는 전혀 비현실적인 경제적 해결책을 제시하기도 한다. 현인 철학자가 지배하는 유토피아는 이러한 서구 지식인들의 의식의 반영이다. 그리고 이러한 비현실적인 지식인의 공상적 유토피아 기획에 대한 부정적 평가와 지식인의 자의식, 그리고 보다 나은 질서를 실현하려는 현실적인 해방운동의 실패는 19세기 후반에 유토피아에 대한 비판과 반유토피아 소설을 낳는 원인이 되었다. 이에 대해서는 다음 장에서 좀더 상세하게 살펴보기로 하자.

공간 유토피아에서
시간 유토피아로의 분화

　　모어의 『유토피아』는 서구문학의 공간적 유토피아의 전형을 보여준다. 그 기본구조와 개념은 플라톤의 이상국가 기획과 그리스의 목가적 유토피아 사상의 전통에 닿아 있고, 이후 유럽의 유토피아 사상과 문학의 전범으로 작용한다. 공간 유토피아는 유럽이라는 기존의 현실세계를 떠난 가상의 공간을 설정하고 그곳에 대안적 이상향을 구성한다. 이를테면 어떤 여행자가 낯선 해안에 표류하여 그곳에서 이상적인 국가나 이상적인 사회를 발견하게 되고 우여곡절 끝에 다시 고향으로 돌아와 대안세계가 얼마나 훌륭한 질서를 가진 이상향인가를 보고한다.

　이러한 공간 유토피아로부터 비현실적인 미래나 잠재적인 미래를 유추할 수는 있으나, 과거시제의 유토피아는 많은 반면(가령 낙원으로의 복귀나 '좋았던 그 시절'의 재현), 미래 시제의 유토피아는 아직 나타나지 않는다. 또한 이성적이고 기하학적으로 구성된 공간 유토피아에서는 금욕과 이타심을 체화하도록 훈련된 개체들의 이해관계가 사회 전체의 이해관계와 일치하는 것으로 상정된다.

　고전적인 사회적·목가적 공간 유토피아는 18세기 후반에 역동적인 시간 유토피아로 분화한다. 이러한 분화는 신분사회에서 기능중심 사회로의 이행 및 근대적인 '역사의 시간화'(라인하르트 코젤렉)와 연관돼 있다. 구체적으로 시간 유토피아는 메르시에(Louis-Sebastien Mercier)의 미래소설 『2440년』이 나온 1770년을 기점으로 한

다. 이때는 이미 지구상에 미지의 세계가 더이상 존재하지 않게 됨
으로써(1770년에 쿠크 선장의 호주 동해안 일주가 이루어진다), 유토피아적
인 공간이 경험에 의해 정복되고 소진되기에 이른다. 현재의 지상
과 피안에는 유토피아를 찾을 수 없으므로 미래에 유토피아를 설
정하지 않을 수 없게 된 것이다. 물론 지하나 해저, 달나라는 아직
미지의 세계로 남아 있다. 시간 유토피아는 유토피아적 이상을 섬
같은 공간 유토피아에 투사하는 대신 미래 속에 투사한 것이며, 주
체와 역사를 무한히 개선시킬 수 있다는 진보철학을 바탕으로 깔
고 있다. 이에 따라 유토피아는 미래의 이상향을 미리 예견하여 보
여주는 선취 기능과 가정적/개연적인 대안을 미래의 현실에 투사
하는 기능으로 변화하고 확장된다. 메르시에의 미래 유토피아는
진보철학의 변형이며 그 이론적 기초는 완전이상(Perfectio Ideale)의
시간화이다. 즉 앞으로 언젠가는 인간의 노력에 의해 완벽한 인간
과 완전무결한 사회가 건설될 수 있다는 근대적 인간관과 세계관
의 표현이다. 작가의 의식 안에서 이루어지는 이러한 미래의 선취
는 계몽적 이성에 대한 소박한 믿음을 바탕으로 하고 있다. 이런 점
에서 시간 유토피아는 유토피아 속으로 미래가 침투하고 역사철학
속으로 유토피아가 침투하는 변화를 의미한다.

이와 동시에 시간 유토피아는 주체 개념의 변화를 반영한다. 즉
모어가 공간 유토피아에서 당연시하는 주체의 요구와 사회적 필연
성의 일치란 현실적으로 불가하며 주체와 사회는 대립할 수밖에
없다는 전제하에(루소), 개별성은 언제나 억지나 강요에 의해서만
보편성을 따르게 된다고 보는 것이다. 가령 메르시에의 미래 유토

피아인 파리에서는 도덕적인 동기에 의해 검열이 정당화된다. 또한 가부장적인 아버지와 순종적인 아내로 이루어진 부르주아적 가정상을 이상형으로 제시한다. 그러나 작가의 도덕적 선의에서 나온 폭력적 질서에 의해 개인의 자유의지는 무시되고 억압된다.

한편 시간 유토피아의 등장과 함께 유토피아 사상은 점차 자기 조회 또는 자기 성찰의 성격을 띠게 되는데, 이는 초기 낭만주의에서 엿볼 수 있는 주관화와 심미화의 경향이자(이른바 '낭만적 아이러니'는 18세기와 19세기를 잇는 연결고리가 된다) 유토피아 사상의 퇴화를 의미한다. '유토피아로서의 예술작품'(프리드리히 슐레겔)이나 개인의 행복, 섬광처럼 찾아오는 통찰과 각성, 현재의 한 순간에 집중되고 첨예화된, 그리고 흔히 미학적으로 규정된 주관적 유토피아나 순간적 유토피아는 사회 전체의 개선이라는 전통적인 유토피아 사상 본연의 기능을 포기한다. 유토피아의 내면화 내지 주관적 유토피아, 심미적 유토피아는 현실에 대한 제어능력의 포기를 뜻하며, 문학에서는 루카치가 지적하듯이 진정한 리얼리즘의 쇠퇴와도 맞닿아 있다.

유토피아 비판과 반유토피아

서구의 유토피아적 사유의 공통점은 보다 행복한 미래의 이름으로 현재를 비판적으로 부정하면서, 행복한 미래를 위해 개성의 억압과 이성의 독재를 전제한다는 것이다. 불합리한 현실에 대한 대안으로 구상된 유토피아는 합리적 이성이 지배하는 이상적인 세계지만, 그것은 주체의 규범화와 이기주의적 욕망에 대한 엄격한 통제를 대가로 치르고서야 얻을 수 있는 보상이다. 그 결과 유토피아는 체제적 성격을 띠게 되고, 이것은 결국 완전무결한 인간이 될 것을 만인에게 강요한다. 인도주의적인 의도에서 출발한, 긍정적인 미래를 위한 현실부정의 유토피아 사상이 전체주의적인 체제-유토피아로서의 부정적 유토피아 사상으로 변하여 인간을 억압하는 것이다. 이러한 '전체주의적 이성'은 구체적인 역사에서 수도원의 금욕적인 원시공산주의 사회로 표현되기도 하고, 공상적 사회주의자들이 아메리카에서 시험했던 경제 유토피아의 실패로 귀결되기도 한다. 반대로 이성의 독재에 대한 대안으로서 등장한 성적 욕망의 해방은 드 사드의 방탕한 유희에서 보듯이 부정적으로 실현되기도 한다. 그러므로 모든 유토피아적 기획에는 이상과 악몽이 독특하게 교직되어 있다.

반유토피아(distopia)는 19세기와 20세기에 나타났다. 특히 1871년 파리 코뮌의 좌절과 함께 이상적인 미래사회의 건설 가능성이 사라지면서 유토피아 건설은 이루어질 수 없는 꿈으로 치부되고, 미래에 대한 예측은 부정적인 것으로 바뀌게 된다. 유토피아 사상의 자기 점검과 자기 성찰이 증가하면서 목적지상주의적이고 반주체적인 기능주의와, 비역사적 목가로의 도피적 성격에 대한 비판이 나온다. 이른바 유토피아 이성의 비판인 셈이다. 이에 따라 부정적 유토피아나 유토피아 비판이 보다 설득력을 가지고 형상화되기도 한다.

가령 독일의 법학자 칼 슈미트(Carl Schmitt)는 1차 세계대전의 패배로 빌헬름 제국이 무너진 1918년, 『부리분크 사람들(Buribunken)』이라는 미래소설(부제는 '역사철학 시론')을 통해 진보철학에 대한 풍자와 냉소를 보냈다. 여기서는 모든 시민이 작가로 설정되어 있는 메르시에의 유토피아가 실제로는 얼마나 끔찍한 악몽인가를 보여준다. 부리분크 제국에서는 모든 사람이 작가로서 자신의 일상생활과 생각을 하나도 빠짐없이 기록함으로써 매순간을 역사화한다. 이러한 시민들은 글쓰기 자체가 바로 삶의 내용이고 글쓰기를 위해 존재한다. 모든 시민이 의무적으로 일기를 쓰고, 일기의 내용은 첨단 통신망에 의해 즉각 중앙통제소에 입력되어 그 결과 개인의 사생활은 철저히 통제되고 개인은 중앙집중식 통제의 노예로 전락한다. 이러한 반유토피아 사상의 흐름은 이후 조지 오웰의 『1984년』과 올더스 헉슬리의 『멋진 신세계』, 예브게니 이바노비치 자먀틴의 『우리들』 같은 반유토피아 소설이나 〈블레이드 러너〉, 〈솔라리스〉, 〈트루먼 쇼〉 같은 SF영화로 그 맥이 이어진다.

역사상 유토피아적 희망이 혁명적 에너지로 폭발한 것은 프랑스 대혁명과 러시아 혁명이었다. 유토피아적 희망에 의해 촉발된 두 혁명은 그러나 다같이 유토피아적 구상에 대한 불신을 낳았고, 유토피아적 사유 전반에 대한 거부감을 촉진시켰다. 프랑스 혁명은 당통과 로베스피에르의 공포정치에 의해, 10월 혁명은 스탈린의 공포정치에 의해, 각각 유토피아의 실현에 대한 광범한 회의와 좌절감을 확산시켰다. 특히 러시아 혁명은 사상 처음으로 유토피아적인 공산주의 사회의 실현을 약속했으나 이러한 종말론적 약속이 한없이 지연되면서 결국 유토피아적 에너지를 소진시켰다. 이런 점에서 "소련의 역사는 바로 유토피아적 가능성의 해체과정"이며 "10월 혁명 이후 유토피아의 역사는 본질적으로 유토피아 소멸의 역사"(한스 권터)라고 볼 수 있다.

러시아의 마르크시즘, 즉 마르크스-레닌주의가 유토피아적 계기와 현실주의적 계기의 특수한 결합이라면, 러시아 혁명 이후의 역사는 공산주의 사회의 실현이라는 유토피아적 계기에 대해 기술관료적 근대화라는 현실주의적 계기가 승리하는 과정이다. 스탈린 체제는 바로 집단농장에 의한 농업의 집단화와 경제개발계획에 의한 산업화를 통해 이상사회를 실현하려는 거대한 실험이었으며, 표면상 과학적 사회주의를 표방한 이러한 유토피아적 실험은 필연적으로 강제와 폭력을 동반하게 된다.

반유토피아 소설 『우리들』을 통해 혁명 후의 유토피아적 실험에 대해 처음으로 비판적·부정적인 입장을 표명한 자먀틴은 과학적이고 합리적인 유토피아의 기획 자체가 폭력과 독재, 비인간적인 획일화의 위험을 내포하고 있다는 것을 인식한다. 집단주의와 기계적 합리주의에 대한 비판은 이 소설 곳곳에서 발견된다. 가령 수백만 명이 매일 아침 같은 시간에 일어나, 같은 시간에 일을 시작하고, 같은 시간에 숟가락을 입으로 가져가고, 같은 시간에 일을 끝내고, 같은 시간에 잠자리에 드는 유일제국 시민들—이들은 이름 대신 번호로만 불린다—의 일상적 삶은 결코 행복한 유토피아의 삶으로 묘사되지 않는다. 유일제국은 심지어 사랑까지 합리적으로 조직하고 수학화한다. 즉 '성(性)통제국'의 실험실에서 모든 시민의 혈중 성호르몬을 측정하여 각자에게 맞는 일정표를 만들고, 이 일정표에 따라 남녀 간의 사랑이 이루어진다. 여기서 유일제국의 유토피아는 끔찍한 악몽임이 드러난다. 주인공 D-503호가 I-330호와의 연애에 자극받아 반란을 꾀하지만 결국은 실패하고 수술에 의해 영혼이라는 이름의 병균이 제거됨으로써 그는 '은혜로운 분'의 품속에서 다시 행복한 삶을 계속하게 된다. 혼란과 고통, 죽음을 가져오는 에너지, 즉 혁명은 종식되고 유토피아의 조화로운 균형이 회복되는 것이다. 유일제국에서 유토피아적 상태는 모든 에너지가 소멸되는 엔트로피로 설정된다.

과학적 사회주의를 포함한 모든 유토피아적 구상은 현실의 부정적 요소를 제거하고 이상적인 세계를 실현하고자 하는 의도에서 출발하지만, 현실의 부정적 요소를 제거하는 과정에서 필연적으로 긍정적 요소까지 제거하게 된다는 것이 반유토피아 소설의 핵심적 논거를 이룬다. 이를테면 항암제가 암세포뿐만 아니라 다른 건강한 세포까지 죽이는 원리와 비슷하다고 할 수 있다. 극단적인 유토피아 비판은 심지어 유토피아의 실현을 억제하고 유토피아의 악몽에서 벗어나야 한다고 주장한다. 실제로 자먀틴과 헉슬리 같은 반유토피아적 지식인들은 어떻게 유토피아를 피하고, 어떻게 비유토피아적이고 더 불완전하고 더 자유로운 국가로 돌아갈 수 있을까를 꿈꾸었으며, 그것을 반유토피아 소설로 형상화했다.

21세기의 투기적 금융자본주의(이른바 신자유주의)에 대한 대안으로 헨리 조지(1839~1897)의 토지공유제나 칼 폴라니(1886~1964)

의 고대시장 이론이 각광을 받고, 데이비드 그레이버 (David Graeber, 1961~)의 무정부주의적 자유경제론이 '월가를 점령하라' 운동의 동력이 된 것은 이런 반유토피아적 흐름의 연장선상에 있다고 볼 수 있다.

어떤 점에서 현대문학은 유토피아와 디스토피아의 계기를 다같이 포함하고 있고, 두 가지 계기로부터 동력을 공급받고 있는 것처럼 보인다. 앞에서 예로 든 서구의 유토피아 소설과 디스토피아 소설들뿐만 아니라 가령 이문구의 『관촌수필』이나 이청준의 『당신들의 천국』은 각각 유토피아에 대한 동경과 유토피아에 대한 환멸의 표현이다. 그러나 대체로 오늘날의 문학은 미래의 유토피아에 대한 전망보다는 과거의 유토피아에 대한 향수를 모티프로 삼고 있으며, 이상적인 미래를 꿈꾸기보다는 '가난하지만 더 자유롭고 따뜻하고 인간다웠던 그 시절'을 그리워한다. 관촌이라는 이문구의 유토피아는 이미 디스토피아로서의 현실을 전제로 해서만 존재하는 과거형의 유토피아이고, 이청준의 '천국'은 강제된 유토피아, 악몽으로서의 현실 유토피아일 뿐이다. 한편 황석영은 1970년대에 발표한 자신의 단편소설 「삼포 가는 길」을 가리켜 "근대화 바람에 내몰린 사람들이 꿈꾸었던 추억과 상상 속의 공동체란 이제는 지상의 아무데도 없음을 확인시켜주는 황량한 이야기"라고 말한다. 그러므로 「삼포 가는 길」은 서정인의 「강」과 마찬가지로 그 낭만적 서정성에도 불구하고 일종의 디스토피아 소설로 읽어야 마땅할 것이다.

21세기의 유토피아를 위한
월러스틴의 '세계체제론'

공상이나 허구가 아닌 현실주의적인 유토피아 기획을 해방운동으로 본다면, 유토피아 사상은 인류의 유구하고 다양한 해방운동사의 한 갈래에 불과하다. 그리고 고전적인 유토피아의 역사는 해방운동사의 일부분에 지나지 않는다. 해방운동은 모어 이전에도 존재했고 마르크스 이후에도 존재했으며 반유토피아의 시대인 오늘날에도 여전히 존재한다. 해방의 이상은 때로 유토피아의 이상과 중첩되고 갈등을 일으키면서, 때로는 상호보완적인 협력관계를 유지하면서 면면히 이어져왔다. 인간과 사회가 불완전하고 모순된 존재인 한, 그것에서 벗어나려는 해방운동과 유토피아적 사유는 영원히 계속될 것이다.

유토피아적 이상을 추구하는 유럽의 해방운동은 12세기 프랑스의 발드파 운동(프랑스인 Petrus Waldus에 의해 1176년에 창시된 종파로서 모든 억압과 착취, 물리적 폭력을 철저히 거부하고 노동을 의무화했다.)에서 시작되어 14~15세기에 후스파의 천년왕국운동과 뵈멘형제단과 후터파의 원시공산주의 공동체운동으로 이어지고 마침내 마르크스에 이르게 된다. 이러한 해방운동은 구상이나 이상, 상상이 아니라 직접 현실 속에서 실천과 행동을 통해 유토피아적 이상을 실현하고자 한다는 점에서 고전적 유토피아 사상과는 구분된다. 이른바 필연의 왕국을 뛰어넘어 자유의 왕국을 건설하려는 것이다.

마르크스 이후 가장 주목받는 현실주의적 유토피아 기획자는 아마 이매뉴얼 월러스틴일 것이다. 그는 '유토피스틱스(utopistics)'라는 용어를 빌어 현실적으로 가능한 대안을 모색한다. 유토피스틱스란 서구의 유토피아적 사유의 전통을 이어받아 "완벽한 (그리고 불가피한) 미래의 모습이 아니라, 대안적일 뿐만 아니라 확실히 더 나은, 또 역사적으로 가능한(그러나 확실한 것과는 거리가 먼) 미래의 모습"을 "과학과 정치학, 도덕의 동시적 실행"을 통해 탐구하는 것이다. (『유토피스틱스 또는 21세기의 역사적 선택들』, 창비, 1999) 그는 마르크스주의를 비롯한 기존 패러다임들의 한계를 극복한 '세계체제론(world-system)'이라는 새로운 패러다임으로 사회적 변화의 과정을 분석하면서 '명실상부한 합리적 세계, 또는 낙원의 회복' 가능성을 모색한다.

그는 지난 500년간 발전해온 자본주의 체제가 이미 1989년을 기점으로 몰락·해체기에 들어갔으며, 혼돈과 암흑의 이행기를 거쳐 앞으로 약 50년 안에 새로운 질서가 떠오를 것이라고 예측한다. 한마디로 미국과 서구 중심의 세계자본주의 체제가 무너지고 새로운 세계체제가 들어설 것이라고 보고 새로운 세계체제를 만들어내기 위한 현실적인 유토피아 구상과 전략을 유토피스틱스라는 이름으로 제시하고 있는 것이다. 이런 점에서 유토피스틱스는 고전적인 서구 유토피아 사상의 맥을 잇고 있다고 볼 수 있다.

월러스틴은 모어와 엥겔스, 만하임의 유토피아론을 검토하고, 각종 마르크스주의 이론들을 비판하면서 새로운 유토피아적 사유를 위한 '지혜'의 단초들을 제시한다. 그는 우선 종전의 유토피아와 마르크스주의, 사회과학을 해체한 다음 재조립하되, 유토피아적 사유를 포기해서는 안된다고 말한다. 왜냐하면 유토피아적 사유의 포기는 이성적 의지의 포기를 뜻하기 때문이다. 아울러 유토피아는 이데올로기적이며 마르크스주의 역시 종말론적 유토피아 사상의 일종이라고 보고, 진정한 유토피아는 어느 시기에 일체의 모순이 해결된다는 종말론적 유토피아가 아니라 사회현실 속의 끈질기고 불가피한 모순까지도 인정하는 현실주의적 유토피아여야 한다고 주장한다. 결국 "모순은 인간의 조건"이며 "우리의 유토피아는 일체의 모순을 몰아내는 것에서가 아니라 물질적 불평등의 야비하고 잔인하며 거추장스러운 결과들을 뿌리뽑는 것에서 추구되어야 한다"고 그는 말한다.

이제 월러스틴의 유토피스틱스 구상의 구체적 내용을 살펴보자. 그는 진보의 필연성에 의문을 제기하면서 보수주의자들이 내세우는 "물질적 풍요와 편리함, 자유민주주의적인 정치구조의 존재, 그리고 평균수명의 연장"이 실은 극도의 물질적 불평등과 양극화, 의사결정 과정에서의 민중의 소외, 심각하게 훼손된 삶의 질과 같은 부정적 이면을 감추고 있다고 지적한다. 따라서 새로운 대안은 "체제 내 생산의 기초양식으로서의 탈집중화된 비영리 단위들을 수립"하고 능력주의에 의한 서열화 대신 우수한 소수와 열등한 소수를 제외한 나머지 다수에게 무작위로 자리를 배분함으로써 인종·성·민족 간의 불평등을 상당 부분 해소할 수 있을 것이라고 주장한다. 아울러 사심 없는 관료제와 생태계 보존비용의 내부화, 커다란 틀을 유지하기 위해 작은 변화를 감수하는 자본주의체제의 체제내화 전략을 견뎌내는 저항운동(환경보전과 다문화주의, 여성의 권리를 추구하는 시민운동), 이를 위한 정치적 세력들의 무지개연합 등의 가능성과 대안을 제시한다.

　월러스틴의 세계체제론에서 무엇보다도 우리의 관심을 끄는 것은 자본주의 체제가 수명을 다하고 쇠퇴기에 들어섰다는 거시적인 역사진단이다. 그러나 앞으로 들어설 새로운 합리적인 세계체제의 구상들은 이미 다른 이들이 주장하거나 우리가 상식적으로 알고 있는 것들이다. "체제 내 생산의 기초양식으로서의 탈집중화된 비영리 단위들을 수립"하는 것은 사회적 협동조합으로 시험된 바 있고, 능력주의에 의한 서열화 대신 우수한 소수와 열등한 소수를 제외한 나머지 다수에게 무작위로 자리를 배분한다는 구상은 녹색당 같은 대안정당에서도 주장하고 있다. 1인 1표를 바탕으로 한 현재의 대의제 민주주의 대신 제비뽑기로 대의원을 뽑자는 주장은 소규모 단위에서의 직접민주주의 제도로서 많은 공감을 얻고 있다. 생태계 보존비용의 내부화도 독일과 북구에서 이미 시행되고 있다.

　여기서 거론된 에코토피아의 구상은 이미 『에코토피아 비긴스』(원제는 ecotopia emerging)라는 생태 유토피아 소설을 통해 1981년 어니스트 칼렌바크에 의해 구체적으로 제시된 바 있다. 이 책에서는 미국 서북부 지방(캘리포니아 북부, 워싱턴 주, 오리건 주)이 미합중국에서 분리 독립하여 생태 유토피아를 건설하는데, 여기서 통용되는 10계명은 다음과 같다. "다른 종을 멸종시키지 말라. 핵무기나 원자력발전소 만들지 말라. 발암성 물질이나 돌연변이 유발 물질 제조하지 말라. 음식에 불순물 넣지 말라. 성별, 나이, 종교나 인종적 태생의 이유로 차별하지 말라. 자가용 타지 말라. 텔레비전은 광고업자에 구애받거나 일방적인 방송을 하지 말라. 유한책임회사 설립하지 말라. 부재지주가 회사를 소유하거나 통제하지 말고 직원 1인당 한 표씩 투표하라. 인구증가 하지 말라."

　20세기 최고의 유토피아 철학자 에른스트 블로흐의 말을 빌자면, 망망대해 같은 무(無, nichts)의 바다가 우리를 에워싸고 있다고 해도 보다 나은 세상을 향한 실험을 멈출 수는 없지 않은가. 그리고 보다 나은 세상을 향한 실험은 모순되고 비루한 현실세계의 지평을 벗어나 미래로 도약하는 유토피아적 꿈꾸기를 전제로 한다. 이러한 꿈은 현실의 한계를 돌파할 수 있는 미래지향적인 사유(생각)를 발판으로 해서만 허공으로 도약할 수 있다. 그러기에 블로흐의 묘비명에는 "생각한다는 것은 뛰어넘는 것이다(Denken heißt überschreiten)"라는 구절이 새겨져 있는 것이리라. 분단의 장벽을 비롯하여 모든 금단의 경계를 뛰어넘어 온몸으로 글을 써온 작가 황석영의 자전적 소설『수인』(문학동네, 2017) 1권의 부제가 '경계를 넘다'인 것은 이런 점에서 의미심장하다.

시인과
시민

페터 한트케와
호르헤 루이스 보르헤스

 2019년도 노벨문학상 공동수상자인 오스트리아 작가 페터 한트케가 유고 내전에서 인종청소를 저지른 독재자 밀로셰비치와 세르비아 정부를 옹호했다는 이유로 거센 비판을 받고 있다. 한트케의 이런 정치적 편향은 단순한 말 실수나 젊은 시절 한때의 일탈이 아니라 평생 일관성을 유지한 뿌리 깊은 신념이었다. 그는 태생과 성장환경 때문에 어려서부터 줄곧 세르비아를 주축으로 한 유고 연방을 지지하고 반이슬람 정서를 내면화한 것으로 보인다.

 한트케의 어머니는 슬로베니아 영토였다가 1차 세계대전 후 오스트리아로 편입된 케른텐 지역 출신이었다. 그녀는 2차 대전 중 케른텐에 주둔한 독일군 병사의 아들을 잉태했는데 그가 바로 페터 한트케다. 생물학적 아버지는 유부남이어서 그녀를 떠났고, 어머니는 다른 독일군 병사 브루노 한트케와 결혼을 하게 된다. 한트케라는 성을 물려준 계부와는 사실상 남남인 셈이다. 어머니와 주변 사람들의 영향을 받은 페터는 오스트리아 국적을 가지고 독일어로 작품 활동을 하면서도 유고슬라비아인이라는 자의식을 지닌 채 정치적으로 세르비아를 지지했다. 요즘 한국 관광객들이 많이 찾는 발칸반도에 위치한 유고슬라비아는 1943년부터 1992년까지 존속했던 크로아티아, 슬로베니아, 보스니아 헤르체고비나, 마케도니아, 몬테네그로, 세르비아 등 6개 공화국이 모인 사회주의 연방공화국이었다. 나치 독일에 대항하여 빨치산 부대를 이끌고 싸운 티토가 유고연방의 지도자로 다양한 인종과 종교(로마 가톨릭, 그리스 정교, 이슬람)를 포용하며 스탈린의 지도를 거부하고 비동맹노선을 걸으며 동유럽의 강국으로 번영을 누렸다. 그러나 티토가 죽고 1990년대 들어 동구권이 무너지면서 인종과 종교 분쟁으로 내전에 휘말렸다.

당시 세르비아 대통령 밀로셰비치는 세르비아 중심의 유고연방을 유지하기 위해 내전 기간 중 특히 이슬람교도인 보스니아 주민들에 대한 인종청소 정책을 펼쳐 악명을 떨쳤다. 밀로셰비치는 결국 전범으로 체포되어 국제사법재판소에서 재판을 받다가 사망했는데, 한트케는 밀로셰비치의 장례식에 참석해 조사를 읽고, 그를 변호하는 글까지 썼다. 논란이 벌어지자 한트케는 "밀로셰비치는 영웅이 아닌 비극적 인간이다. 나는 작가일 뿐 재판관이 아니다"라고 한발 물러섰다. 극작가와 소설가로 명성을 얻은 한트케는 2007년 상금으로 받은 5만 유로를 모두 코소보 지역의 세르비아 마을들을 위해 기부할 정도로 여전히 세르비아에 우호적이다. 최근에는 한트케가 오스트리아 국적과 함께 예전의 유고 국적을 유지하고 있는 이중국적자임이 밝혀져 논란이 잦아들지 않고 있다.

그러나 이런 논란에도 불구하고 페터 한트케가 노벨문학상을 받자 어떤 이들은 세계적인 작가인 아르헨티나의 호르헤 루이스 보르헤스(1899~1986)에게 칠레의 독재자 피노체트를 옹호했다는 이유로 노벨문학상을 주지 않았던 스웨덴 한림원이 왜 한트케에게는 상을 주었는지 모르겠다고 불만을 표시했다. 『불한당들의 세계사』, 『픽션들』, 『알레프』, 『칼잡이들의 이야기』, 『셰익스피어의 기억』 등 이른바 혼성모방과 마술적 리얼리즘의 새로운 경지를 개척한 보르헤스에게 상을 주지 않은 것은 노벨상의 수치라고 주장하는 여론도 있다.

귀족적인 반공주의자인 보르헤스는 미국의 사주로 쿠데타를 일으켜 아옌데 정권을 무너뜨리고 수많은 시민을 고문·처형한 피노체트를 옹호하는가 하면, 스페인과 포르투갈의 남미 원주민 학살을 서구식 문명화 과정에서 벌어진 어쩔 수 없는 희생이라고 주장하였다. 아르헨티나의 소설가이자 평론가인 호세 미구엘 에르난데스는 "그의 문학은 존경받을 가치가 있지만 그의 원주민 문제 발언은 나치가 하는 헛소리처럼 무시할 가치만 있다"라고 말했다. 우루과이의 작가 에두아르도 갈레아노도 보르헤스를 가리켜 세계의 불의는 이야기하면서도 자기 나라의 불의에는 침묵하는 사람이라고 비판했다.

한편 영화로도 제작된 움베르토 에코의 소설『장미의 이름』에 등장하는 호르헤 수사가 바로 보르헤스를 모델로 했다는 설이 있다. 이베리아(스페인) 출신에 장님인 호르헤 수사는 말년에 시력을 잃은 점에서 보르헤스와 비슷하다. 호르헤는 수도원의 도서관 관리자로서 채장에 독을 발라 아리스토텔레스의 희극론을 읽는 사람들을 독살한다. 웃음을 악마로 여기는 광신자 호르헤 수사가 보르헤스를 모델로 했다는 것이다. 수도원의 도서관 역시 보르헤스의 소설『바벨의 도서관』을 모티프로 삼은 것이며, 추리소설 형식도 보르헤스가 환상을 추리소설의 형식을 빌려 전개한 것에 대한 오마주라고 한다.

에즈라 파운드와 베르톨트 브레히트

미국 출신의 시인 에즈라 파운드(1885~1972)는 20세기 모더니즘 시의 개척자로 미국과 유럽에서 명성을 얻었다. 그는 1917년부터 시작하여 평생을 걸쳐 집필에 매달려 죽기 직전인 1969년에야 완성한 장편 서사시『칸토스』로 유명하다. 이탈리아에 심취한 파운드는 1922년 이탈리아로 거처를 옮긴 다음 제2차 세계대전이 일어나자 무솔리니를 지지하고 라디오 방송을 통해 공공연하게 미국을 비방했다. 이 때문에 전후 전범으로 체포되었지만, 정신병 판정을 받아 병원에 수감되었다. 수감 중인 1948년 「피사 칸토스」를 발표해 저명한 미국의 문학상인 블링겐상을 수상했다. 수상의 적절성을 두고 미국의 문단과 언론에서는 한동안 논란이 그치지 않았다.

결국 파운드는 1958년에 석방되었는데, T. S. 엘리엇, 어니스트 헤밍웨이, 로버트 프로스트 같은 저명한 작가들이 탄원서를 제출했기 때문이다. 이후 파운드는 이탈리아로 건너가 "미국은 하나의 정신병원이다"라고 비난했고, 1972년 베네치아에서 죽었다.

20세기 전반부에 활동한 독일 작가 베르톨트 브레히트(1898~1956)의 경우에는 에즈라 파운드와는 달리 "저 위대한 아버지, 인민의 살육자"인 스탈린에 대한 송가 때문에 그의 사후에 잠시 논란의 대상이 되었다. 그는 청년시절부터 연극과 시, 소설을 무기로 히틀러를 날카롭게 비판하고 풍자한 반파시스트 투사였다. 그리고 1930년대부터 일관되게 당과 지도자를 찬양하고 추종하는 시를 썼고 스탈린의 모순된 정책에 대해서는 입을 다물었다. 가령 1933년 모스크바에서 문인들이 반역죄로 재판에 넘겨졌을 때도, 스페인 내전 중에 스탈린이 무정부주의자들을 포함한 공화파를 배신하였을 때(이에 관해서는 조지 오웰이 『카탈로니아 찬가』에서 절절하게 묘사하고 있다), 그리고 결정적으로 1939년 스탈린이 히틀러와 독소 불가침조약을 체결하였을 때(이 때문에 발터 벤야민은 절망 상태에 빠져 망명지 프랑스를 탈출하려 국경을 넘다가 자살했다)도 브레히트는 침묵했다.

다만 사석에서는 소비에트의 작가들은 어려운 시기를 맞이하고 있다면서 "시에 스탈린의 이름이 나타나지 않으면 이미 다른 의도가 있어서 그런 줄 알고 의심을 받고 있다"고 말하였다고 한다. 그리고 루카치, 가르보, 쿠렐라 같은 교조주의적 평론가들에 대한 반감을 숨기지 않았다. "그들은 한마디로 생산(창작)의 적대자들입니다. 생산은 그들을 불안하게 하지요. 생산은 믿을 수가 없지요. 그리고 그들은 스스로 생산하려고도 하지 않습니다. 그들은 관료의 역할을 하고 싶어 하고 또 남을 통제하려고 합니다. 그들이 하는 비평에는 예외 없이 위협이 들어 있습니다." 벤야민이 덴마크에 망명 중인 브레히트를 찾아갔을 때 이런 말을 들었다고 한다.

2차 세계대전이 끝나고 동베를린으로 돌아온 브레히트는 동독 정부의 융숭한 대접을 받으며 서사극이라는 독특한 연극 양식을 통해 세계 연극의 흐름을 바꾸어 놓았다. 스탈린이 죽은 지 석 달 후인 1953년 6월 동베를린에서 반정부 폭동이 일어났을 때, 그는 동독 정부를 비판하는 시를 쓰기도 했으나 결코 사회주의를 포기하거나 자본주의를 지지하지는 않았다. 브레히트는 1955년에 스탈린평화상을 받았으나 바로 다음 해인 1956년 흐루쇼프 소련 공산당 서기장은 전당대회에서 스탈린의 죄상을 폭로하면서 격하운동을 시작했고 브레히트는 이 무렵 세상을 떴다.

독일 출신의 유태인 정치사상가 한나 아렌트는 『어두운 시대의 사람들』(1968)이라는 에세이 모음집에서 브레히트의 인간적인 흠결에 대해 언급한다. '어두운 시대'란 브레히트의 시 「후손들에게」에서 인용한 구절이다. 브레히트는 청년 시절부터 늘 여자들에 둘러싸여 지낸 바람둥이였다. 그리고 자신은 믿을 수 있는 남자가 아니라고 솔직하게 고백하면서, 여성을 착취하는 남자들을 처단하라는 시를 쓰기도 했다.(「모든 남자의 비밀에 관한 담시」) 아렌트는 브레히트 같은 정직하고 이성적인 작가가 말년에 바보처럼 스탈린 찬가를 지은 것을 안타까워하면서 그보다 훨씬 죄질이 나쁜 에즈라 파운드는 '정신병'이라는 이유로 면죄부와 함께 문학상까지 받은 반면 브레히트는 부도덕한 작가로 비난받는 것은 부당하다고 주장한다. 그러면서 그녀는 브레히트를 옹호하기 위해 "시인은 무거운 짐을 지지 않는다"는 괴테의 말을 인용한다. 하늘 높이 춤추는 것을 직업으로 삼는 자는 중력을 피해야만 하는 것과 같은 이유에서 시인은 지상의 율법에 묶여서는 안 되며 다른 사람들처럼 많은 책임을 등에 져서도 안 된다는 것이다.

시인과 시민

　　아렌트의 말대로 뛰어난 시인이 반드시 모범적인 시민은 아니므로 시인의 인간적인 실수나 정치적 판단의 오류를 근거로 그의 문학까지 평가절하하는 것은 지나친 처사인가. 그렇다면 친일에 앞장선 이광수와 서정주에게 책임을 묻고 그들의 작품을 교과서에서 삭제하는 것은 잘못이란 말인가. "조선민족의 생존을 위해 어쩔 수 없이 친일을 했다"는 이광수나 "일본이 그렇게 빨리 망할 줄은 몰랐다"는 서정주의 변명을 받아들이고 그들의 문학적 업적은 좀 관대하게 평가해주는 것이 온당한 일인가.
　　대체로 서양에서는 브레히트의 경우에서 보듯이 '여자 문제'로 작가를 비난하고 매장하는 일은 없다. 반면에 독재자나 학살자를 찬양하는 정치적인 과오에 대해서는 엄정한 비판을 하지만 그 후에는 다시 용서하고 포용한다. 독일이 통일되기 전에 브레히트의 전집을 동서독이 함께 발간하고 서독의 교과서에 그의 작품을 수록한 것은 정치적 과오나 이념을 떠나 독일 국민들이 브레히트를 '독일의 위대한 작가'로 인정했다는 뜻이다.

그런데 우리의 경우에는 작가의 정치적 과오에는 비교적 관대한 반면 성(性)과 관련한 문제에 대해서는 엄격한 잣대를 들이댄다. 김지하나 이문열은 용서해도 고은은 용서할 수 없다는 것이 일반적인 정서인 것 같다. 우리나라의 언론과 페미니즘 투사들은 고은의 성추행에 대해서는 추호도 용서할 틈을 주지 않고 조금이라도 그를 옹호하거나 동정적인 탄원을 하는 사람에 대해서도 단호하게 단죄의 칼날을 내리친다.

"과거 프랑스의 극작가 장 주네(1910~1986)는 남색질, 도둑질, 강간을 저질렀다고 고백했다. 그런데도 사르트르는 장 주네를 세인트 주네라고 부르며 그에 대한 700쪽 분량의 연구서를 썼다. 고은 시인이 잘했다는 게 아니다. 예술과 도덕은 같이 가는 게 아니라고 생각한다. 서로 배반하는 경우가 더 많다. 도덕적 비판이 한 사람의 예술이나 업적을 할퀴어 찢어버리는 일은 없었으면 한다." 이런 말을 한 한 원로 평론가는 뭇 여성들의 무차별공격으로 곤경에 빠졌다고 한다.

'먼저 인간이 되어라'라는 말이 문학지망생들의 제1장 제1과는 아니지만, '모범적인 시민이 아닌 시인은 훌륭한 시인이 될 수 없다'는 도덕적 기준은 여전히 살아 있다. 그리고 그것이 쉽게 바뀔 기미도 보이지 않는다. 그렇지만 그런 기준을 너무 엄격하게 적용하다보면 시인의 날개가 퇴화하여 지상에 발이 묶인 채 창공으로 비상하지 못하는 키위 같은 시민이 될지도 모른다.

————— 겨울
군하리

     경기도 김포시 월곶면 군하리. 서울에서 출발
한 강화도행 버스가 김포를 거쳐 구불구불한 황톳길을 달려 강화
대교에 도달하기 전에 잠깐 멈추는 한적한 소읍이다. 면사무소와
파출소, 공회당, 농협지소 등 관공서들 옆에 약포와 미장원, 이발
소, 구멍가게, 술집 등이 보얗게 먼지를 뒤집어쓰고 얌전하게 엎드
려 있다. 저녁이면 인적이 끊기고 이따금씩 보이는 길갓집들의 흐
릿한 남포 불빛이 가까스로 여기가 마을이란 걸 알려준다.
     이런 군하리에 1960년대 중반의 겨울 어느 날 세 명의 사내와 한
명의 여자가 버스에서 내린다. 셋은 근처 마을의 결혼식 손님이고
여자는 이곳 '서울집'의 작부다.

     차가 군하리에서 멎는다. 세 시가 겨웠다. 그들은, 그리고 또 몇 사
람들이, 차에서 내린다. 촉촉이 젖은 황톳길은 얼마든지 더 계속되는

모양이다. 차는 이내 떠난다. (중략)

'서울집'이라는 옥호가 엷은 송판에 아무렇게나 씌어져서 걸려 있
다. 길 위에는 사람들이 별로 보이지 않는다. 아마 그들은 집안에서
닷새마다 돌아오는 장날을 기다리고 있는 모양이다. 농협지소는 창고
같다. 면사무소와 경찰관 파출소는 사이좋게 붙어 있다. 납작한 이발
소 안에서 틀림없이 한 달 전에 제대를 했을 촌스럽게 생긴 젊은이가
고개를 쑥 빼고 내다본다. 약포도 있고 미장원도 있다. 신부 화장도
하는 모양이다. 격에 맞지 않게 널찍한 구멍가게에서는 트랜지스터가
연속 방송극을 재탕해 주고 있다. 그 옆은 빈 터이고 그 뒤로 창고 같
은 건물이 있는데 아마도 공회당인 모양이다. 두어 장단에 한 번씩 삼
천리 방방곡곡을 돌다 돌다 갈 데가 없어진 필름이 들어오면 원근의
사람들이 이리로 모여들 것이다.

세 사람은 그 건물 모퉁이로 돌아간다. 적당한 간격을 두고 나란히
서더니 일제히 오줌을 누기 시작한다. (중략) 맨 가에 서 있던 김씨가
갑자기 허허허허 하고 웃는다. 나머지 두 사람은 골마리를 훔치고 김
씨 옆으로 다가선다. 그리고 김씨의 시선을 따라 건물의 벽을 본다.
가위가 하나 그려져 있다.

— 서정인, 「강」(『창작과비평』, 1968년 봄호)

아홉 시 막차가 끊긴 늦은 밤에 결혼식 뒤풀이로 대취한 세 남자
는 다시 군하리에 비틀거리며 나타난다. 대학생 김씨는 술기운을
이기지 못해 간판 없는 여인숙으로 들어가고 전직 교사와 세무서
주사는 그 옆의 '서울집'으로 2차를 하러 간다.

여인숙에서 방을 치우고 침구를 가져다주는 소년은 가슴에 훈장 비슷한 비닐 명패를 달고 있다. 거기에는 5학년 2반 반장이라 씌어 있다.

"너 공부 잘하는구나."

"예, 접때도 일등 했어요."

아, 이건 뻔뻔스럽구나. 못생기고 남루한 옷을 입은 주제에.

"여기가 너의 집이니?"

"아녜요. 여긴 이모부댁이에요. 저이 집은요, 월출리예요. 여기서 삼십리나 들어가요."

(중략)

"일등을 했다구? 좋은 일이다. 열심히 공부해라. 기회는 얼마든지 있다. (중략) 돈 없는 것 걱정할 필요가 없다. 흔한 것이 장학금이다. 머리와 노력만 있으면 된다. 부지런히 공부해라, 부지런히. 자신을 가지고."

그러나 그의 말을 듣고 있는 사람은 아무도 없다. 또 알아들을 수도 없다. 그는 입을 다물고 흥얼거렸다. 그 말이 끝나자 그의 머릿속에는 몽롱한 가운데 하나의 천재가 열등생으로 변모해 가는 과정들이 하나씩 떠오른다. 너는 아마도 너희 학교의 천재일 테지. 중학교에 가선 수재가 되고, 고등학교에 가선 우등생이 된다. 대학에 가선 보통이다가 차츰 열등생이 되어서 세상으로 나온다. 결국 이 열등생이 되기 위해서 꾸준히 고생해 온 셈이다. (중략) 허옇게 색이 바랜 짧은 바지를 입고 읍내까지 몇십 리를 걸어서 통학하는 중학생, 많은 동정과 약간의 찬탄, 이모 집이나 고모 집이 아니면 삼촌이나 사촌네 집을 전전하면서 고픈 배를 졸라매고 낡고 무거운 구식의 커다란 가방을 옆구리에다 끼고 다가오는 학기의 등록금을 골똘히 생각하며 밤늦게 도서관으로부터 돌아오는 핏기 없는 대학생. 그러다 보면 천재는 간 곳이 없고, 비굴하고 피곤하고 오만한 낙오자가 남는다. 그는 출세할 일이라면 무엇이든지 할 준비가 되어 있다. (중략) 그는 그가 처음 출발할 때에 도달하게 되리라고 생각했던 곳으로부터 사뭇 멀리 떨어져 있는 곳에 와 있음을 깨닫는다.

'서울집'에서 곯아떨어진 두 술꾼으로부터 옆집 여인숙에서 자고 있는 대학생을 데리고 오라는 부탁을 받은 여자는 밖으로 나온다. 하얗게 함박눈이 내리고 있다.

'아, 신부는 좋겠네. 첫날밤에 눈이 쌓이면 부자가 된다는데. 복두 많지.'
그녀는 두 눈을 껌벅인다. 수많은 눈송이들이 눈앞에서 명멸한다. 그녀는 신부의 얼굴을 모른다. 그러나 모든 신부들은 똑같은 하나의 얼굴을 가지고 있을 것 같다. 그것은 행복, 기대, 불안, 또는 그 전부…. 그녀는 고개를 떨어뜨린다.

비록 몸은 술집 작부지만 그녀에게도 '순정'은 있다. 행복한 결혼과 첫날밤에 대한 설레임, 준수한 신랑을 만나 귀여운 아들 딸 낳고 단란한 가정을 꾸려 부자가 되는 꿈을 꾸는 신부. 그녀도 한때 그런 꿈을 꾸던 시절이 있었다.

　김씨는 네 다리를 이불 밑에 쑤셔 넣은 채 새우처럼 등을 굽히고 옆으로 누워 곤히 자고 있다. 여자는 그 얼굴을 들여다본다. 낮에 본 사람이 분명하다. 대학생! 그녀는 살포시 김씨의 어깨를 밀어서 바로 눕힌다. 넥타이가 목에 켕기는지 턱을 좌우로 흔든다. 춧, 춧, 옷두 벗지 않구. 가엾어라. 그녀는 누나가 되고 어머니가 된다. (중략) 그의 팔다리를 요 밑에서 빼어내고 그를 안아서 간신히 요 위에 눕힌다. 그리고 이불을 끌어다가 덮어 준다. 베개를 바로 베 주고 그대로 엎드려서 그 얼굴을 들여다본다. 대학생!
　남폿불이 피시식 소리를 낸다. 그녀는 일어나서 방바닥에 널려 있는 옷들을 주섬주섬 벽에다 건다. 남포는 호야가 시커멓다. 그녀는 고개를 숙이고 위에서부터 남포 호야 속으로 살며시 바람을 불어 넣는다. 밖에서는 눈이 소복소복 쌓이고 있다. 그녀가 남겨논 발자국을 하얗게 지우면서.

　겨울 군하리에 내리는 눈은 이 땅에 발붙이고 사는 별 볼일 없는 사람들의 꿈과 좌절과 외로움과 추악함과 비루함을 용서하고 보듬어주는 어머니고, 술집 여자는 어느새 그런 모성을 지닌 존재로 고양된다.

　어둡고 낯선 길을 언 발로 쏘다니는 세상 모든 아들들은 지명수배자였거니,

어머니, 눈 위에 찍힌 발자국을 지우신다.

— 박기섭, 「눈길」 전문 (시집 『달의 門下』 수록)

　소설가 황석영은 1960년대의 단편 가운데 서정인의 「강」을 제일
좋아한다고 고백한 바 있다. "무엇보다도 사물의 외피를 보여주면
서 그 속내의 숨은 얘기를 전하는 냉정함이 이 작품의 품격이다. 겉
으로는 비루하고 모멸적인 일상을 비추어주는데도 내용이 전개되
면서 어느 결에 가슴 깊은 곳에서 서정적인 느낌을 불러일으킨다."
그러면서 그는 이렇게 덧붙인다. "공연히 문장을 비틀거나 수식어
를 화려하게 달고 묘사가 장황한 소설을 보면 서정인의 「강」과 같
은 단편에서 그 정통성을 먼저 배우라고 말하고 싶은 것이다."
　사실 황석영은 1962년 12월에 발표된 『사상계』 신인문학상 공모
에서 「입석부근」으로 가작에 뽑혔는데, 그때 당선작이 서정인의
「후송」이었다. 등단의 인연으로 얽힌 두 작가는 그러나 1970년대
의 자유실천문인협의회 같은 문단활동이나 다른 영역에서 별다른
친분을 쌓은 것 같지는 않다. 아마도 서정인이 문단 사교에 소극적
인 이른바 지방작가였기 때문일 것이다. 어쨌든 서정인은 빼어난
작품성에도 불구하고 비평가들과 언론의 조명을 받지 못한 작가였
다. 한국문학 백년사에 남을 명편 「강」을 써낸 그가 단편소설을 대
상으로 하는 동인문학상을 받지 못한 것은 이 상을 주관하던 『사상
계』가 박정희 정권의 탄압으로 재정난에 빠져 1968년부터 상을 주
지 못했기 때문이다. 결국 『사상계』는 1970년 김지하의 「오적」 필

화사건으로 폐간되고 동인문학상도 68년부터 78년까지 공백상태로 남게 된다. 참고로 1965년 동인문학상 수상작은 서정인의 순천고 5년 후배인 김승옥의 「서울, 1964년 겨울」, 66년 수상작은 최인훈의 「웃음소리」, 67년 수상작은 이청준의 「병신과 머저리」였다. 그리고 10년의 공백 끝에 동서문화사가 주관한 1979년 동인문학상의 수상작은 조세희의 「난장이가 쏘아 올린 작은 공」이었다.

소설집 『강』(문학과지성사, 1976)의 후기에서 작가는 동료 교사 두 사람과 함께 김포 학부형 집에 놀러간 것이 빌미가 되어 이 작품을 썼다고 밝힌다. 그렇다면 그는 서울의 삼선중학교와 삼선고등학교에서 교사로 근무했던 1962년에서 64년 사이에 김포 군하리에 갔던 것 같다. 소설에서 묘사되는 군하리는 이 무렵의 모습일 것이다. 1964년에 서정인은 대학원을 졸업하면서 결핵에 걸려 요양차 고향 순천으로 내려간 다음 광주와 순천, 전주 등지에서 교직에 종사하게 된다.

그런데 이런 한적하고 나른한 소읍 군하리에도 언제부턴가 해병대 검문소가 뻣뻣한 긴장감을 불어넣는다. 아마도 1968년 겨울 김신조 일당이 청와대를 습격하러 내려온 1·21 사태 이후인 듯한데, 1970년대에 강화도에 놀러간 적이 있는 여행객들은 이 삼엄한 해병대 검문소를 기억할 것이다. 눈이 안 보일 정도로 깊숙하게 철모를 눌러쓰고 번쩍거리는 버클과 워커를 뽐내면서, 뻣뻣하게 다린 군복 발목에 용수철을 집어넣어 철럭거리는 소리를 내는 헌병이 거수경례를 붙이고 "잠시 검문이 있겠슴…" 하고 말꼬리를 삼키면서 승객들을 쓰윽 째려보면 혹시 내가 무슨 잘못한 일이 없나 하고 주눅이 들어 눈을 내리깔던 그 시절의 검문소.

그러나 이런 군대식 기합도 점점 사그라지는 군하리의 활기를 되살리기에는 역부족, 조국근대화의 대열에서 밀려난 군하리의 몰골은 점점 추레해진다.

쓰다 버린 집들 사이로
잿빛 도로가 나 있다
쓰다 버린 빗자루같이
나무들은 노변에 꽂혀 있다
쓰다 버린 담벼락 밑에는
순창고추장 벌건 통과 검정 비닐과 스티로폼 쪼가리가
흙에 반쯤 덮여 있다
담벼락 끝에서 쓰다 버린 쪽문을 밀고
개털잠바 노인이 웅크리고 나타난다
느린 걸음으로 어디론가 간다
쓰다 버린 개가 한 마리 우줄우줄 따라간다
이발소 자리 옆 정육점 문이 잠시 열리고
누군가 물을 홱 길에 뿌리고 다시 닫는다

먼지 보얀 슈퍼 천막 문이 들썩 하더니
훈련복 차림의 앳된 군인 하나가
발갛게 웃으며
신라면 다섯개들이를 안고 네거리를 가로지른다

— 김사인, 「겨울 군하리」 전문 (시집 『가만히 좋아하는』 수록)

이 시에서 군하리는 서정인의 「강」에 그려진 1960년대 중반의 외양을 벗어던지기는커녕 오히려 더욱 처량하고 을씨년스러운 모습으로 늙어 있다. "쓰다 버린" 집들 사이로 난 길에 "쓰다 버린 빗자루같이" 꽂혀 있는 가로수, "쓰다 버린" 담벼락 끝에서 "쓰다 버린 쪽문을 밀고" 쓰다 버린 인간처럼 "개털잠바 노인이 웅크리고 나타"나 느릿느릿 걸어가고 그 뒤를 "쓰다 버린" 개 한 마리가 "우줄우줄 따라간다". 담벼락 밑 공터에는 "순창고추장 벌건 통과 검정 비닐과 스티로폼 쪼가리"가 뒤섞여 버려져 있다. 그새 도로는 포장되고 전기도 들어온 것 같으나 이발소는 문을 닫고 그 흔적만 남아 있다. 점점 사그라지는 이 동네를 그나마 활기차게 휘젓고 다니는 것은 라면 심부름 나온 훈련복 차림의 앳된 쫄병이다.

이 시가 씌어진 시점은 김사인의 첫 시집 『밤에 쓰는 편지』가 나온 1987년부터 이 시가 수록된 시집 『가만히 좋아하는』이 출간된 2006년 사이, 적어도 1989년 이후로 짐작된다. 왜냐하면 신라면이 처음 출시된 것이 1975년이고 순창고추장이 대량생산되어 시판되기 시작한 것이 1989년이기 때문이다. 아니면, 훨씬 뒤 21세기에 들어와서 쓴 것인지도 모른다.

그런데 시인은 왜 군하리에 왔을까? 군대 간 아들이나 친척을 면회 온 것 같지는 않고, 강화도에 놀러 가는 길에 잠시 들러 서정인의 「강」을 되새기며 마을을 훑어본 것일까? 1960년대와는 달리 결혼식은 도시의 예식장에서 하니까 결혼식 손님으로 온 것은 아닐

테고, 상갓집에 가는 길에 우연히 들른 걸까? 그도저도 아니면 "어
둡고 낯선 길을 언 발로 쏘다니"다가 "지명수배자"가 되어 이곳에
흘러든 걸까? 그런데 이 황량한 시골 소읍의 풍경을 무심한 듯 훑
고 지나가는 시인의 시선에는 뭔가 애잔한 슬픔 같은 것이 어른거
린다. 카메라가 포착한 풍경은 밋밋하고 삭막하지만, 거기에도 카
메라를 든 사람의 의도와 감정이 배어 있기 마련이다. 그렇다. 시인
은 군하리의 풍경에서 자기 고향의 모습을 본 것이다.

> 옛 마을은 다 물속으로 거꾸러지고
> 산날망 한귀퉁이로 쪼그라붙은
> 내 고향동네 휘 둘러보면
> 하늘은 더 낮게 내려앉아 있고
> 사람들의 눈은 더 깊이 꺼져 있고
> 무너지고 남은 부스러기들만 꺼칠하게 산다
> 헌 바지 저고리
> 삭막한 바람과 때없이 짖어대는 똥개 몇 마리가 산다
> ─ 김사인, 「내 고향동네」 부분 (시집 『밤에 쓰는 편지』 수록)

황석영은 한국문학사의 명단편을 시대순으로 꼽아나가면서 이
렇게 고백한 바 있다. "드디어 1960년대 한국 단편문학의 빛나는
결정체인 「강」에 이르렀다. 나는 평론가가 아니라 창작자이고 그
래서 편견을 두려워하지 않는다. 누구에게나 취향이 있기 때문이
다." 여기서 한 걸음 더 나아가 나는 이렇게 말하고 싶다. 평론가도

겉으로는 객관적·중립적인 자세를 취하지만 사실은 자기 취향에 따라 좋아하는 작가와 작품이 있기 마련이다. 나는 내 취향과 편견에 따라 서정인과 김사인을 좋아하고 그래서 일종의 '정실비평'을 두려워하지 않는다. 김사인은 고향 후배이기도 하지만, 내가 그를 좋아하는 것은 그가 빼어난 서정시인이기 때문이다. 이런 시를 써낸 시인을 누가 감히 좋아하지 않을 수 있겠는가.

누구도 핍박해본 적 없는 자의
빈 호주머니여

언제나 우리는 고향에 돌아가
그간의 일들을
울며 아버님께 여쭐 것인가

— 김사인, 「코스모스」 전문 (시집 『가만히 좋아하는』 수록)

농민의 시선으로 본
한 마을의 역사

한만수의 『금강』과 모옌의 『티엔탕 마을 마늘종 노래』

한국 자본주의와 민주주의의
내연관계를 파헤친 한만수의 『금강』

때는 1956년. 충북 영동군 학산면의 모산 마을
에서 지주 이병호와 그의 처 보은댁이 나누는 대화를 들어보자.

"임자, 내 말 똑똑히 들어둬. 요새는 민주주의 세상이여. 민주주의
가 먼지나 알기나 햐? 그 머셔, 민주주의는 자본주의가 판을 치는 세
상이란 말여. 내가 시방 먼 말을 하는지 알아듣겠어?"

"민주주의라는 말은 선거 유세 때마다 들어서 알겠는데, 자본주의
라는 말은 먼 말유? 민주주의하고 형제지간유?"

"(중략) 잘 들어. 세상은 인제 우리 세상여. 여기 앉아 있는 이병호
손바닥 안에 세상이 들어 있단 말일시. 그까짓 쇠고기가 아니라 소를

잡아 와도 내가 논을 주고 싶어야 주고, 안 주고 싶으믄 안 줘도 되는 세상이란 말여."

—『금강』 1권, 190쪽

여기서 민주주의는 자본주의를 바탕으로 한 정치체제이며 자본주의란 돈과 땅을 가진 사람들이 권력까지 꿰차고 제 마음대로 해도 되는 세상을 말한다. 일제시대에 일본인 지주의 마름 노릇을 하던 이병호는 해방이 되자 일본인 지주의 땅을 헐값에 사들여 마을의 부자가 되고 그 힘으로 면장까지 해먹은 인물이다. 그러니 그가 이해하는 민주주의란 모든 사람이 제 맘대로 해도 되는 세상이고 자본주의는 돈 많은 사람이 제 맘대로 해도 되는 세상이다.

그런데 알고 보니 자본주의와 민주주의는 보은댁의 생각과는 달리 형제지간이 아니라 내연관계다. 그의 아들 이동하가 아들 못 낳는 조강지처의 묵인하에 첩을 두어 아들을 낳았듯이 민주주의는 본처인 민본주의는 제쳐놓고 자본주의와 야합하여 돈과 권력이라는 아들을 낳았다. 이제 이동하는 물려받은 돈과 권력을 키우기 위해 수단 방법을 가리지 않고 돌진한다. 그는 마침내 국회의원이 되고, 중앙 정치무대에 진출하여 자본과 권력의 유착을 통해 강남의 준재벌로 성장한다.

2014년에 완간된 한만수의 『금강』은 15권에 이르는 장편 대하소설이다. 12년의 집필 기간을 거쳐 2백자 원고지 2만 장에 1956년부터 2000년까지 충북 영동의 농촌 모산 마을을 무대로 마을 사람들의 살아가는 이야기를 담은 이 작품은 아마도 한국문학사상 독보적인 농민 대하소설로 기록될 것이다. 물론 이기영의 『고향』(1934)과 『땅』(1949), 『두만강』(1961) 등이 빼어난 장편 농민소설로 꼽히지만 그 서사의 폭과 규모에서 『금강』과는 비교가 되지 않는다. 규모에 서는 박경리의 『토지』(1969~1994)가 원고지 4만 장 분량(5부 16권)으 로 『금강』을 앞서고 있는데, 이 작품을 굳이 농민소설로 분류할 수 있을지는 의문이다. 한만수는 앞으로 시점을 2010년까지 확대한 『금강』의 후속편을 쓸 계획이라고 한다.

외국의 농민소설로는 펄벅의 『대지』(1938년도 노벨문학상 수상)가 영화로도 만들어져 1960년대에 국내 독자들에게 널리 읽힌 바 있 다.* 그러나 중국 농민 왕룽 일가의 3대를 다룬 3부작은 왠지 외국 인의 눈으로 본 이국적인 풍속화 같은 느낌을 준다. 특히 1990년대 이후 모옌(莫言)의 농민소설들을 읽은 독자는 이런 시선의 차이를 실감할 것이다. 이 밖에도 1924년도 노벨문학상 수상작인 폴란드 작가 레이몬트의 4부작 장편소설 『농민』은 가을, 겨울, 봄, 여름의 순서대로 폴란드 한 농촌 마을 사람들의 애환과 풍속을 그린 작품 인데 국내 번역판은 절판되어 일반 독자들이 찾아 읽을 수 없으니 안타까운 일이다. 1965년도 노벨문학상 수상작인 숄로호프의 대하 소설 『고요한 돈강』**은 러시아 10월 혁명의 격랑에 휩쓸려 이리

* 1937년 헐리우드의 시드니 프랭클린 감독이 138분짜리 흑백영화로 제작했다. 폴 무니(왕룽 역)와 루이즈 라이너(오란 역) 등 미국 배우들이 중국인으로 출연하여 영어로 대사를 말하는 이 영화는 1960년대에 한국에서 상영되어 중고등학생들이 단체관람하였다.

** 1957년 소련의 세르게이 게라시모프 감독이 만든 영화가 1992년 국내에 수입되었으나 상영 시간이 6시간이 넘는 대작이라 영화관에서는 개봉되지 못하고 3시간 32분으로 압축한 비디오로 만 출시되었다.

저리 표류하는 카자흐족 농민들의 삶을 대초원을 배경으로 펼쳐내고 있다.

『금강』은 그 서사의 규모가『고요한 돈강』에 견줄 만한 대하 농민소설이지만, 단순히 서사의 규모만으로 평가해서는 안 된다. 앞에서 언급한 농민소설들이 대체로 문제적 인물인 주인공이나 그 일가에 초점을 맞추이 비극적인 사랑과 토지 문제, 이념 갈등을 중심으로 이야기를 펼쳐내고 있는 것과는 달리,『금강』은 뚜렷한 주인공을 내세우지 않고 마을 사람 하나하나의 행적을 세밀하게 묘사한다. 다큐멘터리에서 사용되는 이런 서술기법은 자칫 이야기 구성(플롯)의 초점을 흐리게 하여 산만하고 평면적인 세태묘사에 빠질 위험을 안고 있으나,『금강』은 오히려 밑바닥 농민의 관점에서 역사를 해석하여 재구성하는 독특한 효과를 거두고 있다.『금강』은 이기영과 박경리의 소설들처럼 투철한 의식과 지사적 기개를 가진 주인공이 민족독립이나 계급해방, 또는 빼앗긴 토지를 되찾기 위해 투쟁하는 과정을 보여주기보다는, 빼앗기고 짓밟히면서도 끈질긴 생명력으로 농사를 짓고 자식들을 키우며 살아나가는 농민들의 모습을 꼼꼼하게 기록한 농민생활사 내지 민중생활사로 읽힌다. 예컨대『삼국지연의』가 영웅호걸과 왕후장상을 중심으로 한 역사소설인 반면, 판소리 〈적벽가〉는 '군사설움타령'과 '군사점고' 대목을 통해 관객에게 힘없는 백성들의 한 맺힌 설움을 호소하고 영웅호걸들을 비웃는 민중적 소리판인 것과 비슷하다고나 할까. 그래서인지 이 작품에서는 긍정적인 인물들, 가령 가난을 극복하고 성공한 야당 정치인인 박진규나 영악한 머리로 배신과 권모

술수를 몸에 익혀 출세하려 몸부림치는 고현수, 고아 출신이지만 곧은 심지를 잃지 않고 자수성가한 손기문 같은 인물보다는 인생의 태반을 남성들로부터 성적 착취를 당하다가 뒤늦게 자기 삶의 주인공으로 다시 태어나는 들례나, 코스모스처럼 청초한 소녀가 신기에 들려 결국 용한 무당이 되어버리는 향숙, 학생운동과 노동운동에 헌신하다가 병든 애인의 뒷바라지를 위해 고생하는 인숙, 약삭빠르게 소소한 잇속은 챙기면서도 지주인 이병호에게 번번이 속아 넘어가고 서울역에서는 사기꾼에게 '네다바이'까지 당하는 구장 황인술, 촌놈 출신이지만 주먹과 배짱으로 도시의 뒷골목을 헤쳐 나가는 경훈 같은 인물이 더욱 생동감 있게 다가온다.

『금강』에는 서사의 배경으로 한국현대사의 중요한 정치·사회적 사건과 사고, 정변이 곳곳에 등장한다. 그러나 그것들은 서사의 큰 흐름에 결정적인 영향을 미치는 복선으로 작용하지 않는다. 다시 말해 농민들은 적극적으로 그런 사건이나 변혁의 주역으로 나서거나 어느 한쪽 편에 서서 결연한 투쟁을 벌이지 않으며, 오히려 수동적으로 그러한 정치 사회적 격변의 물결에 휩쓸려 이리저리 눈치를 보다가 결국은 이해관계에 따라 대세에 편승하는 경향을 보인다. 작가는 여기서 세상을 비추는 거울처럼 중립적 시선으로 농민들의 행동거지를 묘사하여 독자에게 보여줄 뿐이다. 요컨대 농민은 정치행위의 주체나 역사 발전의 추동력이라기보다는 돈 있고 힘 있는 지배계층의 농간에 놀아나는 가련한 피지배층이요 시세에 순종하면서 죽으나 사나 땅만 열심히 파는 무지렁이로 그려져 있다. 이 점에서 작가는 이기영의 농민소설들에서 드러나는 것처럼, 책에서 읽고 배운 진보적 역사발전론이나 계급투쟁론을 무리하게 농촌 현실에 대입시키지 않고 농촌의 현실 자체를 그대로 보여주어 독자로 하여금 농촌의 가난과 소외의 원인을 스스로 깨닫게 한다.

마을 단위에서는 이장과 면서기, 농협 직원 등이 주거니 받거니 하면서 소소한 잇속을 챙기고, 면 단위에서는 지서장과 농협조합장, 교장, 우체국장, 연초조합장, 소방대장 등이 집권여당과 한통속이 되어 관권선거와 부정선거를 모의한다. 군 단위에서는 군수와 경찰서장, 정보부 분실장 등이 정치꾼들와 밀착하여 경쟁 상대의 약점을 캐내고 협박하고 함정에 빠뜨리고 모략하는가 하면, 중앙 정치무대에서는 자본가와 정보부 간부, 정치인들이 유착하여 굵직굵직한 이권을 챙긴다. 이러한 야합과 부패의 실상을 눈앞에 보이듯이 생생하게 묘사하는 작가의 솜씨는 한국문학사상 처음 보는 놀라운 경지를 보여준다. 이 작품은 표면적인 역사기록의 뒤에 숨겨져 있는 이면의 역사를 소상하게 들춰내어 조명함으로써 실은 그것이 좀더 진실에 근접한 진짜 역사인지도 모른다는 개연성을 열어놓는다.

한마디로 이 소설은 농민의 눈으로 보고 농민의 언어로 쓴, 한 농촌 마을의 역사이자 한국현대사라 하겠다. 소설의 얼개는 소소한 농사일과 마을 사람들의 개인사를 세밀하게 묘사한 여러 장의 그림들을 함께 모아 엮어놓은 모자이크 같지만, 이러한 조각조각의 그림들이 모여 전체적으로는 커다란 역사를 구성하는 일종의 몽타주나 콜라주 효과를 자아낸다. 작가는 전지전능한 이야기꾼(화자)의 시선으로 농민을 굽어보지 않고 그들의 눈높이에서 세상을 보고 기록할 뿐이다. 『금강』은 아날학파*의 미세사(微細史)를 이야기체로 옮겨놓은 듯한 느낌을 주며, 이 점에서 한국문학사에서 독보적인 농민문학의 성취로 기록될 것이다.

농촌 현실의 사실적 반영

이 소설의 일차적인 특징은 사실성이다. 작가 한만수의 사실성에 대한 집착은 소설 속에 사용된 언어에서 가장 잘 드러난다. 등장인물들의 대화는 그야말로 그 시대, 그 장소에서 녹음한 것처럼 현장감이 넘친다. 소설 첫머리의 '일러두기'에 따르면 영동 말은 충청도 사투리면서도 남으로 경상북도 김천, 남서쪽으로 무주와 접해 있어 경북 사투리와 전라도 사투리가 섞여 있다. 그래서 소설에서는 5, 60년대에는 영동지방의 토속어를 그대로 살려 내고, 라디오와 텔레비전의 보급으로 표준어에 가깝게 일상어가 변해버린 70년대 이후에는 표준어와 토속어가 뒤섞인 언어를 사용한다.

이 소설의 사실성과 기록적 가치는 무엇보다도 농촌의 삶을 떠받치고 있는 농사를 가장 꼼꼼하고 자상하게 묘사했다는 점에서 찾을 수 있다. 아마도 지금까지 나온 한국 소설이나 영화 가운데 사

---

* 1929년 뤼시앵 페브르와 마르크 블로크를 중심으로 한 프랑스 역사학자들이 생활사 중심으로 역사를 기술하기 시작하여 1970년대 이후 세계 역사학계의 주류로 자리잡았다. 아날학파의 대표적 학자인 F. 브로델은 『지중해』를 통해 사회과학과 역사학의 접목을 시도했으며 '정치, 지도자(개인), 연대' 중심을 벗어나 보통 사람들의 삶에 초점을 맞추는 새로운 시각의 역사학을 제시했다.

계절의 농사일을 이처럼 눈앞에 보이듯이 실감나게 그려낸 작품은 없을 것이다. 이탈리아의 에르마노 올미 감독(1931~)이 연출한 영화 〈나막신 나무〉(1978년 칸 영화제 대상 수상작)가 19세기 말 롬바르디아 지방 소작농들의 생활상을 세밀하게 사실적으로 묘사하여 찬사를 받았으나, 『금강』은 그보다 더 치밀하고 입체적으로 농사꾼들의 일상사를 재현하는 데 성공하였다.

『금강』은 1956년부터 2000년까지 충북 영동군 학산면 모산 마을을 무대로 마을 사람들의 살아가는 모습을 카메라를 들고 현장에서 찍어낸 장편 다큐멘터리 영화와 흡사하다. 작가는 대상과 일정한 거리를 유지하며 냉정하게 무릎 높이로 카메라를 들고 있다. 그의 카메라는 어떤 인물이나 사건에 감정이입되지 않고 냉정하게 인물들의 말과 행동을 잡아낸다. 물론 모산 농민의 자식들이 이주하여 살아가는 서울이나 대전, 영동 같은 도시로 간혹 카메라가 옮겨가기도 하지만 작품의 주 무대는 모산 마을을 비롯한 학산면 일대라 할 수 있다.

모산 마을 대지주인 이병호의 논에 모내기를 하는 장면을 보자.

이른 아침부터 마신 막걸리에 붉게 노을이 진 얼굴로 목청껏 황소를 몰 때마다 둥구나무가 움찔거리는 것 같았다. 그럴 수밖에 없는 이유는, 써레질은 힘이 약하면 하지 못하기 때문이다. 써레 위에 'ㄷ'자를 엎어놓은 것 같은 형상의 '찍게발'이라고 부르는 손잡이가 달려 있다. 찍게발을 힘껏 눌러야 박달나무로 된 써레 이빨이 바닥 깊숙이 박혀서 쟁깃밥을 잘게 부술 수 있기 때문이다. 그래서 찍게발을 누르는 힘이 없으면 여덟 개의 이빨이 달려 있는 써레 위에 무거운 돌을 얹거나 어린아이를 태우기도 한다.

박태수가 박달나무로 만든 써레의 날카로운 이빨로 쟁깃밥을 잘게 부숴 놓으면 물속의 바닥에 굴곡이 남는다. 쟁깃밥이라는 말은 쟁기로 논을 갈아엎었을 때 쟁깃날 모양으로 생긴 흙덩어리를 말한다. 쟁깃밥을 잘게 부숴놓지 않으면 깊은 곳에는 모 허리가 물속에 잠기게 되고, 높은 곳에는 모가 뜨게 된다. 그런 현상을 방지하기 위하여 황소의 멍에에 넓고 무거운 송판을 달아서 바닥을 편편하게 하는 작업이 번지 끌기다.

— 1권, 180쪽

동네 사람들은 지주인 이병호의 눈에 들어 소작을 얻어낼 속셈으로 모두들 땀투성이가 되어 열심히 일을 한다. 이병호는 언덕배기 자기 집 사랑 누마루에 앉아 쌍안경으로 동네 사람들이 모내기하는 것을 지켜보고 있다. 그는 열 마지기 문전옥답을 소작인에게 부치도록 내준다고 낚싯밥을 던져 마을 사람들이 죽을 동 살 동 밤이슬 맞으면서 일하도록 만들었다. 그래서 도조가 서른 가마니나 늘었던 것이다.

소설의 곳곳에서 아무렇지도 않게 슬쩍 스케치하듯 그려내는 농촌의 풍경도 예사롭지 않은 것은 그만큼 작가의 애정 어린 시선이 그것을 포착하고 있기 때문이다.

풋보리 냄새를 진득하게 품고 있는 들판에서 부는 바람은 따뜻했다. 햇볕도 좋았다. 바람이 불면 보리가 파도처럼 출렁거리고, 모를 내기 위해 물을 받아 놓은 논에서는 물주름이 일어났다. 은가루를 뿌려 놓은 것처럼 햇살이 반짝반짝거리다 바람이 주저앉으면 아지랑이가 피어오른다. 아직 물을 받지 않은 논에서는 쟁기질을 하고 있는 남정네들이 모락모락 피어오르는 아지랑이에 통나무 같은 하체를 묻고 있었고, 햇살은 눈이 부시도록 환해서 둥구나무 밑의 그늘은 검은색을 칠해 놓은 것처럼 그늘이 짙었다.

— 1권, 19쪽

박평래 일가가 태수 처의 주도로 개울가의 돌밭을 개간하여 사과 과수원으로 가꾸어 나가는 과정은 가난을 극복하려는 슬기롭고 억척스런 독농가의 전형으로 그려지고, 태수 처는 새마을 모범사례로 선정되어 전국적인 각광을 받는다. 그러나 벼농사보다 사과농사, 포도농사가 주종을 이루게 된 1990년대 이후에는 동네 사람들과 일가족이 함께 어우러져 농사일을 하는 모습도 서사의 화폭에 좀처럼 등장하지 않는다. 기껏해야 사과를 따서 운반하는 장면이나 포도를 선별하는 장면 정도가 막간의 풍경으로 슬쩍 지나가 버릴 뿐이다. 같은 농사라도 벼농사는 그야말로 식솔을 먹여 살리는 생명줄이자 천하지대본(天下之大本)이었다면, 과수 농사는 단지 돈벌이 수단으로 운영하는 영농 작목에 지나지 않는다.

한마디로 『금강』은 소설로 쓴 20세기 후반부의 한국농업사이자 농촌생활사 내지 풍속사라고 할 수 있다. 시대마다 당시의 물가며 세금, 납부금, 장리 이자까지 꼼꼼하게 챙겨주고 있고, 당시의 선거 풍속을 손에 잡힐 듯이 그려내는 것은 물론이고 정치적 사건이나 인물들도 농촌 마을에서 어떻게 수용되고 해석되는지 있는 그대로 보여준다.

뒷간신인 정낭각시(차귀)에 관한 농민들의 믿음과 행동거지를 세밀하게 설명하는 대목(1권, 31~32쪽)이나 배냇저고리 만들기를 묘사하는 대목(1권, 74쪽), 정월 대보름날 동제를 지내는 장면(1권, 318쪽 이하)은 1950년대의 농촌 풍속화라 불러도 좋을 것이다.

『금강』에는 몇 가지 서사의 축이 있는데, 그중 하나는 농사와 농민, 농지를 중심으로 한 모산 마을 사람들의 이야기다. 다른 하나의 축은 모산 출신 도시 이주민들의 삶이다. 모산 주민들은 대부분 1950년대까지는 마을을 벗어나지 않고 농사를 지으며 살아가지만 1960년대 이후에는 초등학교를 졸업한 젊은이들이 하나 둘 서울이나 대전, 영동 같은 도시로 밥벌이를 위해 떠나간다. 이들 이농 세대들이 각종 허드렛일과 드난살이의 풍파를 겪으며 도시에서 터를 잡아가는 과정은 바로 이농생활사이면서 산업화의 역사이기도 하다. 이와는 다른 서사의 축은 풍문으로 마을 사람들에게 전해지는 국가 대사에 관한 소식들이다. 이것은 보통 역사교과서나 연표에 나오는 국가적 중요 사건들로서 마을 사람들의 삶에 결정적인 영향을 미치는 정보지만, 1950년대와 60년대에는 뒤늦게 소문으로만 전해질 뿐이다. 그래서 토지개혁 법안이 통과되고 나서도 그 내용이 어떤지를 마을 소작인들은 전혀 모르고 있다가 부치던 땅을 지주 이병호의 농간에 속아 비싼 값에 사들이게 된다. 그런 이병호도 나중에 화폐개혁으로 가진 돈을 모두 신고해야 한다는 소식에 충격을 받아 쓰러져 죽고 만다. 이른바 국가적 사건과 정권의 변화

같은 뉴스들은 농민에게는 전달되지 않으며 관에서 필요한 지시나 명령만 일방적으로 하달된다. 결국 민주주의는 말로만 존재할 뿐, 농민은 통치의 대상이자 동원의 대상에 불과하다는 사실이 드러난다.

모산 마을 사람들의 살아가는 이야기는 크게 보아 면장댁(이병호, 이동하)과 박평래·박태수 일가를 중심축으로 전개된다. 계급적인 측면에서 면장댁은 마름과 지주, 관리(면장, 부면장, 국회의원 등)의 직함과 권력으로 박평래 일가를 비롯한 마을 사람들을 제멋대로 부리고 등쳐먹지만, 2000년대에 접어들면서 이런 불평등 지배관계는 서서히 무너지고 어느 정도 수평적인 균형을 이루게 된다. 이동하의 어머니 보은댁과 박태수의 어머니 청산댁이 같은 날 죽어 동네에 쌍초상이 난 마지막 장면에서 면장댁은 썰렁한 반면 박태수네 집에는 동네 사람들이 북적거리는 것은 이런 세력균형이 일시적으로 역전하고 있음을 암시한다. 겉으로 보기에는 이동하의 지배권력은 허물어진 것처럼 보인다. 이동하의 직계 가족 가운데 이병호 부부는 죽고, 큰아들 승철은 아버지의 가부장적 지배로부터 탈출하여 만화가로 독자적인 삶을 살아가고, 엘리트 코스를 밟아 검사까지 된 둘째 아들 승우는 인숙과의 이루어질 수 없는 사랑 때문에 결국 세상을 등지고 은둔생활로 들어가며, 큰딸 애자는 출세주의자인 고현수와의 결혼이 파탄에 이른다.

그러나 이동하의 초상집이 썰렁한 것은 그가 이미 모산의 지주에서 서울 강남의 준재벌로 성장했기 때문이기도 하다. 그는 1970년대에 산업화가 진행되면서 농사가 더이상 수지맞는 사업이 아니라는 것을 깨닫고 논밭을 처분하여 정미소와 건설회사를 차려 큰 돈을 벌고 마침내는 강남에 예식장과 호텔을 지어 준재벌의 반열에 오르게 된다. 토지 자본가 이동하는 이제 금융 서비스 산업 자본가로 변신한 것이다. 그래서 독자들은 이동하 일가의 몰락이 일시적인 현상일 뿐, 곧 막강한 자본의 힘이 어떤 식으로든—가령 사위인 고현수나 다른 딸들을 통해서든, 손자 세대를 통해서든, 아니면 제3의 대리인을 통해서든, 지배의 기득권을 되찾을 것임을 어렴풋이 예감한다. 왜냐하면 21세기 들어 이른바 세계화가 진행되면서 자본의 힘은 정치권력까지도 좌지우지할 정도로 막강하게 그 위세를 떨치며 군림해오고 있으므로 모산 마을도 이런 자본의 지배로부터 자유롭지는 못할 것이기 때문이다.

농촌의 공동체적 삶과
이농세대의 도시 생활

모산 마을 농민들의 생활을 지배하는 것은 농사와 면장댁과의 소작관계, 그리고 자식들의 교육과 취직 문제이다. 여기에 가끔씩 찾아오는 선거와 경조사, 그리고 도시에 나간 자식들의 소식과 귀향이 단조로운 일상을 흔들어놓는 변화의 바람으로 작용한다. 소설이 시작되어 끝나는 30여 년의 시간 동안 모산 마을에는 많은 변화가 일어나지만 그래도 변치 않는 한 가지는 농촌 공동체적 삶의 방식이다.

마을 사람들은 누구나 면장댁과의 은원관계와 이해관계의 그물에 얽혀 있다. 우선 순배 영감은 6·25 때 인공치하에서 악질 지주인 이복만 부부를 대창으로 찔러 죽인 두 아들이 이병호 부자에게 잡혀 처형된 악연으로 면장댁과는 원수지간이다. 그렇지만 마음속으로는 아무리 치가 떨리는 원수지간이라고 해도 같은 마을 사람인지라 원수의 손자인 승철이 경기에 들리면 침을 놓아 살려내기도 하고 원수인 이병호가 죽었을 때는 호상을 맡기도 한다. 이런 관계는 대지주에 관권을 거머쥔 면장댁의 비위를 거스르기가 버거워서이기도 하지만, 면장댁을 포함해서 마을 사람 모두가 농사일로 한데 묶여 있는 공동체이기에 가능한 일이다. 봄철 모내기에서 여름의 김매기, 가을의 추수까지 모든 일을 품앗이로 하는 농촌의 일상생활이 그토록 모진 원한도 누그러뜨려 상부상조의 인정과 여유를 만들어낼 수 있는 것이다. 이동하의 아내 옥천댁의 임신 소식을 모두 기뻐하고 서울에서 출세한 승우를 마을 친목계의 일원으로 받아들이는 것도 이런 공동체적 유대감이 살아 있다는 증거이다. 다른 마을 사람들도 일제시대에는 일본인 지주의 마름인 이복만의 농간으로 가혹한 수탈을 당하고 해방 후에는 그 아들 이병호의 농간으로 논을 비싼 값으로 덤터기쓰며 샀다가 장리빚에 몰려 도로 뺏기는 바람에 이를 갈며 분해 하지만, 먹고살기 위해서는 소작을 얻으려고 경쟁적으로 아첨하고, 비록 이동하의 뒷돈에 의한 것이지만, 마을 어귀에 이병호의 송덕비까지 세워준다.

　어쨌든 마을 사람들은 자기네끼리는 무슨 일이든 같이 털어놓고 상의하며 도와주는 것이 일상화되어 있다. 자식 없이 혼자 사는 순배 영감을 자기 부모나 친척처럼 모시고, 바보 해룡이와 과부 봉산댁까지 한 식구처럼 끌어안는다. 마을 사람들의 대화에서 걸핏하면 바보의 대명사로 언급되는 해룡이는 주막집 과부의 아들인데, 그래도 마을 사람들에게 웃음을 선사하는 어릿광대로서 어엿한 주민의 일원으로 보살핌과 대접을 받는다. 국민소득과 교육수준, 복지수준이 높아진 요즘처럼 장애인 시설에 보내지 않고 마을 전체가 해룡이처럼 모자란 인물도 넉넉한 인심으로 포용하며 함께 사는 것이 전통시대 농촌공동체의 관습이었다. 해룡이는 나중에 좀 모자라지만 착한 신부를 맞아 가정을 꾸리고 똑똑한 아들을 낳아 행복하게 살아간다. 이런 공동체적 유대와 소통은 마을 어귀의 둥구나무와 그 옆의 너럭바위를 중심으로 이루어진다.

"학산 장날마다 쇠전거리 앞에서 고무신 장사를 하는 갑식이라고 있잖유, 갸가 지하고 육촌지간 아뉴. 갑식이 처가 읍내 병원에 입원을 했다고 해서 가는 질유."

"구장 말이 면사무소 강 서기가 날 좀 보자고 하는데 먼 일인지 모르겠슈."

"요새 콩 한 말이 을매씩 하는지 모르겠구먼."

"지난 장날 시세가 구백 환씩 하는 것 같드만. 메주 쑬 때도 안직 멀었는데 먼 놈의 콩 시세를 묻는 겨?"

"자식들이 낼은 어떤 일이 있드라도 사친회비를 달라고 하는데, 메주콩이라도 내다 팔아야지 당최 들볶여서 못 살겠구먼."

출타를 하는 사람들이 둥구나무 밑에 앉아 있는 사람들에게 왜 자신이 밖으로 나가지 않으면 안 되었는지 이유를 말해 주는 건, 때가 되면 밥을 먹어야 하는 것처럼 당연한 일상사였다.

볼일을 보고 귀가할 때도 둥구나무 앞을 그냥 스쳐 지나가지 않는다.

외지에 나가서 볼일을 잘 봤으면 잘 본 대로, 못 봤으면 못 볼 수밖에 없는 이유를 너럭바위에 앉아 있는 사람에게 소상하게 설명을 하고 나서야 집으로 들어간다. 그래야 봤던 일이 마무리되었다고 생각하거나, 마무리가 되지 않은 일들은 앞으로라도 잘 풀려 나갈 것이라고 믿는다. 모산 사람들은 너럭바위에 앉아 있는 동네사람들에게 자신의 근황을 털어놓는 것이 아니고 느티나무에게 말을 한다고 믿기 때문이다.

— 1권, 18~19쪽

한편 서울로 올라간 모산 농민의 자식들은 변두리의 최하층 빈민으로 힘겨운 삶을 이어간다. 마음이 여리고 어리숙한 시훈은 누명을 쓰고 도둑으로 몰려 억울한 옥살이를 하게 되고, 식모살이하던 순진한 처녀 금순은 주인 남자의 애를 배고 창녀로 팔려간다. 철용은 철공소에서 일하다 프레스에 손목이 잘려나가 불구가 되고, 들례가 버린 자식 손기문은 고아원을 탈출하여 거지로 떠돌다가 재건대 대장이 된다. 이들은 결국 경훈의 주선으로 봉천동 일대에서 고향 마을 사람끼리의 공동체를 이루어 나름대로 직업도 찾고 결혼도 하여 도시에 뿌리를 내린다. 그러나 제일 먼저 고향을 떠나 인천의 성냥공장에서 일하던 변팔봉은 온갖 직업으로 밑바닥을 전전하다가 마침내 절을 차려 남의 돈을 갈취하며 흥청대지만, 결국 동업자의 술수에 넘어가 감옥살이까지 하게 된다. 그는 다른 모산 출신 후배들과도 어울리지 않고 안정된 직업이나 생활기반도 없이 도시 변두리의 빈민으로 살아간다.

이들 농민의 자식들과는 달리 이동하의 아들딸들은 일찍부터 학산과 영동, 대전, 서울 등지에서 학교를 다니며 입신출세를 하지만, 씨받이 들례의 소생인 큰아들 승철만은 이동하의 보호망에서 탈출하여 만화가라는 독특한 길을 개척한다. 그리고 늘 면장댁의 그늘에서 눈치를 보며 살던 박태수의 아들 진규는 검정고시를 거쳐 대전의 충남대에 입학하여 무당이 된 향숙의 집에서 기숙하게 된다. 그는 여기서 병원장의 딸과 결혼하여 정치가의 꿈을 펼치다가 민주화 바람을 타고 고향 영동에서 국회의원에 당선되어 마침내 장관으로 발탁된다. 그러나 그가 과연 농민의 대변자로서 농민을 위한 정책을 펴나갈 수 있을지는 알 수 없다. 국내 농산물 시장의 개방은 보수·진보 정권의 구분 없이 일관되게 국정의 기본방침으로 추진되어 농민의 숫자는 2000년대 들어 인구의 7% 이하로 줄어들고 농산물 수입 개방으로 농사는 파탄지경에 이르렀기 때문이다. 이런 점에서 진규라는 인물은 다분히 작가의 머릿속에서 탄생한 설화 속의 주인공 같은 느낌을 준다. 민초예로 이름을 바꾼 들례가 국밥집을 하며 모은 돈으로 부동산에 투자하여 알부자가 되고 다니던 절에 양로원도 차리고 마침내 그리던 아들 손기문을 만나는 것도 동네 사랑방이나 우물가에서 듣던 재미있는 옛이야기나 신기한 소문처럼 친근하지만, 뭔가 비현실적인 느낌을 준다.

그러나 현실에서 일어나는 일들이 설화나 옛이야기보다 더 극적이고 비현실적인 느낌으로 다가오는 것을 21세기의 독자들은 일상적으로 경험하고 있지 않은가. 가령 모옌의 소설 속에 나타나는 중국 농민의 모습과 농촌의 풍경은 얼마나 몽환적이며 동시에 얼마나 현실적인가. 이제 눈길을 돌려 모옌의 농민소설에 대해 좀더 자세히 살펴보기로 하자.

이야기로 풀어 쓴 모옌의 중국농민 보고서, 『티엔탕 마을 마늘종 노래』

모옌은 중국을 대표하는 농민작가이며 우리나라에서도 그의 작품은 대부분 번역되어 읽히고 있다. 그가 전 세계 독자들에게 널리 알려진 것은 1987년 발표된 장편소설『홍까오량 가족(紅高粱家族)』의 일부를 장이머우(張藝謀) 감독이 영화 〈붉은 수수밭〉으로 제작해 1988년 베를린 영화제에서 황금곰상을 수상하면서부터였다. 이를 계기로 모옌의 작품들은 전 세계 20여 개국에서 번역 출간되었고 2012년 노벨문학상을 받았다.『티엔탕 마을 마늘종 노래(天堂蒜薹之歌)』(1988),『열세 걸음(十三步)』,『술의 나라(酒國)』(1993),『풀을 먹는 가족(食草家族)』(1993),『풍유비둔(豊乳肥臀)』(1995),『탄샹싱(檀香刑)』(2001),『사십일포』(2003),『생사피로(生死疲勞)』(2006) 등의 장편소설이 있고, 중편「사부님은 갈수록 유머러스해진다」는 장이머우 감독에 의해 영화 〈행복한 날들(幸福時

光)〉(2000)로 제작된 바 있다.

그의 작품 대부분은 그가 태어나 자란 산둥성(山東省) 가오미 현의 농촌을 배경으로 그곳 농민들의 생활상이나 농민들 사이에서 전해오는 설화와 민담을 바탕으로 하고 있다. 그는 시골 영감이 동네 사랑방에서 옛날이야기를 풀어 놓듯이 글을 쓰는 작가이다. 한마디로 그는 중국 농민을 대표하는 이야기꾼이다. 모옌 소설의 매력 가운데 하나는 이처럼 독자를 끌고 들어가서 이야기 속에 푹 빠지게 만드는 능수능란한 이야기꾼의 입담과 능청스러운 유머일 것이다.

그가 프란츠 카프카, 윌리엄 포크너, 찰스 디킨스와 비견되는 작가요, 환상적 리얼리즘의 정수를 창조한 작가라는 평가는 서양 작가나 소설이론들을 기준으로 삼은 피상적인 관찰에 불과하다. 모옌은 오히려 밤마다 재미있는 이야기를 들려주어 왕을 천 하루 동안 이야기 속에 빠져들게 만든 『천일야화(아라비안 나이트)』의 이야기꾼 셰하라자드의 후손이자 소싯적에 읽은 『삼국연의(三國演義)』, 『홍루몽(紅樓夢)』, 『서유기(西遊記)』 같은 중국 고전들을 구수한 입담으로 풀어내어 청중들을 사로잡는 전통적인 이야기꾼의 친척이다. 중국에는 지금도 『티엔탕 마을 마늘종 노래』에 나오는 떠돌이 맹인 악사 장코우 같은 전문적인 이야기꾼들이 곳곳에 남아 있다.* 모옌을 대중작가나 통속작가라고 부르는 것도—한만수의 경우처럼—앞에서 열거한 동양의 고전들을 통속적이고 대중적인 작

---

* 가령 『중국 조선족 이야기꾼 김태락의 구연설화』(이현홍 지음, 박이정, 2012)에는 이야기꾼 김태락이 구연한 각종 설화 50편이 실려 있다.

품이라고 폄하하는 것처럼 전혀 초점이 맞지 않는 평가일 뿐이다.

그의 문학 전체를 분석하고 평가하는 일은 워낙 방대한 작업이므로 다음으로 미루고 이번에는 그의 작품 가운데 현대 중국 농민의 실상을 가장 잘 표현하고 있다고 생각되는『티엔탕 마을 마늘종 노래(天堂蒜薹之歌)』(박명애 옮김, 랜덤하우스코리아, 2007)를 소개하려고 한다.

이 소설은 1987년 마늘 수매를 둘러싸고 중국의 한 농촌지역에서 벌어진 농민들의 폭동 사건을 바탕으로 쓴 작품이다. 작가 모옌은 사건을 간략하게 보도한 지방신문의 기사를 읽는 순간 오랫동안 가슴 속에 쌓여 있던 격정이 폭발하여 당시 쓰고 있던 다른 작품을 중단하고 이 작품에 매달렸다. 그는 현장 취재를 하지 않고 자신의 기억과 경험, 상상력을 바탕으로 3개월 만에 이 장편소설을 완성했다. "내가 막 펜을 드는 순간 고향의 부모 형제와 친지들이 앞다투어 마늘종 사건 속으로 뛰어들더니 각자 가장 적합한 역할을 담당했고 가장 적절하게 각색을 해 연기를 했다"고 작가는 밝힌다.('작가의 말' 9쪽) 작가 자신이 바로 농민 출신이기에 사건의 내막과 배경, 관련된 농민들의 성격과 특징 등이 너무도 친숙하게 눈앞에 떠올랐고 그 때문에 굳이 현장 취재를 할 필요도, 현장 르포 형식으로 쓸 필요도 없었다고 그는 말한다.

표면적으로만 보면, 티엔탕(天堂) 마을의 마늘종 사건은 농민들에게 마늘 재배를 권장한 현(縣) 당국이 막상 수확기가 되자 각종 세금과 잡부금은 받아 챙기고도 냉장창고가 찼다는 이유로 수매를 중단하자 분노한 농민들이 현 정부 청사를 습격하여 기물을 부수고 불태운 폭동이다. 그러나 이러한 농민들의 봉기는 지방 관리와 토호들의 부정부패와 무능, 경찰의 폭력과 행패 등을 견디며 소나 당나귀처럼 묵묵히 복종하며 살아온 농민들의 인내심이 한계점에 도달하여 폭발한 전통적인 민란에 가깝다. 1949년 사회주의 체제인 중화인민공화국이 수립되면서 혁명의 주역인 농민들은 명목상 해방되었으나 문화대혁명과 개혁개방을 거치면서도 그들의 살림살이는 예전보다 나아진 것이 없었다. 이런 사정을 누구보다도 잘 아는 작가 모옌은 농민들에 대해 동정심이 아닌 육친으로서의 동질감을 가지고 글을 쓴다고 고백한 바 있다.

하느님은 사람을 만들면서 몇 가지 종류로 사람을 빚었는데, 아주 상류계급은 관직에 오른 사람이고, 중간계급은 공인(工人)이 될 사람이고, 하층계급은 농민이었을 거예요. (중략) 어르신을 저 소하고 한번 비교해보세요. 소는 마늘종이 실린 수레를 질질 끌어당기면서 어르신까지 끌어당기는데도 순간 걸음이 느려지면 어르신이 고삐로 이놈의 소를 후려갈기잖아요. 세상 만물은 하나의 이치예요. 그러니까 넷째 숙부님이 참으세요. 참아야지 사람이지, 참지 못하는 건 곧 귀신이나 마찬가지잖아요.

— 2권, 74쪽

작중 인물인 까오양이 같은 마을 팡 노인과 마늘종 실은 수레를 끌고 가면서 하는 얘기지만 해방된 농민은 실상 소처럼 일만 하다 채찍을 얻어맞는 가련한 존재일 따름이다. 여기서 우리는 『금강』

의 한 대목을 떠올리게 된다. 서울의 철공소에서 일하다가 못 견디고 귀향하려는 아들 철용을 농사꾼 아버지 김춘섭이 타이른다.

　"세상에서 젤로 불쌍한 직업이 농사꾼여. 너도 잘 알고 있는 사실이지만 일 년 내 쌔빠지게 농사를 져 봤자 봄이믄 먹을 양식이 읎어서 풀뿌리로 끼니를 때우잖냐. 하지만 면사무소 직원들이 굶는다는 말 들어봤냐? 아니, 면직원들은 서울에 읎응게 빼 놓드라도 니가 근무하는 철공소 기술자들이 봄이 됐다고 밥 굶는 거 봤냐?"
　　—3권, 159쪽

　최상층의 특권계급은 공무원이고, 그 다음은 기술자고 제일 힘없고 불쌍한 최하층계급이 농민이라는 생각을 자본주의와 사회주의라는 체제의 차이와 1950년대와 1980년대라는 시차에도 불구하고 두 나라의 농민이 공유하고 있는 것은 그들이 처한 현실이 비슷하기 때문일 것이다.
　그런가 하면 마늘종 사건에 관련된 농민들의 재판 과정에서 자기 아버지를 변호하기 위해 출두한 젊은 군관이 토해내는 현실비판은 경찰의 물대포에 맞아 생사의 기로를 헤매는 한국 농민 백남기 씨의 딸이 외치는 목소리처럼 들린다.

　"본인은 방금 전에 했던 발언을 다시 한 번 반복하겠습니다." 청년 군관은 발언을 이어갔다. "하나의 정당이나 하나의 정부가 만약 국민의 이익을 위해 노력하지 않는다면 국민은 곧 그 정당이나 정부를 전복시킬 권리가 있습니다. 만약 하나의 당을 책임지고 있는 간부나 한 정부의 관원이 국민의 공복이라는 사실을 잊은 채 오히려 국민의 주인 행세를 하고 국민의 머리 위에 올라앉아 사또 영감처럼 행세한다면 국민들은 그 사람을 타도할 권리가 있습니다."

— 2권, 221쪽

이 작품에서 모옌은 단선적으로 마늘 수매 사건의 경과만을 줄거리로 삼아 이야기를 풀어가지는 않는다. 맹인 딸과 처자를 거느리고 힘겹게 살아가는 까오양과 외톨이 청년 까오마는 열심히 마늘농사에 매달리지만 농민폭동의 주동자로 몰려 감옥살이를 하는데 까오마는 애인이 죽고 그녀의 유골마저 돈 몇 푼에 팔려 다른 남자와 영혼결혼을 했다는 소식을 듣고 자포자기하여 탈출을 시도하다 사살된다. 그리고 다리 저는 늙은 오빠의 혼처를 위해 중년의 병약한 남자와 계약 결혼할 것을 거부하고 까오마와 야반도주했다가 붙잡혀 임신한 몸으로 자살하는 팡진쥐, 마늘 팔러 갔다가 고위관리의 차에 치여 죽는 그녀의 아버지 팡 노인, 남편의 원수를 갚는다며 폭동에 가담했다가 5년 형을 받은 그녀의 어머니, 마늘종 사건의 진상을 노래하다 당국의 억압과 폭력에 결국 비명횡사하는 떠돌이 맹인 악사 장코우, 환상적인 설화를 재미있게 각색하여 들려주는 동네 노인, 농민을 치어 죽이고 뺑소니친 다음 몇 푼의 돈으로 빠져나가는 관리, 마늘 사건의 핵심 책임자들은 스리슬쩍 다른 지역 관리로 전보되고 농민들만 폭도로 몰려 감옥에 가는 현실, 아버지의 장례보다 죽은 소의 고기를 파는 데만 신경을 쓰고 죽은 누이동생의 유골을 돈 몇 푼에 팔아먹는 팡진쥐의 두 오빠 같은 신세대 젊은이들의 행태, 지옥도와 같은 경찰서 유치장과 감옥의 구타와 인권유린…. 이런 세세한 묘사는 이 소설을 오늘날의 중국 농민에 대한 종합적인 보고서의 차원으로 끌어올린다.

이 소설에서 다룬 지방정부의 관료주의와 과중한 세금 부담의 병폐는 허구가 아니라 현대 중국 농촌의 엄연한 현실이었음이 2004년에 출간된 『중국농민르포』(원제는 『중국농민조사』, 천구이디·우춘타오 지음, 박영철 옮김, 도서출판 길, 2014)에서도 확인된다. 이 르포는 두 부부가 3년 동안 안후이(安徽)성의 농촌을 구석구석 답사하고 현장 취재하여 쓴 것으로 1927년 마오쩌둥(毛澤東)이 쓴 유명한 「호남농민운동고찰보고」를 본떠 『중국농민조사』라는 제목으로 출간되었다. 출간 즉시 엄청난 환호와 찬사를 받은 이 책은 한 달 후 판매금지 되었지만 중국 국내에서 해적판만 1천만 부가 팔려나갔고, 세계 각국어로 번역되어 독일의 저명한 출판상을 받았다.

여기에는 요순시대부터 내려오는 상방(上訪)의 전통에 따라 직접 상부 기관을 찾아가 과도한 세금을 줄여 달라고 탄원했다가 1993년 현지 파출소 경찰에 타살된 농민 딩쭤밍(丁作明)을 비롯한 숱한 농민들의 피해 사례와 관료들의 조직적 억압과 은폐, 농민들의 집단 항의와 상방, 언론의 집중취재와 중앙정부 감사팀의 현장조사와 책임자 처벌, 그리고 이에 따른 제도개선 등의 상세한 내용이 수록돼 있다. 이 책에 따르면 모옌의 소설에서 묘사된 것보다 훨씬 끔찍한 권력형 부정부패와 폭력이 중국의 농촌에서는 일상적으로 행해지고 있으며 '티엔탕 마을의 마늘종 사건' 같은 크고 작은 농민 봉기나 항의 시위는 끊이지 않고 계속 일어나고 있다고 한다. 심지어는 북경의 상급기관에 상방하러 온 농민 대표들을 지방정부 공안원들이 붙잡아 고문하고 모함하여 감옥에 처넣기도 한다는 것이다. 저자들은 과거의 탐관오리보다 더 흉악한 부패 관료들이 당과 행정부의 공권력을 장악하고 있어 그 폐해는 왕조시대보다 심각하다고 주장한다. 13억 인구 가운데 9억을 차지하는 "농민에게 부과된 쇠털같이 많은 가혹한 세금들은 비록 억제되었다고는 하지만 농민의 부담은 결코 경감되지 않고 농민의 토지는 각지의 당과 정부 관리의 '맛난 고기'가 되어 약탈당해 백성들이 안심하고 살 수가 없는 상황"(9쪽)이라고 저자들은 전한다.

"농민에게 부과된 쇠털같이 많은 가혹한 세금들"은 중국의 농민들뿐만 아니라 한국의 농민들도 옭아매고 있다. 『금강』에서 모산 농민들은 이렇게 한탄한다.

"젠장, 면사무소 신축하는데 왜 우리가 쌀을 내야 하는지 모르겠어. 면사무소가 우리한테 뭘 해 주는데?"

"해 주는 것은 읎어도 받으러 오는 데는 많잖여. 농지세부텀 시작해서 면의회 의장 상조비, 지방의회 선거비, 병무협의회비, 국민회비, 시국 대책비, 도로 유지비…. 아이구! 식전부터 세금 외울랑께 대가리 쥐나네. 좌우지간 면사무소에서 내라는 돈 잡부금 명세 외울라믄 해 전에는 심들어."

— 1권, 237쪽

이것은 1956년 당시의 잡부금들이지만 이후에도 이름만 달라진 각종 잡부금들은 여전히 없어지지 않고 있다. 자고로 세금은 줄어들지 않고 늘어나는 법이라는 이른바 '황종희의 법칙'*은 한중 두 나라의 농민들을 족쇄처럼 옭아매고 있다.

한편 '티엔탕 마을의 마늘종 사건'과 비슷한, 함평 고구마 사건**이 농민을 잘살게 해준다는 새마을운동이 한창이던 유신시대에 전국적인 이목을 집중시킨 바 있다. 농협이 고구마를 모두 사들이겠다는 당초의 약속을 지키지 않아 고구마가 썩어가자 분노한 농민들이 항의 시위와 단식 농성 등으로 피해보상을 받아내고 책임자의 부정과 무책임을 밝혀낸 이 사건은 광주의 극작가 박효선***에 의해 마당극으로 각색, 공연되었다. 그렇다면 2015년 11월 14일 서울 시내 한복판에서 일어난 공권력에 의한 백남기 농민 테러 사건은 언제 어떤 형식의 르포나 소설, 또는 연극으로 형상화될 수 있을까?

* 전제군주제를 비판하고 민주계몽 사상을 주장한 명나라 말기(17세기)의 유학자 황종희가 주장한 법칙. '황종희 법칙'은 역대 중국의 조세제도를 살펴본 결과 개혁 뒤에 오히려 농민들의 잡부금이 더 많아지는 현상을 지적하면서 섣부른 개혁의 함정을 경계한 것이다. 원자바오(溫家寶) 전 중국 총리가 2003년 농촌문제를 거론하면서 "공산당은 '황종희 법칙'에서 벗어나야 한다"고 강조했다.

** 1976년 11월부터 78년 5월까지 전남 함평군 농민들이 농협과 정부 당국을 상대로 전개한 고구마 피해보상 투쟁.

*** 극단 '토박이' 대표 박효선(1954~1998)은 1978년 함평 농민회의 요청으로 마당극 〈함평 고구마〉를 현장 공연했고 광주 5·18 당시 시민군 홍보부장으로 활약했다. 이후 '오월 3부작'으로 불리는 〈금희의 오월〉과 〈모란꽃〉, 〈청실홍실〉을 공연했으며 이밖에 돼지파동을 다룬 마당극 〈돼지풀이〉와 수배생활의 체험을 다룬 연극 〈잠행〉과 〈밀항 탈출〉, 텔레비전 다큐 드라마 〈시민군 윤상원〉 등의 대본을 쓰고 연출했다.

『소설가 구보씨의 일일』에 관한 단상

　　『소설가 구보씨의 일일』은 박태원이 1934년 8월 1일부터 9월 19일까지 『조선중앙일보』에 연재했던 소설이다. 구보씨는 소설가 박태원의 분신이며, 박태원의 호가 구보(丘甫, 仇甫)이니, 이 소설은 이른바 '소설가 소설'인 셈이다.

　　느즈감치 한낮에야 일어나 밥을 떠먹고, 일찍 들어오라는 어머니의 당부에 대답도 하지 않고 광통교 근처의 집을 나서는 구보씨. 약을 먹었지만 두통은 여전하고 자전거 종소리도 잘 듣지 못해 하마터면 자전거에 치일 뻔한다. 왼쪽 귀가 난청이면 보청기를 써야 할지도 모른다. 독일제 듄케르 청장관(聽長管)과 영국제 전기 보청기 광고가 생각난다. 게다가 그는 지독한 근시로 두터운 안경을 쓰고 있다. 화신백화점. 엘리베이터. 전차. 양산. 여자들이 팔목에 찬 금시계 자랑하기 위해 일부러 서서 전차 손잡이를 잡고 있는 모습.

돈으로 행복을 살 수 있는 시대. 3원 60전짜리 벨베르크 실로 짠 보일 치마와 전당포에서 살 수 있는 4원 80전짜리 18금 손목시계가 소원인 소녀.

구보가 찾은 소공동의 다방 낙랑파라(樂浪 parlour)는 동경미술학교 출신의 화가 이순석이 운영했는데, 박태원이 이상과 함께 자주 들르던 곳이었다. 여기서는 마치 '볼가강의 뱃노래'가 축음기에서 흘러나온다. 아마도 러시아의 저음가수 샬리아핀(1873~1938)의 목소리였을 터. 가난한 노동자 가정에서 태어난 샬리아핀은 거지로 구걸도 하고 볼가강에서 배를 끌기도 했는데, 소싯적에 노래 오디션에 응시했다가 "너무 노래를 못해서" 떨어지고 말았다. 그런데 같이 응시했던 고리키는 당당히 합격했으나 가수가 되지는 못하고 우여곡절 끝에 유명한 작가가 되었다. 반면에 유랑극단에 섞여 떠돌던 샬리아핀은 우연히 우사토프라는 가수의 후원으로 정식 성악교육을 받아 러시아 제일의 가수로 성장했다. 유럽과 미국에서도 열광적인 호응을 얻은 샬리아핀은 특히 구노의 오페라 〈파우스트〉의 악마 메피스토 역과 무소르그스키의 〈보리스 고두노프〉 역으로 유명했다. 카루소의 벨칸토 창법과는 전혀 다른 대륙적이고 민중적인 샬리아핀의 "영혼을 울리는 목소리"는 같은 시대의 식민지 조선에서도 사랑을 받았던 모양이다.

다방에는 어느 화가의 유럽 유학 기념 전시회, 즉 도구유별전(渡歐留別展) 포스터가 붙어 있다. 구보씨는 잠시 유학생활을 했던 동경(東京)에 대한 향수에 젖는다. 나도 양행비(洋行費, 외국유학비)만 있으면 구라파에도 가보고 싶은데…. 일본 시인 이시카와 다쿠보

쿠(石川啄木)의 시와 공자의 제자 자로(子路)의 시와 후한의 유학자 공융(孔融)의 시를 읊는 구보. 동양의 시문에도 통달한 식민지 지식인이자 문필가인 구보가 다음에 들른 곳은 화가 구본웅이 1933년 소공동에 차린 골동품 상점 고우당(友古堂)이다. 골동은 구보의 취미. "기회만 있으면 그 방면의 이야기를 듣고 싶어 한다. 온갖 지식이 소설가에게는 필요하다." 세상사에 대한 잡다한 지식을 일본인들은 모데르놀로지(Modernology, 考現學)라고 불렀다. 고현학적인 글쓰기를 추구했던 박태원의 장기는 만보객(漫步客)의 시선으로 세태를 묘사하는 이른바 세태소설이다.

만보(漫步)란 어슬렁거리며 거리를 산책하거나 배회하는 것을 말하는데, 구보씨는 전형적인 만보객이다. 식민지 지식인 박태원이 만보객으로 경성 시내를 어슬렁거리며 『소설가 구보씨의 일일』과 『천변풍경』 같은 소설을 쓰고 있던 1930년대에 그가 동경하던 구라파의 중심지 파리에서는 독일의 유태인 망명 지식인 발터 벤야민이 만보객(flâneur)으로 시내를 어슬렁거리며 언제 끝낼지 모르는 방대한 원고를 쓰고 있었다. 독일어로 파사겐베르크(Passagenwerk)라 불리는 벤야민의 '파사쥬 프로젝트'는 19세기 파리의 회랑식 상가, 즉 파사쥬(아케이드)에 관한 종합적인 연구서를 목표로 하였는데, 결국 그가 망명 중 자살함으로써 미완성으로 남게 되었다. 그의 사후에 친구이자 후견인인 아도르노가 편집하여 출판한 원고에 따르면 벤야민은 루이 나폴레옹 시대에 근대도시로 개조된 파리의 파사쥬를 통해 자본주의 소비체제가 어떻게 인간을 환각상태에 빠뜨려 일종의 쇼핑 좀비로 변질시키는지를 치밀하게 분석하고자 하였다. 이때 벤야민은 19세기의 시인 보들레르처럼 시내를 어슬렁거리며 밀려드는 '현대(모던)'의 물결에 떠밀려 소외되는 인간들을 관찰하는 만보객 내지 산보자의 시선을 차용한다.

파리의 파사쥬들은 대부분 1822년부터 약 15년 사이에 생겼다. 섬유산업의 호황으로 사치품 거래의 중심지로 등장한 파리의 회랑식 상점들은 유리 천장과 대리석 바닥, 화려한 가스등 조명으로 여행객들을 유혹했다. 철제 건축에 의해 가능해진 대규모 상가는 그야말로 '없는 것이 없는' 자본주의적 소비의 유토피아였다. 파사쥬는 얼마 후 백화점으로 진화했는데, 구보씨를 비롯한 경성 시민들이 자주 들른 화신 백화점은 제국주의의 군함과 상선에 실려 머나먼 동양의 한 도시에까지 진출한 서구 자본주의 소비문화의 전시장이었다.

전차를 타고 구보씨가 들른 다음 행선지는 경성역. 도시의 항구와 같은 곳이다. 개찰구 앞에 서 있는 금광 브로커로 보이는 두 명의 사내. 때는 바야흐로 황금광 시대다. "시내에 산재한 무수한 광무소(鑛務所). 인지대 백 원. 열람비 오 원. 수수료 십 원. 지도대 십팔 전. 출원 등록된 광구, 조선 전토의 7할. 시시각각으로 사람들은 졸부가 되고 또 몰락하여 갔다. 황금광 시대. 그들 중에는 평론가와 시인, 이러한 문인들조차 끼어 있었다." 우연히 친구인 전당포 집 둘째 아들과 그 애인을 만나 경성역 대합실 옆 끽다점으로 끌려간다. 친구는 가루삐스(칼피스)를 두 잔 시키는데 얼굴 어여쁜 그 여자는 주체성을 과시하듯 아이스크림을 시킨다. 그러나 그녀는 돈 많은 남자를 따라 월미도로 놀러가는 모양이다.

전화로 약속을 잡고 신문사 사회부 기자인 시인 김기림과 만나 두 번째로 낙랑파라 다방에 간다. 스키퍼의 노래 '아이 아이 아이'가 흘러나온다. 외국산 강아지도 보인다. 소다수를 즐겨 마시는 시인 김기림은 구보의 소설과 앙드레 지드, 제임스 조이스의 소설 『율리시스』의 새로운 기법에 대해 열을 내어 떠든다. 그러나 구보씨는 시큰둥하고, 엉뚱한 '임금 다섯 개' 이야기를 꺼낸다. 갑자기 들리는 어린아이 울음소리에 그는 소설가의 상상력을 발휘하여, 유부남인 애인을 찾아 사생아를 데리고 시골에서 상경한 한 아낙네를 머릿속에 그려본다. 친구는 집으로 가고 그는 종로 네거리에서 황혼을 타서 거리로 나온 노는계집의 무리들을 본다. "노는계집들은 무지(無智)를 싸고 거리에 나왔다. 이제 곧 밤은 올게요, 그리고 밤은 분명히 그들의 것이었다." 집으로 돌아가는 사람들. 가족과 안식을 찾아가는 생활인들. 이시카와의 단가. "누구나 모두 집 가지고 잇다는 애달픔이여 / 무덤에 들어가듯 / 돌아와서 자옵네".

구보씨는 이제 이상이 운영하던 종로 1가의 '제비' 다방에 들른다. 빅터 축음기와 인단과 로도 안약. 동경 유학 시절 우연히 다방에서 발견한 여학생의 노트에 적힌 요시야 노부코(吉屋信子, 여학생이 좋아하던 『꽃이야기』의 작가), 라부 파레드(에른스트 루비치의 코미디 영화. 최초의 유성영화이자 뮤지컬 영화), 아쿠다카와 류노스케(芥川龍之介), 『서부전선 이상 없다』, 윤리학 개론 강의 노트, 그 노트의 주인인 여학생과의 만남, 그녀의 약혼자가 중학교 동참임을 알고 포기했던 일이 주마등처럼 떠오른다. 저녁때가 되자 대창옥에서 설렁

탕을 먹고 세 번째로 낙랑파라도 가서 그 사이 급한 볼일을 보고 온 친구(빚에 쪼들리는 이상)를 만나 술집에 간다. 총독부의 훈령에 따라 술집이 문을 닫는 새벽 두 시에 그는 친구와 헤어져 집으로 향한다.

식민지 경성을 배회하는 만보객(漫步客) 구보씨. 도도한 서구식 소비문화와 자본주의의 물결에 구보씨는 속수무책으로 휩쓸려 부유한다. 동양 고전과 일본 작가들, 서구의 문학과 예술(영화, 음악)도 그에게 삶의 지표를 제시하지는 못한다. 실업자이자 소설가, 골동 취미가 있고, 난청과 신경증, 약시의 문약한 청년은 이미 애늙은이처럼 무기력하다. 투기로서의 광산업에 너도나도 뛰어드는 황금광 시대. 노는계집들과 유학생인 신여성들. 경성 거리를 어슬렁거리는 넝마주이 소설가 구보씨의 모더놀로지.

모더니스트 작가이자 9인회의 핵심이었던 박태원은 흔히 세태 소설의 대가로 알려져 있지만 소싯적에 한문을 배워 나관중의 『삼국지』를 번역하기도 하였다. 그의 번역으로 나온 정음사판 『삼국지』는 지금도 고풍스럽고 맛깔스런 판본으로 꼽힌다. 월북 후에는 실명의 고난 속에서도 필생의 역작 『갑오농민전쟁』을 써낸다. 그 중 상당 부분은 그가 구술한 것을 부인이 받아썼고 미완의 결말부는 부인이 창작하여 마무리지었다. 여기서 동학은 외피에 불과하고 농민이 주축이 된 농민전쟁이라는 관점에 투철하다. 모더니스트 작가이자 세태소설의 대가가 마르크스주의 역사관에 입각한 역사소설에 투신하기까지의 과정은 당분간 한국문학사의 수수께끼로 남을 것이다.

1930년대 경성의 세태를 세필로 그린『소설가 구보씨의 일일』은 여전히 매력적인 소설이다. 작가는 당시 유행하던 마르크스주의의 역사관이나 식민지 지식인의 민족해방 투쟁과 거리가 멀고 그런 관점에도 낯설지만 식민지 대도시의 거리에서 일상적으로 마주치는 자본주의 근대의 암울한 징후들을 날카롭게 포착한다. 어떤 점에서 이 소설은 벤야민이 망명자의 시선으로 파리에서 추진하던 파사쥬 프로젝트를 앞질러, 머나먼 동양의 식민 도시 경성에서 진행한 구보식 파사쥬 프로젝트라 할 수 있다.

최인훈이 30여 년 후에『소설가 구보씨의 일일』이라는 제목을 차용하여 발표한 연작 소설은 표면상 박태원의 원작 소설에 대한 오마주이자 그 후속편처럼 보인다. 1969년 11월부터 1972년 5월까지 구보씨는 서울 시내를 어슬렁거리며 달라진 풍속과 세태와 일상을 관찰하고 기록한다. 이 기간 중 6·25 전쟁의 교전국이자 냉전의 적대국이던 미국과 중공이 수교하고 중공이 유엔에 가입하는 등 동서 냉전체제가 붕괴되는 경천동지할 변화가 일어나지만, 박정희 정권은 대학생들의 데모를 틀어막기 위한 위수령, 휴업령을 선포하고 서서히 군사독재체제를 강화하기 시작한다. 1971년 4월 대통령선거에서 야당 후보 김대중에게 가까스로 이긴 박정희는 잠시 남북 화해에 나서는 듯하다가 72년 10월 이른바 '10월 유신'을 선포하여 영구적인 독재체제를 구축한다. 소설은 1960년대 말에서 70년대로 넘어가는 시기를 기록하고 있지만 평화시장 노동자 전태일의 자살이나 광주대단지 민중봉기, 삼선개헌 파동과 대통령 선거 같은 중요 사건들은 다루지 않는다. 그것들은 작가의 의식이라는 레이더에 포착되지 않고 흘러지나간 것이 아니라, 작가의 의식에는 포착되었으나 자기 검열에 의해 글로 표현되지 못했는지도 모른다.

구보씨는 북쪽에서 피난 온 지 20년이 넘지만 남북한의 화해와 통일의 전망은 보이지 않는다. 남북 간의 대치는 더욱 첨예화되고 이런 '남북조시대'에 작가는 자신의 목소리를 내지 못하고, 자신의 삶을 관통하는 어떠한 문학적 형식도 찾아내지 못한다. 구보씨는 문학과 현실의 괴리 속에서 서울 거리를 방황한다.

이러한 구보씨의 일상은 15폭의 병풍처럼 독립적인 이야기로 펼쳐지는데, 가령 「노래하는 사갈(蛇蝎)」이라는 일곱 번째 이야기는 피난민 구보씨의 통일에 관한 간절한 염원을 독특한 방식으로 표현하고 있다. 소설의 첫머리는 이렇게 시작된다.

우리나라가 남북으로 갈라진 지 스물다섯 해째가 될 무렵인 1971년 9월의 어느 날, 2시쯤 해서 보통 키에 약간 마른 편인 삼십 대의 남자가, 서울에 있는 옛날에 임금이 쓰던 집의 하나인 경복궁 삼청동 쪽 담을 끼고 걸어가고 있었다. 이때로 말할 것 같으면, 제2차 세계대전이라고 불리는 큰 싸움이 끝난 후에 크게 맞서서 이 지구의 우두머리 자리를 다투던 미국이라 하는 나라와 소련이라고 하는 나라가 점점 사이가 부드러워지고 있던 중, 이번에는 오랫동안 사이가 나쁘던 미국과 중공이 화해할 기미를 보이기 시작하던 때이다. 한국을 비롯해서 땅덩어리 위의 모든 나라가 이 세 나라의 좌지우지로 살아가기 마련이던 당시에 이런 움직임을 누구보다도 한국 사람들은 눈여겨 보았다.

작가는 여기서 옛날이야기 하듯이, 전통시대의 이야기꾼(강담사)의 말투를 빌어 이야기의 시점과 장소를 먼저 소개한다. "이때로 말할 것 같으면…" 같은 말투는 "옛날 옛적 호랑이 담배 먹던 시절에…"처럼 이미 역사화된 과거지사를 객관적 시선으로 설명하는 데 적합하다. 시대적 상황은 미·중·소 3대 강대국 사이의 화해 분위기와 맞물려 남북한 사이에도 화해의 분위기가 무르익고 있음을 전한다. 지금까지 상대방을 괴뢰라고 부르며 외면하던 남북한이 판문점에서 적십자 회담을 열고 남북 이산가족 상봉 문제를 논의하기 시작하자 사람들은 어안이 벙벙하면서도 기대에 들뜬다. 이산가족 상봉 문제를 이야기꾼은 이렇게 설명한다.

남북에 갈린 가족이라 하면 육진을 차릴 때 김종서 장군 따라간 남한 출신 사람들을 말하는 것도 아니요, 고구려가 망할 때 신라에 잡혀온 평안도 사람들의 후손을 말하는 것도 아니다. 1950년에 터져서 몇 해를 끈 6·25 싸움에 남북으로 갈린 사람들을 말한다. 남에서 북으로 간 사람, 북에서 남으로 온 사람들이 싸움은 멎었으나 원한의 휴전선 때문에 피차의 타향살이 이십여 년에 두고 온 부모 친척과 산천이 사무치게 그리웠던 것이다. 이 사람들이 서로 만나도 보고 왕래도 하고 편지도 할 수 있게 하는 게 어떻겠는가 하는 회담을 시작했다는 말이다. 이렇게 되면 홀로 피난민에게만 당한 일은 아니고 남북이 다시 한

울타리가 되는 첫걸음이 되지 않겠는가, 하는 생각을 순진한 백성들이 갖게 되었더라는 이런 얘기다.

작가는 여기서 "각설"하고, 소설가 구보씨의 신상에 관한 얘기로 말머리를 돌린다. "이 사람으로 말할 것 같으면 소설 노동을 직업으로 삼고 있는 이름을 구보라고 하는 홀몸살이의 이북 출신 피난민이었다. 소설이라고 하는 것은 세상살이의 이치와 느낌을 지어낸 인물의 일생이나 사건을 통해서 이야기로 엮어놓은 글이다. 재료로서는 종이와 펜 그리고 약간의 머리가 소용이 된다. 이것은 소설가가 혼자서 머릿속에서 궁리해서 제 손으로 종이에 적은 것이기에 엄격히 말해서 노동자라고 하기에는 힘들다. 노동자라고 하면 남의 자본 밑에서 몸일만 삯 받고 하는 것을 말하는데, 소설가로 말하면 그런 것은 아니기 때문이다." 이어서 작가는 소설가의 창작 작업이 수공업자의 노동이냐는 문제를 놓고 한동안 이런저런 논의를 벌인다. 이것은 물론 구보씨가 혼자서 머릿속에서 하는 논의이니 소설기법으로 보면 작중 인물의 의식의 흐름을 글로 옮겨놓은 일종의 내적 독백이라 할 수 있다.

구보씨가 찾아간 곳은 경복궁 안에 있는 국립미술관이다. 이곳에서 그는 프랑스의 현대 추상화들을 훑어보면서, 이건 아무래도 이해할 수 없는 영역이라고 치부한다. 소설로 치면 프루스트나 카프카에 해당하는 세잔이나 모네까지는 이해와 공감이 가능한데 그 이후의 전위파들의 구성적인 그림들(대개 콩포시숑이라는 제목을 달고 있다)은 미술이라는 장르의 약속에서 벗어난 것이어서 어떤 감흥도 느낄 수 없다. 이윽고 그는 샤갈 특별전을 찾아간다. 그는 지금까지 살아오는 동안 일제시대에 신의 아들이라는 천황과 해방 이후 북한에서 정의의 화신이던 스탈린, 월남 후 남한에서 애국의 화신이라던 이승만에게 속고, 몇 번의 연애에서도 속은 처지여서 세상 모든 것이 그리 대단해 보이지 않는 회의론자이다. 그렇지만 그는 러시아 출신의 프랑스 화가 샤갈의 그림들을 보면서 같은 실향민으로서 깊은 공감을 느낀다. 그러면서 동서양의 문화적 차이와 정서적 이질감에 관한 상념에 빠져든다. 여기서 구보씨의 상상력은 시간을 뛰어넘어 조선시대 궁궐을 드나들던 대감들이 이곳에서 열리는 샤갈 특별전을 관람하는 장면을 그려본다.

　　— '蛇蝎' 특별展이라

　　(중략)

　　— 허 이건 묘한 그림이군

　　(중략)

　　— 집을 거꾸로 그렸소이다그려

　　— 색깔이 어찌 이리 난하오

　　— 아니외다 이자가 본 중에서는 그중 骨法用筆이 웬만하고 氣韻도 어지간하외다

　　— 氣韻에 邪氣가 있지 않소

　　— 妖邪한 風이 진동하는구려

　　(중략)

　　— 대저 우리 그림으로 말하면 天地의 氣韻이 문득 이는 그 始初와

문득 스러지는 그 去終을 나타냄이 근본이어서 畵面에 넘치는 漂忙한 것이 있어야 하거늘 이 그림으로 말할 것 같으면 그 중간에서 온갖 色氣가 震動하는 형국인데 하필이면 어찌하여 이 같은 亡國의 淫氣가 추앙을 받는단 말이오

이제 미술관을 나온 구보씨는 인간의 본성에 관한 성찰을 이어간다. 그는 욕망(꿈)과 체념(버림)이라는 두 개의 얼굴을 가진 야누스가 인간의 원형이라는 생각에 도달한다. "다만 이 지구의 어느 한 고장에 붙박여 살면서 그 두 얼굴의 어느 한쪽이 녹이 슬고 덩굴에 덮여버리게 된다. 그 풍토의 형편으로서는 그쪽을 볼 필요가 없거나 보아서는 살기에 불편하기 때문에, 바람 센 지방의 소나무가 한쪽으로 휘듯이." 그런데 오랫동안 서로 떨어져 다른 문화와 전통에 익숙한 채로 살아오다보니 조선시대 사대부들이 샤갈의 그림을 평하듯, 상대방의 문화와 감수성을 이해하지 못하는 것이다. 그러므로 우리는 잃어버린 야누스의 두 얼굴을 되찾아 두 개의 눈으로 세상을 보아야 한다.

야누스가 이형(異形)의 괴물인 게 아니라 지금의 사람들이 반신불수일 뿐이요, 안면마비증이다. 그들은 외눈을 자랑하는 슬픈 동물이다. 인간이 다시 야누스가 되는 때, 자기 자신인 그 신화인(神話人)이 될 때 인간의 마음은 참다운 기쁨과 평화를 찾지 않을까. 어떻게 하면 그렇게 할 수 있을까. 생활의 태양이 빨리 문명의 궤도를 찾게 하는 것이다. 어떻게 하면 그렇게 할 수 있을까.

― 남북이 통일되는 것이다. 구보씨는 이 마지막 결론이 어떻게 튀어나왔는지 알 수 없었다. 그래서 그는 어안이 벙벙했다. 가끔 구보씨의 마음속에서는 이런 일이 곧잘 일어났다. 거기에 그런 것들이 엎드려 있는 줄 몰랐던 마음의 구석에서, 흉측한 괴물이 툭 튀어나오든가 난데없는 헛소리도 튀어나오는 것이었다. (중략) 구보씨는 한참 만에야 제정신이 들었다. 불쌍한 피난민은 이처럼 그림 구경을 하러 온 자리에서도 타향살이 설움에서 헤어나지 못하는 게 서글펐다.

두 얼굴, 두 눈을 가진 야누스가 정상이요, 한 얼굴, 외눈으로 세상만사를 보고 재단하는 지금 사람들은 반신불수에 안면마비증을 가진 비정상적인 괴물이라는 인식은 갑자기 남북한이 바로 이런 외눈박이 괴물이라는 논리로 이어지고 자연스럽게 남북통일이 되어야 정상적인 인간의 모습을 되찾을 수 있다는 결론에 도달한다. 그런데 작가는 이런 통일론을 피난민 구보씨의 머릿속에서 일어나는 돌발적인 환상이자 헛소리라고 규정함으로써 현실적인 검열이나 시비로부터 벗어난다.

아울러 작가 최인훈은 서구식 소설의 틀을 파괴하고 새로운 그만의 이야기 형식을 도입하고 있다. 이 실험적인 서사 형식은 기존의 서사 장르인 소설과 에세이, 드라마를 혼합한 것인데, 그 이야기 방식도 전통적인 이야기꾼의 구연 방식을 원용하는가 하면, 서구 소설의 '내적 독백' 기법이나 드라마의 대화를 차용하기도 한다. 작가는 이런 '구보체'라고나 할 새로운 서사 형식을 만들게 된 속내를 이렇게 밝히고 있다.

자기가 표현한 것을 동시에 파괴하지 않으면 안 된다. 표현하면서 파괴하는 것이 아니라, 표현이 파괴며, 파괴가 곧 표현인 그런 모순의 몸짓을 고안해내는 것이다. 그리하여 구보라는 소설가의 마음의 레이더에 들어오는 생활의 파편들을 미분하고 적분하면서 그의 이성과 정서의 장세를 각각으로 추적해보았다. 나는 이 소설『소설가 구보씨의 일일』을 지극히 소시민적으로 풀어 쓴 '나의 율리시스'라 부르겠다.

최인훈은 자신의 소설『소설가 구보씨의 일일』이 제임스 조이스의 『율리시스』를 자기식으로 변형시킨 것임을 밝히고 있다. "표현이 파괴며, 파괴가 곧 표현인 그런 모순의 몸짓을 고안해내는 것"은 그가 『광장』에서 보여주었던 정통적인 서사 형식을 포기하고 『서유기』나 『구운몽』 같은 고전의 파괴와 변형을 통해 새로운 표현 형식을 시도한 것을 가리키는 것 같다. 이런 식의 서사적 의장(意匠)의 변화는 표현의 자유가 거의 완벽하게 보장되었던 4·19 이후의 짧은 해방공간이 5·16 이후에 삼엄한 검열시대로 바뀐 것과 무관하지 않다. 더구나 월남한 피난민으로 남북한 체제 모두에 안착하지 못하고 제3지대로의 '내적 망명'을 시도한『광장』의 작가로서는 이 같은 문학 형식의 변형을 통해 '총독의 소리'와 같은 일종의 지하방송을 할 수밖에 없었는지도 모른다.

박태원이 식민지 소시민이자 지식인인 소설가 구보씨의 눈을 통해 경성이라는 도시의 세태와 인간 군상들을 다큐멘터리식으로 묘사하는 세태소설을 써냈다면, 최인훈은 남북한 체제 모두에 안착하지 못하고 떠도는 회색인 구보씨의 일상을 고전 작품의 변형을 포함한 다양한 형식 실험을 통해 입체적으로 그려냈다. 그리고 검열의 눈을 피해 우회적으로라도 표현의 자유를 확보하기 위한 치열한 내적 투쟁과 모색의 과정에서 '구보식 율리시스' 형식을 고안해 냈다. 『소설가 구보씨의 일일』은 한국의 전통 양식과 서구적 양식을 비판적으로 수용하여 독창적인 형식을 개척함으로써 한국 서사문학의 영역을 확대하고 심화시켰다는 점에서 새롭게 평가되어야 할 것이다.

평화가 터졌다!

17세기 유럽에서는 같은 기독교 형제인 신구교도들이 한 세대에 걸쳐 주야장천 서로 죽이고 빼앗고 불지르고 겁탈했다. 스웨덴의 구스타프 왕이 이끄는 신교도군과 오스트리아 황제가 이끄는 구교도군은 30년 전쟁(1618~1648)을 통해 유럽 전역을 폐허로 만들었다. 독일 인구는 반으로 줄어들었고 농경지는 황무지로 변했다.

목사와 신부들은 이 야만적인 전쟁을 성스러운 전쟁, 즉 성전이라고 미화하면서 젊은이들을 전쟁터로 몰아넣었다. 하나님을 위한 전쟁에서 전사하는 것은 영광스런 일이며 죽은 자는 천당에 간다고 성직자들은 설교했다.

이 시대를 배경으로 한 베르톨트 브레히트의 드라마『억척어멈과 그 자식들』은 전쟁과 평화의 역설을 무대 위에서 보여준다. 포장마차에 물건을 싣고 전쟁터를 찾아다니며 장사를 하는 억척어멈에게는 전쟁만이 살길이고 밥벌이 수단이다. 어느 날 구교도군 용병대장인 틸리 장군이 죽어 장례식이 거행되자 혹시라도 전쟁이 끝날까 봐 걱정하는 억척어멈을 종군 목사는 이렇게 위로하며 안심시킨다.

"언제고 한번은 전쟁이 끝날 거라고 여기저기 떠들고 다니는 사람들은 늘 있지요. 허지만 전쟁이 끝난다는 건 말이 안 돼요. 물론 잠깐 동안 전쟁이 쉴 때는 있겠지요. 전쟁도 숨을 좀 돌려야지 않겠소. 혹시 전쟁이 이른바 '불의의 사고'를 당할 수도 있지요. 전쟁이 만약의 사태에 대비해 보험을 든 것은 아니니까, 이 지상에 완전무결한 것이 하나라도 있습디까? (중략) 갑자기 예상치 않았던 일로 전쟁이 비틀거릴 수도 있는 거지. 어디 인간이 모든 것을 다 생각해낼 수 있겠소? 어쩌면 한번 실수에 그만 재난을 당할 수도 있을 테지요. 그런 일이 벌어진다 해도 전쟁은 다시 시궁창에서 끌려나올 테고, 그러면 또 여러 왕들과 교황이 앞다투어 곤경에 처한 전쟁을 도우려고 달려올 거요. 그러니 크게 보면 걱정할 게 없어요. 전쟁은 명이 길 테니까."

얼마 후 억척어멈은 누군가가 황급하게 외치는 소리를 듣는다. "평화다! 스웨덴 왕이 전사했다." 그러자 억척어멈은 기뻐하기는커녕 이렇게 되받아친다. "내가 지금 막 새로 물건들을 들여놓은 마당에 평화가 터졌다는 말은 하지를 말아요." 그녀는 여기서 "평화가 터졌다"고 말한다. "전쟁이 터졌다"고 말하는 것이 통상적인 어법이지만 워낙 오랫동안 전쟁 상태 속에서 살아온 억척어멈에게는 전쟁이 정상이고 평화는 장사를 망치는 비정상적인 돌발사태에 해당한다.

드라마 첫머리에는 스웨덴군 상사와 모병관이 평화롭게 사는 도시 앞에서 시국을 개탄하는 장면이 나온다.

모병관: 이런 데서 어떻게 병정들을 긁어모으지? (중략) 이곳 사람들은 너무도 못돼 먹어서 난 밤이면 잠을 설친다네. (중략) 사나이의 약속이나 의리나 신앙심이나 명예심 같은 건 손톱만큼도 찾아볼 수 없단 말이야. 난 이곳에서 인간에 대한 신뢰를 잃어버렸네.

상사: 하긴 이곳에선 너무도 오랫동안 전쟁이 없었으니까요. 그러니 도대체 어디서 도덕이 나오겠습니까? 평화란 바로 타락일 뿐이죠. 전쟁이 일어나야 비로소 질서가 잡히는 법이죠. 평화 시엔 그저 종자만 퍼뜨리거든요. (중략) 저 앞에 보이는 도시에 장정이 몇 명이나 있고 좋은 말이 몇 필이나 있는지는 아무도 모릅니다. 조사를 한 적이 없으니까요. 언젠가는 한 칠십 년 동안 전쟁이 없던 고장엘 간 적이 있는데, 사람들이 이름도 없어서 제 자신이 누군지도 모르더라니까요. 전쟁이 있는 곳에만 제대로 된 명단과 호적부가 있고 신발짝이 꾸러미로 챙겨지고 곡식이 자루 속에 담겨지고, 사람과 가축이 딱부러지게 세어져서 수송될 수 있는 법이지요. 왜냐하면 질서 없이는 전쟁도 없다는 건 당연한 일이니까요.

모병관: 백번 옳은 말이야!

상사: 대저 좋은 일이란 다 그렇지만, 전쟁도 처음 시작이 어려운 법이지요. 그러나 일단 본궤도에 올랐다 하면 끈질기기도 하지요. 그

러면 사람들은 오히려 평화 앞에서 질겁을 하지요. 마치 노름꾼이 끝내는 걸 겁내듯이 말이죠. 그러면 얼마나 잃었는지 계산을 해야 하니까요.

여기서 보듯이 전쟁이 일상인 곳에서는 모든 것이 뒤집혀 있다. 전쟁이 정상이고 평화는 비정상이다. 전쟁은 질서와 도덕을 가져오고 평화는 무질서와 도덕적 타락을 가져온다고 그들은 핏대를 올리며 강변한다.

김정은과 트럼프의 정상회담으로 70년에 걸친 한반도의 전쟁 상태가 끝나고 평화가 찾아올 기미가 보이자 그동안 분단과 반공으로 먹고살던 무리들은 공황 상태에 빠져 소리친다.
"어이쿠, 큰일 났다. 평화가 터졌다!"
70년 동안 전쟁만이 살길이라고 믿어온 그들에게는 억척어멈이나 모병관, 상사처럼 전쟁이 정상이고 평화는 비정상적인 돌발사태로 여겨지는 것이 당연한 일이다. 분단·냉전체제 속에 반공이 국시인 나라에서는 평화통일을 입에 올리면 간첩으로 낙인찍어 사형에 처하고 반공 대신 통일을 국시로 바꾸자고 주장하면 빨갱이로 몰아 감옥에 처넣었다. 분단과 반공과 안보를 내세워 온갖 권세와 이권을 누리고 대물림하던 무리들은 이제 그들의 존립기반이 허물어지는 기막힌 사태 앞에 어쩔 줄을 모르고 "평화는 안돼, 전쟁 없는 평화는 없어!"라고 악을 쓴다. 북미 정상회담에 뒤이은 기자회견에서 트럼프가 한미연합훈련을 중단하고 언젠가는 주한미군을 철수할 수도 있다고 밝히자 이들은 일제히 비명을 내지른다.

> 트럼프 "한미연합훈련 중단"… 시민들 패닉 "주한미군 철수는 시간 문제"
> 트럼프 "한미훈련 중단하겠다" 폭탄발언
> 연합훈련 중단, 주한미군 철수 언급한 트럼프… '안보쇼크' 일파만파

그들에게는 북한과 미국이 대립하고 남북한이 원수처럼 으르렁거리는 것이 정상이다. 그래야 안보장사로 돈을 벌고 이권을 챙기고 권력을 틀어쥘 수 있기 때문이다. 그들은 지난 70년 동안 이런 완강한 냉전체제에 이의를 제기하는 사람은 '빨갱이'나 '종북좌파'로 몰아 제거하고, 애국자나 반공투사로 변신한 친일파와 반민주세력에게는 훈장을 주고 죽은 후에는 국립묘지에 모셔왔다.

이제 냉전체제가 허물어지고 평화가 터질 위기에서 그들을 구원해줄 서북청년단은 어디서 달려올 것인가. 안보와 애국을 독점하다가 선거에서 참패하자 또다시 무릎 꿇고 잘못했으니 살려 달라고 비는 정치꾼들, 이승만·박정희를 반인반신의 건국 영웅, 중흥 영웅으로 분장시켜 어리석은 백성들을 세뇌해온 어용학자들, 분단·냉전산업으로 치부한 재벌들의 하청을 받아 노동자를 빨갱이로 몰고 블랙리스트와 사상검증으로 양심적인 지식인과 예술가들을 윽박지르던 기레기들, 반공만이 살길이고 종교인 과세는 종교탄압이라고 고래고래 소리치는 대형교회 목사들, 권력과 재물을

부처님보다 더 소중하게 섬기는 땡중들, 군복을 입고 애국을 외치며 성조기와 이스라엘 국기를 흔드는 태극기 부대들이 빈사상태에 빠진 70년 전쟁을 심폐소생술로 살려낼 수 있을까.

그렇지만 이미 한반도의 마을과 도시에는 지난 70년 동안 전쟁놀이에 동원되어 서로에게 총부리를 겨누던 남북한 형제들의 화해와 평화를 간절히 호소하는 노랫소리가 울려퍼지고 있다.

저 위를 좀 봐

하늘을 나는 새

철조망 너머로

꽁지 끝을 따라

무지개 네 마음이 오는 길

새들은 나르게

냇물도 흐르게

풀벌레 오가고

바람은 흐르고

맘도 흐르게

자, 총을 내리고

두 손 마주 잡고

힘없이 서 있는 녹슨 철조망을 걷어 버려요

자, 총을 내려

두 손 마주 잡고

힘없이 서 있는 녹슨 철조망을 걷어 버려요

녹슨 철망을 거두고

마음껏 흘러서 가게

— 김민기 작사·작곡 〈철망 앞에서〉 부분

실감(實感)과 관계의 문학

김문주 문학평론가, 영남대 교수

1

        예상치 못한 바이러스 감염병으로 인해 인류의 일상이 멈추었습니다. 좀더 정확히 말하자면 일상의 형태가 변하고 있습니다. 단기간에 급변한 활동방식과 생활감각으로 인해 2020년의 현실은 SF의 영화보다 더 낯설고 비현실적으로 느껴집니다. 많은 생태학자들이나 미래학자들이 경고한 자연 재앙의 종류와는 다른 형태이지만 사스(2003), 메르스(2015)를 겪으며 제기되었던 전 지구적 바이러스의 확산이 현실화된 셈입니다. 2011년 개봉된 스티븐 소더버그(Steven Soderbergh, 1963~) 감독의 〈컨테이젼(CONTASION)〉이나 김성수 감독의 한국영화 〈감기〉(2013) 등에서도 이러한 현실을 형상화하고 있다는 점에서, 이는 예견된 문제라고 할 수 있습니다. 특히 영화 〈컨테이젼〉은 우리가 겪고 있는 현실의 문제들이 영화의 주된 내용을 구성하고 있다는 점에서 2020년 현실이 2011년의 영화를 되살고 있는 듯한 느낌마저 줍니다. 영화가 이미 형상화하고 있다는 점에서 바이러스가 불러올 현실은 모두 예측하고 상상할 수 있는 내용의 목록들이지만, 2020년 현실이 영화의 내용들을 고스란히 재현하고 있다는 점에서 현실의 실제성(實際性)을 재삼 생각하게 됩니다. 현실을 구성하는 욕망과 이해관계의 사슬들이 복잡하고 눈앞의 현실로 펼쳐질 때 비로소 조정 작업이 개시될 수밖에 없다는 점에서, 인류의 지식이 우리를 재앙으로부터 구원할 수 없다는 것이 자명한 사실임을 우리 시대는 생생하게 증언해주고 있습니다. 성서의 소돔(sodom)이 신의 심판 장소가 아니라 인간 문명의 미래적 비유임을 생각하게 됩니다. 지식이 욕망을 통제할 수 없다는 것, 그래서 재앙은 기어코 현실(現實)이 되어서야 유력한 지식으로서 사후에 승인되는 것임을, 하여 역사는 수많은 비극의 사례들이 더해져가는 일임을 다시 한번 생각하게 됩니다.

코로나 사태를 통과하고 있는 2020년의 현실에서 예측할 수 있는 것은, 우리의 일상/감각이 코로나 이전으로 돌아가기란 쉽지 않으리라는 사실입니다. 현실보다 더 충격적이고 과잉적으로 재난의 심각성을 그리면서도 종결부에 이르러서는 일상의 회복을 암시하는 영화와 달리, 우리에게 당도한 이 재난은 이전의 일상으로 돌아가는 일의 불가능성, 그 난망(難望)함을 예고합니다. 인간의 삶은 현실의 상황과 조건들에 의해 끊임없이 변화해온 것이어서 어느 정도의 시간이 지나면 또다른 삶의 방식에 적응할 것이라고 예견할 수 있겠지만, 코로나가 불러온 재앙이 이제까지 인간–사회의 삶을 구성하는 대면(對面) 방식의 수정을 요청한다는 점에서 이전의 다른 변화들과는 근본적으로 다른 차원에 속한 것이라고 생각됩니다. 문명의 발전을 인간이 활동할 수 있는 시·공간의 확장이라고 할 수 있다면, 코로나 사태는 여기에 대한 전면적인 수정 요청으로 이는 인간 상호간의 직접적인 교감과 소통을 제한하는 것이면서, 필연적으로 자본에 의한 대체 방식이 전면적으로 고안될 것이라는 점에서 불길한 마음을 떨쳐버릴 수 없습니다.

코로나가 불러온 변화된 일상 그 이후의 현실 세계를 헤아리자면, 그 맥락과 의미는 상이하지만 170여 년 전에 작성된 『공산당선언』의 한 대목이 떠오릅니다.

"모든 고정되고 꽁꽁 얼어붙은 관계들, 이와 더불어 고색창연한 편견과 견해들은 사라지고, 새로이 형성된 모든 것들은 골격을 갖추기도 전에 낡은 것이 되어버린다. 딱딱한 것은 모두 녹아 사라지고, 거룩한 것은 모두 더럽혀지며, 마침내 인간은 냉정을 되찾고 자신의 실제 생활조건, 자신과 인류의 관계에 직면하지 않을 수 없게 된다"*

1848년 1월, 30세의 마르크스와 28세의 엥겔스가 함께 작성한『공

---

* "All fixed, fast-frozen relations, with their train of ancient and venerable prejudices and opinions, are swept away, all new-formed ones become antiquated before they can ossify. All that is solid melts into air, all that is holy is profaned, and man is at last compelled to face with sober senses his real conditions of life and his relations with his kind" 마르크스·엥겔스,『공산당선언』, 남상일 옮김, 백산서당, 1989, 59~60쪽.

산당선언』의 한 대목인 이 부분은 부르주아의 출현으로 본격화된 자본제 생산양식이 기존의 현실 가치-체계를 송두리째 바꾸고 휘발시킨다는 내용으로 우리가 지나온 근대의 한 국면을 명징하게 상기시켜줍니다. 코로나가 현실을 관통하는 동안 우리들의 일상과 생-감각에 매우 중대한 변화의 조짐이 일어나고 있음을 우리는 생생하게 목도하고 있습니다. 대면(對面)하지 않고도 가능한 현실, 대면 없는 일상의 구성 가능성은, 이제까지 인류의 삶과 생활감각을 크게 바꿔놓을 수 있는 중대한 요인으로 보입니다. 자본은 벌써부터 이러한 변화들을 기정사실화하고 현실로서 승인하는 다양한 플랫폼의 발명(고안)에 착수하고 있습니다. 대면 상황이 축소되면 노동-비용은 현격히 줄어들 것이기에 자본으로서는 결코 나쁜 상황이 아닐 것입니다. "All that is solid melts into air". 견고한 모든 것들이 녹아 소멸할 것이라는 170여 년 전 마르크스의 예언은 여전히 유효한 미래 현실이 될 가능성이 높아 보입니다.

2

코로나 상황에서 문학인으로서, 문학을 가르치는 교사로서 한 학기를 지나오는 동안, 이 문제적 상황이 가져올 파장에 대한 저의 고민은 후자 쪽에 기울었습니다. 학생들을 마주할 수 없는 상황에서 대학은 무엇일 수 있는가. 이는 대학의 존재 이유에 대한 당위론적 물음이기도 하지만 지극히 현실적인 고민이기도 한 것이었습니다. 일터의 문제여서 더 절실한 것도 있지만 비대면 상황은 대학 교육에 대한 전면적인 위기이면서 근본적인 성찰을 필요로 하는 상황이기 때문입니다. 반면 문학적 현실에 대한 고민이나 질문은 각별할 게 없었습니다. 문학을 어떻게 교수할 것인가에 관한 생각들은 많아졌지만 현 문단에 대한 고민은 거의 없었을 뿐만 아니라 최근 몇 개월 동안 문학잡지를 찬찬히 읽은 기억도 없습니다. 이와 같은 상황은 개인적인 것이기도 하지만 특별히 예외적인 것으로 생각되지는 않습니다. 우리가 겪고 있는 이 미증유의 사태가 현재의 문단에 끼칠 영향력, 혹은 코로나 이후의 문학에 관해서는 솔직히 별 관심이 생기지 않습니다. 이는 우리 시대 문학이 받아낼 수 있는 사회적·현실적 역능이 현저히 축소되었을 뿐만 아니라 문학의 현실 연관성이 그만큼 줄어들었기 때문일 것입니다. 그것은 문학의 성격이 바뀐 데서 연유한 것이기도 하지만, 한편으로는 문학 자체의 장르적·현실적 한계와 관련된 것으로도 생각됩니다.

코로나19로 인한 사회적 영향력이 전면적이고 근본적인 것일 수 있다는 전망이 나온 와중에 접한 정지창 선생의 『문학의 위안』은 우리 시대 문학의 변화를 생각해볼 수 있는 매우 유의미한 책입니다. 제목에 나란히 붙은 '문학 에세이'라는 이름에는 이 책이 본격적인 문학평론과 다소 상이한 것이라는 인식이 담겨있는데, 이는 사실상 산문과 평론의 격차라기보다 문학에 대한 감각의 차이를 보여주는 단서라고 판단됩니다. 한국 사회가 그러한 것처럼 한국 문학 역시 세대별 인식-감각의 차이가 분명히 나타나고 있고, 이러한 시차(時差/視差)는 2000년을 전후로 문단의 쟁점이 되었던 한국문학의 위기/죽음 담론으로 노정된 바 있습니다. '한국문학의 위기/죽음' 논쟁은 궁극적으로는 한국문학의 사회적 위상이나 역할의 추락에 관한 것이었지만, 논쟁의 발원이 사회적 환경이 아닌 당대에 생산된 문학작품에서 기인한 것이라는 점에서 내부-비판적 성격을 띤 것이었고, 주로 평론과 창작, 중·장년 문학인과 젊은 문학인 사이의 분기(分岐)를 드러낸 것이라는 점에서 세대론적 성격을 띤 것이라고 할 수 있습니다. 문학이 삶과 사회적 문제들에 대한 유의미한 사유의 거점이라는, 이른바 사회적 역할/책무론에 입각한 전통적 관점은 당대 생산된 작품들, 특히 젊은 문학인들의 창작-감각과는 확실히 비켜선 것이었습니다. '동호인으로서의 문단이 왜 문제인가' 하는 반론은 한국 근대문학의 중요한 기반이었던 문학의 현실·사회적 성격과는 근본적으로 다른 관점이라고 할 수 있습니다. 이는 지식인으로서 문학인, 즉 문인(文人)의 성격을 기각한 문학인의 선언이라고도 하겠습니다. 그러한 점에서 이들 작품의 난해성은 종전의 문학의 그것과는 다른 문맥에 놓인 것이라고 할 수 있습니다.

정지창 선생의 『문학의 위안』은 오늘날 우리 문학과는 다른 결의 문학적 관점을 보여주는데, 이는 비단 평론에만 해당되는 것이 아닌 문학에 대한 다른 감각을 생각하게 합니다. 선생의 글은 문학이란 삶과 삶이 연결되는 풍요로운 네트워크의 장(場)임을 생생하게 경험하게 합니다. 여기서의 삶은 구체적 현실로서 상호적 성격을 갖는 것이라고 할 수 있습니다. 작가와 작품, 그리고 독자로 구성되는 문학의 소통관계란, 결국 작품을 매개로 한 사람과 사람의 연관, 이를 통해 한 사회와 시대 속에서 살아가는 삶의 국면들이 드러나고 더불어 사유되는 것이라고 할 수 있습니다. 작가와 관련된 내력뿐만 아니라 작가/작품을 둘러싼 저자의 다양한 사적 에피소드들, 그것도 수십 년 전의 일들을 생생하게 복기하는 경이로운 기억력의 서술들이 문학작품의 내용과 함께 어우러짐으로써 그 전체로서 작품에 대한 독법(讀法)을 구성해가는 선생의 글은, 작품 읽기란 작가에서 독자에게 이르는 일련의 과정 전체임을 자연스럽게 겪게 합니다.

수록된 글들의 높낮이가 달라서 그 성격은 다소 상이하지만 『문학의 위안』에서 일종의 '독서일기' 같은 느낌을 받는 이유는, 작품을 읽어가는 과정 속에 필자의 시선과 내면이 내내 동행하고 있기 때문이며, 이는 문학작품을 객관적 분석 대상으로서의 텍스트로 다루거나 주제비평의 요긴한 대상으로서 동원하는 기존 평단의 관행과는 다른 관점 위에 문학을 보는 선생의 입장이 놓여 있기 때문일 것입니다. 이러한 시차(視差/時差)는 개인적인 것이기도 하지만 한편으로는 세대에 속한 것으로 보입니다. '작품'이 현실을 사유하는 거점이 되어 '작가-작품-(전문)독자'의 삶이 교류·교감하는 이러한 감각은, 작품을 작가나 독자 자신과 분리하여 독립적이고 객관적인 이성적 대상으로서 분석하는 관점과는 상당히 다른 것이라고 할 수 있습니다. 선생의 글이 보여주는 이러한 태도를 '감각'이라고 한 것은, 그것이 한 세대의 문화적 혹은 현실의 환경으로부터 기인한 것이라는 판단 때문입니다. 선생의 글에는 이를테면 '실감

(實感)으로서의 문학'이라고 할 만한, 문학을 삶/현실과 더불어, 혹은 삶/현실로서 사유하는 리얼리티의 구체성이 숨 쉬고 있는 듯합니다. 그러한 점에서 선생의 글이 보여주는, 작품을 둘러싼 다양한 우회의 글쓰기는 결코 단순하게 파악·정리할 수 없는 삶에 대한 사유의 한 반영 방식이라고 할 수 있습니다.

한동안 학계와 평단에서 유행했던 '정밀한 읽기-깊이 읽기', 최근에 주류를 이루고 있는 철학적 개념이나 사유를 들어 문학작품을 해석하는 난해한 비평 방식은 모두 작품을 작가나 독자로부터 분리하는 '차가운 비평'으로서, 이는 문학을 그것의 토양으로부터 차단하는 박제화된 글쓰기에 가깝다고 할 수 있습니다. 작품의 심미성(審美性)이란 과연 작품 자체의 독립적인 속성일 수 있는가. '삶-현실'에 대한 구체적인 성찰과 교감의 능력을 제외하고서, 문학은 어떻게 문학일 수 있는가. 그것은 2000년을 전후로 개진되었던 '문학의 위기/죽음' 담론의 핵심적인 질문이기도 합니다. 『문학의 위안』은 우리에게 문학은 무엇이었는지, 아니 문학은 무엇인지, 재삼 생각하게 합니다.

이 책에는 다양한 성격의 글들이 수록되어 있지만 이들 글에는 한결같이 저자의 사유의 그림자가 어른거립니다. 작품을 분석할 때는 작가의 삶이 따라 붙고, 그 배후에는 당대적 현실을 부조(浮彫)하며 삶과 예술의 의미를 추적해가는 사유의 동선(動線)이 동반됩니다. 이를 확인하는 일은 작품을 작가에게서 분리할 수 없듯이 문학이란 독자의 삶과 긴밀한 것임을 새삼 깨닫는 과정이기도 합니다. 그래서 문학은 자족적(自足的)인 분석 대상을 넘어 끊임없이 삶과 교감하는 실감(實感)의 존재로서 기능하는 것임을 확인하게 됩니다. 오늘날의 비평이 책상 위에 놓인 글감으로서 문학을 대상화하거나 추상화하고 있다면 『문학의 위안』에서 작품은 현실-삶으로 흘러들어가는 역능으로서 존재합니다. 그것은 이 책의 적잖은 글들이 지역의 역사·문화 현장이나 지역에서 거주하는 문학인들에 관한 것이라는 점과도 무관하지 않아 보입니다.

모든 분야의 인프라가 수도권에 몰려 있는 대한민국은 '서울공화국' '서울제국'이라고 할 만큼 완벽한 일극체제 사회이고, 이러한 현실은 갈수록 심화되고 있습니다. 문학 분야 역시 예외가 아닙니다. 매체의 발전으로 인해 시·공간의 제약이 줄어드는 것과 상관없이 문학을 할 만한 사람들, 특히 젊은 문학인들이 서울에 몰려 있는 상황, 더욱이 문단과 강단이 긴밀한 한국의 상황에서 지역대학의 몰락은 지역문단의 생태계에 활기를 불어넣을 요소가 거의 없음을 환기시켜줍니다. 이와 같은 상황은 지역뿐만 아니라 한국 문단 전체에도 불행한 일입니다. 주요 문학잡지들과 담론이 모두 서울에서 발행·개진되는 상황은 한국문학 생태계의 건강함을 위해 좋지 않은 일입니다. 우리는 그것의 폐해를 2000년대 초반의 이른바 '미래파' 문단에서 확인한 바 있습니다. 주요 문예지의 담론과 수록 작품들의 경향을 지역의 잡지들이 고스란히 받아씀으로써 지역이 서울의 식민지임을 적나라하게 노정한 현실은 우리 문단의 기형성을 단적으로 보여준 사례였습니다. 현재 담론을 생산할 수 있는 지역은 서울을 제외하고 거의 유일하게 부산 정도이고, 부산에서는 주로 대항담론으로서의 로컬리티(locality) 논의가 학계와 문단에서 꾸준히 제기되고 있는 실정입니다.

주류문학 중심의 문학사가 중요하게 기억하고 있지 않지만, 1980
년대 초 '창비'와 '문지'가 폐간되고 본격화된 무크지 문단에서 문
학성에 관한 다양한 논의들과 문학적 실천들이 전국 각지에서 발
행된 잡지들을 통해 개진된 바 있습니다. 민중들의 수기를 비롯하
여 다양한 형태의 글쓰기가 시도됨으로써 이른바 '서울-엘리트'
문학인들에 의해 장악되었던 협의의 문학성에 대한 도전과 전복이
이루어졌고, 이는 문학성의 민주주의에 대한 매우 의미 있는 걸음
이었습니다. 1988년 이들 잡지에 대한 복간과 더불어 무크지 시대
는 막을 내렸지만 당시 무크지들이 보여주었던 문학성에 대한 고
민들은 오늘날 한국 문단이 처한 곤궁(困窮)을 생각하는 데 중요하
게 참조해야 할 지점입니다. 이러한 점에서 『문학의 위안』을 가로
지르는 중요한 특징, 앞에서 실감(實感)으로서의 문학이라고 한, 구
체적인 삶의 현실과 관계 속에서 문학작품을 사유하는 관점이 지
역에 거주하며 활동하는 문학인들의 작품분석에 대한 웅숭깊은 시
선을 통해 구체화되고 있고, 나아가 지역의 비극적인 역사를 문학
적으로 형상화하고 실천하는 작업에 오랜 시간 동행하고 있는 점
은 서울을 중심으로 한 비평문단에서는 거의 찾아볼 수 없는 대목
입니다.

30여 년 이상 지역 문화·예술 분야의 활성화에 중요한 역할을
감당하면서 지역의 비극적 역사와 그것의 문학적 형상화에 대한
지속적인 관심을 비평적 작업을 통해 수행해가고 있는 선생의 작
업은 책상에서만 이루어지는 주류-비평과는 다른 차원의 문학성,

혹은 비평의 역할을 생각하게 합니다. 해방공간에서 한국전쟁기에 이르는 동안 한반도에서 진행된 민간인 학살에 대한 문학적 형상화 성과들을 살피는 일련의 작업(2부에 수록)은 대구의 '10월문학회'와의 오랜 동행의 시간에서 시작된 것이라는 점에서 매우 시사적입니다. 서울 중심의 현 문단에서는 거의 찾아볼 수 없는 지역의 구체적인 현실 문제에 함께 참여하여 이를 문학적으로 형상화하고 여기에 대한 의미와 성과들을 평가해가는 비평의 역할은 문학의 또다른 가능성을 실천적으로 제시해주는 작업이라 생각됩니다.

　『문학의 위안』에서 발견되는 흥미로운 또 하나의 특징은 이 책의 글들에 동원된 작품이나 글들의 관계가 상호 수평적이라는 점입니다. 대개의 문학비평이 분석 작품을 위해 철학이론들을 동원하거나 특정 주제를 위해 문학작품이나 여타의 글들을 종속적인 성격으로 인용하는 데 반해, 선생의 글에는 주요 분석 작품과 더불어 여타의 많은 작품들이나 문학이론가들의 글들이 좀더 자유롭게 다루어집니다. 작품에서 작품으로 이어지는 이러한 횡단형 글쓰기는 특정 작품에 대한 분석을 수행하는 '과제형 비평'이라기보다 작품이 불러일으키는 사유의 동선(動線)을 펼쳐 보이는 '과정형 글쓰기'에 가까워 보입니다. 작품을 해명하기 위해 철학/문학이론서들을 동원하는 최근 비평의 방향과는 다른 자리에 놓인 글쓰기라고 할 수 있습니다. 작품이 작품을 불러오고 그 작품들이 나란히 놓이면서 사유의 공간을 만들어내는 선생의 글쓰기는, 특정 텍스트가 주인이 아니라 작품들의 관계, 나아가 작품들을 불러낸 배후들, 이른바 '관계의 사유학'이라 할 만한 맥락의 사유가 전경을 이루는

글쓰기, 이는 분석을 위한 직접적 글쓰기라기보다 작품이 불러일
으키는 사유들을 밟아가는 우회의 글쓰기라고 할 수 있습니다. 앞
에서 『문학의 위안』에 수록된 글들이 '독서일기' 같은 느낌을 준다
고 했던 것은, 선생의 비평적 글쓰기가 작품을 분석의 대상이나 목
적으로 삼기보다는 사유의 거점, 혹은 경유 지점으로 다루고 있다
는 판단에서입니다. 독서 자산(資産)들을 비평적 글쓰기 과정에서
자유롭게 불러오고 이들을 횡단하는 선생의 주체적 글쓰기는 작품
분석을 위해 난해한 이론서들을 동원하는 최근 평단의 관행과는
다른 차원의 글쓰기라고 할 수 있습니다.

3

　　　　　'문학 에세이'라는 부제를 달고 있는 만큼 『문
학의 위안』에는 다양한 성격의 글들이 수록되어 있지만, 그러한 글
들을 관류하는 필자의 관점은 대체로 분명하다고 할 수 있습니다.
선택한 작품뿐만 아니라 작품을 다루는 시각의 배후에는 공히 '현
실-역사'가 가로놓여 있습니다. 그것이 작품 속에 등장하는 인물
이든 아니면 작가이든, 혹은 작품과 동시대에 놓인 필자의 경험 내
용이든 선생의 글은 이들을 현실/역사의 관점에서 사유합니다. 실
제로 이 책의 2부를 구성하는 글들은 대체로 비극적인 역사적 경
험을 형상화한 작품론이고, 그 외의 글들에도 작품-작가를 당대적
현실과의 연관 속에서 사유하는 것은 '정지창 문학론'의 고갱이라

고 할 수 있습니다. 선생의 이러한 관점은 "모든 작가는 그 시대의 산물이다", "모든 작가론은 『○○○와 그의 시대』여야 한다"(「고은과 그의 시대」)라는 구절에 압축적으로 표현되어 있습니다. 권정생, 이호철, 최인훈, 김석범, 조갑상, 김승옥, 김원일, 고은, 한만수, 백무산, 배창환, 브레히트, 모옌 등 이 책에서 다루고 있는 작가와 그들의 작품은 당대적 현실이라는 관점에서, 그리고 그것은 한 시대의 역사라는 점에서 해명됩니다. 그러한 점에서 보면 정지창 선생의 문학적 관점 역시, 시대적 산물이라고 할 수도 있을 듯합니다. 2000년대 '문학의 죽음' 담론의 장에서 이제 문학사의 시대는 종결되었다는 한 평론가의 선언이 여기에서 떠오르는 것은 문학의 관점 역시 시대와 무관하지 않다는 생각 때문입니다.

이러한 현실·역사적 관점이 시대적 산물이라고 할 수 있다면, '정지창 문학론'의 중요한 개성은 형상화 방법론에서 찾을 수 있습니다. 『문학의 위안』에서 가장 자주 언급되는 작가 '최인훈'은 그점에서 중요한 텍스트입니다. 이 책에서 가장 심도 있는 작품론이라고 할 수 있는 「최인훈에 관한 아홉 개의 메모」뿐만 아니라 「『소설가 구보씨의 일일』에 관한 단상」, 그리고 『화산도』의 작가 김석범을 언급할 때에도 최인훈은 중요하게 거론됩니다. 원고지 130매 분량에 가까운 「최인훈에 관한 아홉 개의 메모」에서 저자는 최인훈의 주요 작품들을 당대 현실에 대한 문학적 대응이라는 점에서 하나하나 분석하고 있는데, 그 문학적 평가의 핵심은 작품 내용에 있다기보다 현실을 반영하는 형상화 방법론에 놓여 있습니다. 선생은 독재와 검열의 시대에 당대적 현실을 창조적인 양식 속에 형상화해낸 탁월한 방법적 사례로서 최인훈의 작품에 주목하는데, 『화산도』를 분석하는 글에서 작가 김석범과 최인훈을 '망명작가'라는 점에서 그 존재의의를 평가하고 있음을 고려하면, 최인훈의 문학적 양식은 현실에 대한 심미적 거리, 혹은 지적 거리에서 기인하는 것이라 하겠습니다. 대개의 현실·역사(주의)적 문학론이 편(偏)내용주의에 기울어 있는 데 반해, 선생의 문학적 관점은 지적 통찰과 거리, 이를 문학적으로 형상화하는 심미적 양식에 주목한다는 점에서 전자의 문학론과 다른 입장에 놓여 있는 것으로 생각됩니다. 예술의 관건은 그것이 다루는 내용이 아니라 방법에 있음을 시사하는 것이라고도 할 수 있습니다.

2부의 처음과 끝에 배치된 두 편의 글이 모두 '역사적 진실'의 문제를 다루면서 이를 형상화하는 방법과 양식에 방점을 두고 있다는 점은 문학에 관한 선생의 견해를 드러내주는 중요한 대목이라 생각됩니다. 지식인으로서의 작가적 통찰력과 당대적 현실을 창조적 문학 양식으로 형상화하는 예술가적 자질, 이 둘을 갖춘 소설가 최인훈은 사실상 '정지창 문학론'이 스스로를 드러내는 가장 적절한 대상으로 판단됩니다. 『문학의 위안』 중 평자의 비평가적 소견을 가장 강하게 밝히고 있는 두 편의 글(「역사적 진실과 문체」, 「겨울 군하리」)에서 우리는 선생의 이와 같은 입장을 다시 한번 확인할 수 있습니다. 김의경의 연극 〈남한산성〉과 김훈의 소설 『남한산성』, 그리고 영화 〈남한산성〉을 대비하며 역사적 진실을 형상화하는 예술적 양식과 작가적 태도에 관해 서술하는 글에서 선생은 김훈의 미문(美文)을 향한 심미적 욕망을 비판하면서 "역사적 진실은 세련된 문체나 심미적 양식보다는 사실적인 문체나 논리적인 양식에 의해 보다 정확하게 드러난다"고 강조함으로써 진실을 향한 작가적 성실성과 이에 부합하는 예술적 양식의 중요성을 피력합니다. 「겨울 군하리」에서는 한 사람의 전문독자로서 서정인과 김사인에 대한 '정실비평'도 두려워하지 않는다며 두 작가에 대한 개인적 호감을 솔직하게 밝히는데, 이 과정에서 인용한 소설가 황석영의 견해는 선생의 문학적 관점을 엿볼 수 있는 중요한 대목으로 생각됩니다. "사물의 외피를 보여주면서 그 속내의 숨은 얘기를 전하는 냉정함이 이 작품의 품격이다. 겉으로는 비루하고 모멸적인 일상을 비추어주는데도 내용이 전개되면서 어느 결에 가슴 깊은 곳에서 서정적인 느낌을 불러일으킨다." 소설의 정통성을 서정인의 「강」에서 배우라는 맥락에서 발화된 이 대목은, 좋은 작품이란 삶/현실의 진실을 간파해내는 작가적 시선과 이를 하나의 심미적 형식으로 자연화(自然化)하는 형상 능력에 있음을 재삼 생각하게 합니다.

이러한 점 이외에 이 글에서 눈에 띄는 대목 중의 하나는 서정인의 「강」과 김사인의 시에 공통으로 등장하는 장소 '군하리'에 주목하면서 시인이 "군하리에 왜 갔을까?"라고 질문을 던지는 부분입니다. 정지창 비평의 한 방식을 단적으로 보여주는 이러한 질문은 오늘날의 비평들에서는 전혀 찾아볼 수 없는 사유의 경로(徑路)입니다. 작품은 작가에 의해서 만들어지고 그러한 작가적 삶은 현실이나 시대와의 관련 속에서 구성된다는 이러한 비평적 사유는 지극히 상식적이지만 우리 시대 비평에서는 거의 실천되지 않는 내용이 되고 있습니다. '시인은 왜 그곳에 갔을까?' 작품을 작가와 연관하여 접근하는 관점은 작품을 삶의 현실에서, 삶의 구체로서 사유하는 것입니다. 그러한 점에서 작가의 윤리를 다루고 있는 「시인과 시민」에서 거론된 김지하와 이문열, 그리고 고은, 이들을 둘러싼 문학인의 윤리와 평가의 문제 역시, 우리 문단이 좀더 적극적으로 논의해야 할 부분으로 판단됩니다. 삶은 문학보다 크고, 문학은 이념이나 신념으로 환원할 수 없는 복잡하고도 입체적인 심층이기 때문입니다.

·

*

포스트 코로나에 대한 논의가 여러 분야에서 시작되고 있습니다. 이제까지 인간 문명의 방식을 전면적으로 돌이키게 하는 이 끔찍한 국면은 우리가 누려왔던 일상의 현실을, 그래서 우리에게 지금 부재한 것이 무엇인지를, 하여 삶이란 무엇인지를 재삼 생각하게 합니다.

"짐승들이 없는 세상에서 인간이란 무엇인가? 모든 짐승이 사라져버린다면 인간은 영혼의 외로움으로 죽게 될 것이다. 짐승들에게 일어난 일은 인간들에게도 일어나기 마련이다." 들소들을 향해 무차별적으로 총질을 해대는 백인들의 행위를 보고 이렇게 쓴 아메리카 원주민 시애틀 추장의 글(1854)은, 모든 생명들이 이어져 있으며 관계의 단절(斷切)은 죽음을 불러올 것이라는 생각에 기초하고 있습니다. "짐승이 사라져버린다면 인간은 영혼의 외로움으로 죽게 될 것이다." 근대 문명을 향한 원시부족장의 경고는 160여 년이 지난 우리 시대에 두려운 현실로서 도래해 있습니다. 생명체들이 사라져가는 생태적 위기를 초과하여, 인간 삶의 대전제인 관계의 단절이 생생한 현실로서 가로놓여 있는 2020년은 우리에게 인간적 삶의 지속가능성에 관한 근본적 성찰을 요청하고 있습니다. 마주봄이 없는 상태에서 인간의 삶은 어디까지 가능할 것인가.

정지창 선생의 『문학의 위안』은 포스트 코로나 시대의 문학의 진로에 관해, 더불어 우리에게 문학은 무엇이었는지를 재삼 돌아보게 합니다. '문학'과 '위안'을 나란히 놓은 이 책의 마음은, 결국 문학이란 다양한 관계들의 생태학임을, 그래서 문학하는 일은 나를 넘어 타자에게로 끊임없이 흘러넘치는 심미적 관계와 사유의 장임을 다시금 생각하게 합니다.

문학의 위안

정지창 문학 에세이

초판 1쇄 발행 2020년 10월 19일

지은이 정지창
펴낸이 오은지
책임편집 변홍철
편집 오은지 변우빈
디자인 박대성
펴낸곳 도서출판 한티재

등록 2010년 4월 12일 제2010-000010호
주소 42087 대구시 수성구 달구벌대로 492길 15
전화 053-743-8368 | 팩스 053-743-8367
전자우편 hantibooks@gmail.com
블로그 www.hantibooks.com
한티재 온라인 책창고 hantijae-bookstore.com

ⓒ 정지창 2020
ISBN 979-11-90178-36-5 03810

이 도서의 국립중앙도서관 출판예정도서목록(CIP)은
서지정보유통지원시스템 홈페이지(http://seoji.nl.go.kr)와
국가자료공동목록시스템(http://www.nl.go.kr/kolisnet)에서
이용하실 수 있습니다. (CIP제어번호: CIP2020041811)